現代短歌の鑑賞事典

馬場あき子【監修】

東京堂出版

現代短歌の精髄の面白さを

馬場あき子

現代短歌とは何だろう、と考える時、今日の短歌は一見多彩にすぎて捉えどころがないような印象を受ける人も多いだろう。十代から九十代までという幅広い作者層が、それぞれの語彙と文体をもってうたっているところは盛観であるが、作法《さくほう》は互いに隔絶と侵犯を繰返して、微妙な面白さでそれぞれの場から今日的な側面をみせている。その放恣な豊饒さが、時に捉えがたさを感じさせるのである。

私は、戦後に短歌と出会った世代であるが、焦土を耕す日々の中では短歌の手本となる先人の歌集は全く手にする機会もないという状態で、わずかに焼け残った『万葉集』を読むのが唯一の入門というありさまであった。そうした中で、折ふしに先輩から得る新知識として、近藤芳美や宮柊二の歌がいかに新鮮に心に残ったことか。そこには戦争の時代に育った私などにとっては遠い存在だった近代の精神の香りがあり、言葉のひびきの美しさがあった。

たちまちに君の姿を霧とざし或る楽章をわれは思ひき　近藤　芳美（『早春歌』昭和23）

孤独なる姿惜しみて吊し経し塩鮭も今日ひきおろすかな　宮　柊二（『小紺珠』昭和23）

愛誦し、暗誦して、このような言葉の世界に近づきたいと希った。しかし一方には、俳句や短歌のような古い伝統様式でうたう時代はすでに過去になったという論もあり、価値観の改変が求められる新しい時代には生き得えない様式だという見方もあった。

こうした論に抗い、かつ応えるように、既成の短歌の概念を変えるような作品への志向が生れたのは昭和二十九年頃からで、中城ふみ子、寺山修司などの作品が登場し、歌人たちに大きな衝撃をあたえた。そして昭和三十年代になると前衛短歌と呼ばれた方法改革の波は、激しい論争の渦をともないつつ、その裾野を広げてゆく。

春のめだか雛の足あと山椒の実それらのものの一つかわが子
メスのもとひらかれてゆく過去がありわが胎児らは闇に蹴り合ふ　中城　ふみ子（『乳房喪失』昭和29）

海を知らぬ少女の前に麦藁帽のわれは両手をひろげていたり
マッチ擦るつかのま海に霧ふかし身捨つるほどの祖国はありや　寺山　修司（『空には本』昭和33）

その後たちまち呼応するように、塚本邦雄、岡井隆、前登志夫、春日井建などを中心に広がった短歌革新の波は、斬新なイメージの構出や、暗示性の濃い比喩や諷刺の利いた表現が主軸となり、昭和三十年代という、激しく速かに推移する時代感の中で方法が磨かれ共鳴を呼んだ。潮流はその周辺にあった多くの歌人を巻き込みつつ歴史的な方法の時代の到来を印象づけたが、たとえばはじめから作品に特異な感覚が主張されていた葛原妙子や森岡貞香、また、独自固有な境涯を負ってその存在の意味を問う斎藤史などの先人の支持があったことや、安永蕗子、大西民子、山中智恵子、富小路禎子らの共鳴者や伴走者があったことも大きな力であった。

白きうさぎ雪の山より出でて来て殺されたれば眼を開き居り　齋藤　史（『うたのゆくへ』昭和28）
マリアの胸にくれなゐの乳頭を黠じたるかなしみふかき絵を去りかねつ　葛原　妙子（『飛行』昭和29）

日本脱出したし　皇帝ペンギンも皇帝ペンギン飼育係りも　塚本　邦雄（『日本人霊歌』昭和33）
渤海のかなた瀕死の白鳥を呼び出しており電話口まで　岡井　隆（『土地よ、痛みを負え』昭和36）
大空の斬首ののちの静もりか没《お》ちし日輪がのこすむらさき　春日井　建（『未青年』昭和35）
完きは一つとてなき阿羅漢のわらわらと起《た》ちあがる夜無きや　大西　民子（『不文の掟』昭和35）

水甕の空ひびきあふ夏つばめものにつかざるこゑごゑやさし　山中　智恵子（『紡錘』昭和38）

かなしみは明るさゆゑにきたりけり一本の樹の翳らひにけり　前　登志夫（『子午線の繭』昭和39）

紫の葡萄を搬ぶ舟にして夜を風説のごとく発ちゆく　安永　蕗子（『魚愁』昭和37）

その後も、より若い奔放な世代の抬頭によって、定形の魅力を広げる言葉遊びの工夫や、ユーモアや可笑味の演出、ただごとの表現、古語の復活や口語の魅力の開発など、表現の面白さの追求は主題や題材、風俗や風景の推移とともにとどまるところがない。作品も戦後世代が持ち得なかった開放的な明るさや自在さを加え、いい意味で、東京オリンピック以後の高度経済伸長期の闊達な力が歌界全体にみなぎっていたといえる。

あの夏の数かぎりなきそしてまたたつた一つの表情をせよ　小野　茂樹（『羊雲離散』昭和43）

なめらかな肌だったっけ若草の妻ときめてたかもしれぬ掌《て》は　佐佐木　幸綱（『群黎』昭和45）

たとへば君　ガサッと落葉すくふやうに私をさらつて行つてはくれぬか　河野　裕子（『森のやうに獣のやうに』昭和47）

往く鳥は悲しかりけりなにもせずなにもせずとぞ啼いて過ぎにき　福島　泰樹（『晩秋挽歌』昭和49）

みどりごは泣きつつ目ざむひえびえと北半球にあさがほひらき　高野　公彦（『汽水の光』昭和51）

鳩の卵の深き睡りを盗みきしうつしみ声を洩らさずありき　伊藤　一彦（『月語抄』昭和52）

こうした抒情の広がりに拍車をかけるように登場したのが俵万智である。やわらかく甘やかな口語の歌が、愛撫のように緊張を解き、心を軽くさせた。短歌は日常の歌の中に口遊みのようなしなやかさで詩性を加え、影響を受けて短歌人口が一気に増大したとまでいわれた。文語でうたってきた歌人たちの中にも、口語の力を取り入れて文語と併用する流れも生れていった。ふしぎに文語と口語は相性もよく、今日的な〈いま〉感が生れやすかった。

「嫁さんになれよ」だなんてカンチューハイ二本で言ってしまっていいの
俵 万智（『サラダ記念日』昭和62）

愛された記憶はどこか透明でいつでも一人いつだって一人
鋭い声にすこし驚く　きみが上になるとき風にもまれゆく楡
加藤 治郎（『サニー・サイド・アップ』昭和62）

サバンナの象のうんこよ聞いてくれだるいせつないこわいさみしい
穂村 弘（『シンジケート』平成2）

そして、こうした奔放自在なうたいぶりの面白さに対して、文語格を保持した短歌は決してその魅力を失うことをしなかった。今日なお、文語でうたえないものは何一つないのである。文語はじつに強い。培われた時間の深さを底力としてもっている。律に乗った言葉の韻《ひび》きや、古典的な枕詞のような技巧をさえ、現代に復活させる試みも生れた。口語が多用される歌の中にあって、文語の緊った気韻はかえって光を増すのである。

はろばろと空ゆく鶴の細き首あはれいづくに降りむとすらむ　岡野弘彦（『天の鶴群』昭和62）

葡萄酒にパン浸すとき黒々とドイツの樅は直立をせり　岡部桂一郎（『戸塚閑吟集』昭和63）

猫の毛のぼろぼろとなりしものぞ行き路地のおくにてカラオケきこゆ　小池光（『草の庭』平成7）

きらきらと冬木伸びゆく夢にして太陽はひとり泪《なみだ》こぼしぬ　水原紫苑（『客人』平成9）

後肢《うしろあし》生えし昨日よりもの思ふオタマジャクシは藻の蔭にをり　小島ゆかり（『獅子座流星群』平成10）

今日の短歌は、さらに若い世代の風俗と言葉を加え眩暈を感じるほど賑やかな活力をみせている。そしてまた、その多様さを肯定するところに存立しているといえる。このように表現の振幅の大きい時代に、「それをどう読むか」が問題になってきたのは必然のことであった。歌人は何をうたおうとしているのか、鑑賞が追いつかないという中で生れたのがこの企画である。そしてもう一方では、詠みっ放し、読みっ放しという消費的な傾向に歯止めをかけたいという思いもあった。残すべく、また残るべき短歌の行方に不安を覚えさせられていたからである。

しかしながら、詩歌の鑑賞には古来差異が生じやすい。散文とはちがう感性的表現が、より充分な伝心を求めて、あえて不完全な曖昧さや、飛躍への空間を求めるからである。本書は、鑑賞者がえらんだ一首を軸にして、作者の本質に届く鑑賞に併せ、小歌人論を展開しようというものである。

担当者がどんな一首を選び出すかという期待は大きい。知らぬ人はないというほどの代表歌であったり、こんな歌を詠んでいたのかという発見の一首もある。一首を選ぶということが、ここでは歌人論の端緒をなすものであり、一首から歌人の全貌に迫るための用意がそこにあることも書き手の意図が見えて楽しめるところだ。

また私はこの「まえがき」を戦後短歌の流れに沿った回想とともにかいてきたが、本書の構成ではこうした軌跡に従うことをやめ、ほぼ六十年ほどの短歌の時代を一まとめにして（これは過去に勅撰集が編まれた時間間隔も平均するとそうなるようだ）、老若の別なく、五十音順に配列することにした。それによって、同時代のさまざまな作風はページごとに乱反射しつつ相互の作品の存在の意味をきわだたせてくれることだろう。

たまたま巻頭に据わった阿木津英と秋葉四郎の対比なども面白く、昭和二十五年と昭和十二年の生れという、戦争を中にはさんだ十三歳ちがいの歌人の歌をつづけて読むことになるわけである。「女であるということが文学や社会を覆すような思想」たり得るかという問いを発する阿木津の肉体をかけたテーマの探索に対して、秋葉は師匠佐藤佐太郎の写生による「純粋短歌」を継承しつつ、より人間的な詩情を志し、かつ男性的な強い声調を求めている。同じ写実系の作法を根幹にもつ両者の作風の懸隔こそまさに現代短歌の振幅ともいえるだろう。

いにしえの王《おおきみ》のごと前髪を吹かれてあゆむ紫木蓮まで　　阿木津　英
湧き上がりあるいは沈みオーロラの赤光緑光闇に音なし　　秋葉　四郎

あるいはまた、安立スハルと池田はるみをつづけて読むのも面白い。「一見ナンセンスなもの言いの中に、意外な人間の真実を」見ようとしている安立の歌は、おかしいのに手放しに読者を笑わせない。そして池田は「大阪」という風土からみる「東京」の生真面目な「虚」を意志的に笑うことの中に、今日の日本文化の亀裂をみようとしている。

馬鹿げたる考へがぐんぐん大きくなりキャベツなどが大きくなりゆくに似る　　安立　スハル
東京の虚《うろ》をかかへて笑へるかわらへるか否　いンやわろたる　　池田　はるみ

そして終りは米川千嘉子と渡辺松男で閉じられている。年齢差も四歳ほどのまさに同時代作者だが、米川は「一途な恋を貫いた悲運の女達」の名を浄瑠璃のヒロインの中より掬い出し、その生き方を思う心寄せをみせ、そこに現代が失ったもの、たとえば志にまで高まってゆく情の美しさを感じさせる。それに対して渡辺は、「にんげん」という生きものは、ヒメベニテングタケというような毒きのこに類する大地の「吹き出物」だとうたう。ふたりの間に論争はもちろんない。いずれも現代という時代に生きての文明批評を含む人間の哀しみをうたっているのだ。

お軽、小春、お初、お半と呼んでみる　ちひさいちひさい顔の白梅　米川千嘉子

地に立てる吹き出物なりにんげんはヒメベニテングタケのむくむく　渡辺松男

本書はべつに二首を一対として読むことを企図したものではないが、偶然にも随所にこうした配列の妙味が生れている。いや、いわばどのページから読みはじめても、現代短歌の精髄の面白さに出会うというものである。

取り上げた歌人は一四八人。最も簡潔でハンディーな鑑賞事典を目指した。現代短歌に接する人々に親しまれる広い入門書にもなることを願ってやまない。

◉現代短歌の鑑賞事典――目次

❖収録の「秀歌選」は、原則として現存歌人は自選によった。物故歌人の場合は担当編集委員が選歌した。詳しくは巻末の編集委員担当一覧に示す。

❖作品は、原則としてルビその他表記・漢字を自選原稿に従った。

現代短歌の鑑賞事典

阿木津 英

いにしえの王《おおきみ》のごと前髪を吹かれてあゆむ紫木蓮まで

（『紫木蓮まで・風舌』昭55）

あきつ　えい　昭和二十五年、福岡県生まれ。昭和四十九年「牙」に入会、作歌を始め、五十四年「未来」に入会。平成三年「あまだむ」創刊、主宰。歌集に『紫木蓮まで・風舌』など。

鑑賞　阿木津英という歌人を代表するだけでなく、短歌史の中でも一つの記念碑となった歌である。

さながら儀式に向かう誇り高い古代の女王のように、今自分は咲き盛る紫木蓮のもとに歩むのだという。輝く額髪を風に吹かれながら。歩み寄ってゆく木が他の何でもなく紫木蓮であることに注目したい。紫は高貴な色。紫木蓮の大きな花は王の冠のように気高く誇り高い気分を象徴し、劇化された場面には、さながら自ら冠を戴きにゆくかのような誇りがにじむ。

阿木津はこの歌をさきがけとして、女であるということが文学や社会を覆すような思想でありうるのではないかという先鋭な問題意識を短歌の世界に持ち込む。この歌は、直接にはそうした背景を語らないが、前髪が露わにする額には知性の輝きが宿る。新しい思想を宿した力強さや、自らの裡で何かが始まろうとする内面の輝きを伝える。

ノート
　魂を拭えるごとく湯上りの湯気をまとえる乳をぬぐえり
　何ゆえにある乳房かや昼寒き町にきたりて楊枝を購《もと》む

初期阿木津英の歌の特色はこの二首の歌に見られるような振幅の大きさにあるといっていいだろう。魂に例えられる乳房、何のためかと物扱いされる乳房、どちらも阿木津の物思いの裡にある。一体どちらが本物なのか、女であるとはどういうことなのか。こうした強い拘りから展開した世界は、歌の世界にかつてない波紋を投げかけ、女性歌人達が闊達に発言をし作品を競うきっかけを拓いた。現在は文体の可能性に着目し、言葉の襞に味わいの深まりを見せる。

秀歌選

いにしえの王《おおきみ》のごと前髪を吹かれてあゆむ紫木蓮まで
産むならば世界を産めよものの芽の湧き立つ森のさみどりのなか
唇をよせて言葉を放てどもわたしとあなたはわたしとあなた
この昼のわけのわからぬ悲しみを木の箸をもて選《え》り分けている
魂を拭えるごとく湯上りの湯気をまとえる乳をぬぐえり
（『紫木蓮まで・風舌』昭55）

男女にて棲むあわれさは共どもに瓢箪に呑み込まるるごとし
ぎしぎしの赤錆びて立つこの暑さ「家族」とはつね歪めるものを
人間はひとつの不潔なる川と靠《もた》るる窓に夕茜燃ゆ
柿の木のうちの力が朱に噴きて結びたりけるこずえこずえに
何ゆえにある乳房かや昼寒き町にきたりて楊枝を購《もと》む
（『天の鴉片』昭59）

理想が殺戮をすということを昨夜《きぞ》読みてよりのちのこころは
夫婦は同居すべしまぐわいなすべしといずれの莫迦が掟てたりけむ
木に垂るる六つなる赤きからすうり鳥に食われて身を軽うせり
くさむらのえのころぐさはひもすがら風に汚れて乾きてゆくか
今世紀終末にしてあがめらる自然食品のごとくにおんな
（『白微光』昭62）

だいもーん、だいもにおーん。アスファルトぬくきがうへのこころは
念ず
大いなる白き翼は襲ひ来よわが骨ぐみの鳴り出づるべく
まなぶたのうらに草の芽勁き芽のきざすと思《も》ふにあふれ来たりつ
如何ならむ膚のひびきの合はさりて生《あ》れしか仰ぐ空の青さは
春の雨降り来るそらに棕櫚の葉はおのれうちひろぐ濡れてゆらぎて
夜の乳流るるそらへ赤き葉のはなみづきの木のびあがりけり
（『宇宙舞踏』平5）

窟《あなぐら》の扉《と》をおしひらき明るさよ秋かんばしき町に入り行く
太枝を高くひろげて梢の葉そらに垂れたり。汝《なれ》、ゐんじゅの木
フェミニストなる片仮名のごはごはと膚に触《さ》はれど術《すべ》もあらずも
吹くかぜの秋のちまたや泣き腫らすたましひの貌《かほ》一つさらして
みづうみは揺りかへりつつ限りなし波間に鴨の眠り蔵《をさ》めて
あをぞらに張る高枝に翅《つばさ》来て素《しろ》き珠実をついばむらしも
身に火薬巻きつけて少女ゆく道をおもはざらめや照り返す日に
曇天の重さにたへてうごくときわづかの雪の降りくだりくる
跡かたもあらずといへり跡かたもあらずなりゆくための営み
（『宇宙舞踏』以降）

秋葉四郎

湧き上がりあるいは沈みオーロラの赤光《しゃくくわう》緑光《りょくくわう》闇に音なし

（『極光——オーロラ』平元）

あきば　しろう　昭和十二年、千葉県生まれ。佐藤佐太郎に師事。歌誌「歩道」編集委員長。歌集『街樹』『来往』など、評論『現代写生短歌』『歌人佐藤佐太郎』。

鑑賞　オーロラを目にした壮大な感動を詠んだ一首。『極光——オーロラ』の中にはこの一首を含む圧巻の連作がある。「湧き上がりあるいは沈み」、「赤光《しゃくくわう》緑光《りょくくわう》闇に音なし」と、一首の表現は写生に徹して、むしろ単純であるといってもいい。いわば見たまま、感じたままを直接映しとったようなことばは、端的で無駄がなく、引き締まり、しかも宇宙の巨大な動と静を的確に伝えてくる。そこからオーロラという宇宙現象の神秘的な息づきまでが、ありありと伝わってくるだろう。写実表現の力が発揮された雄大な自然詠である。

また同じオーロラの一連の中には、〈しづかなる二十四時にてオーロラの顕ちのまにまに亡き人悲し〉という抒情的な一首もある。オーロラの光の襞の中に死者を思うという、この悲しみの清らかさも忘れがたい。大自然の中で感じる人間の無垢な悲しみを静かに呼び起こしている。

ノート　秋葉四郎は千葉大学教育学部を卒業し、教員の仕事をしていた二十代後半に佐藤佐太郎の短歌に出会う。昭和四十二年に「歩道」に入会し、佐藤佐太郎に師事。いまだ第二芸術論の余震の中にあった頃だが、佐太郎の歌論である「純粋短歌」を継承しつつ、「写生」を原点とした自身の作風を一貫して築き上げていく。さらに、佐太郎亡き後の「歩道」の編集を率いることになる。

たとえば『黄雲』に〈今ぬぎし靴玄関の灯《ひ》を浴びる自画像に似てさびしわが靴〉という印象的な一首がある。この「靴」と「自画像」との間に、作者の写生から詩への経路を見るのだが、それは佐太郎の詩質よりもはるかに人間的で温かい。浪漫性を秘めた秋葉四郎独自の詩質といっていいだろう。

テロリストの父なる老が民族の倫理によりて涙をおとす
妻よりも早く帰りて夕日さす畳のうへの赤蟻を掃く
この人のめぐりに新陳代謝して離りゆくべき吾かと思ふ
酒を飲みをりつつ手触《てざは》る一日の錆《さび》のごとくに伸びし頬の髭
いにしへのロゴスのごとき心理的充足ゆゑに人に知らえず
（『街樹』昭50）

今ぬぎし靴玄関の灯《ひ》を浴びる自画像に似てさびしわが靴
パレットに翳《かげ》消えざりといふ比喩に心ただよふさむきこの夜
民族のニュアンスにより思ひをり毛皮を纏ふ人いたいたし
平安といふべき日々に去来して炎《ほのほ》の音のごとし孤独は
矩《のり》をこえずあるひは越え得ず生涯の半《なかば》すぎしか楡《にれ》の下道
唐突に心たかぶりその澱のごときさびしさ今宵もいだく
木瘤《ぼくりう》のごとき智恵にて黙すなりあらがひ難く従ひがたく
セントヘレンズ噴火の灰があはれあはれ世界諸国に散りてゐるとぞ
（『黄雲』昭59）

直感のするどくなりしをとめごの言《こと》にをりをりたぢろぐ吾は
自虐的に言ひ給ひつる境涯を夜半にしのびてわが泪いづ

国際化したる事件にこだはれば日本の残暑ことしするどし
酒飲みをたたへて火花たつといふゲーテの詩恋しき人思はしむ
日を浴びる長大のビルある時は地表より光延ぶるごと立つ
湧き上がりあるいは沈みオーロラの赤光緑光《しやくくわうりよくくわう》闇に音なし
ほしいまま動き流れて濃きみどりあはき緑の層なす光
しづかなる二十四時にてオーロラの顕ちのまにまに亡き人悲し
（『極光――オーロラ』平元）

陶磁器に入りし亀裂のごときもの感じつつ組織のうちに苦しむ
シオニズムの悲哀にみちし聖者らが停戦の街いちはやく行く
旱冬《かんとう》のビル間《あひ》ひくく断雲《ちぎれぐも》光のごとく見えて動かず
抒情詩の解毒作用に支へられ微かに生きて過ぎし歳月
おのづから心たのしく一国の首相の生みし女児思ひをり
パキスタンブット首相
一年の反古《ほご》庭に焼きいささかの灰に感傷をいだきつつ立つ
その力放射し尽きたる暗黒星宇宙にあまた漂ふといふ
まのあたりビルの全面《ぜんめん》ミラー壁《へき》冬空ふかきころの寂しさ
蔵王山を相《あひ》へだて生《あ》れし絆《きづな》思ふ斎藤茂吉佐藤佐太郎
（『来往』平13）

雨宮雅子

蝌蚪《くわと》生《あ》れし水のよろこび水の面《も》に触れてかがやく風のよろこび

（『秘法』平元）

あめみや　まさこ　昭和四年、東京生まれ。「女人短歌」「林間」「地中海」を経て、個人誌「鴟尾」発行。歌集『鶴の夜明けぬ』『悲神』『秘法』『旅人の木』など。評論『齋藤史論』など。

鑑賞　光の春の祝祭歌である。春のはじめ、池か、あるいは小川だろうか、おたまじゃくしが生まれた水がやわらかく膨れている。その水の面を春の風が輝きながらわたって行く。風の輝きはそのまま水の輝きでもあろう。「水のよろこび」「風のよろこび」と、ことばを軽やかにリフレインさせ、光の春のよろこびをやわらかい感性で歌い上げている。

水や風にさえ生命の息吹を感じる春である。歌の中で水や風が擬人化されていることも自然で違和感はない。だが、この一首は、いわゆるアニミズム的な生命感とは少し異なるものも含んでいる。歌の文体が、もう少し理性的に整理された水と風と光の世界を感じさせるからである。作者がキリスト者であることを思えば、「よろこび」ということばも意味深い。光は、おそらく神へ通じているだろう。だが、歌はただ光の輝く世界を告げる。その光は一首を読む者の目にもあふれ、このとき読者もまた一つの光の体験をするのである。

ノート　雨宮雅子の短歌を語る上で、彼女がキリスト者であることの意味は大きい。たとえば第二歌集『悲神』には〈百合の蕊《しべ》かすかにふるふこのあしたわれを悲しみたまふ神あり〉という雨宮の代表歌があるが、この清らかな内面性と、神をみつめる意志的な光線の強さは、雨宮の歌に一貫する魅力である。「神に遠ざかりまた近づこうとねがう私は、つねに『神を悲しませている者』である」と自身の信仰を語るが、この揺れの中で掬い上げる歌は、骨格が大きく、清潔で強い。知性と情念との葛藤を潜ませながら、歌は精神的な光の世界をめざす。それはまた詩的抽象の世界であり、雨宮のたましいの世界でもあろう。「地中海」を退会後、平成五年に個人誌「鴟尾」を復刊。『斎藤史論』で平林たい子賞を受賞した。

秀歌選

きららなす霜のあしたを明らけくこの生きの緒や白きさざんくわ
かがやきをまとひて歩む幼な児のつばさみえねど若葉はつなつ
（『鶴の夜明けぬ』昭51）

さくらばな見てきたる眼をうすずみの死より甦《かへ》りしごとくみひらく
百合の蕊《しべ》かすかにふるふこのあしたわれを悲しみたまふ神あり
髪梳《す》けるちからこもりてひたぶるに春の潮《うしほ》をひきしぼるなり
受難節すぎてみどりの木のしげみ羽あるものらこゑに呼びあふ
しんしんと百日紅は咲き盛り夏のまなかにとほき夏あり
きさらぎはひかりの林　みなゆきて光の創《きず》を負ひてかへれよ
（『悲神』昭55）

冬ばれのあした陶器の触れ合へば神経の花ひらきけり
捕虫網かざしはつなつ幼きがわが歳月のなかを走れり
（『雅歌』昭59）

蝌蚪《くわと》生《あ》れし水のよろこび水の面《も》に触れてかがやく風のよろこび
熟れてゐる果実のかたへ静物となるべく秘法われに教へよ
（『秘法』平元）

首あをく鳩歩みをり睡る間に越えたることのいくつかあらむ
緑金の五月に疲れいくたびも洗ふものありあはれわが顔
竹と竹搏ちあふ音はいまさらに激しき生をわれに促《うなが》す
（『熱月』平5）

四照花《やまぼうし》咲く一山の油《ゆ》のごときちからに搦めとられつつ往く
垂直にほとばしる水受けとめて壺《こ》はその水を噴きあげてゐつ
生き残る必死と死にてゆく必死そのはざまにも米を磨ぎゐつ
基督を付《わた》せしピラトの長き夜につづく春夜のやみを踏みゆく
夏の夜のコールドコンソメ過現未のあはきひかりのごときを掬ふ
（『雲の午後』平9）

たましひといふおぼろなるもの包み雨季のブラウス透けやすきかな
うちつけに照らし出されてさびしけれ夜の果実店のわれとくだもの
（『旅人の木』平11）

霧うごき木の花の匂ひ流れたり久遠《とは》の時間のなかのひととき
くるしみは共有できず白粥のひかりを炊けどひかりを置けど
緑葉も空も見えざるきみを措《お》きてわれはこの世の風に触れゆく
あめつちはけふ雨の領あめつちにただひとりなりし人失ひき
水色のやぐるまぎくをツタンカーメンの胸に置きたる妃《ひ》のこころはや
けふひと日ひかりによりて耐へさせよ昼顔のうへ夏のきてをり
うつそみの人なるわれや夫の骨還さむとさがみの海に出で来つ
帰りきて飲む水は身を貫けりじんじんとひとりの夜のはじまり
（『昼顔の譜』平14）

安立スハル

馬鹿げたる考へがぐんぐん大きくなりキャベツなどが大きくなりゆくに似る

（『この梅生ずべし』昭39）

あんりゅう　すはる　大正十二年、京都市生まれ。昭和十四年療養中に作歌を始め、北原白秋の「多磨」に入会。「多磨」解散後、宮柊二創刊の「コスモス」に参加。平成十八年没。

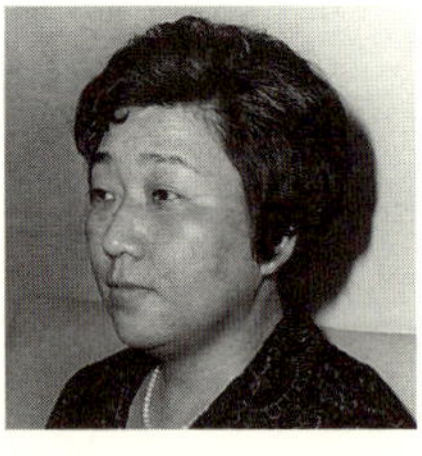

鑑賞　「馬鹿げたる考へ」とはいったいどんな考えなのか。言葉にするのも憚られるような愚昧な考えか。それとも突拍子もない奇想天外な思いつきか。いずれにしても、説明すればたちまち色あせてしまう内容だろう。しかし、私たちの心理的日常にはこういうことが確かにある。そして、下句の比喩への独創的な発展に、この作者らしいセンスと力量がある。まったく「馬鹿げたる」、それゆえ魅力的な初期の代表作。

　師宮柊二が記した、歌集『この梅生ずべし』初版の帯文に「執着して人間を考え人間を見ている」の言葉がある。たとえば同じ初期の作品〈誰の足がもつとも高くあがるかといふだけのことに真剣になる〉には、そんな資質がよく表れている。ナンセンスといえばナンセンスな、しかし一見ナンセンスなもの言いの中に、意外な人間の真実が含まれていることを、この歌人はよく知っている。

ノート　宮柊二に学んだ人間的もの言いの作風をもつ代表的女性歌人。少女時代からの長い療養生活によって、歌の素材は個人の狭い生活範囲に限られているが、その作品世界は、いわゆる写実的生活詠とは異なる、独創的な思想に貫かれている。「詩には詩の孤独と光栄というものがある。それを承知していて、始めから読者を限定しているように見える」（宮柊二「『安立スハル』ノート」）。宮が記した「孤独と光栄」とは、独身で多く病床に過ごしつつ、むしろそれを自らの力として独特の人間観察眼をもち得た歌人への賛辞だろう。

　十六歳から歌を作り始めながら、歌集は『この梅生ずべし』（二十六歳から三十九歳までの作品を所収）一冊のみ。現代歌壇に不思議な位置を占める歌人であった。

秀歌選

馬鹿げたる考へがぐんぐん大きくなりキャベツなどが大きくなりゆくに似る
金にては幸福は齎《もたら》されぬといふならばその金をここに差し出し給へ
神は無しと吾は言はねど若し有ると言へばもうそれでおしまひになる
自動扉と思ひてしづかに待つ我を押しのけし人が手もて開きつ
家一つ建つと見るまにはや住める人がさえざえと秋の灯洩らす
青き眼にヒロシマの何を見しならむただゆるやかに歩み去りたり
瓶にして今朝咲きいづる白梅の一りんの花一語のごとし
（『この梅生ずべし』昭39）

胸中の地図をひろぐるひとり遊びに花背峠はすすき光れり
見たかりし山葵《わさび》の花に見入りけりわが波羅葦僧《はらいそ》もここらあたりか
島に生き島に死にたる人の墓遠目に花圃のごとく明るむ
あまりにもあからさまなる言葉もて呼べり中国残留孤児と
もの書くと重荷を提ぐと未だ吾にくひしばる歯のありてくひしばる
たちゆらぐ金の芒に思ふかな宗達の線光琳の線
今しがた小鳥の巣より拾ひ上げし卵のやうな一語なりしよ
一皿の料理に添へて水といふもつとも親しき飲みものを置く
あとにただ白骨だけが残ること目をみひらいて見つめ申しぬ
有様《ありやう》は単純がよしきつぱりと九時に眠りて四時に目覚むる
悲しみのかたわれとしもよろこびのひそかにありぬ朝の鵙《もず》鳴く
大切なことと大切でないことをよりわけて生きん残年短し
うつくしき毬藻のやうな地球といふそを見ることもなくて終らん
長年のうちに短くなりし分《ぶん》われらは食みしやこの擂粉木《すりこぎ》を
納豆汁、なまこ、芹、うど、頭《かしら》いも、極楽を腹にわれ満たしたり
「ああ駄目だ、日本は負ける」と言ひし父を憎みき昭和十九年ごろ
いつとなく決まりしかたちものを書く机の上に花を置かざる
老い母につねに言葉をかくるべく仕事机ともろともに寄る
鳴子百合そこらあたりに萌えいでて抒情奏づる春となりたり
立ち憩ふ輓馬のまなこ覗きみればとてもかなはぬやさしさを持つ
近江路もここらあたりはしんしんと山たたなはる思想のごとく
老農は歩みとどめてひとの田の稔りに深き眼を据ゑつ
飲食《おんじき》の湯気立つなかにおもふかなさもあらばあれ拙を守らん
（『この梅生ずべし』以降）

池田はるみ

東京の虚《うろ》をかかへて笑へるかわらへるか否　いンやわろたる

（『妣が国・大阪』平9）

いけだ　はるみ　昭和二十三年、和歌山県生まれ。昭和六十二年「未来」入会。ＮＨＫ学園専任講師。歌集に『奇譚集』『妣が国・大阪』『ガーゼ』がある。

鑑賞　「笑へるかわらへるか否」とたたみかけて「いンやわろたる」と大阪弁丸出しで切り返す。短歌で方言が使われるのは稀であり、また、こんなに話術の呼吸を巧みに取り込んだ歌はめずらしく、短歌より歌謡に近い。

池田はるみは、大阪育ち、結婚してより東京での在住は長い。大阪の「実」にたいして東京の「虚《うろ》」という図式を、池田は自己の体験として、またテーマとして打ち出してくる。東京の「虚」をすでに内側に抱えて、笑えないが「わろたる」という、掛け合いのような自問自答にさびしさと意地が感じられる。〈大阪の女はころとにぎやかで哀《かな》しきときもころろと笑ふ〉と合わせて読むと、笑えない東京に違和感をもつ心情がわかるようだ。「東京の虚《うろ》」という表現にはこうした人情の機微だけでなく、さまざまな意味がふくまれているだろう。しかし一首としては、この大胆な話体の妙味を楽しめばいい。

ノート　第三歌集『ガーゼ』のあとがきで、池田はるみは「文学の学の高さより、文芸の芸の平ら」という言い方をしている。確かに、短歌の折り目正しさ、上品さを否定するかのように、くだけて、俗語を大いに取り込む自在さ、巧みさは、芸というにふさわしい。この言葉の柔軟さは、第一歌集の『奇譚集』ではむしろ難解さにつながっていたが、第二歌集『妣が国・大阪』あたりから関西弁を取り入れ、歌謡的な情感をかもすようになった。

池田はるみには、短歌的イコール上流、権威的で、庶民的でないという反発があるようだ。東京VS大阪というのも、同じ構図であろう。おかしうてやがて悲しき、という庶民の人情の機微にしみじみとさせられる歌も多い。

秀歌選

エンジンのいかれたままをぶつとばす赤兄《あかえ》とポルシェのみ知る心

あ、あ、あ、こゑ。吾を深々と統べゆくは誰がこゑあれは春の夜の
こゑ

今の今静かになれる現場より立ちのぼりくるおれの火の性《さが》

王権をめぐつて首の二つ三つはなるることは─善悪のほか

うのさらら　汝がしぶとさの根幹ををみなと呼びて涙ながるる

そうれそれ　天の壺より放たるるわれの魂虫　ほら飛んでゆけ

はくちうにをとめのひめをあやめたるをんなどれいのまぼろし見しか

てをのべてをとめのせなをゆみなりに息たえたまふぼたんちるごと

（『奇譚集』平3）

凛々しくて貴花田あな切れ者の若花田そよ娶らずにゐよ

あんたホホしようむないことしようかいな格子は春の銀色しづく

帰りたきいろこのみやの大阪やゆきかふものはみなゑらぐなり

東京の虚《うろ》をかかへて笑へるかわらへるか否　いゝやわろたる

あかねさす光るさんまがやあやあと「こんちくわ」アラ「ごめんく
だもの」

つゆの夜やきつねうどんのよろしさは相合傘のよろしさに似て

しつぽりと地雨に濡るるマンションの　お前さんたら笑壺《ゑつぼ》に入りて

雲垂らす天竺川に遊べるはこれの地震《なゐ》にて未生のほたる

むかしゐし犬のアチャコはむちやくちやでござりまするといへば走りき

螢《ほうたる》よどうすればいい　病む汝を取り戻すべくわれは点らむ

中年を仁王立ちしてかなしきや夕暮れは矢を見えがたくせり

兄姉《きやうだい》は病み父さんはいよよ老い二上山は晴れていますぞ

（『妣が国・大阪』平9）

マンションはガーゼ巻かれて建ちをれば風にかすかな窓明りあり

夕暮れの皮膚科に鶴が舞ひ降りてピアスをしてといひにけるかも

大阪の女はころとにぎやかで哀《かな》しきときもころろと笑ふ

白菜に春菊が入り魚《うを》が入り大血縁《だいけちえん》となりゆける鍋

愛《は》しきやし風鈴売りが通るとき江戸がわたつてゆくやうな音

わが父母はからつぽになり眠たくて眠たくてもう、骨壺の中

もう少し踏み込んでいふ　わたくしはあつあつのたこやきになりたい

父が逝き長兄が逝きうすずみの家父長制が汗垂りて消ゆ

歳月はあなたを残してくれさうだ背中にもたれしづかに泣きぬ

死ぬ母に死んだらあかんと言はなんだ氷雨が降ればしんしん思ふ

（『ガーゼ』平13）

石川不二子

葉ざくらとなりて久しとおもふ木のをりをりこぼす白きはなびら

（『鳩子』平成元）

いしかわ　ふじこ　昭和八年、神奈川県生まれ。佐佐木信綱に直接指導を受けるようになり、昭和二十五年、「心の花」に入会。三十六年、島根県の開拓農場に入植。歌集『牧歌』『高谷』。

鑑賞　あたりに流れる初夏の風と匂い、悠久の時間が平明な言葉運びのうちに伝わってくる。葉桜の歌は多いが、桜木を巡る「空気」と「時間」を感じさせる歌は少ない。花が満開になり、やがて葉桜になった日々を暗示して、「をりをりこぼす白きはなびら」の「をりをり」が巧みに生かされた歌になっている。農場を巡る四季のなかで、厳しい労働を続けながら五男二女の子供を育て、歳月を重ねてきた女性の厚みが背景に潜んでいるのである。いかにも素朴で平明な語を用いているが、自然界に生息するものを見る視線は正確で深い。同じ『鳩子』の、〈われらより睦まじき猫の一家族見つつ慰む夫も子らも〉。夫と子らを見る飾りのない眼差しに、大きな優しさが伝わってくる歌だが、それと同じ眼差しで自然界を見ているのである。ゆったりとした天地悠久の時間のなかに、はらはらと降りこぼれてくる白いはなびら、その儚い美しさが「人間の時間」を象徴しているかのようだ。

ノート　昭和二十九年、中城ふみ子が第一回短歌研究新人賞の特選になった年、石川不二子は次席で登場した。〈農場実習明日よりあるべく春の夜を軍手軍足買ひにいでたり〉など、生活を清新にうたった青春短歌は、中城と好対照となる作風だった。昭和三十三年に「短歌」二月号の綴込歌集として、本来の第一歌集「円形花壇」が出されたが、後に『牧歌』に再録されている。開拓農場の酪農の仕事、家族、動植物との交歓、それらに寄せる日々の思いが、のびやかでユーモアを含んだ歌を創り出してきた。農場を維持する厳しさ、貧困との闘いを作品化するときに、「悲嘆」や「情念」を持ち込まず、平明で率直な言葉を選んでいる。戦後を新しく生きるものの気概が、労働の歌に新しい抒情をもたらしたのである。

秀歌選

農場実習明日よりあるべく春の夜を軍手軍足買ひにいでたり
睡蓮の円錐形の蕾浮く池にざぶざぶと鍬洗ふなり
囀りのゆたかなる春の野に住みてわがいふ声は子を叱る声
荒れあれて雪積む夜もをさな児をかき抱きわがけものの眠り
のびあがりあかき罌粟咲く、身をせめて切なきことをわれは歌はぬ
裏箔のごとき光をふふむ空罌粟たをたをとみな濡れてゐる
（『牧歌』昭51）
きさらぎの闇やはらかに牛眠りその頭上にははとり眠る
濡色の牧草畑またぎ立つ虹ふとぶとと今しばしあれ
（『野の繭』昭55）
一合の椎の実をひとり食べをへぬわが悦楽に子はあづからず
暁の夢といへども畏るべき人わが腕に卵《かひこ》となりぬ
（『鳥池』平元）
葉ざくらとなりて久しとおもふ木のをりをりこぼす白きはなびら
「スザンヌの水浴」にかかる光ありき嵐ならむとする空と木と
長江のほとりゆ来たる乾草《かんさう》の中より拾ふ蓮実《はすのみ》四つ
葉のみ濃き若木のさくら重おもとしろき老木のさくら照りあふ
（『鳩子』平元）
筒鳥が鳴けり鳶《とんび》が輪をかけり鳶《とんび》に声をかけてはたらく

をさなくていまだ黝《かぐろ》き雨蛙呑みて幼き蛇は育たむ
十薬の花うつものは木の雫時おきてまた花動きたり
微分ではない美文だと言つてゐる韮の花にはしろがねの雨
（『さくら食ふ』平5）
蜩の声清き未明三十分死ぬといふ人を思ひてゐたり
魂の来しにあらずやわが袖にしばらく止りゐし瑠璃たては
林中の雪にこまかきもの散れり身ぶるひて春にならむとすらむ
蒼鷺は今日三羽ゐて三方に別れゆきたり小さきみづうみ
子規あらば喜ばむ苺の谷二つあかあかと熟れわれはむさぼる
旱天の雷に面あげ一滴の雨うけしわれや巫女のごとかる
（『水晶花』平8）
粗朶《そだ》積める下の巣穴を出で入りて十一月の胡蜂《すずめばち》元気
籾殻の山にあさる鳩と雀とが身の大きさの凹みをのこす
幼くて父と長じて恋人と歩きしふるさとどこも坂みち
長々しき楚《すはえ》もなべて花満ちて杏は梅よりも快活に見ゆ
咽喉もとのくれなゐ見する鷽《うそ》三羽さつき鳴きしはどれともなくて
人間《ひと》の肉に酸味ありとぞ折り貯むる蕨やはらかにわが思ふこと
（『高谷』平12）

石田比呂志

一つまた齢《よわい》重ねてつつく鍋竹馬の友ら死ぬ気配無し

（『春灯』平16）

いしだ　ひろし　昭和五年、福岡県生まれ。「青濤」、「標土」を創刊。三十四年「未来」入会。三十七年「牙」創刊。歌集に『無用の歌』『滴滴』などのほか『石田比呂志歌集』など。

鑑賞　作者七十五歳での作品である。幼い頃には遊びの中で競い、学校に入ってからは勉強や運動を競いあってきた竹馬の友。長じてからは仕事を競い、配偶者を争い、運を競いあってきた。そして老人と呼ばれる年齢になってみると、今度は誰が一番最後まで生き残るのかを競う存在なのである。この歌には、少年のまま老人と呼ばれる年齢になった幾人かの男達の無邪気な顔が浮かぶ。百戦錬磨のあげく海千山千になってしまった彼らが、同じ鍋を囲むときには幼なじみに戻るのだ。賑やかに鍋をつつきあいながら、「こいついつまで元気でいやがるんだ？」と互いを探り合うのである。

むろん、気持ちの底には皆でこのままいつまでも鍋を囲んでいたい気持ちが流れ、懐かしい人間愛が滲む。老いるということには寂愁のみではない、このようなしみじみとした楽しみもある。ことに男たちの老いは不可思議な少年性とともにあるのかもしれない。

ノート　十六歳の時、石川啄木の『一握の砂』に出逢って短歌を志したという石田は、十八歳の時上京。建設現場などさまざまな職業を転々とし安住の地を持たなかった。啄木さながらの失意と貧困の青春時代を過ごした後帰郷し、熊本に定住する。そうした生活のなかで石田は、俗に生きる人間の本音を詠む独特のスタイルを築いてきた。自らを「無用者」と位置づけ、市井の隅で、あるいは巷の塵にまみれながら生きる人間のしたたかさや哀感を、自らの人生を通して見つめるのである。生活の重みや実感の薄れている現代において、石田が摑みだしてくるリアリティーや噛みしめるような本音は希有な重みをもっている。近年は老いの飄逸さが加わって、市井に生きる食えない老人を演じる。

痛風を靴にのっけて不整脈服に包みてゆけば秋風
寒木《かんぼく》に宿れる鳩も空きっ腹くうぶくぶ　くう　空海と鳴く
未通女《おとめ》らの乳房《にゅうぼう》酸しと思うまで今日一《いち》の暮《くれ》花冷えしるし
真実《ほんとう》の虚構《うそ》を紙上に具現せん万年筆に敬礼をして
あっさりと風が攫ってゆきしもの立身出世たんぽぽの絮
薄れゆくかの大虹も一度くらい地球に足を触れたかろうに
さりながら胸にやさしく両の手を組ませてくるる人ありや無し
癌の字を分析すれば山高く品あり病垂《やまいだれ》さえ無くば
理髪店の鏡の中に忘れ来ぬ人に滅多に見せぬ素顔を
背くぐまり小竹《しぬ》の冬原ゆく歩みゆめ刎頸の友など持つな
善き人の良き歌読みて潤む眼に〈老驥伏櫪〉赤唐辛子
二《に》の腕に止まりたる蚊を口窄め神慮の方《かた》へ吹きてやりたり
これという辛酸舐めしこともなく珠玉《たま》と輝くお人もあらむ
さしなみの心曇りに迂回する五、六歩先きを跳ぶ斑猫《みちおしえ》
定年の無き身の軽さ褻衣《なれごろも》落ちゆく先は九州相良《さがら》

（『老猿』平14）

磨り減りし靴の踵にこの先のいかな花びら踏ませてやらむ
七十と二になりましたお母さん墓参りには帰れませぬが
よくもまあ此処まで連《つる》んで来たもんだ今夜は臍を洗ってやろう
オブラートに包《くる》んだような渡世にて八卦見よりも行末が見ゆ
譎文家せんちめんたるお爺ちゃん自転車《ちゃりんこ》漕いで手の鳴る方へ
足元の犬にもおでん投げてやり犬より己れ敝履の如し
一つまた齢《よわい》重ねてつつく鍋竹馬の友ら死ぬ気配無し
鴉とて一羽くらいは口の端《は》にのぼる白眉の鴉もあらむ
いろはにほ三十一《みそひと》尋《と》めてゆきくれて有為の奥山　うふっ　桜が咲いた
夕ひかり残る路上を徒党無き犬が拓落《たくらく》の歩みを運ぶ
口つきてふと転合の出ずるとき白毫《びゃくごう》の光《ひ》が後頭に差す
紋白の去りて揚羽の泳ぐ昼じーんと爪先までも淋しい
はくしょんを零しながらの緩歩《かんぽ》にて配偶者無き暦十九年
指に唾つけてお札を数えおり快《かい》なりや金銭《かね》に使役さるるは
拝啓、御無沙汰しましたが石田君河豚の毒にて頓死、敬具

（『春灯』平16）

石本隆一

耐えがたし急ぎ抱けばエプロンのかくしに鳴れる洗濯挟

（『木馬騎士』昭39）

いしもと　りゅういち　昭和五年、東京生まれ。昭和二十九年「地中海」入会。昭和四十七年に「氷原」創刊、主宰。『石本隆一評論集全九巻』。平成二十二年没。

鑑賞　恋愛秀歌は万葉集の時代からあまた残されてきたが、恋が成就し結婚したあとになお伴侶への深い恋心を歌った短歌は、実は決して多いとはいえない。

その意味で新妻へのときめきをこれほど率直に表した掲出歌は、珍しいだろう。昭和半ばまで主婦は家庭内はもちろん戸外でも割烹着やエプロンをよく身につけていた。作者は初々しいエプロン姿の妻に気持ちを高ぶらせ、思わず抱き寄せたのだろう。その瞬間にエプロンのポケットにあった洗濯挟が音を立てた。新妻の初々しい驚きがその音に重なる。「かくし」という表現が妻の内面の喩として巧みだ。初句切れの「耐えがたし」も息せき切った印象を強めて効果的。

当時所属の「地中海」は前田夕暮の直系。夕暮の名歌〈木に花咲き君わが妻とならむ日の四月なかなか遠くもあるかな〉に応えての、新妻への愛をしたためた一首ともいえる。

ノート　『木馬騎士』は現代歌人協会賞の最終候補に入ったとされるが、清新で洗練された都会性ゆたかな作風は、自然主義短歌を唱導した前田夕暮の『収穫』『陰影』に通じるものがある。一方で昭和六十一年なって二十三、四歳ごろの作品をまとめた『ナルキソス断章』を刊行し改めて第一歌集とした。これによって『木馬騎士』へと繋がる作品系譜が明確となった。〈火を点せば燃え尽くるべき蠟燭のごときに冷たし汝はいだかれて〉〈なれのからだの部分部分をひとつずつ汝にもどして帰してやりぬ〉など鮮烈な相聞歌が光る。

昭和五十九年に出版社を辞し短歌と執筆に専念するが、平成六年に脳内出血。その後の作風は自ずと変化しつつある。

秀歌選

未来にもわれに向かいて走りつつとどかぬ星の光あるべし

印捺せる蔵書を売りぬマークして海に放ちし魚さながらに

マチルデの歩めばあとに投げられしあまたの視線を薙ぎて近づく

ここにして生の拠りどをきずかんか必ずわれは孤高なるべし
（『ナルキソス断章』昭61）

耐えがたし急ぎ抱けばエプロンのかくしに鳴れる洗濯挟

わが寝床につめたき積木おとしゆく子となり家のどこかに声す
（『木馬騎士』昭39）

ふくよかなパンの包みを押しあてて妻はその胸もちて戻れる

川に沿いのぼれるわれと落ち鮎の会いのいのちを貪れるかな
（『星気流』昭45）

杳《はる》かなる桜しみらに開くとき橋のひとつは包《くる》まれてゆく

子を去りて乳腫れたればわが妻もかなしき竜となりにけらずや
（『海の砦』昭53）

天空へわが身抜けゆく花の白仰げば惜しき過去五十年

地上には秋のかなしさわがもたぬ少女鼓笛の隊組む雨に
（『鼓笛』昭60）

北昏《くら》き雨の入江に漂える冬のサーファー頭《こうべ》ちいさし

ベゴニアの冬の葉指に触れて落つ傷みなくわれより捥《も》げてゆくもの
（『天狼篇』昭61）

水馬《みずすまし》ひとつ来て搏《う》つ水の膜ふかく撓みておれど破れず

清澄《せいちょう》の水のあふるる国みよと太滝は示す直《す》ぐ生きたし
（『水馬』平3）

『広辞苑』落とすひびきは階下なる妻の驚く声のぼらしむ

わが亡きあとはるか手渡る棚の辺を知らざれガレの壺に灯《ひとも》す

夏椿薄くすずしき花の白沙羅とし言えばさらにすずしき

一つずつ人間界との糸切れて老いゆくか凪《なぎ》をよろこぶこころ
（『つばさの香水瓶』平5）

六千の鶴のねむりを地に見よと冬満月の引きあげらるる

猫よけのペットボトルに映るもの折り畳まれている夏の空

夏風邪の弛《たゆ》き身に歌詠まんかな叙情とはついに負《ふ》の営みに

流灯の一つとなりていつの夜かかぼそき燭に岸離《か》るるかな
（『流灯』平9）

わがものかあらぬか麻痺の腕一本抱えピノキオ冬辻に佇つ

今ひとつの人生得たるわれかともいぬのふぐりの花の夢見る

他人《ひと》の爪剪りにくしとて切りくるる子の指まこと相似の爪もつ

アスファルトもたげるさくらの根の力怖れ畏み杖を突きゆく

咽喉仏焼かれて軽き骨の姿《なり》生けるを撫でて鬚を疎めり

紅の森ふかき彼の世を焦がれつついまだ世にある縁まぶしむ
（『やじろべえ』平14）

井辻朱美

宇宙船に裂かるる風のくらき色しづかに機械《メカ》はうたひつつあり

（『地球追放』昭57）

いつじ　あけみ　昭和三十年、東京都生まれ。十代から短歌を投稿する。「詩歌」を経て「かばん」創刊に参加。歌集のほかに著書『ファンタジーの魔法空間』など。

鑑賞　SF近未来映画のワンシーンのような歌である。

厳密に言えば宇宙に風は吹かない。暗黒が無限に広がるばかりだが、飛行する宇宙船の素晴らしい速さを「裂かるる風のくらき色」と表現したのだろう。「機械」に「メカ」とルビがあるのはコンピュータということか。宇宙船の中にむしろ人の気配はない。圧倒的な静寂の中でコンピュータが電子音を放っているのだ。無機質的な美が統一するこの歌は、歌集刊行当時、二十代前後の若い読者に高く評価された。

『地球追放』（昭和五七年刊）の「地球」には「テラ」のルビがあるが、漫画家竹宮恵子の作品「地球《テラ》へ……」（五二年～五五年）が想起される。同じく漫画家萩尾望都の「一一人いる！」（五〇年）も宇宙を舞台とした。これに先立つキューブリックの映画「二〇〇一年宇宙の旅」（四三年）のコンピュータ「ハル」のイメージもこの一首には揺曳する。

ノート　日本に生きる日本人が日常の中の喜怒哀楽を詠む、これが近代以降の短歌の通念だ。四季折々の風物や湿潤な空気に取り囲まれつつ醸される情緒を共有し、自分の体験や生活を投影させる。短歌の基盤はこのように継続してきた。

ところが井辻朱美はこうした約束事めいた常識を軽々と飛び越えたところで歌を作る。〈海に湧く風みなわれを思へとぞ宇宙飛行士の夜毎のララバイ〉〈杳い世のイクチオステガからわれにきらめきて来るDNAの砕片〉などのように宇宙や、恐竜が生きていた太古といった日常性からはるか隔たった地点へイメージがワープし、それらと同じ水平線上に自らを置くことができるのだ。ファンタジー、SFの翻訳書は多く、このジャンルでの研究者としても第一線で活躍する。

秀歌選

海に湧く風みなわれを思へとぞ宇宙飛行士の夜毎のララバイ
宇宙船に裂かるる風のくらき色しづかに機械《メカ》はうたひつつあり
少年のたてがみ透きてさやさやとはるかな死海にとほる夏かぜ
碧瑠璃の翼に越ゆる秋ふかきわがたましひのヘルデンテノール
（『地球追放』昭57）

粉雪にまみれし毛皮を喜びて蛮族のごとく帰りきたれり
光年のしずかな時間草はらにならびて立てる馬と青年
額高き銀の馬らをしたがえてねむるがごとき風はふくなり
竜骨という名なつかしいずれの世に船と呼ばれて海にかえらむ
海という藍に揺らるる長大な椎骨のさき進化の星くず
（『水族』昭61）

純白の毛皮ふぶけるその胸の傷跡あまた星よりきたる
死にいたるまでの愛とふ言葉もて北半球に生《あ》れたる甲冑
水球にただよう小エビも水草もわたくしにいたるみちすじであった
楽しかったね　春のけはいの風がきて千年も前のたれかの結語
（『吟遊詩人』平3）

杳い世のイクチオステガからわれにきらめきて来るＤＮＡの砕片
雪の降る惑星ひとつめぐらせてすきとほりゆく宇宙のみぞおち
（『コリオリの風』平5）

青空のきれいな経絡　ココ椰子のしなふ角度を思えばねむる
空港に腰かけてゐる　生まれる前にすべてが始まるのを待つてゐた席
はるかなる窓をゆびさす鐘の音が無限にとほく夢幻にちかく
しんじつにおもたきものは宙に浮かぶ　惑星・虹・陽を浴びた塵
骨だけの竜が相討つフォワイエにふりそそぎくる〈まことの身体《ヴェルム・コルプス》〉
椰子の葉と象の耳ほどこの星の風が愛したかたちはなかつた
まなざしに仰角三〇度の陶酔がある　あなたはきけば指揮者だといふ
わたしだよ　わたしの中に藍青の声がうまれるバッハの水紋
（『水晶散歩』平13）

みんなさがれ《フェラ・トドス》　極上のゆめなぞ見るやうな真打ちマタドールのばらいろの靴下
フェラ・トドスとはピカドールらに何本か銛を打たれた牛にさいごにとどめをさすために、マタドールが進み出るときの言葉です
高熱の草いきれのなか掻きわけて死ぬことのなきテノールがくる
こんなにもまばゆい雲を肩にかけ勇者は北からかへつて来たのだ
つるべ井戸に腰かけてフィルム替へてゐる　背筋こそばゆき旅人である
朱夏の陽にまみれた首が天をなぐ恐竜といふ豪儀な一族
殺された英雄たちの帷子のやうにひかりて時を駆ける鮭たち
青空に芯などあらぬかなしみにミケランジェロはダヴィデを彫りぬ
（『水晶散歩』以降）

伊藤一彦

青梅を籠さげて待つおさなごよわが亡きのちに汝《なれ》は死すべき

（『月語抄』昭52）

いとう　かずひこ　昭和十八年、宮崎県生まれ。早稲田短歌会、「心の花」に入会。昭和五十一年安永蕗子らと現代短歌・南の会創設「梁」を創刊。歌集『海号の歌』や『伊藤一彦歌集』など。

鑑賞　青梅の季節、梅林は薄暗くなるほど葉が茂り、命の印のような実をびっしりとつける。青梅を収穫し、梅干しや梅酒につけ込むという作業は、家族の年中行事のひとつなのであろう。初めてこの作業に加わった幼子が、籠を下げて落とされる梅の実を待っている。伊藤が学園紛争の余韻の残る東京を去り、故郷に帰って家族を持った頃の歌である。

来年も再来年もこうして家族で梅を収穫するだろう。ここではまるで輪廻のような命と生の循環が意識されている。生は一回限り、一個人のものではなく、人と人との関係の中に、そして大きな自然の循環のなかに慎ましく組み込まれているのだ。それゆえ、親の私が死んでからおまえは死ぬのだぞ、という、当然を確かめるような呼びかけは、この命の輪廻に参加した幼子の存在感を重くしてやまない。私より先に死ぬのではない、という親としての切ない愛とともに深く心に響く。

ノート　前衛短歌運動の盛んに論じられていた時代、福島泰樹や三枝昂之らとともに早稲田大学で短歌を詠み始めた伊藤は、同時代の歌人達とは異なる独自の道を拓いてゆく。大学を終えると同時に東京を去り、故郷宮崎で暮らし始める。故郷の自然と人々の濃厚な息づきの中に自らの生を確かめる作品は、声高な思想や先鋭な方法意識とは距離を置く。むしろ口籠もるような抑えた表現の内に自他の魂をさするように確かめるのである。近年は、社会の動向の中に、自然との関係に人間を問いつつ、自らの命の火照りを見つめる。

天のはらゆつくりと昏れ全《また》く暗し手中の椿まだ潰さざる

（『柘榴笑ふな』）

椿を守る強さは、同時にいつでも潰しうる激しさでもある。

秀歌選

鶴の首夕焼けておりどこよりもさびしきものと来し動物園

おとうとよ忘るるなかれ天翔ける鳥たちおもき内臓もつを

古電球あまた捨てきぬ裏の崖ゆきどころなき霊も来ていし

（『瞑鳥記』昭49）

動物園に行くたび思い深まれる鶴は怒りているにあらずや

月光をはかなくしたり午後十時過ぎし金木犀の花の香

青梅を籠さげて待つおさなごよわが亡きのちに汝《なれ》は死すべき

（『月語抄』昭52）

一生を否一日を捨て得ねば鬱の花とぞおもふ紫陽花

もろびとに青春一過さらさらにうねれる水の上の稲妻

鐘のなき鐘撞き堂をまかりきて東西南北いづれもくらし

長きながき吐息のごとくきこえくる夜のあり寒の日向灘の潮

（『火の橘』昭57）

眼のくらむまでの炎昼あゆみきて火を放ちたき廃船に遭ふ

われのゐるここ閻浮提《えんぶだい》　白椿つぎつぎに咲きつぎつぎに落つ

遺りがたきかなしみ持たば聞きに来よ日向の国の大雷鳴《おほなるかみ》を

月光の訛《なま》りて降るとわれいへど誰も誰も信じてくれぬ

（『青の風土記』昭62）

透きとほる水をかさねて青となる不思議のごとき牧水愛す

海港のごとくあるべし高校生千五百名のカウンセラーわれは

緘黙《だんまり》の少年とゐて見上げたり空いつにても処女地と思ふ

東京に捨てて来にけるわが傘は捨て続けをらむ大東京を

（『森羅の光』平3）

母の名は茜、子の名は雲なりき丘をしづかに下《くだ》る野生馬

おぼれゐる月光見に来つ海号《うみがう》とひそかに名づけゐる自転車に

われと立ち風に吹かれて声立てぬ海号じつは娘《こ》らのおさがり

われを知るもののごと吹く秋風よ来来世世《らいらいせせ》はわれも風なり

（『海号の歌』平7）

南国ゆ来たる男の頬打ちて愉しむ雪よ待ちくれたりや

言問へど応《いら》へなければ食ひにけり巨き樹氷の身のひとところ

雪隠す雪もたちまち隠さるるふぶく蔵王の真白の宇宙

秀吟の生れざらめやも妻娘母の十なる胸乳《むなち》あるわが家《や》

（『日の鬼の棲む』平11）

ゆふぞらの消紫《けしむらさき》も消えにけり消人間《けしにんげん》としてわれ立つか

ぬきんでて異形の松の一本《ひともと》に怯めるわれよ加勢求むな

くれなゐの鹿のロースの冷えてゐる霊蔵《れいざう》の庫《くら》にゆふべ近づく

われはなぜわれに生れたる　中年の男の問ふは滑稽ならむ

（『柘榴笑ふな』平13）

稲葉京子

人を恋ふ心なかりせば須佐之男は流るる箸を見ざりしならむ

（『しろがねの笙』平元）

いなば　きょうこ　昭和八年、愛知県生まれ。大野誠夫に師事。「短歌」に所属。歌集『ガラスの檻』『槐の傘』『しろがねの笙』『宴』など。

鑑賞　須佐之男命は、天界を追われて、出雲の国の鳥髪《とりかみ》という土地に降り立つ。そこで、河を流れ下って来る箸を見る。上流に人がいる、と考えた命は、老夫婦と娘に出会い、八俣《やまた》の大蛇《おろち》が娘を食おうとしていることを聞く。命はこの娘櫛名田比売を助けたなら妻にくれるかと尋ね、天より降りた神であると名乗る。無事、大蛇を退治した命は、櫛名田比売と夫婦になる。

『古事記』の中のよく知られた物語だが、作者は、神話の底に秘められているものを詩人の直感で探りあてた。すなわち、須佐之男が箸を目にしたこと自体が、彼があてどない恋心を抱いていたことの証左なのだという。そうでなければ、箸は空しく流れ去ったであろうというのだ。

物語の原型のような神話の鋭い解釈を、そのまま一行の詩にしてみせるのも、短歌形式ならではであり、さらにこの詩形式をわがものとした作者ならではの新鮮さである。

ノート　繊細という形容が、稲葉京子ほどぴったり当てはまるうたびとも稀であろう。ふれたらこわれてしまいそうな、ガラスのような感性で、日常の底にひそむこの世の摂理をうたう。調べはやさしくたおやかであるが、時としてつわものをもしのぐ放胆さを示すこともある。歌だけにすべてを賭けた強さであろうか。稲葉は若い日、童話を書いていた。そのためか初期の作品には、少女の夢想のような物語性が濃い。妻として、母としての歳月を重ねるに従って、作風は人生の悲哀を深く見つめたものとなった。それゆえにこそ、生きることはあでやかな宴であるというのが、稲葉の根本を貫く思想である。そこには常に、死の側からの反照に見る生が在る。

いつの日か倖せを山と積みて来る幻の馬車は馭者のない馬車
傷あらぬ葩のごとかばはるるうらがなしさに妊りてをり
（『ガラスの檻』昭38）

風よりも静かに過ぎてゆくものを指さすやうに歳月といふ
白鳥を美しからぬといふ吾子よわがうちの何を罰するならむ
頬に指た触《ふ》るる前の弥勒像思へば仄かに乱れたまへり
（『柊の門』昭50）

羽毛も鱗も持たざるゆゑに春の夜の宴に絹を纏きて群れゆく
抱かれてこの世の初めに見たる白　花極まりし桜なりしか
生きかはり生きかはりても科《とが》ありや永遠《とは》に雉鳩の声にて鳴けり
（『槐の傘』昭56）

かき集め火を放たねばいつまでも落葉は路上を走りてをらむ
かざし来し傘を畳みて今われはここより花の領界に入る
かつてその熱を計りし母の手は若き憂愁をはかることなし
（『桜花の領』昭59）

たゆたへる思ひのなかに別れゆく夢の雨にも傘をさすなり
百年の椿となりぬ植ゑし者このくれなゐに逢はで過ぎにき
人を恋ふ心なかりせば須佐之男は流るる箸を見ざりしならむ
（『しろがねの笙』平元）

年毎に見て来しものを今年の花に逢はむ逢はむと心は急ぐ
怺へがたし信じがたしとながらへて人は今年の花を浴びをり
（『沙羅の宿から』平4）

長き長き手紙を書かむと思ひしにありがたうと書けば言ひ尽くしたり
いとけなき子にその父が教へゐる初めの言葉は別れの言葉
相寄りて紅梅坂をくだりゐつ失ひしものは歳月と死者
（『紅梅坂』平8）

耐へかねて鳴り出づる琴があるといふあああれは去年《こぞ》の秋のわたくし
老いし人を若者があやすわれがもし老い人ならば傷つくものを
家族が皆忘れしことをいつまでも覚えてゐて嘘つきのやうなるわれは
（『秋の琴』平9）

大いなる椿の一樹野に老いて身のくれなゐを汲みあかぬかも
さびしさと寒さの境界を言ひて見よわれはをりをりさびしく寒し
高枝を拂へる人よ空に鋏をさし入れてわが死者を切りたり
ふり仰ぐ額《ぬか》に折しも椿降る天に椿の樹のありぬべし
（『天の椿』平12）

立ち上がりわれにますぐに来しことをひと生《よ》をかけて忘れずあらん
王様クレヨンの王様の貌の品格を唐突に路上に思ひ出でゐつ
藪椿日溜りに咲きあるかなき声もて「わたくし」と言ひ出づるなり
この町のメガネドラッグのフレームはいつせいに遠き雲をうつせり
（『宴』平14）

岩田 正

千六本うまくきざみぬトントンとこんなよき朝われにあつたか

（『郷心譜』平4）

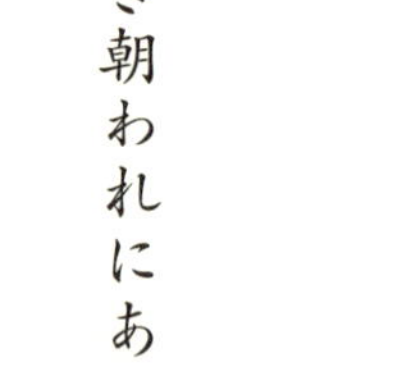

いわた ただし 大正十三年、東京生まれ。窪田章一郎に師事。昭和二十一年「まひる野」創刊に参加。五十三年「かりん」創刊に参加。歌集「靴音」ほか。評論集「窪田空穂論」ほか多数。

鑑賞 朝食のみそ汁の準備だろうか、大根を細く千六本に刻む音が軽やかに響いてくる明るい歌だ。

男性歌人の厨のうたは現代でもそう多くない。まして、それを特別なことでもなくさらりと、そして、これほど軽快な心弾みをもってうたう歌人はほかにいないだろう。細やかに言葉を重ねて調子をつくってゆくところに作者の文体の特色があるが、何より、上句の調子を受けて「こんなよき朝われにあつたか」と大きくうたってゆく展開が魅力的だ。上句の弾む調子が、下句をたんに「よき朝」の喜びにとどめておかず、よき人生そのものへの賛歌のニュアンスを与えているところに、歌の優しいふくらみと明るい味わいがある。

日常のごく小さな場面やそこで出会う人間に強い関心を示した点、細やかに言葉を重ねてうたう点に、窪田空穂の影響が見えるが、この歌に代表されるさらりとした心弾み、生の賛歌の明るさは東京生まれの作者独自のものだ。

ノート 第一歌集『靴音』以後、短歌評論に専念した長い中断を挟んで、歌作に復帰した作者の作歌は旺盛で勢いがある。

鑑賞した一首のように弾んだ歌のほか、〈シクラメン隣室に置きものを書くすこし寂しく花を思ひて〉という非常にナイーブにやさしく心理の翳りをとらえる歌、一方で〈餃子食べし美人と前後し店を出るきみもニンニクわれもにんにく〉というような抜群に面白い歌も多い。自選歌にも見えるとおり、近年は時代への危機感、戦争や憲法の問題に対する憤りをうたうことが多くなっているが、その場合も自他を含めた人間への興味と好奇心が生き生きと働いており、いわゆる社会詠の堅さや単調さとは無縁である。人間への愛と肯定の心と読ませる面白さ、この点が作者の最大の魅力であろう。

秀歌選

世代ちかく生きしと思ひ親しみしイヴ・モンタンはわれを知らざり

イヴ・モンタンの枯葉愛して三十年妻を愛して三十五年

寒いから鴨は孤独の羽をもつその羽に首埋めて安らふ

孤りなる想ひに桜見上ぐれば枝さし交し花は歌へり

千六本うまくきざみぬトントンとこんなよき朝われにあつたか

月あかき晩はふくろふのよき影を落して木の間に青葉木菟《づく》は啼くとふ

ときにわれら声をかけあふどちらかがどちらかを思ひ出だしたるとき

（『郷心譜』平4）

シクラメン隣室に置きものを書くすこし寂しく花を思ひて

餃子食べし美人と前後し店を出るきみもニンニクわれもにんにく

（『レクエルド』平7）

自然との交歓は犬にまさるなし雨のあしたの土の香を嗅ぐ

亭亭と立つ樹にすがりまぐはへるひぐらし澄みて空中の恋

歌壇名簿にわが名洩れしは鬼籍にも入れられしかと某女さわげり

（『いつも坂』平9）

チョコレートひと口嚙めば恋の味ふた口妻の味とこそ知れ

急《せ》く・急《いそ》ぐ好まぬ理由ススメススメ兵隊ススメと読本《とくほん》ありき

日本の太鼓の醍醐味打ち響《とよ》む所作・見得・閑寂《しじま》うたぬことよき

ひたぶるに急《せ》き歩むわれ歩のたびに人生こぼしてゆくにやあらむ

駅の階踏みはづし手すりにすがりたり慌てるなかれまだ七十代

（『和韻』平12）

世の中は怖いぞリストラ・いぢめあり川を覗きて鴨にさとせり

朝覚めてひとりと思ひしばしして妻に気づけりかかる朝いい

五月三日朝覚めてまづ思ひたりわが憲法はまだ生きてゐる

オルゴール部屋に響けり馬場さんよ休め岩田よもすこし励め

妻眠る顔よこれが子・娘《こ》であれば愕然と戦さ来《く》なと身構ふ

SLはなく炭坑も閉鎖して火を焚く男の気骨なくなる

五月晴れ昨日憲法今日落語こんなにわれは真面目に生きる

タイタニックその船底に汚れて火焚く一団のありてみな死ぬ

D51《デゴイチ》は勇壮・悲愴疾駆せぬ機関車の罐《かま》われは仰げり

最上川茂吉眺めぬ麻生川川幅五メートルわれは眺むる

秋霖にけぶるホールに入りて来し諏訪内晶子の弦は濡れたり

黒木瞳死ぬなとむきにメロドラマ見てゐてやがて画面に怒鳴る

靖国《やすくに》神社に手を合はす婆《ばば》なんまいだむかし恋ひしい弥五郎さんエー

（『視野よぎる』平14）

上田三四二

死はそこに抗ひがたく立つゆゑに生きてゐる一日一日《ひとひ》はいづみ

（『湧井』昭50）

うえだ　みよじ　大正十二年、兵庫県生まれ。短歌・評論・小説の各分野で活躍。医師でもある。歌集は『黙契』をはじめ七冊。評論集や小説集も多数刊行。平成元年没。

ノート　斎藤茂吉の歌集を読んで二十代の頃に短歌に関心をもった上田は、作歌と並行して評論活動にも精力を注いだ。また、小説家としても活躍し、多彩な才能を花ひらかせた。その反面、青年期の結核、四十代での結腸癌、六十代での前立腺癌などの病との闘いに苦しんだ人でもあった。生と死に厳しく直面する日々の中から、いのちの重みを敬虔に受けとめ、自然界の営みにやわらかな眼差しを向ける作品の数々が生み出された。端正な中に祈りの思いのあふれた、思索的な作品が多い。歌論集『短歌一生』で上田が述べた「短歌は日本語の底荷だと思っている」という言葉は、短歌は日本語の縁の下の力持ちとして、地味でも重要な役割を果たすべきだ、という作歌信条をよく表わしている。

鑑賞　作者は四十代前半で結腸癌を患い、手術を受けることになった。その直前に詠まれた一首。みずから医師であり、また青年期に結核で闘病した経験をもつ作者には、病や死はつねに身近なものとしてあった。とは言っても、昭和四〇年代の当時、癌と宣告されることはひじょうに深刻な厳しさをともなっていた。手術をすれば治るのだろうか。あと何年生きられるのだろうか。期限付きで「生」を意識しなければならなくなったとき、「死」もまた生々しいかたちで作者の前に立ちはだかってきたのだろう。

しかし、いのちのある限り前向きに生きねばならない。動揺し、悩み抜いた末に作者はそう決心した。与えられた一日一日をいのちを湧き出させる泉と考えて、大切に日々を過ごしていこうと考えたのである。「一日一日は」と一日の重みを嚙み締めるように表現された下句に、生へのしみじみとした愛情がこもっている。

秀歌選

年代記に死ぬるほどの恋ひとつありその周辺はわづか明るし
平安のごとき孤独にわれは居り車窓は濡れてかぎりなき雪
実験室にわが居る隅はいつもいつも壁のなかゆく水の音する

（『黙契』昭30）

あたらしきよろこびのごと光さし根方あかるし冬の林は
感情のなかゆくごとき危ふさの春泥ふかきところを歩む
しみじみと落葉かきをりおのづから年明けぬれば去年《こぞ》の落葉ぞ
年表は簡潔ゆゑにこころふるふたとへば一八五七年「悪の華」
眼《まなこ》冴ゆる夜半におもへばいにしへは合戦《かせん》をまへにいかに眠りし
うつくしきものは匂ひをともなひて晴着のをとめ街上を過ぐ

（『雉』昭42）

たすからぬ病と知りしひと夜経てわれよりも妻の十年《ととせ》老いたり
死はそこに抗ひがたく立つゆゑに生きてゐる一日《ひとひ》一日はいづみ
親子四人テレビをかこむまたたくまその一人なきとき到るべし
ちる花はかずかぎりなしことごとく光をひきて谷にゆくかも
魔のごとく電車すぎたる踏切は闇に鋼《はがね》のにほひがありぬ
薄明のしだいにふかき闇のうちに連翹の黄ぞ溺れてゆきぬ

（『湧井』昭50）

瀧の水は空のくぼみにあらはれて空ひきおろしざまに落下す
腹水の腹を診て部屋をいづるとき白髯《はくぜん》の老は片手にをがむ
歌ありてわれの一生《ひとよ》はたのしきを生のなかばは医にすぎたりき
疾風を押しくるあゆみスカートを濡れたる布のごとくにまとふ
輪郭があいまいとなりあぶら身の溶けゆくものを女《をみな》とぞいふ
三十年わが名よぶ母のこゑありきそのこゑきかぬのちの二十年

（『遊行』昭57）

街灯のひとつがながくはぢらひのまたたきをしてのち点りいづ
さくらよりさくらにわたす一年の木深《こぶか》き闇にまぎれかゆかん
半顔の照れるは天の輝《て》れるにていづこよりわが還りしならん
お河童のゆれてスキップに越しゆきぬスキップはいのち溢るるしるし
武蔵野の冬の林のあかるさよ落葉ふむおとはいのち生くる音

（『照徑』昭60）

顔容の潮《うしほ》引くごとくあらたまるいまはのきはをいくたび診《み》けん
をんなの香こき看護婦とおもふとき病む身いだかれ移されてをり
杖つきて巷をゆけばあはれあはれ杖つく人をいくたりか見る
朝戸繰りて金木犀の香を告ぐる妻よ今年のこの秋の香よ

（『鎮守』平元）

生方たつゑ

木を囓《かじ》る音ききし夜も雪ふれり欠けし紋章も濡れつつあらむ

（『花鈿』昭48）

うぶかた　たつえ　明治三十七年、三重県生まれ。歌誌「浅紅」主宰。昭和三十三年歌集『白い風の中で』、昭和五十四年『野分のやうに』など。平成十二年没。

鑑賞　鼠が古い家のどこかを囓る音を聞いている。その音を聞きながら思うのはこの家に掲げられた紋章である。このち国の重要文化財の指定を受けることになるほどの旧家にはあちこちに家紋が刻まれていたに違いない。その家紋が欠け古びながら雪に濡れているのである。

　生方が嫁いできた群馬県沼田の生方家は、山国の厳格な因習を残す旧家であった。そこでの厳しい生活に耐えながら継ごうとした家を守りきれない日が近づいている。時は昭和四十年代。高度経済成長の波に洗われる日本は新しい時代を迎えようとしていた。生方は複雑な思いで欠けてゆく紋章を思ったことであろう。鼠が木を齧る音は、避けようのない時代の浸食してくる音、人生の変化そのものとして聞こえたに違いない。家の誇りである紋章が雪に濡れてゆく風景は、そのまま心の風景でもある。

ノート　三重県伊勢市に生まれ、日本女子大卒業後群馬県沼田の旧家生方家に嫁ぐ。山国の厳しい風土や旧家の因習の中で心の渇きを癒すべく短歌を志し、今井邦子に師事する。初期には緻密で透明感のある写実詠に佳作を残すが、作歌を中断。そののち松村英一に師事し、「国民文学」に参加する。昭和二十四年、北見志保子、長沢美津、五島美代子、川上小夜子、阿部静枝らとともに「女人短歌会」を発足。戦後、女歌が注目される中、自虐的とさえ呼ばれた詠風で内面を見つめた作品や、能を主題とした主題制作に挑む。写実の技法を生かしつつ主情的な世界を展開し、女性短歌の典型となる。幅広い活躍と旺盛な創作によって、近代から現代へと女性歌人が歌壇に出てゆく時代への橋渡しの役割を果たした。

秀歌選

かけひ水の物濯《ものすす》ぐほどは溜《たま》りゐて水底《みなそこ》すめり白飯《しらいひ》の見ゆ　（『山花集』昭10）

この国のはたてに散りて没る冬日流人《るにん》のごとくあふぐ日もあり　（『雪明』昭19）

けだものは骨くはへきて草に置く奪ひきて何のためらひもなく　（『浅紅』昭25）

秋山の四方しづかにてまぼろしのなびくがごとし薄《すすき》ふた群《むら》　（『春尽きず』昭27）

水の音さやさやとして鳴る春の戒律はみなやさしかりける

忘却に頼らむなげきも杳《はるか》にて雪ふれば浄きものに溺るる

石焼けて剝げしがまじる土白し皇居もせまく荒れたまひたり　（『雪の音譜』昭28）

能面の泥眼《でいがん》がもつ翳りみきしみじみとせる嫉みをせむか　（『青粧』昭30）

かわきつつ君がためいきするときにまなじりひくき埴輪の顔す

たふれゆく樹骸の湖《うみ》にしぐれして啓《ひら》かれてゆく冬の音なり　（『白い風の中で』昭32）

冬の海のやうなる音たてて帯とけば烈しくぬれてくる痛みあり

とほき火事の火の痣ながき夜空ありかかる重みにも堪へゐむわれか　（『火の系譜』昭35）

「なやみの日に我を呼べ」といふ制札のまばゆさよ愛も岬ゆゑ晦《くら》し

蒼い日ぐれきて街角の蛇屋にておもむろに蛇を計量《はか》るを見たり　（『海にたつ虹』昭37）

気兼ねするやうに岩洗ふ磯ありき光泡だつ充潮のとき

北を指すものらよなべてかなしきにわれは狂はぬ磁石をもてり

石仏の指の欠けしを拝みきぬ無能に美しく虹たつ日なり　（『北を指す』昭39）

モナリザを見てかへりくる夕まぐれ給水塔もすぐれて高し　（『春禱』昭43）

狂ひゆけばむしろ安けし埒越えてゆく嘲笑も明るかるべし

人のあはれみを受けゐる母と知りしとき骨鳴る音す子を死なしめて　（『虹ひとたび』昭44）

カルデラ湖いくところにも見てすぎきサピタの花のしろきゆふぐれ

木を嚙《かじ》る音ききし夜も雪ふれり欠けし紋章も濡れつつあらむ

デスマスクのやうに毒なき顔をして古りゆくものを継ぎきたりしよ

喰ひこみて重くなりたる蔵扉《くらど》ひく滅びちかづく黄昏にして　（『花鈿』昭48）

紋章の拓本をとる墨選ぶ家の終末になしうるひとつ

ケロイドとならむ真珠湾は見ざるべし贖罪のごと花撒きながら

サピタの花の白きあしたと思ふ日も黙契もちてゆく北の旅　（『紋章の詩』昭48）

父死にし日も母ゆきし日も潮浄めせし磯がありひらくはまごう

空きてゐるベッドの上に帷子《かたびら》を裁つとき雪のふる悲鳴あり　（『風化暦』昭49）

半眼となりしまぶたを撫でながらいのち熄みゆくを知るてのひらか　（『野分のやうに』昭54）

梅内美華子

一度にわれを咲かせるようにくちづけるベンチに厚き本を落として

（『横断歩道（ゼブラ・ゾーン）』平6）

うめない　みかこ　昭和四十五年、青森県生まれ。昭和六十三年「かりん」入会、馬場あき子に師事。歌集『横断歩道《ゼブラ・ゾーン》』『若《みか》月《づき》祭《さい》』『火《ほ》太《た》郎《ろう》』。

鑑賞　作者がまだ大学生だった頃の歌。いま読んでいる途中の書物の内容について、恋人とあれこれ語り合っていたのだろう。ベンチにすわってしばらくの間熱心に議論していたのだが、そのうち不意に恋人がキスをしてきた。驚いた様子が「ベンチに厚き本を落として」に表れていて、作者の率直さがほほえましく思われる。

そして何よりもみずみずしさが匂い立ってくるのが「一度にわれを咲かせるようにくちづける」という描写である。くちづけによって、自分の中にひそんでいた生命力がきらきらと耀き出してきたような感じ。まさに花のつぼみがほぐれて、音を立てて咲き満ちたような力強さがある。初句「一度にわれを」は七音で、二音分の字余りになっていることも、若々しい勢いを伝えてくる。自分自身を花にたとえるのは一種の自己陶酔だが、この歌には恋する女性の肉体と精神の充実感が理知的に捉えられていて、清新な印象を受ける。

ノート　俵万智の歌集『サラダ記念日』が刊行されてベストセラーになったのは一九八七（昭和六十二）年。ライトバースと呼ばれる新感覚の軽快な歌が話題を呼んだ。梅内が角川短歌賞を受賞したのは『サラダ記念日』から四年後。ポスト俵万智世代の女性歌人の筆頭が梅内であると言えよう。

青春歌の歌人として恋や都市風俗や人生についてのびやかに詠む梅内の姿勢は、ライトバースからの影響ももちろん色濃く受け継いでいる。ただ、それのみでなく自己の内面を痛みとおののきをもって凝視する作品は、先行世代とはまた違った陰影を秘めている。古典の素養を生かしたしなやかな文体、大胆な身体感覚、斬新な発想の比喩表現、社会的な出来事への視点など、幅広い魅力をもつ歌人である。

階段を二段跳びして上がりゆく待ち合わせのなき北大路駅
空をゆく鳥の上には何がある　横断歩道《ゼブラ・ゾーン》に立ち止まる夏
生き物をかなしと言いてこのわれに寄りかかるなよ　君は男だ
花博にラフレシア見し助教授は夕顔の君の死のくだり説く
われよりもしずかに眠るその胸にテニスボールをころがしてみる
一度にわれを咲かせるようにくちづけるベンチに厚き本を落として
「悪いけど」を必ずつけて頼む君月草の瑠璃とんぼに喰わす
大いなる空振りありてこれならばまだ好いていよう五月の男
若きゆえ庇われている羞しさの鶏冠《とさか》のように腫れゆく思い
夜は大きな青馬なれば浅葱色の目をうるませて鉄路を渡る
（『横断歩道《ゼブラ・ゾーン》』平6）
夏の風キリンの首を降りてきて誰からも遠くいたき昼なり
ティーバッグのもめんの糸を引き上げてこそばゆくなるゆうぐれの耳
抱きながら背骨を指に押すひとの赤蜻蛉《あかあきつ》かもしれないわれは
みつばちが君の肉体を飛ぶような半音階を上がるくちづけ
右腕にうすくなりゆく黒子あり消えなば誰の身に発芽する

わが首に咬みつくように哭く君をおどろきながら幹になりゆく
截るごとにキャベツ泣くゆえ太るときもいかに泣きしと思う夕ぐれ
限りなき白雨の線を眺めさすバケツを馬穴と書くさみしさは
スピンクスのわれが投げにし言葉の輪からんと君の首に落ちたり
ごんごんとわが吊鐘が積まれゆく鐘に飛び込む女見てより
（『若月祭《みかづきさい》』平11）
厚らかに泰山木のかかげたる花のひかりも大空の餐
さし入れて水に産みゆく蜻蛉《やんま》の尾杭のごときが震えておりぬ
試そうよ　どちらがうまく愛せるか日常という草を蹴りつつ
つんつくつんつんつくつんと揺れながら下駄の少女が橋渡りくる
声はかなし　小舟渡《こふなと》海岸の草むらにちぎれて落ちし海猫の嘴《はし》
夕波は人の遊びを拭きとりて湿りたる縄返し置くのみ
ちりちりと怒りのなかにひと思う白あやめ青あやめ発火す
智恵子切りし紙絵の青き魚《うお》飛びて夕暮れあわき空たわみたり
わあと鳴る桜　ほっほと息をつぐ桜　散るまで走る花の日
ひぐらしの声落ちやがて体《たい》落ちるひそやかな音林は蔵《しま》う
（『火太郎《ほたろう》』平15）

大口玲子

名を呼ばれ「はい」と答ふる学生のそれぞれの母語の梢が匂ふ

（『海量《ハイリヤン》』平10）

おおぐち　りょうこ　昭和四十四年、東京都生まれ。「心の花」に所属、佐佐木幸綱に師事。歌集に『海量』『東北』。

鑑賞　作者は日本語教師として外国から来た学生たちに言葉を教えている。学生たちのたどたどしい日本語の「はい」が、まだそれぞれの母国語の響きを濃くとどめているのを、「母語の梢が匂ふ」とたとえたのが新鮮だが、作者はそこに言葉の問題だけを見ているのではない。それぞれの「母語」の匂いは、国や民族の匂いであり、それらを背負いながら個人が生きる匂いである。「梢」と表したのは、まさに樹木が立つように立つ学生の若々しさの表現であると同時に、それぞれの国や民族を抱えて問うように立つ学生たちに向かう作者の、若々しい誠意と意欲をもにじませているようだ。

ときに自身も傷つきつつ、日常のなかで懸命に考え何かをつかもうとしている作者のひたむきさが『海量《ハイリヤン》』には一貫して流れている。思索的だがいたずらに内向するのではなく、懸命に思い行動する姿勢がはっきり伝わる。それを支えているざっくりと大柄な文体も魅力的だ。

ノート　〈房総へ花摘みにゆきそののちにつきとばさるるやうに別れき〉の「つきとばさるるやうに」のリアルさなどには、同時代の相聞歌の特徴が見えるが、全体的には、感覚的なモノローグ世界にこもる若手歌人が多いなか、世界や時代に向き合う姿勢を鮮明に打ちだしているのが作者である。

第二歌集では、夫の転勤で新しく住むことになった東北を正面から歌集の題名に据え、東京生まれの自身と東北をみつめた。『海量《ハイリヤン》』では見せることのなかった家族に関わる葛藤も吐露されたが、やはり歌集の第一の魅力は東京出身の作者が東北に真向かい、あるいは〈切りわけて果実の断面嗅ぐときのわれはヒロシマのどこに居るのか〉と問う、認識の意志みなぎる骨太の抒情にあるだろう。

秀歌選

薪割りの斧ふりおろす一瞬の銀河の洞《ふか》さたれにか告げむ
唐突に眼鏡はづして我を見る君は樹木の視座を持つ人
房総へ花摘みにゆきそののちにつきとばさるるやうに別れき
酒飲んで点れる君か花火の火しづかにもらふやうに言葉も
螢とつてあげたかりしをきみはゆふべ草深くひとり溺れゆきけり
名を呼ばれ「はい」と答ふる学生のそれぞれの母語の梢が匂ふ
形容詞過去教へむとルーシーに「さびしかつた」と二度言はせたり
南湖の量、否、海の量の酒を飲み語らむと逢ふ夕暮はよし
「ロング・イエロー・ロード」を聴けばはろばろと野火が旅してゆく大地見ゆ
炎昼に母語は汗して立つものを樹皮剝ぐごとき剝奪思ふ
答へられぬ学生に深く立ち入れば星選ぶやうに助詞選びをり
朝の雨そそぐ渚を走るとき我の日本語こそ砂まじり
わが馬は初夏へ走りゆき日本語を捨てて詩を書く充実にゐる
つらぬきて沢流るると思ふまで重ねたる胸に螢をつぶす
半身を花舗に差し入れほんたうは螢に生まれたかつたいもうと
（『海量《ハイリヤン》』平10）

せつなさをのぼりつめたる夜に聞く「鉄条網を切れ」と言ふ声
サーカスの火の輪が見たし君は君の眠りにわれを持ち込まざりき
人生に付箋をはさむやうに逢ひまた次に逢ふまでの草の葉
死を言へば死の側に居ぬ我々の声まのびしてあかるむばかり
肌脱ぎの樹木の力　今朝われは総雨量もてひと憎みをり
独り来て一人殺せり人生を持ち寄るごときジャズスポットに
言はざらむ心を恃み肩の雪はらひやるときあらたまるなり
夏きざすやうに勇気はきざすのか飲酒ののちの蕎麦のつめたさ
捨つべしとある日は思ふ　われが見捨てられるかもしれない東北を
夜のうちに秋へゆくなり夢に沁みてわれを北上する水のおと
蒼天に雲走りをり夏暁《なつあけ》は死ののちも鳥の声が聞きたし
切りわけて果実の断面嗅ぐときのわれはヒロシマのどこに居るのか
寒冷地手当出てふたり東北にほうと息吐き棲息しをり
東京にもう感傷せぬわれがゐて朝のこころをびんびんはじく
踏切の音かんかんと性愛はいまだ聞かざる夜汽車のひびき
（『東北』平14）

大島史洋

目つむればここにもたぎつ沢はあり燦々として望郷をせよ

（『四隣』平成6）

おおしま　しよう　昭和十九年、岐阜県生まれ。昭和三十五年、十六歳の時に「未来」に入会し、近藤芳美、岡井隆に師事する。歌集『藍を走るべし』『いらかの世界』『四隣』『燠火』など。

鑑賞　雑駁な都市空間に職場をもち、そこを往復する日々にあって、ふと立ち止まり目をつむる時がある。すると、車の行き交う音も雑踏のさざめきも消え去って、はるばると駆けめぐった故郷の沢が見えてくる。木漏れ日のなかで滾りたつ、粗削りの沢なのだろう。故郷は岐阜県中津川市、東京に暮らすようになってからも、山林と川に囲まれて育った少年期が生き生きと心に息づいている。あるいは、マンホールの暗渠の音を耳にして、懐かしい沢を思い浮かべたのかもしれない。目さえつむれば、どこでも故郷が現れてくると自分に言い聞かせるのである。「燦々として」という形容で飾られる望郷の華やぎが、都会のイルミネーションと重なるように煌めいて寂しい。孤独だが力の漲った望郷の歌である。『燠火』（平成十四）の、〈ここはどこどこにでもなる街として私は歩む冬の舗道を〉の虚しさに呼応する一首、現代にあっての都市と故郷の距離を一瞬にして言い切った歌である。

ノート　第一歌集『藍を走るべし』に、〈そびえたつ一本の木よ高ければそれだけ僕の悲しみのます〉という歌がある。彼方に聳える理想へ向かっていく六〇年代の青年の若さが、柔らかな口語で表されている。第二歌集『わが心の帆』以降は、堅固な言葉の塔を打ち立てようとして弓なりになる姿勢と、都市にいて抱く「望郷」の思いが、会社に勤める男性の視線で描かれる。冷静な観察力を働かせながら、日々の生活に低い視線を這わせる作風に変化していくのである。小さな光景から、中年男性の苦さと喜びを歌い起こす歌群は、現代短歌に新しい切り口を拓いた。また、〈はがねなすソルジェニーツィンたまひびくカルザス幽明隔てて帰る〉など、冷静な理知による社会批評に独自の世界を見せている。

秀歌選

よろこびをわかたんとして水色の玻璃の扉に手をかけしかな
青色の国をおもえばふるさとの湖にただよう黒き雨傘
わが才をなげかいくれば蓮華田に一国をになう青き牛みゆ
そびえたつ一本の木よ高ければそれだけ僕の悲しみのます
（『藍を走るべし』昭45）

いかように在るとも交わす枝はなし影をひいてもひとりの冬木
わが妻は畳の上で子を産みぬかつての下宿のごとき部屋なり
産み終えて仁王のごとき妻の顔うちのめされて吾はありたり
生きているだから逃げては卑怯とぞ幸福を追わぬも卑怯のひとつ
（『わが心の帆』昭51）

妻をはさみ寝ている見ればくだらない思案の分だけ疎外者である
友と遊ばぬ吾子の内気の親しけれわがつけし泰山木の傷の高々
（『炎樹』昭56）

枇杷の木を便所かくしに植えし路地屋根の上にて木ははばからず
冬のプール鎖をまきしトイレあり白き光のなかを歩みぬ
神田川の濁りの底を進みゆく緋鯉の群れの数かぎりなく
かたむきて地下に入りゆく車中には眠れる男がずらりとならぶ
（『時の雫』昭61）

走りつつ行き先標示をかえているバスを見送る十字路に来て
神田川の潮ひくころは自転車が泥のなかより半身を出す
自意識を諸悪のもとと思うまで畳屋の香につつまれている
丘の上の天つ光に〝重荷なら捨てよ〟と言いし声のかえるも
（『いらかの世界』平元）

不気味なる民族として立ったまま寝ている人を次々に映す
紫蘇の葉のにおいのなかにしゃがむときなまぐさき身よたたかうなかれ
本当の自由を知らぬという声のいくたび吾を打ちて過ぎしか
（『四隣』平6）

去年今年七日があいだ楽しみしこのやわらかな髭のよろしさ
だいこんの花のなだりを見上げつつわが喜びの極まらむとす
マンションの屋上にして金網のなかなる下着がおりおり光る
はがねなすソルジェニーツィンたまひびくカザルス幽明隔てて帰る
（『幽明』平10）

枕木が木でありしころ川浴びの帰りはレールに耳押し当てき
梅花藻の白き小花の咲きつづく清き流れをふるさとに見し
ここはどこどこにでもなる街として私は歩む冬の鋪道を
街ひとつ過ぎてかわりし街路樹の槐を見あげ散る花を受く
こともなく日は過ぎゆくをいま少し深く悲しめみずからのため
（『燠火』平14）

大滝和子

サンダルの青踏みしめて立つわたし銀河を産んだように涼しい

（『銀河を産んだように』平6）

おおたき　かずこ　昭和三十三年、神奈川県生まれ。岡井隆に師事。歌集に『銀河を産んだように』『人類のヴァイオリン』。歌誌「未来」会員。

鑑賞　「月子という名の母を持つ私には、宇宙が理屈ぬきで親しいものに思われてなりません」と記す作者だからだろうか。この歌の銀河も、まるで一首の母胎に包まれてしまったように懐かしく、作中の「わたし」は、銀河出産直後の不可思議な空気に全身を洗われたように涼しい。

　このすばらしい感覚を生かしきった上句の表現に注目する。ここで登場するサンダルは、いわゆるおしゃれサンダルではないだろう。普段履きの、どちらかというと平べったい青いサンダル。そして間違いなく素足だ。「踏んで」ではなく「踏みしめて」といったところに作者の先天的な詩的センスを感じる。踏みしめることによって、「わたし」はサンダル履きのまま宇宙とつながり、また「滲《し》み出づる」に通う音感の中から、銀河の雫が零れる。独創的な比喩の力が宇宙を引き寄せた秀歌。

ノート　宇宙感覚の歌人であり、比喩の歌人である。「短歌の美に奉仕する〈喩のための喩〉でありながら、唯美家の歌とは違う」（岡井隆）、その最大の理由は、「耳を澄ますとき、人体と天体とは互いにひびきあっているのです」（歌集『銀河を産んだように』「あとがき」）という作者自身の体感（あるいは深層心理）にある。

　人生のドラマから自由な作中のわれ、宗教の匂いがしない神、また、ロザリオの玉のように「瞬間《たまゆら》」がつらなる一日、種子であった遠い時間につながる野球のバットなど、思いがけない新鮮な発想によって、極めて個性的な世界を築く。〈神あるや神あらざるや野球という三進法を見ているときに〉など、詩を読む楽しみに満ちた作品群。

秀歌選

サンダルの青踏みしめて立つわたし銀河を産んだように涼しい

眠らむとしてひとすじの涙落つ　きょうという無名交響曲

あおあおと躰を分解する風よ千年前わたしはライ麦だった

収穫祭　稜線ちかく降りたちて between や up や away を摘めり

プラトンはいかなる奴隷使いしやいかなる声で彼を呼びしや

さみどりのペディキュアをもて飾りつつ足というは異郷のはじめ

めざめれば又もや大滝和子にてハーブの鉢に水ふかくやる

うれしいときなぜ手を叩く祈るときなぜ手を合わす内野席にて

反意語を持たないもののあかるさに満ちて時計は音たてており

あじさいにバイロン卿《きょう》の目の色の宿りはじめる季節と呼ばむ

接吻に音階あるを知らざりしころより咲けるさ庭の百合よ

猫の目にむかいてそっと聞いてみる「宇宙はなんがつなんにち生れ?」

二千個の人形かざる博物館どの表情もみなわが心理

（『銀河を産んだように』平6）

はるかなる湖《うみ》すこしずつ誘《おび》きよせ蛇口は銀の秘密とも見ゆ

スカートの影のなかなる階段をひそやかな音たてて降りゆく

家々に釘の芽しずみ神《かむ》御《み》衣《そ》のごとくひろがる桜花かな

レッドとはなんとさみしい色だろう　アスファルトのうえ濡れいる雑誌

ほの光るDNAをたずさえてわたしは恋をするわたしもり

月齢はさまざまなるにいくたびも君をとおして人類を抱く

ベッドからまた降りたちぬ八時間われなる海をさすらいてのち

張りつめたガラスごしなる月光よ　百合のなかにも奥の細道

トイレットの鍵こわれたる一日を母、父、姉とともに過ごせり

12歳、夏、殴られる、人類の歴史のように生理はじまる

地球儀に唇《くち》あてているこのあたり白鯨はひと知れず死にしか

はてしない宇宙と向かいあいながら空瓶ひとつ窓ぎわに立つ

弟《おと》よ弟《おと》よ損かえりみずふくらみて世界を統べる2進法たち

二十世紀霊歌のごとくひたすらにヒロシマへ降る雪の結晶

春あさき郵便局に来てみれば液体糊がすきとおり立つ

観音の指《おゆび》の反りとひびき合いはるか東に魚《え》選るわれは

何をせむ腐りおえたら何をせむ　躑躅《つつじ》の園を丸くめぐりて

（『人類のヴァイオリン』平12）

太田青丘

谷ひとつ見晴らしにして十日あまりさくら待つ間のわれの白髪

(『晩暉』平8)

おおた　せいきゅう　明治四十二年、長野県生まれ。叔父・太田水穂の養嗣子として「潮音」を引継ぎ、主宰となる。文学博士。歌集『国歩のなかに』『花暈』『晩暉』など。平成八年没。

鑑賞　見晴るかす谷の今年の桜はまだ咲かない。だが蕾は日に日にふくらみ、樹々の梢がしだいに気色だち薄紅に色づいてくる。その数日の桜の息づきをみつめ、寄り添うように開花を待っているわれ。老の気息が自然の相とひとつになって充ちている。景観の大きい歌だ。作者の住まう鎌倉扇ケ谷の杳々山荘からは、谷から海までが一望できたという。

だが、この歌からは、たんに自然詠というだけはすまない、もう少し謎めいた表情も見えてくる。結句が「われの白髪」と結ばれているからである。つまりこの「白髪」は、作者の老の肉体的象徴を超えて、桜が咲くまでの十日あまりを、永遠に来ない時間の象徴のようにも思わせる。さらに「白髪」は、「さくら」と「谷」という言葉のイメージとも響き合いながら、いわば物語のような時空を一首の中につくり出す。老の境涯詠が幻想を孕んで光ってくる瞬間である。青丘最晩年の、自然と溶け合った澄んだ境地の見える一首。

ノート　東京大学大学院で中国詩学を研究した太田青丘は、はじめ漢詩の創作から出発した。戦後、昭和二十五年に第一歌集『国歩のなかに』を刊行。「昭和の波瀾の時代に生きた一学究の自己並びに国家社会に寄せる哀歓悲願」の一巻であると「あとがき」に言うように、敗戦後の日本のありのままの現実と、それを慟哭する一日本人のありのままの心が率直に歌われている。その憂世、有心の社会詠には、漢詩の気韻と志とをみることができるが、第一歌集のこの理念や姿勢の高さは終生変わることがなかった。

青丘の眼には現在と過去、未来の時空がつねに遥々と交錯し、対照される。歴史観的社会詠と呼ばれる所以だが、そこにあらわれる象徴性、幻想性もまた青丘の特徴である。

秀歌選

日本人わがもてる願ひも悲しみもまさやかなれや国歩のなかに
物思ふ葦にしあればゆく雲の高きに舞はむ心をわが有《も》つ
雪まぶれ天の真中に抜きて立つ敗戦四年の富士を見放《みさ》くる
帝王の幾代の夢の紫禁城その絶顛《ぜってん》に赤旗はためく
（『国歩のなかに』昭25）

半島に遂に砲火のとどろく日疼《うづ》く思ひを丘に抱き来し
荒廃の国土の上にのしかかり秋は限りなし蒼空の澄み
（『噴泉』昭29）

馳けこみし朝日の部屋に息絶えて父はいましき五分とたゝぬに
幾日を保つ命ぞ杉の梢の藤の花房窓あけて見す
昨日まで妻が寝てゐし床の跡また来て坐る手持無沙汰に
纏足をかなぐりし民にてドリルうつ少女の笑顔疑はざらん
（『アジアの顔』昭35）

おのれ噴く音のみ闇の厚き層を裂きて広場に噴水あがる
村ぐるみ火炎放射器に焼かれゐる今の今はもメコンは知らん
（『六月の旗』昭40）

梅雨明けの緑の土手に糸垂るる少年は雲を釣るやも知れぬ
メコン川に千体仏か首なくて漂ひゆけり陽はあまねくて
（『花暈』昭45）

限りなき人間の欲望が吐きいだすヘドロみるみる海を染めゆく
奇形の死魚あまたうちあがるをゴーガンのタヒチの女ら黙し取り巻く
いのちみな海より生《あ》れしといふ言葉重きうしほのとどろきに顫つ
（『わが地球』昭54）

長安の古都をゆきゆき逢ふものか杜甫も仰ぎしそのつばくらめ
等身大の彼《か》の兵馬俑《よう》にちさき我が笑める埴輪をおきて思へる
（『危檣』昭57）

歴々と地球のはらわたまで発《あば》き軍事衛星より届きし写真
原子炉の廃棄物なる億噸を遠巻きにして鯨の会議
（『北窓』昭61）

東京には文学がある教卓にもたれ憧れし青年水穂
わが窓の今年の合歓の花の紅かの華清池のそれよりあはし
さくら咲く大和島根の海をめぐる億千のうろくづを思ひ眠らん
（『この星に生きて』平元）

七変り八変りしつつわが窓に由比はいちにち唆しやまず
その自滅待つたなからん乗り合はす 一つ地球は水も大気も
（『蜃気楼消ゆ』平5）

囲炉裡かこみ汁かけ飯のえも言へず旨かりし日ようから揃ひて
谷ひとつ見晴らしにして十日あまりさくら待つ間のわれの白髪
地平線に大きくかかる夕虹に向ひてひたすら歩みゆく男
一望の沙漠と化しし地球の涯ただしろじろと月昇りくる
（『晩暉』平8）

大塚寅彦

烏羽玉の音盤《ディスク》めぐれりひと無きのちわれも大鴉《たいが》を飼へるひとりか

(『刺青天使』昭60)

おおつか　とらひこ　昭和三十六年、愛知県生まれ。昭和五十五年「中部短歌会」に入会し春日井建に師事。平成十六年、春日井の死去にともない「短歌」編集発行人を引き継ぐ。

鑑賞　「烏羽玉の音盤」とは何か。おそらくLPレコードを指すのだろう。音楽を聴くにはCD（コンパクト・ディスク）がもっぱらな現代だが、この歌集が刊行された八〇年代半ばまでは、まだLPが一般だった。「烏羽玉の」は「黒」「夜」「月」「暗き」などに掛かる枕詞。円盤形をしたLP盤の漆黒が、この枕詞を呼び寄せたのだろう。

二十代前半の作品であるこの歌には、若者の鬱屈した気分が横溢する。親友または恋人といっしょにLPを聴いた記憶も生々しいままに、たぶん相手は作者のもとを永遠に去ってしまった。その深い喪失感とともに、「音盤」は禍々しいほどの内攻性と攻撃性の両面を秘めた「大鴉」へと変容してしまった、ということなのだろう。「われも」とあるのは、同類の屈託を抱く若者が多いことを示唆する。「烏羽玉の」の「烏」と「大鴉」が響き合い、技巧が冴える一首でもある。

ノート　『刺青天使』は、傷つきやすい青年の生の空虚と陰影をとらえた青春歌集として完成度が高い。完成度が高いとは、巧緻なテクニックと繊細な抒情に支えられて時代の尖鋭を言語化したという意味においてであるが、こうした早熟性は師の春日井建に通うところがある。たとえば美を孕んだ死への憧憬。だが春日井に潜むデモーニッシュさは大塚にはなく、ある危うさを秘めた反現実の鏡として捉えられているようでもある。とはいえ〈仮想《ヴァーチャル》の〈死〉に頰あかく照らされてゲームエリアに若者ら群る〉のヴァーチャルとは地続きでなく、大塚自身がその日常の中から摑み取った実感を核とする死の意識かと想像される。三冊目の『声』以降、現実との対峙から生まれる憂愁や孤独がその抒情に濃淡に揺曳する。

指頭もて死者の瞼をとざす如く弾き終へて若きピアニスト去る
をさなさははたかりそめの老いに似て春雪かづきゐたるわが髪
きみとゐて黙すほかなきまひるまの卓に星羅《せいら》の糖こぼれゐつ
翼痕のいたみを忘るべく抱くと淡く刺青《しせい》のごとき静脈
烏羽玉の音盤《ディスク》めぐれりひと無きのちわれも大鴉《たいが》を飼へるひとりか
洗ひ髪冷えつつ十代果つる夜の碧空色の瓦斯《ガス》の焰を消す
表現の如く雲湧くかの夏のふかき忘我をよびかへしゐつ
いまは亡き星の光もまじらふを鎮もりわたる夜半の連甍《れんばう》
母の日傘のたもつひめやかなる翳にとらはれてゐしとほき夏の日
（『刺青天使』昭60）

生没年不詳の人のごとく坐しパン食みてをり海をながめて
球追ひてチャーリー・ブラウン退《しざ》りゆく風は春とこしへに退れよ
死者として素足のままに歩みたきゼブラゾーンの白き音階
労働の果《み》のつまりたるぴらぴらのフロッピー一葉もちて歩むも
小惑星エロスの位置をふいに問ふ子の瞳より暮れてゆく春
風沈むゆふべの街にすれちがふ少女のうちの永遠《とは》のいもうと
（『空とぶ女友達』平元）

倒されて運ばるるとき天心をはじめて見たるレーニンの像
絡みつく無数の蔦のあるごとくエレベーターゆるやかに停まれり
鳥葬の死者鳥となり死者を待つ　碧空はつひにあをき奈落
わが骨を笛としなして縄文のこゑ蘇《かへ》らしむ息ざしのあれ
みづからをひとでと思ふこともなくひとでは一日《ひとひ》波を浴みをり
去りてゆく〈昭和〉はつひの力もて老い父の眼をわづか濡らしき
さくらばなあふるる白のひそめゐる青みるときぞいつかあらなむ
宇宙とふ無音の暈《かさ》を思ふときわれ在ることの〈声〉のごとしも
（『声』平7）

鳥のため樹は立つことを選びしと野はわれに告ぐ風のまにまに
宇宙《そら》ゆかば塵なす屍《かばね》暗黒の辺にこそ死なめ文明の果て
剣欲らば天叢雲剣《あめのむらくものつるぎ》つきかげ深くわれに射す夜は
前《さき》の生《よ》をひとつひとつに描きたる絵日傘を売る店はあらずや
魚の眼にわれは異形のものなるを　しづかなる昼の水槽に寄る
地球より離れゆけざる悲しみのあらむか月のひかり潤めり
陽光のとらはれとなれシースルーエレベーターの瞑《めつむ》れる女《ひと》
（『ガウディの月』平15）

大辻隆弘

疾風にみどりみだるれ若き日はやすらかに過ぐ思ひゐしより

（『水廊』平元）

おおつじ　たかひろ　昭和三十五年、三重県生まれ。昭和六十一年「未来」入会。歌集『水廊』『ルーノ』『抱擁韻』『デプス』、評論集『子規への遡行』がある。

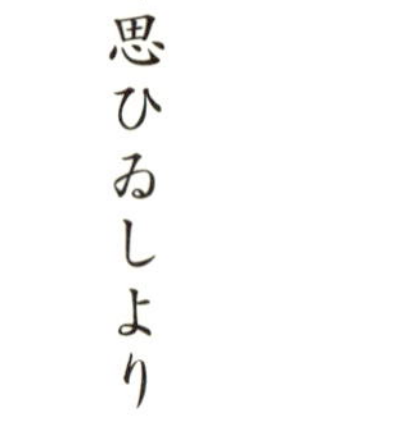

鑑賞　第一歌集『水廊』のなかの作者二十八歳のときの作である。まだ若いのであるが、はるかに遠ざかったように「若き日」が回想されている。一首全体の韻律の美しさ、綻びのない完成度も、現代の二十代の歌人にはめずらしい。

「疾風にみどりみだるれ」は情景としては鮮烈で、生動感があるが、韻律を先立てた言葉の流れによって、むしろ静謐な印象を与える。「若き日はやすらかに過ぐ」という感慨は「思ひゐしより」と結句で付け加えられることによって、内省的な深みを醸しだしている。ひたすら、なだらかに短歌の様式に添い、生な自己は出さないが、むざむざと過ぎた青春を惜しみわびしむ思いは、その端正さの中に強く響く。

この歌で思い出すのは、前川佐美雄の〈春の夜にわが思ふなりわかき日のからくれなゐや悲しかりける〉である。大辻は「わかき日のからくれなゐ」を持たざる悲しみを、現在の「みどり」に詠嘆しているようにも思われる。

ノート　現在、四十代の歌人は俵万智、加藤治郎、穂村弘など、口語調、ポップ調世代ともいえるが、大辻隆弘は第一歌集『水廊』より、文語調を主とする伝統派である。歌の様式、調べを何より重んじている。一方で、同じ「未来」の岡井隆の影響を強く受けて、現代的な修辞に巧みである。一見、ストレートな作者自身は見えてこないのであるが、その底には純情な一途さが秘められている。

第二歌集『ルーノ』では思いきり修辞を駆使し、口語、句読点、オノマトペなどを自在に取り入れて、さまざまな表現の試みをしているが、様式に支えられた安定感は崩れていない。第四歌集『デプス』では国家、宗教、テロといった問題に、果敢に個の感情を重ね賛否両論を呼んだ。

指からめあふとき風の谿《たに》は見ゆ　ひざのちからを抜いてごらんよ
あかねさす真昼間父と見つめゐる青葉わか葉のかがやき無尽
十代の吾《あ》に見えざりしものなべて優しからむか　闇洗ふ雨
疾風にみどりみだるれ若き日はやすらかに過ぐ思ひゐしより
山羊小屋に山羊の瞳のひそけきを我に見せしめし若き父はや
青嵐ゆふあらし過ぎ街路樹にわが歌ひ得ぬものらはさやぐ
やがてわが街をぬらさむ夜の雨を受話器の底の声は告げゐる
あぢさゐにさびしき紺をそそぎゐる直立の雨、そのかぐはしさ
青春はたとへば流れ解散のごときわびしさ杯をかかげて
（『水廊』平元）

星合といふバス停にバスを待つぼくたち、夏の風をみつめて
神が手をのばしてぞ捥《も》ぐ柑橘の類《たぐひ》はひと日卓のうへにあり
凍るやうな薄い瞼をとぢて聴く　ジュビア、ジュビア、寒い舌をお出し
匙の背で緋色のジャムを延べながらくちづけてさへ呉れない、といふ
朝庭に空き瓶を積むひびきして陽ざし触れあふごときその音
（『ルーノ』平5）

校庭を生絹《きぎぬ》のごとく覆ひたる霜としいへどやがて泥濘
戸袋に若葉のいろのうす闇が吐息のやうに差しこむ五月
ほのしろき夜明けにとほき梨咲いてこのあかるさに世界は滅ぶ
自動車の横転したるうらがはは数かぎりなき管《くだ》がからめる
あけがたは耳さむく聴く雨だれのポル・ポトといふ名を持つをとこ
くさぐさの稜《かど》たたしめて夕ぐれは萌黄に濁る峡のひかりよ
つまりつらい旅の終りだ　西日さす部屋にほのかに浮ぶ夕椅子
わがごとく柿の蔕《うてな》を見下ろすか熾天使は酸きなみだに濡れて
子を乗せて木馬しづかに沈むときこの子さへ死ぬのかと思ひき
（『抱擁韻』平10）

ああ父はまどかに老いて盗みたる梅の若枝《わくえ》を挿し木してゐる
麩を汁に浸さんとして思ひいづ凄まじかりし豚小屋の火事
なあ死んだらあかんかといふ声はしてわれはうなづく闇のかたへに
縁さむくかがやく壷ゆひとすぢの乳《ち》はよぢれつつ注がれてゐつ
しろく降る卯のときあめを聞きながらあなたを好きになつたと気づく
紐育空爆之図の壮快よ、われらかく長くながく待ちゐき
突つ込んでゆくとき声に神の名を呼びしか呼びて神は見えしか
（『デプス』平14）

大西民子

石臼のずれてかさなりゐし不安よみがへりつつ遠きふるさと

（『無数の耳』昭41）

おおにし　たみこ　大正十三年、岩手県生まれ。昭和二十四年、木俣修に師事。二十八年歌誌「形成」創刊に参加。平成五年「波濤」創刊。歌集『まぼろしの椅子』ほか十冊。平成六年没。

鑑賞　石臼の／ずれてかさなり／ゐし不安／という句跨りのずれ方が、まさに石臼のずれのように不安を感じさせる。こどものころ、ふるさとで石臼がずれてかさなっていたのを見た記憶。物に対するこどもの感覚がとてもリアルでひきこまれる。そして「記憶よみがえりつつ」でなく「不安よみがへりつつ」であり、この不安は現在と直結している。今ある不安が、意識の底から石臼を呼び覚ましてきたのだ。石臼は不安の原型として、かたちとして、ここに立ちあらわれたのである。

「遠きふるさと」と抒情的に歌いおさめているのは、民子らしいバランス感覚だ。実際は、ふるさとは遠くなったが、不安は遠ざかってはいないのである。単にふるさとを回想した歌ではない。民子はこうした無意識に近い感覚を、なにげなく掬いあげる名手である。歌がシンプルで平明なぶん、その感覚が読者のものでもあるかのようにすっと入ってくる。

ノート　昭和二〇年代末より三〇年代にかけて、戦後の境涯、生を突き詰めて歌う若い女性歌人が一斉に登場した。大西民子もその一人である。三十一年出版の第一歌集『まぼろしの椅子』は、破婚による孤独と葛藤を、知性的にまた、なまなましく歌って注目された。しかし、この歌集にも詩的な抒情質は息づいており、その後、しだいに想像力ゆたかで情感のふくらみのある歌をつくるようになった。

夫をはじめ家族を失いつづけた民子には、運命を予感するような不安やさびしさの漂う歌が多い。けれども、感傷的なだけでなく、醒めた意識を感じさせる歌や、思索的なふくらみのある歌が少なくない。そのいずれも、平明でおっとりとした文体によって、さりげない魅力を有している。

秀歌選

かたはらにおく幻の椅子一つあくがれて待つ夜もなし今は
せめて深き眠りを得たし今宵ひとり食べ余したる林檎が匂ふ
（『まぼろしの椅子』昭31）

完きは一つとてなき阿羅漢のわらわらと起ちあがる夜無きや
わかち持つ遠き憶ひ出あるに似てひそかにゐたり埴輪少女と
前髪に雪のしづくを光らせて訪はむ未知の女のごとく
（『不文の掟』昭35）

石臼のずれてかさなりゐし不安よみがへりつつ遠きふるさと
切り株につまづきたればくらがりに無数の耳のごとき木の葉ら
てのひらをくぼめて待てば青空の見えぬ傷より花こぼれ来る
（『無数の耳』昭41）

降りやまぬ雨の奥よりよみがへり挙手の礼などなすにあらずや
ひとすぢの光の縄のわれを巻きまたゆるやかに戻りてゆけり
桃の木は葉をけむらせて雨のなか共に見し日は花溢れゐき
（『花溢れゐき』昭46）

円柱は何れも太く妹をしばしばわれの視野から奪ふ
遠き雲の地図を探さむこの町をのがれむといふ妹のため
朝明けて白布に顔をおほひやり今いつさいをわれは失ふ
水道をとめて思へばかなしみは叩き割りたき塊をなす
（『雲の地図』昭50）

道のべの紫苑の花も過ぎむとしたれの決めたる高さに揃ふ
洋傘へあつまる夜の雨の音さびしき音を家まではこぶ
（『野分の章』昭53）

畳一枚が持てるほどよき大きさに一枚として見つつ驚く
亡き人のたれとも知れず夢に来て菊人形のごとく立ちゐき
（『風水』昭56）

何のかたちにも折り得むにひろげたる紙のまま置く思ひと言はむ
終りまで聞きてよりものを言ふ習ひながき勤めに培ひて来し
蕗の葉の大きくひらくしづけさに石の手を組む石の羅漢は
（『印度の果実』昭61）

おのづから意識遠のき豆電球のごとくになりてしまふときあり
大正の生き残りとててのひらにこぼしつつ食む雛のあられを
白梅のはじけそめたる寒さにて振り返らずに犬は行きけり
疑はず軍手と呼びて使ひ来ぬ今もそのまま洗へば白し
（『風の曼荼羅』平3）

闇の奥へまた走り出すなにかに堰かれてゐたる野火の穂先は
恐ろしきことを思ひてゐる日あり体軀大きなものより滅ぶ
蓮の花の開くをいつか見に行かむ小鳥のやうに早起きをして
甲虫にある裏表裏側はリモコンか何かのやうに混みあふ
（『光たばねて』平10）

大野誠夫

兵たりしものさまよへる風の市《いち》白きマフラーをまきゐたり哀《かな》し

（『薔薇祭』昭26）

おおの　のぶお　大正三年生まれ。茨城県の龍ケ崎中学卒。杉浦翠子に師事して作歌をはじめる。歌集は『薔薇祭』をはじめ十冊。ほかに評論集、自叙伝がある。昭和五十九年没。

鑑賞　昭和二十年、日本は戦争に敗れた。焼跡と化した都市には闇市と呼ばれる市場ができて、非合法の取り引きによって物資が売買された。この歌の「風の市《いち》」はそんな闇市の情景のことを指す。人々の群れ合う闇市を、白いマフラーをなびかせてさまよっている一人の青年がいる。彼は「兵たりしもの」、すなわち特別攻撃隊（特攻隊）の生存者なのであった。戦時中は日本を救うヒーローとして崇められた特攻隊。ヒーローの象徴であった白い絹のマフラーが、敗戦後の今では敗残兵のみじめさをにじませて風になびいている。使命感に燃えて生命を投げ打とうとした青年は、時代に裏切られ、深い虚無感に沈むばかりである。当時三十代に入ったばかりだった作者は、同世代者として元特攻隊の若者に哀しみといつくしみのこもった眼差しを注いでいる。闇市や特攻隊という直接的な言葉を用いず、「風の市《いち》」「白きマフラー」というやわらかな表現を用いたところに繊細さがうかがえる。

ノート　十代の終わりに画家を志して上京した大野は、同じ頃「短歌至上主義」に入会して作歌をはじめる。第一歌集『薔薇祭』は敗戦直後の都市風俗をドラマチックに描いて話題を呼んだ。画家志望であり、また映画をこよなく愛した大野の作品には、場面の切り取り方や色彩感の生かし方、登場人物の設定などに虚実あいまった演出効果がうかがえる。

第二歌集以降は、二度の離婚によって愛児と別れ別れに暮らす悲哀などを率直に表現し、人生派、社会派としての作風を展開させた。家庭から疎外された者の切なさを底に湛えながら、歌にはどこか幻想的な美しさが漂っている。

「短歌至上主義」の解散後は、「鶏苑」を経て「砂廊」（のちの「作風」）を創刊した。

秀歌選

降誕祭ちかしとおもふ青の夜曇りしめらひ雪ふりいづる

クリスマス・ツリーを飾る灯の窓を旅びとのごとく見てとほるなり

幼きら並びて靴を磨きをり孤りの生きのすべなく勁《つよ》き

兵たりしものさまよへる風の市《いち》白きマフラーをまきゐたり哀《かな》し

絶望に生きしアントン・チエホフの晩年をおもふ胡桃割りつつ

花のやうにバラックの町に灯がともり今宵あたたかき冬の雨ふる

ジャズ寒く湧き立つゆふべ堕ち果てしかの天使らも踊りつつあらむ

銀色に光れる罐を並べ売る白きインコを肩にとまらせて

（『薔薇祭』昭26）

惜しみなく愛せしことも美しき記憶となして別れゆくべし

傘掲げ駅頭に待つ妻のむれ夕まぐれ淡き雪は包まむ

このゆふべ買ひし竹輪を切りてをり竹輪のなかに氷の音す

離れ住む幼子は何をして遊びゐむ苦しみて父は生きゐるものを

机より静かなる沼がいつも見ゆ風吹けば白く波立ちながら

しぐるる街逢ふは貧しき顔ばかりひげぬれてゆくサンタクロウス

忘られて銀髪ひかる俳優が一人シートにねてゐる夜汽車

（『行春館雑唱』昭29）

数知れぬ爬虫の背《せな》は濡れながら薔薇腐れゆく垣をめぐりぬ

（『胡桃の枝の下』昭31）

人知れず脱皮を終へてしばらくは光のなかにうづくまりをり

（『山鴫』昭40）

悲哀の葉よろこびの葉と重りてそよげる森をたづねゆくべし

いつしかと贖《あがな》ひきれぬ罪かさね驢馬ひきて砂の街ゆくわれは

（『象形文字』昭40）

去りゆかむわれを黙《もだ》ふかくみつめゐし父なりしかば面影消えず

（『花筏』昭41）

戦場にゆかざるゆゑの負目《おひめ》にも言葉なくわれは長く耐へにき

（『川狩』昭46）

鏖殺をまぬかれしゆゑ夜も更けて厨に啼けるひとつこほろぎ

噴水のしぶきに架かる虹の橋風吹けば散りひと世の錯誤

（『あらくさ』昭57）

冬の夜の舞台を鎮めひとり舞ふ役者の老いのすずしかりしよ

川べりの故郷遠くしてはらからの知らざる家に水音を聴く

（『水幻記』昭59）

黄の銀杏千の雀をとまらせて葉はことごとく叫ぶに似たり

われを待つひとりだになき水の辺の寂れし村に行きて何せむ

寂しかるわれをいかばかり慰めし銀幕の星の虚像を愛す

人前に見せぬ泪を劇場の薄闇にゐてとどめんとせず

たのしかりし思ひのみいまも残りゐて窓白むまで何語りしや

（『水観』昭61）

蒼穹《おほぞら》は蜜かたむけてゐたりけり時こそはわがしづけき伴侶

(『人生の視える場所』昭57)

おかい　たかし　昭和三年生まれ。二十一年「アララギ」入会。二十六年、近藤芳美を中心に「未来」創刊。塚本邦雄らと前衛短歌運動を起こすなど、論作両面において現代短歌を推進する。

鑑賞　「一月五日のためのコンポジション」一連の巻頭歌。一月五日は岡井の誕生日である。「信濃へは歳末行った。」等の詞書があり、自注では、「信濃路の夕空」に「濃厚な蜜のような雲が斜めに流れている」と述べられている。作品そのものは抽象的で、雲というよりは蜜のようにつややかで濃密な光が空から零れ、「かたむ」きのゆえにそれも尽きて闇が近づく予感をはらむ。そんな、今日最後の束の間の輝きを眺めつつ、思想でも、友でも、女でもなく、〈時〉こそが自分の「しづけき伴侶」であるという苦く甘美な思いに浸されるのだ。それは、生活の上で表現の上で変化を求めてやまない作者が、漠然と誕生日や過去を意識したところに浮かぶ〈時〉へのニヒリズムをも沈めた哀惜であり、自分と世界への愛憎でもあろう。掲出歌と『歳月の贈り物』の〈歳月はさぶしき乳《ちち》を頒《わか》てども復《ま》た春は来ぬ花をかかげて〉は、乳と蜜、やってくる〈時〉と見送る〈時〉、において対をなすか。

ノート　岡井隆の世界は大きく変貌してきた。アララギ的リアリズムによる青春歌の時代。思想表現としての短歌を追求し前衛短歌運動を牽引した時代。歌作中断をはさんで、歌そのものの格調とうるわしさを出した時代。その後も、ポスト・モダンの時代を背景に、口語脈の文体の工夫や言葉遊びなどさまざまな新しい試みを続けるなど、つねに、同時代の態度、方法に多大な影響を与え、現代短歌を推進してきた。抄出歌は、歌そのものの甘美さを出して秀歌の多い歌壇復帰後の歌だが、たとえば塚本邦雄の抽象表現が、どこまでも批評的客観的に立ち上がるのに対し、作者においては岡井隆という一人の苦さをつねに微妙に沈めており、そこに必ずエロスが生まれている。

秀歌選

灰黄《かいこう》の枝をひろぐる林みゆ亡びんとする愛恋ひとつ

母の内に暗くひろがる原野《げんや》ありてそこ行くときのわれ鉛の兵

眠られぬ母のためわが誦《よ》む童話母の寝入りし後王子死す　（『斉唱』昭31）

旗は紅き小林《おばやし》なして移れども帰りてをゆかな病むものの辺《へ》に　（『土地よ、痛みを負え』昭36）

肺尖にひとつ昼顔の花燃ゆと告げんとしつつたわむ言葉は

海こえてかなしき婚をあせりたる権力のやわらかき部分見ゆ　（『朝狩』昭39）

おびただしき無言のif《イフ》におびえては春寒の夜の過ぎむとすらむ

詩歌などもはや救抜《きゆうばつ》につながらぬからき地上をひとり行くわれは　（『眼底紀行』昭42）

ホメロスを読まばや春の潮騒のとどろく窓ゆ光あつめて

生きがたき此《よ》の生のはてに桃植《う》ゑて死も明《あ》かうせむそのはなざかり

薔薇抱いて湯に沈むときあふれたるかなしき音を人知るなゆめ

花から葉《は》からふたたび花へゆく眼《め》の遊びこそ寂しかりけれ　（『鷲卵亭』昭50）

さんごじゆの実のなる垣にかこまれてあはれわたくし専《もは》ら私《わたくし》

歳月はさぶしき乳《ちち》を頒《わか》てども復《ま》た春は来ぬ花をかかげて　（『歳月の贈り物』昭53）

雨の谿間《たにま》の小学校の桜花昭和一けたなみだぐましも　（『マニエリスムの旅』昭55）

女《をみな》とは幾重《いくへ》にも線条《すぢ》あつまりてまたしろがねの繭と思はむ

蒼穹《おほぞら》は蜜かたむけてゐたりけり時こそはわがしづけき伴侶　（『人生の視える場所』昭57）

亡ぶなら核のもとにてわれ死なむ人智はそこに暗くこごれば　（『αの星』昭60）

世界まだ昏れゆかぬころ膝の上にのせたる顎を涙走りき

額田《ぬかた》郡にんじん村はほそき雨逢ひたくて来て逢はず帰りぬ　（『親和力』平元）

冬螢《ふゆぼたる》飼ふ沼までは（俺たちだ）ほそいあぶない橋をわたつて

叱つ叱つしゆつしゆつしゆわはらむまでしゆわはろむ失語の人よしゆわひるなゆめ　（『神の仕事場』平6）

深泥池《みどろがいけ》の鴨が時雨に騒いでら　いやだ野性といへ贋金《にせがね》は

露生《あ》るる葉うらの虫の頭《づ》のひかり戦争を書けば戦争つて　パ　（『夢と同じもの』平8）

白鳥《はくてう》のねむれる沼を抱きながら夜もすがら濃くなりゆくウラン

白鳥は沼のあなたになりながら啼きつつ寒《かん》の光に沈む　（『ウランと白鳥』平10）

革命にむかふ青春のあをい花ほんとに咲いてゐたんだつてば

ノアはまだ目ざめぬ朝を鴿《はと》がとぶ大洪水の前の晴天　（『大洪水の前の晴天』平10）

われはいまうづくまりつつ眼閉づ子に与へたる深き傷数多《あまた》

ワグナーを聞きにプラハまで行つた夏。しあはせがうつ伏せに寝てゐた　（『ヴォツェック／海と陸』平11）

岡野弘彦

はろばろと空ゆく鶴の細き首あはれいづくに降りむとすらむ

（『天の鶴群』昭62）

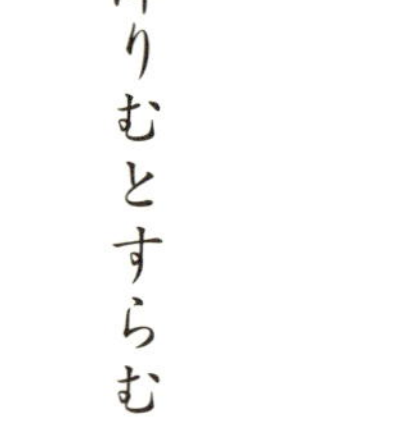

おかの　ひろひこ　大正十三年、三重県生まれ。釈迢空（折口信夫）に師事。日本芸術員会員。個人誌「うたげの座」編集。歌集に『冬の家族』『天の鶴群』『飛天』など。

鑑賞　「天の鶴群」と題された一連五十一首の中の歌。一九八〇（昭和五十五）年、五十代半ばの作者は鹿児島県の出水《いずみ》市を訪ねた。ここに飛来する二千羽余りの鶴の群れを見るためである。出水は太平洋戦争の戦時中、海軍航空隊基地のあったところである。この地から多くの若い航空兵たちが特攻隊として飛び立ち、生きてふたたび還ってくることはなかった。幾人もの友人を戦争で失った作者は、出水の地に立って鶴の大群を見上げつつ、散っていった若いいのちに思いを馳せている。細い首を伸ばして空高くはばたく鶴は、まるで亡くなった人たちの魂を一つ一つ運んでゆくようである。

また、この一首には「ポーランドのをとめアグネシカ、留学を終へて今宵故国へ発つを、思ひいでつ。」という詞書が付いている。鶴には、日本で万葉集を学んだのち故国に帰る乙女の姿も重ね合わされているのだ。四句目の「あはれ」に哀しみと愛《いと》しさのまじった深い思いが託されている。

ノート　岡野は三重県に代々続く神主の家に生まれた。国学院大学入学後に召集を受け、自身は戦場体験を持たないが多くの友人を戦争で失った。そのことが彼の作品に独特の陰影をもたらしている。戦後、国学院大学に復学し、釈迢空（折口信夫）に出会う。迢空の指導のもとに結社「鳥船」に入り、昭和二十二年四月から二十八年九月の迢空の死まで生活をともにして教えを受けた。初期作品は民俗学に基づいた、雄大な視点と重厚なしらべをもつ。第三歌集『海のまほろば』の頃から古歌の情念を現代によみがえらせたような恋歌が増えてくる。典雅なエロティシズムを湛えた恋歌は結晶度が高く、愛誦性に富む。近年は小説家や、詩人たちと連歌を行うなど、作歌活動を通して伝統的な日本語の美しさを守り続けている。

秀歌選

ひたぶるに人を恋ほしみし日の夕べ萩ひとむらに火を放ちゆく
うなじ清き少女ときたり仰ぐなり阿修羅の像の若きまなざし
草の上に子は清くして遊ぶゆゑ地蔵和讃をわれは思へり
きつね妻《づま》子をおきて去る物語歳かはる夜に聞けば身にしむ
静かなる夜の幻に顕ちきたる面わはすべて若く死にし友
辛くして我が生き得しは彼等より狡猾なりし故にあらじか
（『冬の家族』昭42）

すさまじくひと木の桜ふぶくゆゑ身はひえびえとなりて立ちをり
人はみな悲しみの器《うつは》。頭《づ》を垂りて心ただよふ夜の電車に
散りぢりに家族さすらひゆくさまをもつとも清きまぼろしに持つ
またひとり顔なき男あらはれて暗き踊りの輪をひろげゆく
（『滄浪歌』昭47）

ひそまりて暮るる海原あめつちを作りしものの悲しみの湧く
草の葉のそよぎしづまるさ夜ふけて去りがたくゐる人を去らせぬ
桜のはな莟《ふふ》む幾夜をほればれとをとめを恋ふるごとくをりにき
白じろと散りくる花を身に浴びて佇ちをりわれは救はるるなし
（『海のまほろば』昭53）

壮年《さだ》すぎてなほ人恋ふるあはれさを人は言ひにき我も然《しか》おもふ
魂はそこすぎゆくかあを蒼と昏れしづむやま天につらなる
はろばろと空ゆく鶴の細き首あはれいづくに降りむとすらむ
真白羽を空につらねてしんしんと雪ふらしこよ天の鶴群
呆れぼれと桜ふぶきの中をゆくさみしき修羅の一人となりて
わがおもふをとめこよひは遠くゐて人とあひ寝《ぬ》るさ夜ふけにけり
（『天の鶴群』昭62）

海やまの蒼き涯《はた》てにまぎれ入りむなしくならばたのしからむに
わが骨は洋《わた》の底ひに沈めおけこの世の外《ほか》の恋とげむとす
国敗れて身は若かりきうつつなく近江の桜ちるを見てゐし
みちのくの夜冷えしだるる糸ざくらわが恋ふる子は眠りたらむか
（『異類界消息』平2）

母恋ふる空のまほらにとめどなく湧く秋あかね何とすべけむ
夕映えの丘にそばだつ忠魂碑しづまりがたきこころ見えくる
数かぎりなき飛天《ひてん》は空をあまがけり地に楽の音のわきたつところ
この巨き地のしづまりに生くる民と戦ひて十五年つひに勝たざりき
ごろすけほう心ほほけてごろすけほうしんじついとしいごろすけほう
散り頻《し》きて墓をおほへる桜の花なきたましひも出でてあそべよ
（『飛天』平3）

岡部桂一郎

月と日と二つ浮かべる山国の道に手触れしコスモスの花

（『戸塚閑吟集』昭63）

おかべ　けいいちろう　大正四年、神戸市生まれ。昭和十二年「一路」入会、二十三年退会。同人誌「工人」「泥の会」などに参加。歌集『緑の墓』『木星』『戸塚閑吟集』『一点鐘』。

鑑賞　「月と日と二つ浮かべる」とはふしぎな軽みのある言い方である。ふつう「月と日」と「二つ」なんて数は言わない。なんかアドバルーンか風船でも浮かんでいるかのよう。そして、月だけ、太陽だけ、なのでなく、またどちらかにウエイトがあるのでなく、ただ「二つ」であることが、妙になつかしさ、あたたかさを醸す。「浮かべる空」でなく「浮かべる山国の道」である。その道は、月と日と二つ浮かんでいる、どことも知れぬ山国の道なのである。そこを歩いているわれ、は消されている。ただ、手がコスモスに触れる。「コスモスの花」はどこにでもあり、なつかしいが「コスモス」という名も「宇宙」「世界」であり、そこに手を触れたような感じがある。一首全体が一つのなつかしいコスモスである。岡部の歌は平明だが、存在の謎があり、その謎がなつかしい世界を呼び込む。記憶の原郷のような風景がなんでもない言葉によって出現するのである。

ノート　戦中派世代として戦後より、流派や結社とは関わらず、ひとり独自の歌をつくってきた。短歌の私性や境涯詠とはほど遠く、一般的な意味を断ち切って、存在そのものを照らし出す。短歌より詩の世界に近い。

現在まで歌集は四冊とごく少ない。昭和三十一年に出版された『緑の墓』は戦後の実存的な暗さを、事象の断片に浮かび上がらせる。〈放心してわが佇ちつくす冬野路に目的不明の杭一つたてり〉のように、無意味な物体に向かう「われ」には敗戦後の虚無感が濃い。しかし、物体や空間を無意味なままに照らし出す岡部の方法は冴えを見せ、シュールな輝きを帯びている。第三歌集の『戸塚閑吟集』から飄逸味、なつかしい情感を加えて『一点鐘』の自在な境地に至っている。

路のべの杭に夕べのこがらしの吹きつのりつつ明日は思わず

放心してわが佇ちつくす冬野路に目的不明の杭一つ立てり

まさびしきヨルダン河の遠方《おち》にして光のぼれとささやきの声

無限より此処をすぎゆくすがたにて灯を照り反す小机の面《めん》

幻燈に青く雪ふる山見えてわれに言問うかえらざる声

（『緑の墓』昭31）

うつし身はあらわとなりてまかがやく夕焼空にあがる遮断機

（『木星』昭44）

構造の奥よりあまた紙きれの風に舞いつつ道に出てゆく

ものらみな薄墨色となりにけりかがみて咳するアントン・チェホフ

大師橋界隈昼にさしかかり一玩具店愁いみちたり

落暉いまさびしき屋根にとどまれり主よエンピツを返してくだ
さい

（『鳴滝』昭56）

やわらかく雨ふる音は眠りたる後われ知らず夜をこめて降る

さびしき楽鳴りはじめ汝より汝の影を離すマジック

幼くていのち消えたる妹の月日のほとり鳴く水鶏《くいな》かな

低きより高きに声の上りつつかすけき吐息　節《ふし》は歌沢

自動販売機灯れるところ六道の辻と笑いて相別れたり

シャガール展閑散として会場に馬の臭いの充満したり

魂はしずかに死をばなぜている友の寝顔を見てわれは去る

方代

岡津町火の見櫓のてっぺんの矢車よりも夕焼よりも

のびやかに物干竿を売る声の煙のような伊勢物語

（『戸塚閑吟集』昭63）

一円のアルミの硬貨落ちている畳の冬陽路傍のごとく

目薬のつめたき雫したたれば心に開く菖蒲《あやめ》むらさき

伸びちぢみするは〈時間〉の相《すがた》にて島梟《しまふくろう》は樹の上に鳴く

雪が降る嬉々とふるなか苦しみて降る雪片のあわれかがやく

大正のマッチのラベルかなしいぞ球に乗る象日の丸をもつ

灯りたるジュースの自動販売機コイン入れれば枯野広がる

この家に主《あるじ》は留守と知りし時一脚の椅子輝きにけり

ふるさとを捨てたる人に旗あげてサンタ・マリアという船が出る

しずかにも月昇るとき北の方《かた》ウラジオストック　路地に猫いつ

逝く春を森永ミルクチョコレート箱が落ちてる　泣いているのだ

あの世ありこの世もあれど地続きで竹林の昼帽子落ちてる

（『一点鐘』平14）

岡部文夫

水仙のかぎりなき白越前の海の荒きに向きて靡かふ

（『雪天』昭61）

おかべ　ふみお　明治四十一年、石川県生まれ。同郷の坪野哲久に兄事し、「短歌戦線」創刊に参加。昭和六年より橋本徳寿に師事。歌集『寒雉集』『雪天』『晩冬』ほか。平成二年没。

鑑賞　早春のまだまだ寒い越前の海岸、荒い波の立つ極寒の海に向かって、水仙の小さな花がいっせいに靡いている。越前、福井は水仙の産地である。はやばやと春の息吹きを咲かせる花の姿は、ただでさえ人の心に清純な思いを湧き起こさせる。その沢山の花を、「かぎりなき白」と「白」のみに強調して表した一首。寒冷の海に向かって、静かに凛として咲くものの美しさを象徴させたのだろう。石川県羽咋に生まれた作者は、終生、厳しい寒さのなかに命を育むものを「美しい」と感じていた。〈冬の海にいのちかなしくありしものしらすをみれば水のごとかる〉（『寒雉集』）という歌がある。冬の海に生きる魚類や海草など、故郷を思わせる食べ物の歌が多いが、味の良さとともに、寒さが育てるものの美しさが伝わってくる。水仙の一首も、その姿の良さと同時に、「海の荒きに向きて」という強さをいうのである。一首そのものに、作者自身の立ち姿が重なって読めるようだ。

ノート　同郷の小学校の二級上に、坪野哲久がいた。八歳の時に実母を失ったことが、歌への傾斜を深めさせ、哲久に兄事するようになる。哲久と「短歌戦線」創刊に参加。父の死後に結婚、妻の岡部姓を継いで、昭和五年に歌集「どん底」「鑿岩夫」を出版するが、いずれも発禁本となった。以後、地方専売局に就職して各地を転々とするうちに、北陸能登の地が強く思われるようになっていく。能登の人と海、風、水産物や労働する馬をうたった歌集『能登』の「後記」には、「北陸に土着の者にしか作れない作品を創りたいといふのが私の長い間の念願であった。」と書かれている。抑制の効いた表現は、中学時代に接したアララギの歌風の影響によるものと思われる。

秀歌選

裸麦のかたはらにしてビール麦紫いろに熟《う》れかかりける
湖の真冬きびしきみづの上《へ》に沙《まなご》漂ふはかすかなるもの
かぐろなる椿の蔭はみじかければ吾が伯父の石にとどかずあらむ
砂の上に動きつつありあざやかに粟は粟の影に黍は黍の影に
冬の海にいのちかなしくありしものしらすをみれば水のごとかる
昼すぎて雪にかすかに立つものか冬陽炎の音さへもなし
蠅黴に背をしろしろと侵されしこの冬蠅は間もなく死なむ
（『寒雉集』昭21）
竹村の音をし聞けば定まりて一つの向に風は吹くらし
幼きを乳に養ふ真海豚《まいるか》のその乳頭はいかにかなしき
冬の日の水門ひとつたかだかに立ちつつ黒し吾がまなかひに
愚かにし生きし七十年を悔やまむに踵《くびす》は石の如くに古ぶ
暗かりし少年の日と思ふなよ継母《はは》ありて冬の足袋も履きにき
灰の上に差す冬の日のしづかにて斯くの如くに二人残りぬ
茹でてあげて朱《あけ》あざやけき蟹の上に降る夜の雪のゆたかにあらむ
今ここに梅干ほしてをりたりし妻はいづべにゆきたるならむ
降る雪の聴こゆる吾ときこえざる妻とをりつつ冬の夜ふけぬ

みづからの万の散花の中にして一樹の椿太太と立つ
まぼろしに雪降りやまずつひにして吾が帰るなき能登と思ふに
（『晩冬』昭55）
雪代の渦にたゆたふ青蛇よ生《しやう》あるものはひとたび死なむ
紅鶴《べにづる》といふ鳥にしておのおのに一つの脚に立てるさびしさ
（『雪代』昭57）
塩はゆき鹿尾菜《ひじき》を茹《ひ》でて食はむとす雨ゆたかなる春の浅夜に
まぎれなき能登びとの眉濃く太し日の炎天に網を繕ふ
（『能登』昭60）
かく老いて吾が聞くものか雪の上を流らふ雪の夜にはげしきを
水仙のかぎりなき白越前の海荒きに向きて靡かふ
鷺といふ鳥のさびしさその長き脚を畳むといふこともなし
泉より流らふ水に井守など生《しやう》あるものは黒く群れたり
降り荒き雪の夜天をゆく鷺のひとつなるらしふたたび啼かず
さだめなき冬の光は白鷺の群に差しつつまた移ろひぬ
しろたへの八つ手の花に群れてゐるこの花蛇は冬を越えざらむ
しろたへはかすけきゆゑに柊の沙に散りつつそれとしもなし
（『雪天』昭61）

沖ななも

この椅子をわたしが立つとそのあとへゆっくり空がかぶさってくる

（『衣装哲学』昭57）

おき　ななも　昭和二十年、茨城県生まれ。四十九年「個性」入会、加藤克己に師事。「個性」編集長を経て、現在「熾」編集発行人。歌集『衣装哲学』など。

鑑賞　不思議な歌である。「この椅子をわたしが立つと」と表現したとき、作者はいったいどこにいるのか。椅子の上に空がかぶさってくる刻々の空間は、作者の眼にどのように映っているのか。作者の眼は確かに椅子を見つめているのに、作品の中には作者の影が見えない。自分の位置をあえて曖昧にすることによって、意識的に消されている。つまり、「この椅子」は、「わたしが立つ」その瞬間に、作中のわたしから自由になり、わたしのいない世界に呑み込まれるのだ。

いくつかの謎を残しながら、しかし決して難解ではないこの一首は、初期の代表歌であるとともに、すでに独自のスタイルを感じさせる作品である。

沖ななもが、現代詩から出発した人だと聞いて、なるほどと納得した。私性が濃厚にまつわる短歌とはどこかが違っている。時間的にも空間的にも独自の遠近法を持っている。

ノート　知的な認識を中心に据えつつ、理屈に傾かないユニークな把握に特徴がある。短歌の粘着性から離れて、情よりは物への興味の向かい方に新鮮な表現を見せる。

エッセイ集『樹木巡礼』に代表される樹木への傾倒が、自然との距離をいっそう自由にしているように思われる。

〈やぶこうじ、からたちばなの赤い実が鳥に食われてみたいと言えり〉（『天の穴』）〈木枯らしになぶられおりしユーカリの葉が宵の間に力を抜けり〉（『一粒』）など、ことさらなアニミズムでもなく、また技巧的な感覚表現でもなく、自然体のゆったりした世界に魅力がある。

シニカルな視線、ユーモラスな視線にも、おもしろさと新しさを感じさせる。

空壜をかたっぱしから積みあげるおとこを見ている口紅《べに》ひきながら

この椅子をわたしが立つとそのあとへゆっくり空がかぶさってくる

愛などと呼べどもこの世にあらぬもの風船かずらの実のなかの空《くう》

道の端にヒールの修理を待つあいだ宙ぶらりんのつまさきを持つ

父母《ちちはは》は梅をみておりわれひとり梅のむこうの空を見ている

飽食のわれが飼う魚《うお》のなにがなし鰭の部分の不要に長し

（『衣裳哲学』昭57）

消防分署の車庫の空っぽ　喪失のさなかのしずけさ

白桃を分ち食べたる母とわれに一つの種子が残されるなり

惜しみおきしがあらかた傷み棄てたるにしばらく桃の匂いのこれり

白飯につきるとおもう飲食の喉もとくだるきわのうまみは

白菜に包丁を当つ白菜は自ら割れるごとくに分る

人間《ひと》ならば無愛想なる姿にて樹齢二百年の無患樹

（『機知の足首』昭61）

先の先まで伸ばすことなくしぼみゆくことしおわりのからすうりの花

一本が一本としてきわだてる雑木林の夕映えのとき

（『木鼠浄土』平成3）

にんじんの泥を落としてにんじんの色があらわる人参色が

整然と並ぶいちごの種子のさま畏《おそ》れそののち食いてしまえり

この朝の寒のもどりに着ぶくれて母が小鳥に餌をまきやる

桃の皮を爪たててむく　憂鬱《ゆううつ》を　ひとさしゆびと親指で剝《は》ぐ

春めける風がしずかにわたりゆきしのび笑いをする池の面《おも》

（『ふたりごころ』平4）

たましいの抜けたる楪の一葉をのせてゆっくり水面《みなも》は動く

おさきにというように一樹色づけり池のほとりのしずけき桜

やぶこうじ、からたちばなの赤い実が鳥に食われてみたいと言えり

こきざみに動き続ける天球の一角にわれも彼もゆれいる

（『天の穴』平7）

木枯らしになぶられおりしユーカリの葉が宵の間に力を抜けり

あかんぼの唾液のように垂れさがる細枝がさみしい花をこぼせり

行乞のたまものとして掌に受くる花の芯からこぼれし一粒《いちりゅう》

垂直の意志はことごとく天を指す北山なだりの杉の羅列は

ぴしぴしと音たてて火は燃え上がり一心不乱とは　ああこのことか

トルソーの凹凸なれば乳のふくらみ臍《ほぞ》のくぼみにさす冬の光《かげ》

石の下に眠るひとりと雑草を抜くひとりとがわれの二親

（『一粒』平15）

荻原裕幸

まだ何もしてゐないのに時代といふ牙が優しくわれ噛み殺す

（『青年霊歌』昭63）

おぎはら　ひろゆき　昭和三十七年、名古屋市生まれ。歌集「青年霊歌」「甘藍派宣言」「あるまじろん」「世紀末くん！」「デジタル・ビスケット」

鑑賞　二十五歳で刊行した第一歌集『青年霊歌』の冒頭の一連の中の歌。一九六二（昭和三十七）年生まれの荻原は高度経済成長とともに育ち、バブル期の華やかな消費社会の中で青春期を迎えた。明確なかたちの障害物が何もない平和な時代。モノや情報があふれ返った豊かな時代。一見するとじつに幸せな時代に生きているように思われる。しかしふと冷静に周囲を眺めると、生きる支えとなるべきものが何ひとつ見当たらないことに気付いて愕然とした…そんな得体の知れない恐怖感を詠んだ一首と言えよう。時代の牙は、激しく襲いかかってくるときの方がかえって怖くないのだ。優しく甘噛みされるのが最もあぶない。作者はいつのまにか時代に骨抜きにされそうな予感を覚えているのだろう。

　政治がまた知らないうちにみづいろに傾いてぼくの世界を翳る　（第四歌集『世紀末くん！』）

三十代になったとき、作者はこのようにも詠んでいる。

ノート　塚本邦雄に師事した荻原の歌は、初期の頃は塚本のかなり強い影響下にあった。第二歌集の頃から口語、固有名詞、オノマトペ、記号などを独創的に生かした歌を発表するようになった。こうした作品傾向に対してみずから「ニューウェーブ」と名付けて、その代表的歌人として意欲的に方法を磨いていった。たとえば、

▼▼▼▼ココガ戦場？▼▼▼▼抗議シテヤル▼▼▼▼▼ＢＯＭＢ！　（第三歌集『あるまじろん』）

湾岸戦争の空爆の様子を記号や会話体で表したこの歌は、コンピューター世代の新しい文体の象徴として賛否両論を捲き起こした。昨今はインターネットを媒体にした各種の企画の責任者としても幅広い活動を行なっている。

秀歌選

まだ何もしてゐないのに時代といふ牙が優しくわれ噛み殺す

夏木立ひかりちらしてかがやける青葉の中にわが青葉あり

「きみはきのふ寺山修司」公園の猫に話してみれば寂しき

女の肌を雪に喩へしそのかみの人の孤独をしみじみ思ふ

フランスパンほほばりながら愛猫と憲法第九条論じあふ

顎つよき愛犬を街にときはなつ銀色の秋くはへてかへれ

しみじみとわれの孤独を照らしをり札幌麦酒《さつぽろビール》のこの一つ星

（『青年霊歌』昭63）

わが指と恋人の指ゆきかへるかたつむり見るだけの夕暮

母となるを拒む胸なり春暁に猫の卵のごとくけぶるは

伝言板のこの寂しさはどんな奴「千年タツタラドコカデ逢ハウ」

桃よりも梨の歯ざはり愛するを時代は桃にちかき歯ざはり

母か堕胎か決めかねてゐる恋人の火星の雪のやうな顔つき

（『甘藍派宣言』平2）

（結婚＋ナルシシズム）の解答を出されて犀の一日である

月曜日の朝かへり来て酩酊にノブのＱＯＱＯＱＯＱＯＱ

恋人と棲むよろこびもかなしみもぽぽぽぽぽぽとしか思はれず

ビジネスマンの疲労とわれの倦怠とαの麒麟を詰めて電車は

戦争が（どの戦争が？）終つたら紫陽花を見にゆくつもりです

邑邑邑邑と不思議なものを街路にて感じつづけてゐる春である

春の日はぶたぶたこぶたわれは今ぶたぶたこぶた睡るしかない

（『あるまじろん』平4）

宥されてけふも翡翠に生きてゐる気がする何が宥してゐるのか

天王星に買つた避暑地のあさがほに夏が来たのを報せておかう

間違へてみどりに塗つたしまうまが夏のすべてを支配してゐる

ほらあれさ何て言ふのか晴朗なあれだよパイナップルの彼方の

はつなつのあを含んで真夜中のすかいらーくにゐる生活を

（『世紀末くん！』平6）

賢治風にヌーアゴニアと呼びたれど名古屋のすがた毫も紛れず

三越のライオンに手を触れるひとりふたりさんにん、何の力だ

ぼくはいま、以下につらなる鮮明な述語なくしてたつ夜の虹

ぎんいろの缶からきんの水あふれ光くるくるまはる、以下略

妻とゐてしづかに進むむらさきをひといろ欠いてわれの時間は

夜のすべてに封印をするしぐさにて髪たばねるを眺めつつあり

（『永遠青天症』平13）

奥村晃作

次々に走り過ぎ行く自動車の運転する人みな前を向く

(『三齢幼虫』昭54)

おくむら　こうさく　昭和十一年、長野県生まれ。三十六年「コスモス」入会、宮柊二に師事。現在、選者・編集委員。「江戸時代和歌」「桟橋」などの同人誌活動も長く続ける。

鑑賞　現代短歌に名歌秀歌は数多くあるが、この歌ほど人の記憶に残る作品はそう多くはない。かといって、この歌が果たして名歌秀歌の部類に入るかどうか。奥村晃作の奇妙きてれつな作品世界と、その不思議な魅力を解明するには絶好のテキストと言える一首。

「ただ眼前の局所にのみ、全身で本気で没入する」と小池光が指摘した局所発想のラディカリズムは、まことに的を得た奥村晃作論と思うが、それに加えて、短歌定型のリズムの快さが重要な役割を果たしていることを忘れてはならない。

もし散文で述べられたら、あまりにも当たり前な内容を、短歌の伝統にのっとったゆるぎないリズムで伝えられるとき、なぜか特殊な心地よさが生れる。「に」「の」「を」の三つの助詞によって運ばれるリズムの力が、この一首に韻律詩としてのエネルギーをもたらしているのである。

ノート　現代短歌の一つの領域として「ただごと歌」を認知せしめたのは、奥村晃作だと言ってよい。「ただごと歌」という視点から江戸時代和歌を検証し、かつ近代・現代短歌へつながる独自の「ただごと歌」論を展開しつつ(評論集『抒情とただごと』など)、平行して、初期からのただごと的作風を意識的意欲的に推し進めてきた。

〈船虫の無数の足が一斉に動きて船虫のからだを運ぶ〉(『鬱と空』)〈不思議なり千の音符のただ一つ弾きちがへてもへんな音がす〉(『鴇色の足』)など、凝視の力と明快な疑問が、わたしたちの一般的な世界認識をゆさぶる。

創作のための方法論ではなく、作者自身の人間に根ざした「ただごと歌」ゆえに、特異な存在感をもつ歌人。

秀歌選

くろがねに光れる胸の厚くして鏡の中のわれを憎めり

ラッシュアワー終りし駅のホームにて黄なる丸薬踏まれずにある

抑へても抑へても激つ火の海を裡に抱へて生活者われ

洗濯もの幾さを干して掃除してごみ捨てて来て怒りたり妻が

腹筋を鍛へむと足を持ち上げて仰ぐ夕空鴉がよぎる

次々に走り過ぎ行く自動車の運転する人みな前を向く

（『三齢幼虫』昭54）

舟虫の無数の足が一斉に動きて舟虫のからだを運ぶ

もし豚をかくの如くに詰め込みて電車走らば非難起こるべし

ヤクルトのプラスチックの容器ゆゑ水にまじらず海面《うなも》をゆくか

（『鬱と空』昭58）

掌《て》を滑りタイルを打ちて己れ跳び身を隠したり固き石鹸

不思議なり千の音符のただ一つ弾きちがへてもへんな音がす

歩かうとわが言ひ妻はバスと言ひ子が歩かうと言ひて歩き出す

犬はいつもはつらつとしてよろこびにからだふるはす凄き生きもの

ボールペンはミツビシがよくミツビシのボールペン買ひに文具店に行く

（『鴇色の足』昭63）

梅の木を梅と名付けし人ありて疑はず誰も梅の木と見る

さんざんに踏まれて平たき吸殻が路上に在りてわれも踏みたり

運転手一人の判断でバスはいま追越車線に入りて行くなり

海に来てわれは驚くなぜかくも大量の水ここにあるのかと

結局は傘は傘にて傘以上の傘はいまだに発明されず

大根が身を乗り出してうまさうな肩から胸までを土の上に晒す

（『父さんのうた』平3）

最前線に出された者が分けもなく殺し合うのが戦争である

ゲンジボタルの尻が発する光をば見んとぞわれら泊りがけで来ぬ

結局は一人ぼっちのボクだから顔ぶら下げてそのままに行け

（『ピシリと決まる』平13）

母は昔よい顔してたが現在はよい顔でないことの悲しさ

磔《はりつけ》の人を縛りし柱をば嵌《は》め込みし石の真四角の穴

支持率が八割超えて伸びる時かつても今もキケンの水位

どこまでが空かと思い　結局は　地上スレスレまで空である

寒さにもレベルのありて夕迫る草津の町の頬打つ寒さ

百人の九十九人が効かないと言ったって駄目　オレには効いた

一晩に十万人をギャクサツせし三月十日の米《ベイ》のクーバク

（『キケンの水位』平15）

尾崎左永子

石垣に茅花《つばな》光りて風ありき父ありき東京にわれは育ちき

（『土曜日の歌集』昭63）

おざき　さえこ　昭和二年、東京生まれ。佐藤佐太郎に師事し、昭和二十年に「歩道」に入会、青年歌人会議に参加する。文筆家としても活躍する。歌集『さるびあ街』『夕霧峠』。

鑑賞　「茅花」は地味な花である。ひっそりと住宅街の石垣に沿って咲くその花が、春の陽射しに静かな光を帯びている。さり気ない光景が写生され、「風ありき」から下句の「父ありき東京にわれは育ちき」へと畳み込まれる。少女の頃、常に見ていた光景なのではないだろうか。展開は軽妙で濁りがない。「父」のいた光景を懐かしく思い出しているのだが、「東京」という言葉が、これほど清潔に、芳しく使われている歌も少ないだろう。歌集『炎環』に、〈ふるさととふべく寂し白昼にガラスの光充つるわが都市〉という歌がある。東京を「ふるさと」「わが都市」として見る眼差しの根源には、「東京にわれは育ちき」の矜持が潜んでいる。地下鉄や高層ビル街など、戦後の新しい都市空間に身を浸しながら、東京という巨大都市をうたって、不思議に柔らかく気負いのない歌を作る歌人である。その源泉となる記念の一首、東京の住宅街に育ったものの独特な雰囲気が漂っている。

ノート　離婚した女性の自立を芯に据えた歌集『さるびあ街』は、学生の頃から師事した佐藤佐太郎の「純粋短歌」を踏襲しつつ、都市に生きる昭和三十年代の女性像を拓く一冊となった。離婚を悲劇とせずに自立へと向かわせた新しさは、同時代の女性歌人とは異なる都会的なセンスを伝えるものだった。平明な言葉をもって「省略による象徴化」を追求した佐太郎の技法の習得、職場に生きる視野の広さが、現代都市詠の先駆けとなる知的な歌を拓いたのである。合同歌集『彩』（昭和四十）のミニエッセイには、「人間の匂ひが失はれて行く」都市への憤りと、「奇妙な愛着」が記されている。文筆活動に重きを置いた時期を経て、ふたたび歌を作り始めてからは、ゆったりした古典的な調べの作品が多くなった。

秀歌選

あらあらしき春の疾風《はやち》や夜白く辛夷《こぶし》のつぼみふくらみぬべし
戦争に失ひしもののひとつにてリボンの長き麦藁帽子
年を経て相逢ふことのもしあらば語る言葉もうつくしからん
冬の苺匙に圧《お》しをり別離よりつづきて氷きわが孤りの喪《も》
（『さるびあ街』昭32）

透きとほる花の幻影夜々《よひよひ》に眠りをつつむ立春前後
石垣に茅花《つばな》光りて風ありき父ありき東京にわれは育ちき
わが未来まだ闘争の匂ひして標的とならん誰と誰と誰
（『土曜日の歌集』昭63）

氷雨ふる街より入りし地下道に雛売られゐて夜のそのこゑ
禽獣の死は悼まるることなくて岩のあひだに骨片乾く
人おのおの生きて苦しむさもあらばあれ絢爛として生きんとぞ思ふ
（『彩紅帖』平2）

いざさらば炎のごとく生きんかな誰がためにあらずひとりわがため
一生《ひとよ》一度《ひとたび》かがよひの時到るべしあやふきまでに萩黄葉せり
思ひ出づる夏雲遠し戦に死せりし無残のこりし無惨
ふるさとといふべく寂し白昼にガラスの光充つるわが都市
（『炎環』平5）

帆走を終へたる舟が春光を畳むごとくに帆をおろしをり
足早に駆け抜けしわが三十代聖橋《ひじりばし》散る枯葉ボブ・ディランなど
遠ざかりゆく戦旗など夕映ゆるさまにか似たりわが青春は
足らざるを補ふごとく街の上夕べふたたび春の雪ふる
（『春雪ふたたび』平8）

子守唄聴かせし日すでに遠くして子は冬の帆を操《あやつ》りゆけり
木末高く囀りゐたる四十雀落下するごとく去りて夕映ゆ
姨捨の姨の心は人しれず和《な》ぎゐたるべし冬夜思へば
雨の日のさくらはうすき花びらを傘に置き地に置き記憶にも置く
あらかじめ迫る殺気を断つごとく猫が尾を立てて行く冬の坂
（『夕霧峠』平10）

回想を求められをり人の生《よ》に言ひ遺《のこ》すものありや　あらずも
綠花蘭に手觸《たふ》れて思《も》へば自覚なく女ざかりといふ時過ぎつ
あぶら菜に似る黄の花を踏みしだきわれは天空の下の一点
乾きゆく赤唐辛子吊されて辛辣《しんらつ》の過去日に照るごとし
残雪の富士の片身が昏れてゆく車窓に渾身の一日が終る
（『星座空間』平13）

何気なく顔上げしとき未知の人が凝視を外す瞬間に遭ふ
悔いいくつ疼きのごとく過ぎゆけど生るるもひとり死にゆくもひとり
（『夏至前後』平14）

小野興二郎

王子ひとり旅立たせたる物語母が読むときすさまじきかな

（『てのひらの闇』昭51）

おの　こうじろう　昭和十年、愛媛県生まれ。長期の療養生活の後、昭和三十二年木俣修に師事、「形成」同人として活躍。平成九年「泰山木」創刊。歌集『天の辛夷』『森林木語』など。

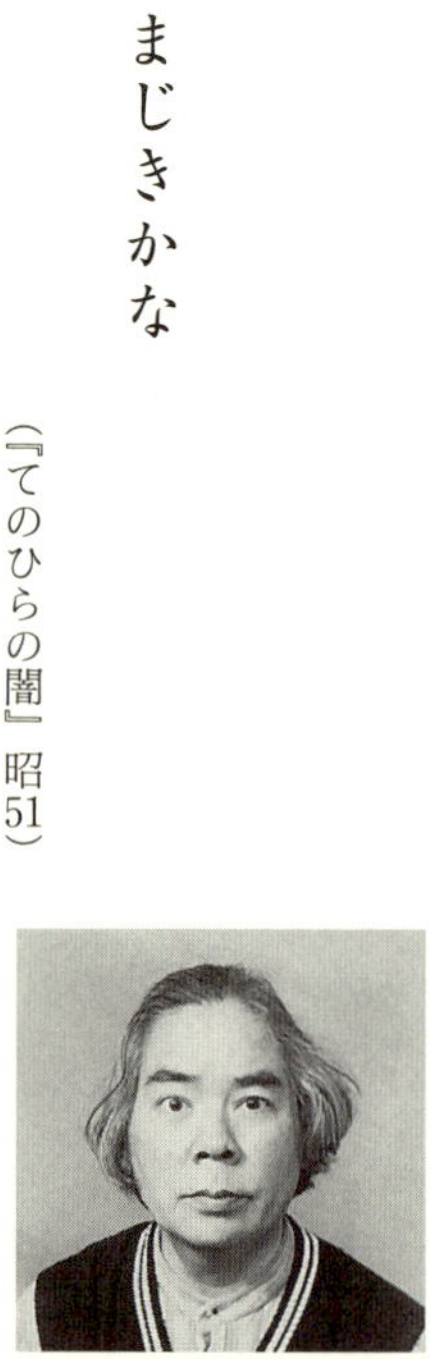

鑑賞　読まれているのはどんな物語だろう。愛する王子を愛するゆえに手放し、旅に出すという切ない結末の物語。具体的にどれと特定する必要もなかろう。いま、同じように我が子を旅立たせようとする母親がその物語に自らの心情を重ねて読むのである。寡黙で感情を抑えた母親の姿が思われる。一般的な親と子との別れの歌として読んでも味わい深いが、この歌には作者ならではの背景がある。

　学びたしと思ふ日暮をさむざむと炭焼く母がよごれ帰り来ぬ　（『てのひらの闇』）

愛媛県の田舎の神官の子として生まれた小野は、豊かな境遇ではないなか上京し学問を志す。並々ならぬ犠牲を払っての金策、働きづめの母親を小野はつぶさに見ている。そのようにしてまで上京させようとする母の内面は、物語を読む声音に、抑えた気配に、凄まじく凝縮されるのである。

ノート　愛媛県から上京後明治大学文学部に学ぶ。卒業後は市川学園の国語教員となるが、昭和五十六年、肝生検の事故により視力を一時失って療養生活に入る。

　追ひつめてゐたりしものは何ならむ夢よりさめてまたしんの闇　（『歳月空間』）

この事を試練として、小野の歌はより内面に向けて切実な問いを深める。北原白秋から木俣修に引き継がれた澄んだ調べを小野も受け継ぎ、壮絶な体験を背景とした歌にも透明なリリシズムを失わない。故郷の風景を心のどこかに秘めた歌人であり、都市詠の中にもやさしく震えるような自然の吐息を見いだす。父母への愛が核となった人間への率直な熱い問いかけは、社会を詠いつつ深い愛に裏打ちされている。

秀歌選

撃たれしときの何かみつめてゐしままの眼つめたき兎もらひぬ
虫送りの火に焦げてゆく地蔵の貌しきりに遠き稲妻を呼ぶ
ねぎの束の光る土間より風は来てひえびえと父母の住む家にほふ
求人欄のみ見て捨てて来し新聞光りつつ闇に吸はれてゆけり
夏草のにほひまとへる母の背に炎するゑてゆく思ひ激りつつ
溶接の火をしたたらす鉄路見ゆ心が地平なすあかつきに
今宵飲むビールは鉄の味のして凜《さむ》きまで肉のおもひは滾る
王子ひとり旅立たせたる物語母が読むときすさまじきかな
盆過ぎしのちの風さへさびしきに踊子蜻蛉といふが群れ飛ぶ
（『てのひらの闇』昭51）

興二郎《こうじろ》に酒を沸かしてやれやとふこゑさへすでに衰へましぬ
父よ男は雪より凜《さむ》く待つべしと教へてくれてゐてありがたう
ひぐらしのおもひおもひのこゑきけり清七地獄すぎてゆくころ
妻となる日を待つ汝かぬるみゆく水を言ふとき髪のひかりぬ
（『天の辛夷』昭53）

千手観音千手と言へど遊ぶ手の一手なからむことわれを搏つ
吾子生れし節分の夜を惜しみつつひとり飲む酒は喉《のんど》を灼くも

妻が望みわがあくがれしをみな子はかくうつくしきほとを持ちたり
花咲くを待ちて逝きたり侘助のなんにも知らず咲くにはあらず
（『紺の歳月』昭63）

視力なくあればかすかな地震《なゐ》にさへおそれをののくわがあはれなり
追ひつめてゐたりしものは何ならむ夢よりさめてまたしんの闇
母は今こと切れしとぞつばくらの家出でてゆく鋭き声に
火の中に火の動く見ゆ母はしも耕すことを火種となしき
蓑笠に甲《よろ》へる母のいでたちのまぶたを去らず雨の日ごろは
髪かざり付けてはなやぐをみな子の千歳飴抱く今日の良き日に
（『歳月空間』平元）

人の祈りのかく咲きにけむみ墓べの白彼岸花ふれがたく過ぐ
かの木にはその木の祈りありてこそかく咲きにけむ遠山桜
木には木の言葉のありてこの夜も星美しと言ひあひてゐむ
天耳《てんに》もて聞きたまふとき風韻も鳥語もなべて仏語なりけむ
（『森林木語』平4）

くろがねの山あれば父　山清水を胸の千尋にみたせるは母
恋の火が雪ふらすなる緋鹿子の「櫓のお七」みてかへりきぬ
むらさきに暮れゆく尾根をしたがへて石鎚はあり雲のまなかに
（『今ひとたびの』平12）

小野茂樹

あの夏の数かぎりなきそしてまたたつた一つの表情をせよ

（『羊雲離散』昭43）

おの　しげき　昭和十一年、東京生まれ。三十年「地中海」入会。作歌活動と同時に、角川書店、河出書房の編集者としても活躍した。昭和四十五年、交通事故により死去。

鑑賞　小野茂樹といえば必ずこの歌を思い出す。そして、現代短歌の数多くの愛の歌の中でも、屈指の名歌である。

「あの夏」とはたぶん、二人の恋がもっとも激しく燃え上がったときだろう。過ぎ去った夏を回想しながら、あのときの表情をせよと、恋人に迫る。それにしても、「数かぎりなき」と「たつた一つ」、この矛盾したフレーズを抱え込む表現は謎めいて魅力的だ。

さまざまな表情のうちのもっとも忘れがたい一つの表情、と理解するのが自然なのかもしれない。しかしこうも思う。彼女が見せたさまざまな表情は、全身で恋をしている者だけがもつ情熱に燃えた表情。その眼の輝きは、あるいはたった一つのものだったのではないかと。そして、このような命令形で告げなければならなかったところに、二人の間に流れた取戻しようのない時間の切実さが感じられる。

生前ただ一冊の歌集であった『羊雲離散』所収。

ノート　十代から短歌をはじめ、六〇年安保闘争の時代に学生歌人として頭角を現した。香川進の「地中海」に参加する一方、早稲田短歌会のリーダーとしても注目された。同世代の誰よりも早熟で知的な歌人であり、早くから鋭い論者でもあった。当時、若者から圧倒的に支持された前衛短歌とはおのずから距離を置き、口語発想の都会的な言語センス、純粋な叙情性、また自ら「整流器」と記した抑制されたリズムによって、普遍性を帯びた青春歌を残した。

三十三歳のとき、交通事故死。死後に刊行された第二歌集『黄金記憶』には、学童疎開の記憶を詠んだ連作も収録された。短命であったが、新しい時代の愛と青春を歌った陰影ある作品群によって、現代短歌に大きな足跡を残した歌人。

秀歌選

朝霧に日のかたち見ゆあたたかき眼をおもひつつ家出づるとき
ひつじ雲それぞれが照りと陰をもち西よりわれの胸に連なる
安らぎし呼吸に充ちて夜空まるし灯の上にまた灯を積みし街
五線紙にのりさうだなと聞いてゐる遠い電話に弾むきみの声
感動を暗算し終へて風が吹くぼくを出てきみにきみを出てぼくに
蔽はれしピアノのかたち運ばれてゆけり銀杏のみどり擦りつつ
強いて抱けばわが背を撲《う》ちて弾みたる拳をもてり燃え来る美し
わが肩に頬を埋めしひとあれば春は木々濃き峠のごとし
くぐり戸は夜の封蠟をひらくごとし先立ちてきみの入りゆくときに
鬼やらひの声内にするこの家の翳りに月を避けて抱きあふ
夕焼の空の一部を冠りつつ愛されて久しわが虚しさは
非力のとき誠実といふこと卑し月を過ぎゆく羊歯状《しだじやう》の雲
風死してながき夕暮れ積み上げし什器をやぶり焔たちくる
運び来てしばらく暗き蠟燭にいろ濃きひかり生まれたる見つ
日に酔ひてわが立ちすくむ天皇の血をはぐくみしみどりの地平
灯ともせばひとりの部屋にくつがへりゐし鍋の底音もなく見ゆ

青春に逐はれしわれら白樫のいのち封じし幹に倚《よ》り立つ
あの夏の数かぎりなきそしてまたたつた一つの表情をせよ
かかる深き空より来たる冬日ざし得がたきひとよかちえし今も
（『羊雲離散』昭43）
グランドの遠景ながら少年と少女の肌のひかり異る
母は死をわれは異る死をおもひやさしき花の素描を仰ぐ
東京の空はあまねく晴れすみて夜ごとに襲ひくる銀の翼
東京を冬の夜ふけに発ちきしがふたたびは見ずかの町並みを
いつしんに木苺の実を食らふとき刻々とほき東京ほろぶ
かの村や水きよらかに日ざし濃く疎開児童にむごき人々
ともしびはかすかに匂ひみどり児のねむり夢なきかたはらに澄む
精霊のごとく一瞬くだりくる雪のなかなる白き風の脚
くさむらへ草の影射す日のひかりとほからず死はすべてとならむ
巨《おほ》きタイヤ日ざしを浴びて過ぎゆけば路上にくだる空の明るさ
眠らむとしておもひをり閉さるるとびらのいくつこの日過ぎきし
（『黄金記憶』昭46）

香川 進

雪の上にいでたる月が戦死者の靴の裏鋲を照らしはじめつ

（『氷原』昭27）

かがわ すすむ 明治四十三年、香川県生まれ。前田夕暮に師事、口語自由律短歌をつくる。二十八年「地中海」創刊。経済人として海外を広く歴訪。歌集『氷原』など十冊。平成十年没。

鑑賞 第三歌集『氷原』の「戦ひの日々」の中の一首。昭和十三年に、朝鮮、満州、ソ連国境で日ソ軍が衝突したハーソン湖事変があり、香川進は現地召集されている。「雪の上にいでたる月」が北の地での戦場の特殊な光景だ。うつぶせの戦死者の靴の裏の鋲だけが月光に照らし出されている。「裏鋲」に焦点を絞って、凍りついたような非情さを浮かび上がらせている。〈氷の上はずみをもちて轉げくる弾丸《たま》の一つがわれを殺さむ〉〈銃剣をひきぬきしかば胃袋よりふきいづる黄いろき粟粒みたり〉〈夕まぐれわれは水飲みにくだりゆき死にゆく兵は死ぬに任しぬ〉など、非情に徹した描き方によって、戦争とは人間をどのような存在にするのかを突きつけてくる。意識的なテーマ性を有しているといえる。

『氷原』は敗戦の日の〈花もてる夏樹の上をああ「時」がじいんじいんと過ぎてゆくなり〉の歌が有名であるが、この夏の「時」と雪の戦場の「時」が対称的で強い印象を残す。

ノート 香川進の歌は取材、視野のスケールの大きさ、多様さが歌人ばなれしている。問題意識は日本にとどまらない歴史、民族、人間に広がっている。そのために、歌は抽象性、観念性を含むが、きれいごとでないリアルさがある。それは、戦争体験、また現実の生活体験を踏まえているからであろう。三菱商事の出張先で現地召集され、敗戦後は財閥解体の処理に従事、新会社設立など経済人として戦後復興の内部にあった。朝鮮戦争、鉄、ベトナム戦争、アジアへの経済進出など、一市民の知識を越えた関心で歌っていて、秀れた戦後史とも言える。その間には無垢なもの、ささやかなものへの祈りのような思いが覗かれる。還暦後には琵琶湖辺の山中で独居生活に入り、日本の自然と人間を思索的に歌っている。

児がために求めしならむ風車老いたる兵の吹きほけてゐる

花もてる夏樹の上をああ「時」がじいんじいんと過ぎてゆくなり

陽の中にいのちむさぼり生くるのか黒きにとまり動かぬ蝿よ

ああ間断なく黒き飛礫《つぶて》のごとくわが前に落ちくるレアリティー

大陸にところかまはず踏み入りし日本人の短き足を恐怖す

糊光る切手の裏のごとき町われは立つなりくろき過去負ひ

生き死にのあひだに風が吹いてゐる靡きまた起き返る雪の上の草

（『氷原』昭27）

鉄しぼる力もすでに直接なり歯車の機構を過去となしつつ

サーチライトが埃のうしろに照らしだす鉄截るための鉄の装置を

屑鉄になりたる戦車が霧のなかたかだか船より吊りいだされぬ

青さびし弾丸《たま》交りをり混戦に終りしベトナムの野に曝《さ》れし鉄《てつ》屑

巣鴨の、絞首台跡にわかき木を植ゑゆきし人のありと伝ふる

峡《かひ》にしておろす糸ほそし否、否といひたる女《ひと》も死にてゆきたる

（『湾』昭32）

声きけば学ぶは多く母にして樹木の根かたに幼を遊ばす

乾きのなか支流は入りて草あおし一つの部族やしなう今も

「一粒の麦死なずば」されどそのことのかく難くして草も枯れたる

蛍さえ見えずまっ暗な河中に舟あり灯し肉をひさげる

（『印度の門』昭36）

まぼろしを撒くごとくにもちりぢりに葉にいる虫がみな音を立つ

白きもの静かに食べていたりしが少女《おとめ》はやがて谷を見おろす

われら商人太れるからだ運びきて飛騨の豆腐を食うべつつあり

たれの子と知らず育てるならわしのなくなりていま村が富みゆく

においなき蚕がひかりを食うときのしずしずとして上げいる頭《かしら》

（『木曽川』昭40）

いけにえに少女をもとめし古代より神は刃ものの冷たさを持つ

殺されて一人だにいぬアプオリジン言葉を残せり湖《うみ》の名として

わが見ざりし戦艦のさま静かに言い浮かべるものは沈むといえり

（『甲虫村落』昭48）

かぎりなき不安の桜の花びらや生まれては死にゆきし二人のいもうと

ありうべきことのさまざまを見てこしがただ淡々し水に降る雪

蓮の葉は静かになりぬ戦いにさやぎて死にし兵のごとくに

（『湖の歌』昭59）

一望の断崖《きりぎし》の夢の夜のふけの亀がバケツをくつがえしたり

一匹の蜂見つめんと屈まれば宝石よりも全身かがやく

（『山麓にて』昭60）

香川ヒサ

中庭に薔薇を育てて来し光ゆるやかに薔薇の枝を曲げたり

（『パン』平11）

かがわ　ひさ　昭和二十二年、横浜生まれ。「白路」「好日」に入会。平成五年、同人誌「鱧《はも》と水仙」を藪の会の仲間と発刊。歌集に『テクネー』『マテシス』『ファブリカ』『パン』など。

鑑賞　薔薇は育つのではなく育てられるのだ。この発想の転換によって歌は始まっている。考えてみれば薔薇に限らず植物はさまざまなものに育てられている。光に、雨に、大地に。存在するということはそうした様々に気づかぬうちに付き添われてあるということなのだ。この歌には自然の営みへの知的な物思いがあり、透明な視線がある。

この薔薇はまっすぐに茎を立ち上げる大輪ではなく、蔓薔薇がふさわしい。咲いているのは光の満ちあふれているような広い場所ではなく中庭だ。それだからこそ光の表情はよく見える。こまやかに注ぐ光が薔薇の茎の動きをよく見せてくれる。上の句から下の句への豊かな発想の展開には香川ならではの機知が生きる。薔薇を育ててきた光は自在に茎をのばし、それをゆったりと曲げてゆく。自然界の根源に宿る力や可能性に注目した古代の哲学者のようなまなざしだ。

ノート　香川は理知的な言葉への好奇心によって私達の常識の死角に宿る思いがけない詩を発見してきた歌人だ。

神はしも人を創りき神をしも創りしといふ人を創りき

人はしも神を創りき人をしも創りしといふ神を創りき

神が先か人が先か、神と人との摩訶不思議な関係を鋭く言い当てている。一見軽い言葉遊びのように見えながらその奥に深い人間洞察を秘めている。ここには神を創り出さずにはいられなかった人類の寂しさへの問いかけがある。軽やかに言葉の表層を撫でると見せかけて、今日の人類が宿すさまざまな問題や矛盾を鋭く提示する。奇妙な現代を生きる奇妙な人間の悲しみ。先鋭な現代性を表現するのに最適な詩型として短歌の可能性を追求している歌人だ。

秀歌選

飛行士の足形つけてかがやける月へはろばろ尾花をささぐ
角砂糖ガラスの壜に詰めゆくにいかに詰めても隙間が残る
種苗会社のビル耀へり下京区梅小路なる秋のゆふぐれ
人あまた乗り合ふ夕べのエレヴェーター枡目の中の鬱の字ほどに
もう一人そこにはをりき永遠に記念写真に見えぬ写真屋
地下街を歩み来たればほとばしる水の樹の辺に人らしづけし
（『テクネー』平2）

白き雲鯨と思へば鯨にて鰐と思へば鰐なるが浮く
自然数2000といふが世紀末現象つぎつぎ起こしゐるらし
フセインを知らざるわれはフセインと呼ばるる画像をフセイン
と思ふ
二つとも旨いそれとも一つだけまたは二つともまづい桃二個
その存在そのものがすでに悪なれば抹殺せねばならぬ~~ダメダメ~~
トーストが黒こげになることはなかつたといふことにしませう
（『マテシス』平4）

神はしも人を創りき神をしも創りしといふ人を創りき
人はしも神を創りき人をしも創りしといふ神を創りき
この星が太陽のまはり回ること誰も見たことありはしないが
ひとひらの雲が塔からはなれゆき世界がばらば　らになり始む

わたしには世界の果ての私がコーヒーカップをテーブルに置く
一冊の未だ書かれざる本のためかくもあまたの書物はあめり
（『ファブリカ』平8）

空をゆく雲を見てをり見ることの影としていま空をゆく雲
墓碑あまた並ぶを見るに名前こそ死すべきものの証しにあらめ
魔女狩りで火あぶりにされた人たちを魔女だつたのだと信じてあげ
よう
こんなこともあるさと言つてゐるやうな　顔削られし聖人像は
中庭に薔薇を育てて来し光ゆるやかに薔薇の枝を曲げたり
空をゆく雲見てをれば過ぎ去りし雲の痕跡としてわれ在り
（『パン』平11）

朝光の差し入る部屋にあらはるるみな光より遅れて在るもの
ローマ軍に敗れて街は始まつた　いづれ歴史は戦後の歴史
「ダーウィンの生家」に佇ちぬ進化論なければなかつた「ダーウ
ィンの生家」
シェイクスピア・グッズ売らるる「この世の関節がはずれてし
まつたのだ」
ここよりは汚染地域と張られたるロープ一本風に揺れゐる
どこまでも青空の青広がれば端的にわが欲望は見ゆ
（『モウド』平15）

春日井　建

童貞のするどき指に房もげば葡萄のみどりしたたるばかり

（『未青年』昭35）

鑑賞　歌集名は「未成年」でなく「未青年」。少年の幼さは脱したけれど、分別ある青年というには若い。そんな年頃特有の危うさと輝かしさをよく表した言葉だ。十七歳から二十歳の作品を収録。掲出歌はこの歌集名に相応する一首。

「童貞のするどき指」という表現は、ある生々しさを漂わせつつ、張りつめて尖鋭な神経を印象づける。その指で葡萄棚から垂れる一房をもぎとった。マスカット種などだろうか、透明感ある翡翠色をしなやかな指先に掲げた瞬間の瑞々しい美しさが「したたるばかり」に眼前に迫る。耽美性の強い視覚映像的効果が詩世界を立ち上がらせている。

同歌集の〈ヴェニスに死すと十指つめたく展きをり水煙りする雨の夜明けは〉は、明らかにT・マンの小説を下敷きにするが、一九七一年制作のヴィスコンティの同名映画を十年以上先取りした映像性と物語性が春日井の才をよく物語る。

かすがい　けん　昭和十三年、愛知県生まれ。昭和三十一年頃から父・瀇の編集発行する「中部短歌会」の「短歌」に出詠。五十四年、父の死去に伴い同誌を継承。平成十六年没。

ノート　「現代はいろんな点で新古今集の時代に似てをり、われわれは一人の若い定家をもつたのである」。『未青年』に寄せた三島由紀夫の一文はあまりに有名だ。早熟という表現そのままに歌壇に登場した春日井からは、ラディゲやコクトーといった作家の影響も見て取れる。鮮烈なナルシシズムとデモーニッシュな痛ましさに満ちた、昭和を代表する最も優れて個性的な青春歌集の一冊といえる。

『行け帰ることなく』刊行以前に実質的に短歌と訣別した春日井だが、『青葦』で復帰。その覚悟を〈青嵐過ぎたり誰も知るなけむひとりの維新といふもあるべく〉と詠んだ。咽喉に癌を病んで以来、美意識はいっそう洗練され、スタイリッシュな中にも生の深みを味わう心境を詠った。

大空の斬首ののちの静もりか没《お》ちし日輪がのこすむらさき
童貞のするどき指に房もげば葡萄のみどりしたたるばかり
ヴェニスに死すと十指つめたく展きをり水煙りする雨の夜明けは
荒くれの傷に粗布巻く夜はあつし石廊の血もはやく乾かむ
両の眼に針射《さ》して魚を放ちやるきみを受刑に送るかたみに
（『未青年』昭35）

宇宙服ぬぎてゆくとき飛行士の胸にはるけき独唱《アリア》は澄めり
獅子座つめたき夜天にふさふ友なれば宇宙のはてにて死なむか孤り
直空《ひたぞら》より青ひとすぢの日ざし浴ぶわれに天授の孤独があると
潮あかり顫へてとどく岩に寝て燕の誇りをわが誇りとす
青海原に浮寝をすれど危ふからず燕よわれらかたみに若し
（『行け帰ることなく』昭45）

命への門窄ければ力つくし入れと味爽に読みし書を置く
天秤に塩と精液この夜更け生きる悩みを量らむとして
（『夢の法則』昭49）

青嵐過ぎたり誰も知るなけむひとりの維新といふもあるべく
一瞬を捨つれば生涯を捨つること易からむ凩に鳴る夜の河
誰か聴くわが聴かずして素裸の友の夜明けの呼吸ととのふ

死ぬために命は生るる大洋の古代微笑のごときさざなみ
一歩一歩空の梯子をのぼりゆく墜ちなむ距離を拡げむとして
（『青葦』昭59）

水素雲ひろごる星の速やかに近づきて魂の涼しむ秋か
鏡をば虚無の中枢に射し入れて星を得たりしエドモンド・ハレー
わが前の視野のかざりの水の蔵ことばを収めただ鎮もれり
（『水の蔵』平12）

白波が奔馬のごとく駈けくるをわれに馭すべき力生まれよ
今に今を重ぬるほかの生を知らず今わが視野の潮《うしほ》しろがね
「欲ふ」と記し「思ふ」と読ます一行の身にしみて春は巡る幾たび
わが欲《おも》ふうすき脂《あぶら》の浮く皮膚のしなやかに均斉の正しかる者
（『友の書』平11）

鴨のゐる春の水際へ凩にさへつまづく母をともなひて行く
泣きしのち少しうつけてこの朝寒《あささむ》母は逆縁を受け入れむとす
死などなにほどのこともなし新秋の正装をして夕餐につく
またの日といふはあらずもきさらぎは塩ふるほどの光を撒きて
（『白雨』平11）

時じくの香菓《かぐ》の実われの咽に生《あ》れき黄泉戸喫《よもつへぐい》に齧《かじ》り捨つべき
波立たぬ潮のしづけさ死ののちは儀礼的なる言辞を賜へ
（『井泉』平14）

春日真木子

杖すでに用なくかへす傘立てにすとんと棒にかへりゆきたり

（『野菜涅槃図』平7）

鑑賞　杖は人間の歩行を助ける道具である。使っている人の手の具合、足取りの様子によって杖の表情も違ったものになってくる。老いや病いによる歩行困難を助けた杖なのだろう。だが、一首からは、長く杖を使っていた人の不在が暗示される。歩くために使われるという用がなくなってしまった杖なのである。「すとん」という素っ気ないオノマトペが、いかにも空虚にひびいてくる。杖は、歩行を助けるときに生きる「物」なのであり、その用を失ったときは、ただ一本の棒切れに過ぎなくなる。再婚した夫の老いを見つめ、介護と看取りの日々を受けいれてゆく心境が、「杖」という乾いた言葉のみで表現されている。物体そのものの役割と運動を摑みなおして、寂寥感が生まれた一首といっていい。同じ『野菜涅槃図』の歌、〈鮎一尾泳ぐあかるき皿なりき落としたるとき鮎を見ざりき〉とともに、「物」の本質と運動を平明な言葉でうたって、一瞬の寂寥感を伝える秀歌となった。

かすが　まきこ　大正十五年、鹿児島県生まれ。昭和三十年に父、松田常憲主宰の「水甕」に入会し、日常詠から独自の美的空間の創造へと展開する。歌集『北国断片』『野菜涅槃図』など。

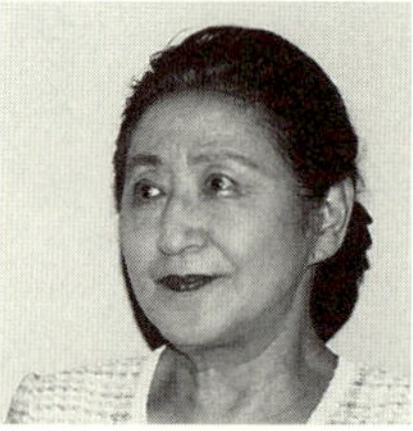

ノート　「水甕」の主宰、松田常憲を父にもつ「歌の家」に育ったことが影響してか、歌の出発は遅かった。第一歌集『北国断片』は、昭和四十七年に出版されている。夫を亡くして再婚する三十代から四十代の歌だが、複雑な境涯が鎮められて、落ちついた日常詠として作られている。堅実な日常詠の作風が一転したのは、第二歌集『火中蓮』だった。〈冬原の反照をあつめうつ伏せる児に白毛のそよぎだちたり〉など、抽象に向かう歌へと変貌を遂げたのである。ことに「陶芸」という手触りのある世界と、短歌空間に架け橋をもとうとするところに、独自の作品を生み出していった。抽象志向に傾いた歌が、平成になって、ふたたび平明さを見せ、「物」に寄せて人間の深層を暗示する美しい文体を生み出した。

妻なりし過去もつ肢体に新しき浴衣を存分に絡ませて歩む
児の成長に関わりて生きよと言われし夜牛蒡の粗きささがきを作る
淡き雪散らして過ぐる風 妊《みごも》れぬわが哀しみも清く伝えよ
（『北国断片』昭47）

さくら木を仰ぐ咽喉もと膨らみていま昇りくる言葉を待てり
ゐまふごとく臍の底ひにあたらしき血の渦まけり 無頼も育て
日向より掬ひあげたる幼児のあなさびさびと塩の匂ひす
たそがれのひかり混ぜつつ揉む土のあはれわが脳ほどの塊《マッス》
天心をひた指す壺のひとすぢの息のふかさに立ち上がりたり
火のなかにひところ咽《むせ》びしわが壺か指添ふほどの胴くびれして
うすあをき古染付に翔ぶ雁は偶数にして昏しこの皿
餌《ゑさ》をまくひとりに蹤きて白鳥の頸のうねりの揃ふさびしさ
（『火中蓮』昭54）

落せるは八重のくれなゐ椿木のこころゆるびを一日問ふなり
（『あまくれなゐ』昭57）

ただよへる白き雲をも攫ひしか滝りんりんとひかりを増しぬ
かがやきて落ちくる水の裏側にわおんわおんと岩ひびきをり
身を伸べて鮎となりたきわれの背を濡らすごとしも室内楽は
（『空の花花』昭62）

一歩踏み一歩をなづみ限りなしザボンの内側のやうな一日
〈己《おのれ》〉とふ象形文字のほぐれつつ蛇となりたりわれはいづくへ
雪庭の窪みに揺れの定まらぬ火のありこの火に根のあるごとし
天竜を縦に見よとぞ川波は冬の日のもとねばりつつくる
（『はじめに光ありき』平3）

鶴と思へば鶴に見えきつ梅ひと木遠回りつつ飽かぬひとりを
円いくつ閉づれば永遠《とは》の見ゆるかなとろろ薯摩る擂鉢の底
杖すでに用なくかへす傘立てにすとんと棒にかへりゆきたり
朝《あした》みて夕みて一軀あきらかに見えつつとほく距りゆくか
たましひは虹の彩なしのぼりゐむ冷ゆる大地にわれは身を置く
虹消えてふたたびひろき空のもとありありとわれのうしなひしもの
夕飯《ゆふいひ》の白粥ひかり亡きあとに思へば遊戯《ゆげ》のごときひとこま
あかるくてくらき供華《くうげ》の花明りこよひも花を死とよみたがふ
生きゐし日の名前に冠するソフト帽「故《こ》」の文字すこし崩して書かな
（『野菜涅槃図』平7）

向きあひて朝の卵を割りしこと 小鉢の音のかちあひしこと
夫運うすきを言はば月光は濃くなるらむか 文旦を剝く
（『黒衣《くろこ》の虹』平11）

加藤克巳

みんな逃げてみんなすっとんですっからかんふぬけた胴体が丘の上にある

（『球体』昭44）

かとう　かつみ　大正四年、京都生まれ。昭和二十八年「近代」（のち「個性」）創刊。平成十六年終刊。歌集「螺旋階段」「球体」ほか多数。著作に「現代短歌史」ほか。二十二年没。

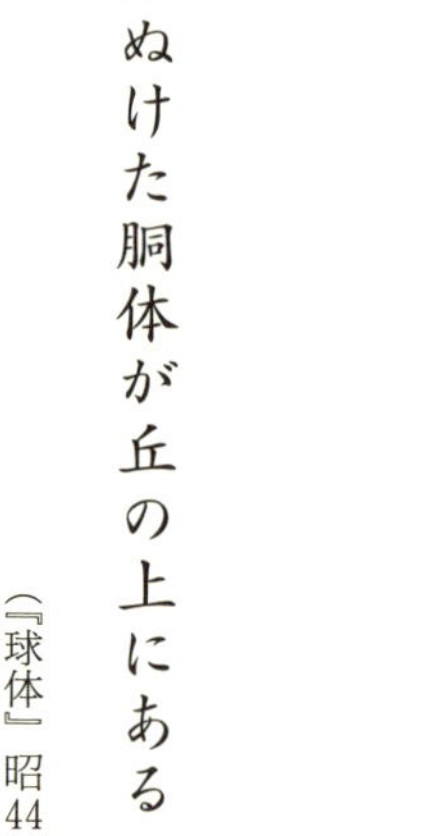

鑑賞　戦前の自由律短歌を復活させた第四歌集『球体』には、非定型の口語調の歌が溢れる。短詩、俳句の長さのもの、一字あけ、句読点など、さまざまな試みをしている。短歌の調べでなく、躍動感のあるリズム。この歌もひたすらリズムがいい。意味を考えず、口をついたままの自動速記の自由さである。「すっとんで」「すっからかん」「ふぬけた」など、短歌には用いられることのない、くだけた俗語が矢継ぎばやに繰り出されるのにも何か解放感がある。

「みんな逃げてみんなすっとんですっからかん」で「ふやけた胴体」であるのは敗戦後の日本であるようにも思える。すると空虚なイメージであるが、この言葉、リズムで読むと、その空虚がむしろ爽快だ。そのこと自体がいかにも戦後的なのかもしれない。「丘の上」は何であろうか。「丘」は戦後の歌謡曲にもよく出てくる。明るさ、希望のイメージが「丘」にあるのだろう。この口語歌はいまなお新鮮さを失わない。

ノート　昭和初頭、口語自由律を中心とするさまざまな新短歌運動が隆盛した。その流れの中で、大学生であった加藤克巳も詩としての短歌をめざし『螺旋階段』を出版する。〈まっ白い腕が空からのびてくる抜かれゆく脳髄のけさの快感〉といったシュールな感覚がみずみずしい。

昭和二十二年、近藤芳美や宮柊二らと「新歌人集団」を結成し、戦後の歌壇の振興を担った。昭和四十四年に出た第四歌集『球体』は『螺旋階段』でのシュールリアリズムの精神を復活させ、さらに意志的に推進した詩精神が注目された。短歌の湿った抒情性を排し、硬質な言語感覚、スピードのあるリズムで、戦後世界、地球のはらむ危機感を表出する。その後しだいに伝統的、人生的な歌も加えて今日に至っている。

秀歌選

神の声神の呼ぶ声森の奥の奥の方からわれをよぶ声
いつしか風もやみ間をおきふくろうが、ほう、ほうとなきなきやまぬなり
日が落ちてどどっと風が吹きだしてマントをぐっとかかえて歩く
人界の果つるあたりにぼーっとけむりがあがりふっと消えた
風が吹き木木草々がきらきららそよぎやまざるこの世このとき
くらき世を生きゆくつらくかなしとて丘のかなたの空遠く幸《さいわい》すむと
人は歌いし
津軽の寒立馬《かんだちめ》一頭凛と立ち動ぜぬやよし眼《まなこ》澄みたる
夢のごとおもほゆるかも品川駅上空に雲二つ三つ浮きいて戦争終りし
山があるあの山のむこうの空のむこうに何かがあるなにかがある確か
になにかが
眼《まなこ》 開けば空々漠々眼《め》つむれば流れつづける風の音のみ
なに鳥か頭上鋭く鳴きすぎて茜東天太陽昇る
良寛の雪隠《せっちん》へ朝の足音のすたすたすたすた夢の足音
眼つむれば雪の五合庵をなきめぐる小鳥の声の清きあさあけ
日はしずしずと山の片辺に沈みゆき月の出待ちてこおろぎは鳴く
夕いたり石に腰おろしありたれば遥かとおき日の喇叭の音《ね》きこえ来《く》

まどろみのさむるかそけさいずこより鐘《かね》の音《ね》聞こゆゆめかうつつか
遠山の白きをみつつ老いわれはすっくと立ちて深呼吸する
月日は流れわたしは遺《のこ》る何を為し来しこれからの我何を為すべき
人間は自然の中のひと粒か自然は大きく無限人間は小さく小さく
無限
一滴の雨が千萬億の雨を生み更に無限に雨を生みつぐ
てくてくてくてく公園へ行く噴水がみたくて今日も公園へ行く
またしても公園の噴水見にゆきてきょうも小半日見つづけている
北満のはての原野にうづくごと日本を恋い母恋い涙こぼせし二十代
なりし
きょうもまたわがペペロネに待つは誰思い重ねて待つは誰なる
日はのぼり日はまた沈むいつのときもわれに凛たり心の一樹
天高く噴き上げ噴きあげ絶ゆるなし落下またよし散乱やよし
噴きわまりていっきに落下陽光に粲粲《さんさん》飛沫《ひまつ》絢爛《けんらん》無限《むげん》
日本列島とび越え太平洋へ、誤差だ、誤差だという誤差だらけの
この世
俟《ま》つあるをまつといいつついつつ春夏秋冬かくてかくのごとまた春がくる
疾《と》く阿耨多羅《あのくたら》三藐三《さんみゃくさん》菩提《ぼだい》を成就せしめ給えと今宵の唱《とな》え念じ
終りぬ

（『夕やまざくら』「森の声」平17）

加藤治郎

まりあまりあ明日《あす》あめがふるどんなあめでも窓に額をあてていようよ

（『昏睡のパラダイス』平10）

鑑賞 歌の雰囲気として決して明るくはないのにリズムに軽快な魅力がある。初句・三句の字余りの破調も見事に生かされている。

「まりあまりあ」とは誰か。聖母マリアであろうか、とまずは思うのだが、聖母に代表される女性が、作者にもたらす救済を示している呼びかけであろうか。

「明日」の「あめ」とは何か。「どんなあめでも」と付け加えられると、放射能の雨がまず連想されるところに、作者の拠って立つ時代が在る。しかし、「どんなあめでも」絶望してしまうわけではない。「窓に額をあてて」その「あめ」を見つめていようというのである。それゆえにこそ、作者と共に在る「まりあまりあ」の聖なる生命力が必要なのだ。

この一首は『昏睡のパラダイス』に収められている。まさに魂の「昏睡」を強いられる時代を生きて、そこに「パラダイス」を見ようとする強烈な意志が感じられる歌である。

かとう　じろう 昭和三十四年、愛知県生まれ。「未来」に所属。岡井隆に師事。歌集に『サニー・サイド・アップ』『ハレアカラ』などがある。

ノート 加藤治郎は、同世代の中で、常に時代のトップを走って来た歌人である。一九八〇年代の口語短歌の大きな流れをリードした加藤は、口語こそ前衛短歌が残した最後のプログラムであると宣言した。その師岡井隆や塚本邦雄などによる前衛短歌の後継者であることをみずから認めたわけである。また、所属結社「未来」の祖であるアララギのリアリズムに対する傾倒も深く、さまざまな点で、加藤は歴史性をあえて身に負った歌人であると言えるだろう。

作風は、甘く繊細な恋の歌や大胆な性愛の歌が印象的な一方で、原爆などの重いテーマを新しい視点からとらえた連作に代表される骨太な実験性をもつ。

近年は「未来」の選者のひとりとしても活躍する。

ほそき腕闇に沈んでゆっくりと「月光」の譜面を引きあげてくる

だしぬけにぼくが抱いても雨が降りはじめたときの顔をしている

鋭い声にすこし驚く　きみが上になるとき風にもまれゆく楡

もうゆりの花びんをもとにもどしてるあんな表情を見せたくせに

ひとしきりノルウェーの樹の香りあれベッドに足を垂れて　ぼくたち

ゆるゆるとガーゼに苺包みつつある日つつましく膝を立てており

（『サニー・サイド・アップ』昭62）

冬の樹のかなたに虹の折れる音ききわけている頬をかたむけて

ぼくのものになるかのようにちぎるときやさしくにおうブラック・ブレッド

うすいボーン・チャイナのうえの梅の花かみあってすごす夜のやさしさ

たぶんゆめのレプリカだから水滴のいっぱいついた刺草《いらくさ》を抱く

石鹼の顔をくずしてゆくように撫でてやる　犯罪大通り

1001二人のふ10る0010い恐怖をかた1011100り0

（『マイ・ロマンサー』平3）

エヴァの髪アドルフの髪ならび居り顎上げて塗るスキン・クリーム

定型は手のつけられぬ幼帝だ擬似男根をこすりつけてる

ぼくたちの詩にふさわしい嘔吐あれ指でおさえる闇のみつばち

だからもしどこにもどれば　こんなにも氷をとおりぬけた月光

ゆうぐれはあなたの息が水に彫るちいさな耳がたちまちきえる

外苑の雪に埋《う》もれた猫の目のうすあおければまた歩きだす

（『ハレアカラ』平6）

まりあまりあ明日《あす》あめがふるどんなあめでも　窓に額をあてていようよ

黒パンをへこませているゆびさきの静かな午後よ　さいごのちゅうちょ

ペンダント雪の空から垂れてきてめざめるぼくのくちびるにのる

れれ　ろろろ　れれ　ろろろ　魂なんか鳩にくれちゃえ　れれ　ろろろ

ふゆのひは蜜の滲んだカーテンをたばねてきみはこころぼそいな

歯にあたるペコちゃんキャンデーからころとピアノの上でしようじゃないか

（『昏睡のパラダイス』平10）

すでにもう遠くが光る波のよう入っていると囁きあって

やせっぽちの裸体は虹のうらがわのように儚くつながるふたり

海から風が吹いてこないかどこからかふいてこないかメールを待ってる

抽斗だけがやさしい夜明け十年もまえってうすい手紙のようさ

古書店にみつけた螢ひいふうみいようしゃなく恋はこころを壊す

雨の翼はゆたかに街を覆いたり胸を離して窓をみている

（『ニュー・エクリプス』平15）

川口美根子

さくら散るさくらしぐれにほのじろき声満ちて空を母ひかるなり

（『桜しぐれ』昭48）

かわぐち　みねこ　昭和四年、京城生まれ。「アララギ」入会し、「未来」創刊に参加。歌集『ゆめの浮橋』（六歌集収録）、『風の歳華』『天馬流雲』など。

鑑賞　折しも満開の時を過ぎようとしている桜の花びらが、かすかな風にもはらはらと降りこぼれ、空を流れていく。その花の姿を「さくらしぐれ」といったことばが美しい。作者は花びらの渦のさなかで、「ほのじろき声」の幻を聴く。いや、それは、声だったのだろうか、光だったのだろうか。光りながら空を流れる花びらに亡き母の気配が重なり、作者をやわらかい寂しさの中に包みこんでいる。

　桜への幻も、一首の韻律も、ともに美しい歌である。一、二句で「さくら」を繰り返しながら転回させ、サ行音を綴っていく歌のしらべはのびやかで魅力的だ。また、桜から母恋いへと流れていく抒情の明るい寂しさは、この作者の詩質の特徴でもある。『桜しぐれ』の中には、〈人を塵にかえらしめ帰れというみ声聴えくる光りの中に在る母〉という母の死の歌もある。母の名は「咲耶」であるという。桜の精のような名の母に因むかのように、この作者には桜の秀歌が多い。

ノート　川口美根子は京城、現在の韓国のソウルに生まれた。昭和二十年の敗戦の冬に家族とともに引き揚げ、父のふるさとの新潟県の海辺に落ち着く。十六歳であった。その海辺で、家族で塩をつくって暮らしを立てたというが、その体験は「わたしの人生にふかく影響したと思う。聖書の言葉のとおり、塩はまさにわたくしたち九人家族の生命の糧であった」とエッセイ（『自解１００歌選　川口美根子集』）に書いている。川口の歌にはこのような少女期の体験が大きく影を落としている。歌の原点はかつての京城にあるといってもよく、歌柄の大きさや韻律ののびやかさ、浪漫性の深さにもかかわらず、抒情の底にはつねに透明な寂寥感が漂う。一種の故郷喪失感に似た漂泊感があることも特徴である。

雪道をふみしめ行けば雪原のはてに光りあり母待ちおらん

（『ウィスタリア』昭28）

ふたりいて何ゆえさびし降る雪の光りつつ幾ひらか唇に触る

降る雪の空に生まるる輝きを仰ぎいる心孤独なれども

朝の階のぼるとっさに抱かれき桃の缶詰かかえたるまま

（『空に拡がる』昭37）

今朝はカフス釦《ボタン》に銀を選びやりて少女の朗読の中を顕ちくる

非行つづく汝《な》が死ぬと人は安らぎぬ嘆きおれども吾も安らぐ

さくら散るさくらしぐれにほのじろき声満ちて空を母ひかるなり

（『桜しぐれ』昭48）

うつつとも見えず黄土の谷に咲くさくら一樹にひかり充つるも

しろがねのねこやなぎの芽ひかりおり黄河は鬱と茫《とお》き飴《あめ》いろ

大いなる紅扇ひらく地平線　曠野の朝焼けとどろきわたる

瞻《み》し人はみなほろびたり瞻《み》しわれもいつか滅びん雨降る驪山《りざん》

（『紅塵の賦』昭56）

雪の上くきやかに烏《からす》翔びゆけり一声すぎてしずかなる谷

戦《いくさ》より還りて四肢の無きからだ頭《ず》を振りモールス信号に喚《よ》ぶ

白水仙に降る春の雪人は字を知りしはじめに憂い識《し》り初む

（『双翔』昭59）

いのち継ぐものなくさびし人の世にふたり身を寄せ眠る雪の夜

しぐれては霽《は》るる空微光を帯びながら三千院の紅葉散るなり

ひいらぎのつましき花さえ咲くかぎり秋十方のひかりを集む

（『ゆめの浮橋』昭60）

自《し》が生地ひとは選べずエギナ島の波止場に赤馬車ならべ待つかな

「見えぬ《アフエァ》」という妖精《ニンフ》を理知の神として祀《まつ》りし神殿跡ぞゆゆしき

（『胡蝶夢幻』昭63）

午前零時すぎておぼろの月明りひそかに昭和の塵捨てにゆく

みをつくし二分《ふたわ》ける波とどまらぬ全てとなりぬ夜は流れて

いづかたに飛魂かなでる涼州詞すずしきあかつき西安晴れて

（『風の歳華』平5）

さにづらふ白桃匂ふをとめらの時はたまゆら惜しまざらめや

時代のうねりにまぎれ生き来しむなしさよ特攻散華の海うねりつつ

てのひらを開きたるまま今生のじやんけんぞ冷ゆ　魂結《たまむす》びせよ

寂寥をながめつくせる風冷えてはなやかに桜花の午後となるべし

（『光る川』平9）

言の刃《は》に血を噴く心見せまじく紅きコートを着て帰り来ぬ

母を憶ふ心にあたたかきもの湧きて誰《たれ》にもやさしく物言ふ今日は

緑蓋《あをがさ》のレバノン杉を頌《ほ》め称へしエゼキエルの世も火の上の鍋

晴朗の乳と蜜の夢セーヌ川の汀《みぎは》をあゆむをとめと逢ひぬ

（『天馬流雲』平13）

川野里子

ものおもふひとひらの湖《うみ》をたたへたる蔵王は千年なにもせぬなり

（『五月の王』平2）

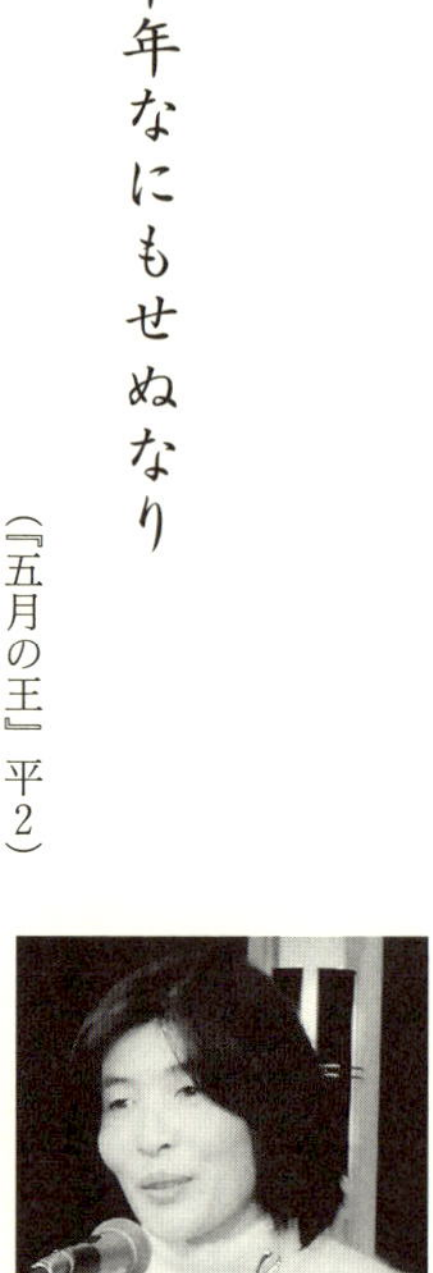

かわの　さとこ　昭和三十四年、大分県生まれ。五十九年「かりん」に入会、馬場あき子に師事。歌集『五月の王』、『青鯨の日』、『太陽の壺』。評論『未知の言葉であるために』。

鑑賞　蔵王山は山形県と宮城県にまたがる大きな火山。いくつもの高峰を抱え、頂には火口湖をたたえる。作者はその湖の姿を「ものおもふ」と深い沈思の表情にとらえた。さらにこれを受けて下句では「千年なにもせぬ」と表現する。擬人的な表現ではあるが、むしろここでは人間を超えた神格化があるといった方が正確だろう。なにしろ「千年」の「ものおもひ」をしているのだから。「蔵王」という王者のような山の名も、一首の中でよく響いている。

蔵王をとらえる作者のこの直感の卓抜さ、ダイナミックさにまず魅了される。さらに、しらべの上でもゆったりと構え大きく、悠々と時間空間を超越して立つ王者の山の気配をあますなく伝えてくる。歌の根底に人間と自然との対比があることもまぎれもない。そしてこれらすべてが、蔵王に真向かって立つ作者の自我の強靱さを物語っているといってもいいのだろう。第一歌集『五月の王』の代表歌。

ノート　川野は大分県竹田市生まれ。二十代半ばに「かりん」に入会し、歌人の出発をする。初期の頃の作品に〈あめんぼの足つんつんと蹴る光ふるさと捨てたかちちは捨てたか〉という離郷の一首があるが、この上句にみられるような自然に対する親和性が川野の歌の源にはある。また一方、作歌と同時に書き始めた批評の資質もまぎれなく、現代短歌への分析の鋭さでは第一人者といっていい。批評家としての資質は、作歌の上では自然への親和性や陶酔性などを抑えてしまう傾向もあるが、代わりに知的な、枠の大きな視野から時代や家族を鋭く映し出す作風を独自のものとした。二年間のアメリカ生活体験がグローバルな視野をもたらしたのだろう。川野の歌は、いわば現代の波打ち際を走っている。

あめんぼの足つんつんと蹴る光ふるさと捨てたかちちはは捨てたか
聖母子の風聞ののちも木を打ちてこんこんと大工ならむかヨーゼフ
遊ぶ子の群かけぬけてわれに来るこの偶然のやうな一人を抱けり
ふと君の表情のなき視野のかなたバベルの塔が風に揺れてゐる
風やみし出羽の細道あかるめば芭蕉はあゆむ風のかなたを
月山のふかきぬばたま夜をこめて人貌の胡桃音たてて飛ぶ
鬼くるみ月山の夜を太り来てことりと置けばよき顔をせり
おもむろにまぼろしをはらふ融雪の蔵王よさみしき五月の王よ
ものおもふひとひらの湖《うみ》をたたへたる蔵王は千年なにもせぬなり
（『五月の王』平2）
越境し越境し心光りたる七星《ななほし》天道《てんたう》虫草の穂を翔つ
はなみづき恋のつづきの家族にて咲き盛る白が痛くてならぬ
夫がもつ柔らかいからだ堅いからだある日波うちわれをとりまく
清潔な包帯空に翻り届かぬところで膿む悲しみは
東京湾にフランケンシュタイン泣く声はをんをんと走り子は耳聡し
沖をゆく青鯨よりもなほ遠く日本はありて常にしうごく

ああなにか幻のごと花咲くとサボテンを指すわれもその花
哀しみと愛《かな》しみはひとつ　遠く夜の古木ま白き桜花を噴きぬ
（『青鯨の日』平9）
樋口一葉またの名を夏まつすぐに草矢飛ぶごと金借りにゆく
まことしづかな浜昼顔とし吾は咲き海を見てをり百年がほど
草千里踏みしめて牛は立ち上がりわたくしはなんと重たい夢か
あかねさす学校は刃の上にあり笑ふ子もきらり泣く子もきらり
葱のなかにこころのやうに濡れてゐる空洞はあり　そこに棲む春
霧島に父母ふかく笑みふかく老い恋のままにてふとしも逝かむ
どこか遠くで象が鳴きたり象も吾《あ》もひとつづつ己が柩を背負ふ
遠く待つ母は螢袋となりて夜な夜な灯りもう母を辞む
鍵穴に吸はるるやうに潮ひかり母が船消ゆ速吸《はやすひ》の瀬戸
独り家《や》に独り餅つく母はゐてわつしよいわつしよいこの世が白し
死んだならまた父さんに逢ふといふ母は葛にて一夜に伸びぬ
名を呼ばれ息子が立ちぬその名もていつか死ぬのか弥生のひかり
若き父母出逢はむとする宇宙ありて私の宇宙は赤面をせり
（『太陽の壺』平14）

河野裕子

捨てばちになりてしまへず　眸《め》のしづかな耳のよい木がわが庭にあり

（『歩く』平13）

かわの　ゆうこ　昭和二十一年、熊本県生まれ。歌集「桜森」「家」「歩く」など。エッセイ集、評論集多数。

鑑賞　生のエネルギーに満ちてつねに前向きに活動している作者だが、じつは繊細で傷付きやすい感受性の持ち主でもある。ときには何もかもが嫌になってしまうこともあるのだろう。すべて投げ捨ててしまおうか、と絶望しながら庭に目を遣るとそこには一本の木が立っている。どういう種類の木なのか、高木か低木か、葉の色やかたちは、花が咲いているのか、などの状況はいっさい描かれていない。「眸のしづかな耳のよい木」と表されているのみである。だが一見大づかみに思われるこの表現が、木の揺るぎない存在感を余すところなく表していることに驚かされる。単なる擬人法ではない。木を見つめ、木に触れながら心を静めようとする作者には、このとき本当に木の澄んだ瞳や包容力に満ちた耳が見えていたにちがいない。庭の木に傷心をあたたかく受けとめられて、作者の内部にゆっくりと明かりが点る様子が想像できる。ざっくりとした詠みぶりの中に冴えた感性が息づいている。

ノート　一九六九（昭和四十四）に角川短歌賞を受賞したとき河野は二十三歳であった。以後、現在に至るまで戦後生まれの女性歌人のトップランナーとして活躍を続けている。河野の詠む恋、出産、子育ての日々は特別なドラマ性や悲劇性をもった世界ではない。平和な時代に生まれ育った一人の女性の生の軌跡を詠んでいる。だが、感覚と身体を総動員して生の実感を表す河野の歌は、これまでの歌人には見られなかった豊かさと濃密な個性を備えている。

三十代後半で刊行した第四歌集『はやりを』以降は、対象から少し身を引いてゆったりと間合いを楽しむような歌が増えてきた。明るさの中にハッとする暗さを秘めた歌が魅力的だ。オノマトペや口語の自在な使い方にも定評がある。

秀歌選

逆立ちしておまへがおれを眺めてた　たつた一度きりのあの夏のこと
青林檎与へしことを唯一の積極として別れ来にけり
たとへば君　ガサッと落葉すくふやうに私をさらつて行つてはくれぬか
ブラウスの中まで明るき初夏の日にけぶれるごときわが乳房あり
（『森のやうに獣のやうに』昭47）

まがなしくいのち二つとなりし身を泉のごとき夜の湯に浸す
しんしんとひとすぢ続く蟬のこゑ産みたる後の薄明に聴こゆ
夜と昼のあはひ杳《はる》かに照らしつつひるがほの上《へ》に月はありたり
君は今小さき水たまりをまたぎしかわが磨く匙のふと暗みたり
土鳩はどどつぽどどつぽ茨《いばら》咲く野はねむたくてどどつぽどどつぽ
（『ひるがほ』昭51）

たつぷりと真水を抱きてしづもれる昏き器を近江と言へり
君を打ち子を打ち灼けるごとき掌よざんざんばらんと髪とき眠る
しらかみに大き楕円を描きし子は楕円に入りてひとり遊びす
（『桜森』昭55）

斑《まだら》　牛体《うしたい》ほのぼのと揺らしつつ陽あたる窪地に集ひゆく見ゆ
むかしむかし涼しき音をよろこびし時計の下に宵のうたた寝
（『はやりを』昭59）

ぽぽぽぽと秋の雲浮き子供らはどこか遠くへ遊びに行けり
いつしんに包丁を研いでゐるときに睡魔のやうな変なもの来る
良妻であること何で悪かろか日向の赤まま扱《しご》きて歩む
わが顔によその誰かの顔がきて勝手に鮨をとりゆく気配
（『紅』平3）

第三のコースに呼ばれ立ちあがる紺の水着のなかの浜木綿《はまゆふ》
かうなれば可愛い婆ちゃんになるしかない　軽い丸メガネを買ひにゆく
紙石けんのはかなき泡を立てながら日向の黄菊がかなしかりけり
（『体力』平9）

今死ねば今が晩年　あごの無き鵙のよこがほ西日に並ぶ
採光力あはき天窓の下に来て鉈豆《なたまめ》のさやを剝き始めたり
借りものの言葉で詠へぬ齢となりいよいよ平明な言葉を選ぶ
（『家』平12）

捨てばちになりてしまへず　眸《め》のしづかな耳のよい木がわが庭にあり
さびしさよこの世のほかの世を知らず夜の駅舎に雪を見てをり
わたくしはもう灰なのよとひとつまみの灰がありたり石段の隅
お嬢さんの金魚よねと水槽のうへから言へりええと言つて泳ぐ
あと何度こんな前夜が来るだらう下着改めて家事のメモして
この世にはこの世の時間があるばかり風花に濡れて治療より帰る
（『歩く』平13）

岸上大作

血と雨にワイシャツ濡れている無援ひとりへの愛うつくしくする

（『意思表示』昭36）

きしがみ　だいさく　昭和十四年、兵庫県生まれ。「国学院短歌」で活動。学生歌人として注目されるが安保闘争の挫折と失恋により自殺。岸上大作作品集『意思表示』。昭和三十五年没。

鑑賞　一九六〇年六月十五日、安保阻止を掲げた全学連主流派のデモ隊七千人あまりが、国会南通用門で警官隊と激しく衝突、その中で東大生樺美智子が死亡した。当時、国学院大学生だった岸上大作もデモに参加し、警官の棍棒によって頭に負傷する。この一首はその六月十五日の闘争を詠んだ「黙祷」の中の一首で、岸上大作のまさしく代表歌である。

降り止まぬ雨、したたる血。「血と雨」でずぶ濡れのワイシャツは、闘争の敗北と孤立感をいやさらにきわだたせる。そしてその「無援」の真空状態の中で、「ひとりへの愛」が燃えあがる。苦悩の極点から純粋な愛を迸らせるパセティックなその表情は、古代神話の恋の一首、〈さねさし相模の小野に燃ゆる火の火中に立ちて問ひし君はも〉の火中の呼び声にも通じるだろう。六〇年安保世代の岸上にとって、国への愛と一人への愛は一つのものであった。だが彼は、この愛に敗れる。そしてデモの半年後の十二月五日未明、自死する。

ノート　いつの時代も、時代はそれを象徴する人間を生み出すという意味において、岸上大作はまさしく六〇年安保時代の象徴的歌人である。岸上は昭和十四年生まれ、父は戦病死し、戦後を貧しさの中で成長する。当時の青年の生い立ちはおおむね同様であり、彼らの青春という季節は、再生を計る戦後日本の青春と重なっていたのである。革命と恋を、過激さとナイーブを、一つの身体で抱えて生きようと理想し、戦い、挫折した。いわば六〇年安保世代の感性そのものとして岸上は時代を駆け抜け、彼の歌は、青春の輝きと苦悩を鮮烈に放ったまま凍結した。〈美しき誤算のひとつわれのみが昂ぶりて逢い重ねしことも〉。あるいは挫折したために歌は永遠の光芒を得たともいえようか。岸上、二十一歳で自死。

意思表示せまり声なきこえを背にただ掌の中にマッチ擦るのみ
（I・'60年4月28日）
呼びかけにかかわりあらぬビラなべて汚れていたる市立大学
装甲車踏みつけて越す足裏の清しき論理に息つめている
右の手にロダンが賭けし位置よりは遠く見ている〈接吻〉の像
海のこと言いてあがりし屋上に風に乱れる髪をみている
風つよき日の逢いにして夜のクロス切られん髪の乱れしままに
戦いて父が逝きたる日の祈りジグザグにあるを激しくさせる
プラカード持ちしほてりを残す手に汝に伝えん受話器をつかむ
耳うらに先ず知る君の火照りにてその耳かくす髪のウェーブ
血と雨にワイシャツ濡れている無援ひとりへの愛うつくしくする
むしろ弱く繃帯さらす地下街にわが狭量もさらされていん
血によりてあがないしもの育まんにああまた統一戦線をいう
断絶を知りてしまいしわたくしにもはやしゅったつは告げられている
靴底に黴ふかしめて立ち去らんこの雨期にしてひとつの転位
口つけて水道の水飲みおりぬ母への手紙長かりし夜は

皺のばし送られし紙幣夜となればマシン油しみし母の手匂う
日本の女の足袋のもつ白さ無垢なるゆえに忍従の色
母の言葉風が運びて来るに似て桐の葉ひとつひとつを翻《かえ》す
坂多き街に一日《ひとひ》を吹きて来てすでに湿りを奪われし風
美しき誤算のひとつわれのみが昂ぶりて逢い重ねしことも
（I・T・Nに）
ポストの赤奪いて風は吹きゆけり愛書きて何失いしわれ
草原を薙ぎ来し風と冬の森抗いあればみな光りつつ
ナイフの痕すなわちわれの創として裡にのみ幹が育てゆくもの
いきおいてありしスクラム解きしとき突きはなされたようにつまづく
昂ぶりてアカハタ買い来し夜の厨に切れば明るし甘藍・トマト
たわやすく泣くさまわれに見せておりこの涙愛とかかわりあらぬ
白き骨五つ六つを父と言われわれは小さき手をあわせたり
父の骨音なく深く埋められてさみだれに黒く濡れていし土
分けあって一つのリンゴ母と食う今朝は涼しきわが眼ならん
かがまりてコンロに赤き火をおこす母とふたりの夢つくるため
（『意思表示』昭36）

来嶋靖生

たとふれば葉裏の闇にひそみゐるわがつつしみて覚るべき真《しん》

（『暁』平15）

きじま やすお　昭和六年、満州大連生まれ。父は川柳作家。二十二年引揚げ。二十六年「早大短歌会」「槻の木」入会。都筑省吾に師事。現在編集発行人。歌集『月』など、歌書ほか。

鑑賞　たとえば葉の裏の闇に、自分が覚るべき真実がひそんでいる、という。日常の何げないところにひっそりとある物事の本質を見い出そうとする、作者の歌の姿勢がうかがわれる歌である。「葉裏」だけでなく「闇に」と言っているのも特徴的だ。〈わがこころ闇に魅かるる春の夜を小間にともれる明りに対ふ〉〈遠き世に祖らが見たる浄き闇この現にてわれの羨しむ〉など作者のうたう「闇」は、暗部という負のイメージではなく、豊かなものを籠もらせている、聖なるイメージがある。「わがつつしみて」には、昔の人がそうであったような「闇」への敬虔の情がこもっていよう。

来嶋は月や火や灯や光をよく歌っているが、それは同時に、照らされる「闇」の存在を感じているともいえる。

生活者としての日常に添って歌いつつ、同時に父や母、日本の古来の心に遡及しつつ歌っているのである。それは、文体の様式性にも表れていて、この歌の格調も秀れている。

ノート　大連に生まれ、十六歳のとき引き揚げの体験をもつ。編集者としての勤務、柳田国男の研究などを通し、生活の中に流れてきた心を第一義として歌いつづけてきた。「生活を基盤とし、現実を直視し、こころのまことを追い求め、人としての本性を遂げんとする。それが歌の正道である。」と『自解100歌選』のあとがきに述べているように、現実をありのまま描く、というのでなく、そこに志や美や人間性を常に追い求めてやまない。自然の歌の美しさ、家族の歌のあたたかさ、夢の歌の儚さ、など、つつましくも昇華されたかたちを貫いている。伝統的な文体の端正さ、きりっとした調べが極立つ。登山での山の歌はリアルで力強く、近年の社会情勢の歌など、しだいにダイナミックな厚みも加えてきている。

はたらきてこの日も終へぬ風鳴りを遠く聞きつつ階段のぼる
瑣末《さまつ》なることにこだはりゐしわれよ今宵は魯迅を読みて眠らむ
さしのべし妻が掌《てのひら》　握りたり母となりたる掌《て》のあたたかさ
夜《よる》ふけて窓うちやまぬ風のあり海のいづこに風は生《うま》るる

（『月』昭51）

身を沈め湯舟より湯を溢れしむ何ほどのわが人間の量《かさ》
極《きはめがき》　書読むは侘しゐものいはぬもののちからは極《きはめ》を凌ぐ
膝詰に迫らるるときかなしみてさまよひ出むかわれの和魂《にぎたま》

（『笛』昭59）

ひもじさに耐へつつ成りし思想ゆゑいまに捨て難しペンとり直す
恃むべき明日《あす》ありとしも思はねど涌き立つごとき春の夕雲
おもむろに階《はし》くだりゆくわが影の幾重《いくへ》にも折れ地上にとどく
われよりも重きリュックを負ふ妻の息深く吐きまた歩み出づ

（『雷』昭60）

火を二つ重ね炎《ほのほ》になるといふいくつ火の燃えわが想ひある
北指してかへる鶴《たづ》らが行き行かむ天路《あまぢ》を想ふ地上にわれは
幽世《かくりよ》の声とも聞こえ風は鳴るはじめをはりのあらぬその音
雪にまみれ真白《ましろ》となれる道しるべ幽《かそ》かなる世を指し示すらし

凍《い》てはじめたる雪道《ゆきみち》を踏みかへる持続は冥《くら》き力なるべし
とりとめなき履歴の中にかの山の隆起のごとき濃きみどりあり

（『島』平2）

離《さか》り来てことさら思ふ断崖《きりぎし》に海覗くごと立ちゐし一樹《いちじゆ》
行き暮れてなほわが越えむ峠あり風吹きあげてこの身は竦《すく》む

（『峠』平6）

帰りきてまだ灯《ひ》ともさぬ部屋に射すむかしのままの秋の月光《つきかげ》
怯《ひる》みなく鳴けやこほろぎ空に照る月は無償の光を放つ
マッチより生《あ》れし炎《ほのほ》のつぎつぎに枝を伝ひて火の育ち行く
おのづから至れる朱《あけ》に身は染めて秋日のなかに立つはぜもみぢ

（『肩』平9）

石走《いはばし》る激《たぎ》ちならねど滴々の真清水をわが韻律とせむ
岩角に手をかけ足を踏みて攀《よ》づ首出せば見ゆ天上の藍《あゐ》
灯《ひ》の下に拳《こぶし》を握りまたひらく何一つなきものの清しさ
水の面《も》にはらりと落ちし一葉《ひとは》ありその黄金《きん》の葉をのせて川行く

（『拳』平12）

事故ありてニューヨークに原爆炸裂す不機嫌なる日のわが白昼夢
奥多摩の青嶺《あをね》幾襞《いくひだ》越え来たり光燦々《くわうさんさん》と天《あめ》の鳥船《とりふね》
たゆみなく怖るるとなく鳴き続く己れの声に鈴虫は鳴く

（『暁』平15）

北沢郁子

空想をかたちにせむと夢みたりたとへばご飯を手に結ぶごと

（『マティスの窓辺』平15）

鑑賞　「空想をかたちにせむ」というのは、思い描いたことを何らかのかたちで実現する、ということであろう。空想のまま終わらせたくない、かたちにしたい、と夢みる、それは、ご飯を結ぶように、という。

上での抽象的な心境に対して「たとへば」と、ごく日常的なことを比喩としてもってきたのが、簡明で印象的である。しっかりとご飯をむすんだお結びは、確かなかたちの象徴のように輝く。結ぶ人によって、さまざまな大きさ、かたちがあろう。そして、日本の人々はお結びをつくりながら、祈りや願いをこめた場面が数々あったにちがいない。そんなことも想像させられる一首である。

考えてみると、夢を結ぶ、ご飯を結ぶ、と同じように言う。「結ぶ」という言葉によっても、この歌が導き出されてきたのであろう。そして「夢みたり」には少し悲しいひびきがある。お結びのように、かたちを遂に得ることがなかった、と。

きたざわ　いくこ　大正十二年、長野県生まれ。昭和二十一年「古今」入会。福田栄一に師事。三十五年、季刊同人誌「藍」創刊。歌集『その人を知らず』『桑繭』ほか。

ノート　北沢郁子の第一歌集『その人を知らず』は昭和三十一年、三十三歳のときに出版されている。昭和二十八年ころから三〇年代にかけて、戦中派世代の女性の歌集があいついで出版され、戦後の女流隆盛時代といわれるが、郁子もその一人である。この世代の一つの共通項であるが、戦後、自立して独身を通し、歌に孤独なさびしさが滲む。同時にまた、松本生まれの信州人である郁子の歌には北国らしい芯の強さ、理知的な傾向がある。

そうした傾向と繊細な美意識とが結びついて、郁子の歌には静謐で美しい佇まいがある。戦後の社会に融合しえないという孤高の思いは深いが、それゆえに、人間というものの普遍的なさびしさに思索を到らせている。

秀歌選

翡翠《かはせみ》にとられし魚を誰も知らず在りたることも失せたることも

秋の日は閻浮檀金《えんぶだごん》にきらめけり天寿みたしてけふの旅立ち

撃たれる女の胸にほとばしる血潮の花は無辜を訴ふ　湾岸戦争

戦争を知る人わづかに混じれるかラグビー場にあふるる観衆

背きゆく猫がかぎりと啼きてゐる荒野《あらの》の上に満月浮かぶ

深夜放送にリル、リルと呼ぶ歌を聞く探さるるを待ちリルも老いけむ

今朝は聞くアフリカの国シエラレオネ、モモといふ大統領逃亡せりと

蠍座の尾は沈みゆき高原にたたずむわれは時間《とき》のみなしご

（『桑繭』平5）

土踏みしことなき趾《あし》の片方を残してカナリヤ猫に食はれぬ

密林の奥の仏跡回廊に化石のごとく埋まる弾痕

愛を求め神をもとめて陥穽に落ちゆく喜悦「深い河」ガンジス　遠藤周作の小説

逝きし人の跡なめらかに埋めつつ春の潮は引きてゆきたり

死者の知識あつめにくるといふ天使配りゆくとふ天使はありや

病み細るのら猫の藉《し》く枯れ松葉　神は細部に宿り給ふ

（『夢違』平7）

犬しでの垂《しで》なす花の穂は垂りて暗く重たくなにを暗示する

（『秋の視座』平9）

校正になづむ眼に入る栗の毬《いが》の針に一本の折れ曲りなし

やがて来む見えなくなる日しばしさへ眼閉づるに惜しき秋の輝き

回廊の柱のかぎる光と影の黒にまぎるる黒犬の眠り

秋野不矩卒寿展

緑濃き沼泳ぎゐる水牛たち不屈不逞の眼は二つづつ

（『菊籬』平11）

闇夜ならず月夜ならず白き夜の呪縛に木々は直ぐ立てるのみ

時雨ふる音は聞こえず感傷に泣きたき時もすでに過ぎたり

深夜勤の母胎の内に眠りゐる小さき命に幸ひのあれ

浮き沈み漕ぎたる舟の湊なる老人科病棟の昼はもの憂し

孤り生くる悲しみを愛に置き換へてアカシアの滴る緑に濡るる

深緑の覆ふばかりとなりたればにせアカシアの憂ひは深し

榛の木の囲む屋敷に夜の霧は音もなく降る空《くう》の空《くう》より

丘の上に観覧車あり一生に一度も乗らず遠く見るのみ

夕方の雨に誘はれ這ひ出でたる蝦蟇《がま》は王者のごとくたゆたふ

生くる日々の険しさ思はせ黒衣の下の女の意志は鬱勃とあり

おぼろなる上弦の月の零したる涙は遠くわれにかかりぬ

（『夜半の芍薬』平13）

北見志保子

眉あげてあゆむこともなき日常を思ひきり太平洋の海にむかへり

（『珊瑚』昭30）

きたみ　しほこ　明治十八年、高知県生まれ。大正六年橋田東聲の「珊瑚礁」創刊に参加。昭和十六年「草の実」創刊。二十四年「女人短歌」創刊に参加。歌集『月光』ほか三冊。三十年没。

鑑賞　「眉あげて」はちょっと変わった言い方だが、愁眉をひらく、という言葉から来ているかもしれない。なにか日頃、屈託があって、うつむくように歩む日々。そんなある日「思いきり」太平洋の海に向かった、という解放感に満ちた一首である。「日常を」の「を」には省略があり、ここで歌の赴きがぱっと転換する。「思ひきり」という口語は、古風な志保子にはめずらしく、これが「むかへり」にかかるのも新鮮だ。気持を切り替える意志も滲む。どこの海と言わず「太平洋」と言ったのが雄大で、土佐らしい、ひろやかな歌だ。

志保子は晩年をふるさとの土佐で過ごした。この歌のある『珊瑚』は土佐での最後の歌集で、熱愛で再婚した夫との関係の失意による孤独感や諦念をにじませた歌が多い。それでも、志保子の歌はおおらかに自然に歌い上げる良さがあり、調べがたっぷりとして、こせつかない。この歌も大いに字余りだが、調べをくずさず大きくうたっている。

ノート　〈人恋ふはかなしきものと平城山にもとほりきつつ堪へがたかりき〉の歌曲が広く知られている北見志保子は土佐に生まれた。同郷の橋田東聲と結婚し上京、歌誌「珊瑚礁」の創刊を共にした。終刊後、歌誌「覇王樹」創刊を共にしたが、東聲の弟子と恋愛し、離婚ののち再婚、古泉千樫の「青垣会」に入会する。第一歌集『月光』は昭和三年、四十三歳のときであった。〈蛙なくこゑを聞きつつ停車場の柵にもたれて人まつわれは〉など、自然に寄せて思いを叙べる美しい歌が多い。千樫逝去ののちは、さまざまな歌誌に参加、戦後は超結社の「女人短歌会」を結成し中心メンバーとして、女性の短歌興隆に尽力している。釈迢空より古典を学び、奈良を愛した志保子の歌は豊かな調べと抒情性をもつ。

秀歌選

道のべの枯れ芝中の細つばなほのかに赤く芽ぶき初めたり
船まつと河原にたてば行軍の兵隊きたる秋雨にぬれて
新しきらんぷともせば近所の子等集まりて来る忙はしき土間に
蛙なくこゑを聞きつつ停車場の柵にもたれて人まつわれは
さまよひてここには来つれ山梔の花ほのしろき生垣のあたり
蓮の葉を笠にしてあゆむ畦のみち燕はあまたとびゐたるかも
何事も忘れてゆかむ頂きにつづきてしろき山はらのみち
仕事もちて朝ゆく街のすがしさやことしの夏をわれすこやかに
青々と崖下によする海のいろ凄まじくしてつばめ飛び交ふ
外浜の風まともなり斜面の草せたけみじかく花さきてをり
（『月光』昭3）
内陣に斜陽あたたかくちかぢかとわれに笑まふかと月光菩薩
三輪山の白き雲みれば額田女王が粉愁香怨のとき永くすぎたり
三輪山の雲を恋ふらくいつよりかわれを育てしおほいなるゆめ
若きらが月の出まで死にし日の消ゆるなき雪を光らしし白夜
ほのぼのと明けゆくみれば夫とわれいのちありけりリ ュ ッ クひとつ
負ひて

ふるさとの土堤に咲きつづく金鳳花ただみるのみに心はふるふ
庭すみにさつきの花のふふめるはくれなゐにして春ゆふつかた
人恋ふはかなしきものと平城山にもとほりきつつ堪へがたかりき
古へもつまに恋ひつつ越えしとふ平城山のみちに涙おとしぬ
悔ゆるとき来るともよしや天地にこの人をこそわれは恋ふらめ
（『花のかげ』昭25）
時すぎしやがの青葉の青々と雨もよふ山をのぼりゆくなり
あけぐれの石ころのみちをつまづきつあはれなりけりいつの世も女は
王朝の酢ゆき傷心を思ひつぎあゆむ朝あけをひとつなく蟲
山川よ野よあたたかきふるさとよこゑあげて泣かむ長かりしかな
眉あげてあゆむこともなき日常を思ひきり太平洋の海にむかへり
二つの眼つかひはたさばいかならむ怖れふかきときは閉ぢてしばしゐる
いくばくの生を思へるある時は静かなる我にかへるときあり
（『珊瑚』昭30）
開かれし永劫の門を入らむとし植ゑし緋桃をふと思ひたり
石門の扉に向きてためらひもなく入らむとして夢さめにけり
朝庭に下りてみたれば緋桃の花は乱れを見せて過ぎゆくところ
（歌誌『花宴』昭30・5月号）

紀野 恵

晩冬の東海道は薄明かりして海に添ひをらむ　かへらな

（『さやと戦げる玉の緒の』昭59）

きの　めぐみ　昭和四十年、徳島県生まれ。「七曜未来」に所属。柏原千恵子並びに岡井隆に師事。十代で刊行した歌集『さやと戦げる玉の緒の』、『La vacanza』などがある。

鑑賞　紀野恵の第一歌集『さやと戦げる玉の緒の』の巻頭の歌である。と、同時に、作者の代表歌であることを誰もが認めるにちがいない。

十代で登場した紀野がその天才的な言語センスで歌人を驚嘆させた例のうちでも、最も美しいもののひとつであろう。「晩冬の東海道は」という時空の設定がまずさりげなく、クラシカルでなつかしい雰囲気を漂わせる。そこへ「薄明かりして」が来てはっとこの擬人化の新しさに打たれる。三句・四句にまたがった句またがりであるのも並のわざではない。さらに、「海に添ひをらむ　かへらな」のたおやかな洗練と詩的飛翔がとどめをさす。四句は「して海に添ひ」であり、五句は「をらむ　かへらな」という複雑な句割れ・句またがりの構造である。この歌を声に出して読むと、あたかも女身のように薄明かりして海に添ってゆく東海道の姿が幻に見えて来る。典雅なエロスをたたえた一首である。

ノート　早熟の詩才と音楽的な調べの美しさにおいて、紀野恵の歌は、読者を常に驚かせ、かつ楽しませて来た。

伝説的な第一歌集『さやと戦げる玉の緒の』から『閑々集』『フムフムランドの四季』『水晶宮綺譚』『奇妙な手紙を書く人への箴言集』『二つのワルツ風アラベスク』『架空荘園』『La vacanza』に至るまで、その本質は全く変わっていない。古典の豊かな摂取によって、独特の口語を含んだ新しい文体を生み出し、生きることの歓喜をうたいつづける姿勢は年月を重ねて、より厚みを加えている。

天才少女も人生の半ばにさしかかり、こののちどのような展開があるのか、楽しみは尽きない。変わっても変わらなくても、紀野恵にはやはり流れるような歌の調べがふさわしい。

秀歌選

晩冬の東海道は薄明かりして海に添ひをらむ　かへらな

露ほどの光も要らず異郷にて月《ルナ》・ルナティック　雨のやさしさ

黄金のみづ歌はさやかにしづめども吾こそ浮きてささやさやさや

ゆめにあふひとのまなじりわたくしがゆめよりほかの何であらうか

不逢恋《あはぬこひ》逢恋《あふこひ》 逢不逢恋《あふてあはぬこひ》ゆめゆめわれをゆめな忘れそ

そは晩夏新古今集の開かれてゐてさかしまに恋ひ初めにけり

ふらんす野武蔵野つは野紫野あしたのゆめのゆふぐれのあめ

（『さやと戦げる玉の緒の』昭59）

大いなる俗　炎天にこそ生るれ造り花挿す麦藁帽子

かたはらにあらましものを思考とふ千すじの川のしがらみ紅葉

（『閑閑集』昭61）

わたくしはどちらも好きよミカエルの右の翼と左の翼

イタリイといふうす青き長靴のもう片方を片手に提げて

白き花の地にふりそそぐかはたれやほの明るくて努力は嫌ひ

あはれ詩は志ならずまいて死でもなくただざつくりと真昼の柘榴

（『フムフムランドの四季』昭62）

上海は銀の音《おん》かな響かせてはるになつたら落ちあふ手筈

八月の吾が入り江にぞ並みゐたるゆめみるひとのゆめの帆柱

（『水晶宮綺譚』平元）

置いて来た家族が揺れてゐるやうな月の露の秋の野である

つね忘れゐたりし天の蒼々《さうさう》のやうに私は人を忘れる

待ちまうけゐたりし文を持ちながらハッピィ・アラビアとふ思ひながら

カフカ読みながら遠くへ行くやうな惚れあつてゐるやうな冬汽車

（『奇妙な手紙を書く人への箴言集』平3）

ではまたと言ふ癖を持つ人ばかり身めぐりに在りわたくしもさう

愛をまた言へるたやすき朋を連れ炎天落ちさうな橋渡る

（『二つのワルツ風アラベスク』平3）

夏を掌に持ちゐる如しぢきに来る時節のやうなそなたの手紙

あら柳かうも芽吹いて広ごりてそなたをらぬが何がなし善し

あなたとふ存在を賞で秋の陽の黄金《くがね》をも賞で陸《くが》澄み渡る

（『架空荘園』平7）

降る雪の重さうになる午後の果て蜜を勧めてゐるカエサルに

無沙汰なる神々を招《よ》ベシチリアは夏に火を連らね祝《ほ》ぎ歌うたふ

思ふのである為さざりし事共をイオニア海に櫂を流して

つゆの雨知らぬまに忘れゐし人は（ふあん）ファゴット吹きでありしよ

ぎんいろのペットボトルが選みゆく（ふかひせい）よるの波のまの道

使ひ魔をつね先立ててまつすぐに（きぐ）あゆむかなはららく茨《うばら》

（『La Vacanza』平11）

木俣 修

無尽《むじん》数《ず》のなやみのなかにあがくさへけふのつたなきわれが生きざま

（『冬暦』昭23）

きまた　おさむ　明治三十九年、滋賀県生まれ。北原白秋に師事して「多磨」で活躍。昭和二十八年「形成」創刊。『大正短歌史』など近代短歌研究に大きな業績を残した。昭和五十八年没。

鑑賞　昭和二十一年秋から翌年夏までの歌を集めた歌集である。「巻後小記」に言う。「この期間私は新しい日本に生きるものの一人としての自らに対してきびしい自己批判をつづけて来た。」「つねに眼は明るい方向に据ゑて来た」が、「懐疑・動揺・苦悶のなかに漂つてゐた事実はおほふすべもない」。「かうしたところを経て貧しく弱々しい主体は漸次強くなつて行かうとしてゐることもまたたしか」で、「短歌の運命が論じられたのもこの期間であつた」。まさにこの時期、木俣は短歌雑誌「八雲」の編集顧問として第二芸術論に応えようとしていたのであり、『冬暦』は短歌が現代に生きる人間の表現たりうることを作品で示そうとしたものである。「無尽《むじん》数《ず》のなやみ」とは、「巻後小記」に告白されたような戦後の生活と文学をめぐるあらゆる「懐疑・動揺・苦悶」であろうが、歌はそうした戦後的自己の激しい格闘を直視し、向かっていこうとする意志に満ちた強い調子をもって、感銘深い。

ノート　北原白秋の影響下から出発した作者だが、妻や長男の死、抄出歌で述べたような戦後の経験などをとおして、人間主義的な立場を鮮明にしていった。『冬暦』の前後、『凍天遠慕』の最初の妻の死を詠んだ作、『落葉の章』の長い闘病のすえの六歳の長男の死を詠んだ作なども心を打つ。そして、そうした失意のなかから再び三度立ち上がり、学者、歌人、家庭人、生活者として、現実に立ち向かう人間の内面を誠実に掘りさげていったところに、いっそうの感銘があるといえよう。学者、歌人として自己に執する書斎生活をうたう一方、旅などにも広く題材を求めた。病みがちだった晩年は、ある種の自己放擲のすえの自在感がまして、歌業に寛かさを加えている。

秀歌選

春雪《しゅんせつ》のほどろに凍《こご》る道の朝流離のうれひしづかにぞ湧く
行春《ゆくはる》をかなしみあへず若きらは黒き帽子を空に投げあぐ
リラの花卓《つくゑ》のうへに匂ふさへ五月《さつき》はかなし汝《なれ》に会はずして
（『みちのく』昭22）

鷺の群渡りをへたる野の上はただうすうすに青き雪照《ゆきでり》
末黒野《すぐろの》にひとすぢ通るさざれ水この夕光《ゆふかげ》に声冴えにけり
（『高志』昭17）

亡き妻の鏡にたまる埃見ゆ春ゆふぐれの日ざし延び来て
遮蔽幕亡き妻が部屋に引くゆふべおさへかねたるわが涙落つ
（『凍天遠慕』昭26）

たたかひの火焔《ほむら》しづまる夜明がたくたくたと坐して握飯《むすび》を食べぬ
紅《くれなゐ》の花アマリリス咲き残る地《つち》もせつなしたたかひやみぬ
（『流砂』昭26）

地平の果もわが佇つ丘もさばかるるもののごと鎮み冬の落日
無尽数《むじんず》のなやみのなかにあがくさへけふのつたなきわれが生きざま
おもひなほ古きに執《つ》きてゆくごときあやふさのなかにけふもたゆたふ
わがこころ遊ぶことなき夜々《よひよひ》に「林檎の唄」は聞えくるかも
突放《とつぱう》の貨車しづまれば甲高きこゑひびくその貨車の中より
（『冬暦』昭23）

玄関に埃をかむる三輪車吾子のやまひの癒ゆる日知らに
無花果は熟れて匂へどよろこびのこゑあげん高志汝《なれ》はすでになし
たちまちに涙あふれて夜の市《いち》の玩具売場を脱れ来にけり
（『落葉の章』昭30）

書庫の窓あらふ寒雨《さむあめ》論敵をうたん言葉のひとつ閃く
注釈本の仕上げ期日も見送りて一首のうたに今日も執する
亡き吾子にかかはる会話危ふくて妻は林檎に光る刃《は》をあつ
天《そら》に群星草生《むらぼしくさふ》に虫のこゑみつる夜のいのり八万の霊《たま》にささげて
（『天に群星』昭33）

子らはすでに天使《エンゼル》ならずかたみに来て銭《ぜに》をせがむとわが扉《と》をたたく
寂かなるふたりのときかわが背《せな》に灸すうる妻がかすかなる息《いき》
呼べば谺《こだま》まだ残りゐる冬木々のあかりにさへもすがらんとする
起ちても涛かがみても涛どうしやうもなくて見てゐる高志《こし》の冬涛
（『呼べば谺』昭39）

子らのみな部屋ごもりしてもの読むを新しき春の幸《さきはひ》とする
六十歳のわが靴先にしろがねの霜柱散る凛々《りり》として散る
（『去年今年』昭42）

征矢《そや》ひとつ放つおもひに秋光裡《しうくわうり》老のいのちをふるひたたしむ
つねに浄き肌着を着せてくるるもの病むなかれ老ゆるなかれと思ふ朝《あさ》夕《よ》に
（『雪前雪後』昭56）

さびしとふことばは口にせざれどもさびしきゆゑに言葉すくなし
（『昏々明々以後』昭60）

清原日出夫

投光器に石を投げよと叫ぶ声探り光は定まりて来る

（『流氷の季』昭39）

きよはら　ひでお　昭和十一年、北海道生まれ。昭和三十三年、「塔短歌会」入会。三十九年歌集『流氷の季』出版。平成六年「五十番地」創刊に参加。平成十六年『実生の檜』出版、没。

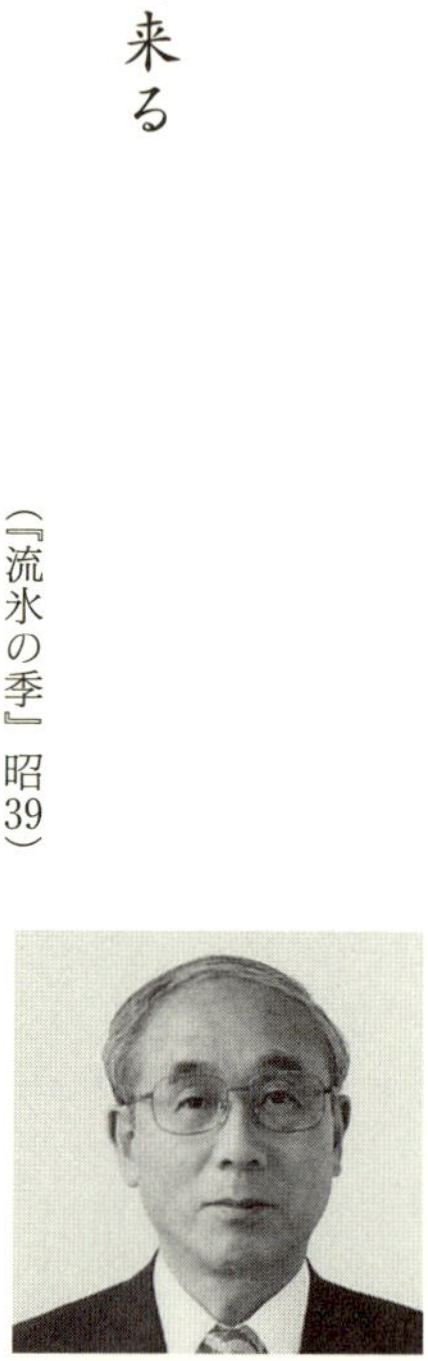

鑑賞　一九六〇年安保闘争におけるデモの渦中から歌った、臨場感あふれる作品。「投光器」とあるので夜のデモであろう。機動隊か公安の側が、デモを照らし出すために「投光器」を設置している。デモ隊のどこからか「投光器に石を投げよ」という声がした。その声のありかを探っていた投光器の光が、探りあてたのであろう、光の照準をしだいに定めて来た、というのである。

人間の動きは消されていて「投光器」という物だけに語らせている。作者の主観も入っていない。物と声と光、それだけを浮かび上がらせる表現によって、いっそう緊迫感が際立つ。すぐれたドキュメントの手法である。「石を投げよ」という攻撃の声は、それを発したことによって光に探り当てられる。「定まりて来る」には叫ぶ側の敗北、非力が暗示されているようだ。「定まりてゆく」でなく「来る」に、デモの中にいる作者の怯えがまざまざと感じられる。

ノート　六〇年安保当時、若い世代を中心として多くの安保の歌、社会詠が登場し一つの潮流をなしたが、中でも清原日出夫は大学生として安保闘争の現場を歌い、そのリアルな迫真性が注目された。〈何処までもデモにつきまとうポリスカーなかに無電に話す口見ゆ〉など、一点に絞り込むことによって、その背後を感じさせるシャープな手法に特徴がある。

昭和三十九年に出た第一歌集『流氷の季』は、こうした作品を中心として、出身地の北海道で農を守る父母や人々の生きざまを凝視し、自分たち若い世代の反体制の思想、生き方との葛藤、根拠を浮かび上がらせて、切実な青春の一冊である。　安保闘争の挫折から、長く沈黙した清原は第二歌集『実生の檜』を出版した平成十六年に世を去った。

秀歌選

不意に優しく警官がビラを求め来ぬその白き手袋をはめし大き掌

何処までもデモにつきまとうポリスカーなかに無電に話す口見ゆ

投光器に石を投げよと叫ぶ声探り光は定まりて来る

状況が追い越しゆきしは幾度か学習会一つ守るわれらに

屋上は昏く煤降るときありてかの「昂揚期」必死に抱く

想い到りついに立つときなきものか「考える像」を遠く見ていつ

産み月に入りし若牛立ちながら涙溜めいること多くなる

地平より一段高く海見えて流氷の白海を被える

北の海いずれの夜に降りし雪流氷の上に積みて輝く

日暮れぎわひととき風の衰えて雪にポストを掘る郵便夫

（『流氷の季』昭39）

杉大樹　これに具象なる八百年裡に盈ちたるものは直ぐ立つ

それぞれは秀でて天を目指すとも寄り合うたしかに森なる世界

風死にて穽陥のごとき静けさに雪払い立つ大樹らの声

黒住嘉輝三首

到るはず歴史の眼には見ゆるはずと発ちたりはなむけの熄むところより

証人としていまわれを置き発ちしそこ越えし君の裡まだ見ゆる

修羅の心修羅なるままに統べ終えば予感さえなき遠き曠野へ

人間を恐れて鳴けばむささびのむしろ親しき樹の下の闇

怯懦なるわが分身のともかくもヴァーツラフ広場に走り入りゆく

燃えあがる戦車のかたえバス停の表示は立てる街路樹のかげ

降りくらむわが心象の雪の野にわれかあらぬか寒立ちの馬

高き燈は凍てゆく夜を操車場の深き沈黙と雪と照らせり

夏の海に灼かれしは幻のごとかれど勤むる今日の肌痛むかな

夏の窓にはばかりあらぬ声々の多くは母らの子を叱る声

その裡に無韻の楽は流れいん鶴の番は相対い舞う

この季を確かに選び咲くならば柊よわれも冬に入るべく

かすかなる歯痛のごとき憂鬱の壮年というもたちまち過ぎん

アカシアの花に幾万の兵放ち蜜狩人は何処に潜む

幾万の兵をたばねて発ちたらん花終えん樹々今日鎮まりぬ

若き死を悼み弔う旅ながら飲食の後は眠りつつ行く

大国の興亡もわずか百年に足らざるか除夜の星天に満つ

（『自選歌集』昭55）

葛原妙子

疾風はうたごゑを攫ふきれぎれに　さんた、ま、りぁ、りぁ、りぁ

（『朱霊』昭45）

くずはら　たえこ　明治四十年、東京生まれ。「潮音」入会、太田水穂、四賀光子に師事。「女人短歌」創刊に参加。昭和五十六年「をがたま」創刊、五十八年終刊。六十年没。

鑑賞　強い風が賛美歌の斉唱を攫ってゆく。サンタ・マリアと歌われたはずの声は千切れ、きれぎれに耳に届くのだ。この歌の背景となっているのは葛原の孫の洗礼の場であるという。クリスチャンではない葛原は生まれて間もない赤子を受洗させることに違和感を覚えている。赤子が背負う神との契約という運命。葛原はそれを重たく悲しいものとして感じているのである。

しかしそうした具体的な背景はなくともこの歌は強い力で読者の心に染みてくる。人々はなぜ祈るのか、人間が宗教を求めて止まないのはなぜなのか。葛原は祈りの声を人々の悲傷の声として聞いている。神に届きそうもない歌声は、奇妙に歪み千切られたまま永遠にこの地上を徘徊しそうである。それはそのまま神を求めつつ決して救われることのない人間の阿鼻叫喚の声にも聞こえる。下の句がいつまでも耳に残る。

ノート　太田水穂、四賀光子に師事した葛原は、反写実的な詠風である象徴主義を身につけてゆく。戦後、第一歌集『橙黄』を出版、森岡貞香らと独自の感覚的、幻想的方法を磨き、『飛行』で自らの方向を見いだす。新しい女性の歌が待望される中、評論「再び女人の歌を閉塞するもの」では戦後を生きる女の立場とその表現の方向を鮮明にする。『原牛』で詠風を確立、揺るぎない評価を得る。斎藤茂吉に終生私淑し、塚本邦雄との交流からも影響を受けた。長女のカトリック入信をきっかけに、キリスト教文化に接近。自らは死の直前まで入信を拒み続け、キリスト教文化と世界、この世に潜在する不安などを直視した。

秀歌選

アンデルセンのその薄ら氷《ひ》に似し童話抱きつつひと夜ねむりに落ちむとす

室《むろ》の戸をわづかにずらし温《うん》気あがる馬鈴薯《いも》よたしかに生きてあるなり

とり落さば火焔とならむてのひらのひとつ柘榴の重みにし耐ふ

奔馬ひとつ冬のかすみの奥に消ゆわれのみが累々と子をもてりけり

わがうたにわれの紋章のいまだあらずたそがれのごとくかなしみきたる

（『橙黄』昭25）

長き髪ひきずるごとく貨車ゆきぬ渡橋をくぐりなほもゆくべし

マリヤの胸にくれなゐの乳頭を点じたるかなしみふかき絵を去りかねつ

きつつきの木つつきし洞《ほら》の暗くなりこの世にし遂にわれは不在なり

（『飛行』昭29）

あやまちて切りしロザリオ転がりし玉のひとつひとつ皆薔薇

生みし仔の胎盤を食ひし飼猫がけさは白毛《はくまう》となりてそよげる

胡桃ほどの脳髄をともしまひるまわが白猫に瞑想ありき

「ラビ安かれ」裏切のきはに囁きしかのユダのこゑ甘くきこゆる

原牛の如き海あり束の間　卵白となる太陽の下

悲傷のはじまりとせむ若き母みどりごに乳をふふまするること

黒峠とふ峠ありにし　あるひは日本の地図にはあらぬ

築城はあなさびし　もえ上る焰のかたちをえらびぬ

（『原牛』昭34）

口中に一粒の葡萄を潰したりすなはちわが目ふと暗きかも

原不安《げんふあん》と謂《い》ふはなになる　赤色《せきしよく》の葡萄液充つるタンクのたぐひか

飲食《おんじき》ののちに立つなる空壜のしばしば遠き泪の如し

みちのくの岩座《くら》の王なる蔵王《ざわう》よ耀く盲《めしひ》となりて吹雪《ふぶ》きつ

告別は別れを告げわたすこと　死の匂ひより身をまもること

白骨はめがねをかけてゐしといふさびしき澤に雪解けしかば

（『葡萄木立』昭38）

疾風はうたごゑを攫ふきれぎれに　さんた、ま、りぁ、りぁ、りぁ

ゆふぐれにおもへる鶴のくちばしはあなかすかなる芹のにほひす

他界より眺めてあらばしづかなる的となるべきゆふぐれの水

暴王ネロ柘榴を食ひて死にたりと異説のあらば美しきかな

（『朱霊』昭45）

火葬女帝持統の冷えししらほねは銀麗壺《ぎんれいこ》中にさやり鳴りにき

天体は新墓《にひはか》のごと輝くを星とし言へり月とし言へり

（『鷹の井戸』昭52）

寺院シャルトルの薔薇窓をみて死にたきはこころ虔しきためにはあらず

（『薔薇窓』昭53）

さねさし相模の台地山百合の一花《くわ》狂ひて萬の花狂ふ

（『をがたま』未刊）

窪田章一郎

よきものは一つにて足る高々と老木《おいき》の桜咲き照れる庭

（『素心臘梅《そしんろうばい》』昭54）

くぼた　しょういちろう　明治四十一年、東京生まれ。国文学者。昭和二十一年「まひる野」創刊。「民衆詩としての短歌」を主張した。『西行の研究』など研究書等多数。平成十三年没。

鑑賞　「稲垣達郎氏を訪ふ。」と詞書のある一連の歌。前には〈庭桜ひともと聳えかがよへり残る幾本《いくもと》つぎて咲くべく〉〈老桜つぎて咲かむ日また訪はむ来よと友いふあと十日ほど〉〈職退《ひ》きて友がつづくる仕事あり翳り艶《にほ》へり桜咲く庭〉など。橋本喜典著『歌人窪田章一郎』によれば、早大を退職したばかりの先輩、近代文学者の稲垣達郎を作者が訪問した時には一本の山桜が満開で、「残る幾本《いくもと》」の「老木《おいき》の」八重桜が十日ほどで満開になる頃、また稲垣家を訪ねるように言ったという。事実に即せば「老木《おいき》の桜咲き照れる庭」は作者の空想の中に艶やかに咲いたということになるが、歌の感慨は一つだろう。退職後も文学一筋の仕事の充実をもって生きる稲垣への共感と作者自身の信念が重なるところに、「よきものは一つにて足る」という把握がなされるのが作者の真骨頂。多くを望まず丁寧に一筋に生きる生の豊かさと敬虔な喜びそのものが湧き出すように、老桜はしみじみと耀くのである。

ノート　平凡な日常にくりかえされるかけがえのない喜びや怒りや悲しみ。奇を衒うことなく、あくまでも普遍的な人間の生活と心を肯定的に追求したのが作者である。掲出歌のような生への志向や秀歌選の「大仏」の「御貌」のやすらかさなどへの心寄せはまさに作者ならではのものだといえよう。「愛」もまた、いくたびも詠まれた感銘深い主題だが、それは〈みづからを責めにける愛は生得かつよく深かり西行空穂も〉にみえるように、父空穂や作者生涯の研究テーマであった西行の生き方を念頭においた独特のものであった。いわゆる恋愛やキリスト的愛、あるいは人情といったものとも違う、忍耐と表裏にあるきびしい生の態度そのものとして、深く作者のうちに目ざされ実践されていたものである。

秀歌選

何にかもわれや足らひしわが心ほのに湧き来る楽しさのあり
わが心われと今知る楽しさの湧きて尽きせず絶えぬ泉と
この肉体生みいだすべき何かありととらへむとして心ときめく
河南にやはたビルマにや一兵の行方はしらずとどろきのなか
苦しみてたどりし闇のほのじらむあたり見いでてわが夢果てつ
（『初夏の風』昭23）

一等兵窪田茂二郎いづこなりや戦《いくさ》敗れて行方知らずも
痛切なる人間否定より歩み出でやがて生みなむその夢をわれは
（『ちまたの響』昭25）

バイカルの湖《みづうみ》に立つ蒼波のとはに還らじわが弟は
ちかぢかと夜空の雲にこもりたる巷のひびき春ならむとす
（『六月の海』昭30）

おとろへずながき命の末にして一人の歌を遂げし西行
みづからの愛に徹して生きにけむ老いかがよひし西行の愛
（『雪解の土』昭36）

ともに見し庭松のうへほのぼのと空あたたかに妻は住むべし
ひとりごと呟く男をかつて見き妻を呼ぶわれ日にいくたびも
（『薔薇の苗』昭47）

卓上のものそれぞれに光ありしみじみと惜しわれの命も
死してなほ気魄こもれる御顔の人狎《な》れしめずやすらかにして
あはれまれ生きじと言はしきどつしりとさびしげもなく死にたまひたり
ただならぬ年の揺らぎに生きむ日の自己確認ぞ詠みゆく歌は
（『硝子戸の外』昭48）

よきものは一つにて足る高々と老木《おいき》の桜咲き照れる庭
わが裡にたもつ怒りと愛とあり怒りおさふれば生きむ世は見ゆ
子にわれは何なりや知らず子のわれは親の愛知りあやふきに生く
眼に見えず音のきこえぬ蒼天《あをぞら》に人はあそぶとあまがけりゐむ
何処《いづく》むき頭《かうべ》は垂れむ弟よとらはれ死にしシベリアいづへ
にがき思ひ忍びましたる愛ぞ沁むさりげなき歌父は残せり
（『素心臘梅』昭54）

無欲なるいそしみに生き老いにつつすさまじかりき戦《いくさ》の果は
父とわれ個々にさすらふ夢を見きわれ生きをりて父を悲しむ
（『槻嫩葉』昭58）

来ては仰ぐ露坐の大仏やすらけきこの御貌を人ぞ造りし
お前より少し強しと父言ひきやさしかりけり悩める汲みて
ふてぶてと生きてありわれこれほどの心しなくば生き得ざりけむ
（『朱夏緑蔭』昭62）

愛つよき人の仕事はすぐれたり生あるかぎり身を苦しめき
みづからを責めにける愛は生得かつよく深かり西行空穂も
（『定型の土俵』平6）

栗木京子

大ばさみの男《を》の刃と女《め》の刃すれちがひしろたへの紙いまし断たれつ

（『中庭《パティオ》』平2）

くりき　きょうこ　昭和二十九年、愛知県生まれ。京都大学理学部卒。「塔」に所属。歌集は『水惑星』など、歌書に『短歌を楽しむ』。

鑑賞　はさみの二枚の刃が交差して鋭く紙を断つ瞬間を、視覚イメージとしてクローズアップし、「男《を》の刃」と「女《め》の刃」ということによって、男女が交差しすれ違う緊張を鮮やかに暗示している。刃が「すれちが」うとは、具体的に男女のどんなやりとりをさすのかいろいろに想像されるが、そのことは抽象で通し、直接的には物を描くことで、男女の関係、関わりそのものに潜む危うさ、甘美さ、緊張感そのものを、鋭く冴え冴えと表すものとなった。

このように、ある感情や気分を、自己の実感としてなまなましく描くのでなく、第三者的に描くことでかえってこの上なく冴えてリアルなものにするのが、作者の技量であり個性である。対象にのめり込まず、知的で覚醒した距離をもって見つめ、計測の誤りなく表現する。みずみずしい相聞を多く含む第一歌集が話題を呼んだ後、抄出歌を含む第二歌集では現代の男女や夫婦の気配が鋭く批評的によまれた。

ノート　〈春浅き大堰《おほゐ》の水に漕ぎ出だし三人称にて未来を語る〉とうたったみずみずしい青春歌の世界から、第二歌集『中庭《パティオ》』以降は、時代や風俗を意識した歌が増えていくが、近年の『夏のうしろ』などでは、軽やかな艶を感じさせる抒情もあらわれている。題材や場面をしなやかに広げながら、冴えた表現力に抜群の安定感を見せているのが作者なのだ。

少し上の世代の女性歌人たちは、それぞれの心情と身体、女性意識を正面から激しくぶつけるようにうたったが、作者においては自己をも対象化した批評的な視点が特長で、しかも、すぐれた比喩を中心とする新鮮な表現の世界が展開された。その手触りの涼しさこそ、女性短歌の流れにおいてじつに画期的なものだったといえる。

観覧車回れよ回れ想ひ出は君には一日《ひとひ》我には一生《ひとよ》
春浅き大堰《おほゐ》の水に漕ぎ出だし三人称にて未来を語る
退屈をかくも素直に愛しゐし日々は還らず　さよなら京都
鶏卵を割りて五月の陽のもとへ死をひとつづつ流し出したり
半開きのドアのむかうにいま一つ鎖《さ》されし扉《と》あり夫と暮らせり
叱られて泣きゐし吾子がいつか来て我が円周をしづかになぞる
（『水惑星』昭59）

天敵をもたぬ妻たち昼下がりの茶房に語る舌かわくまで
女らは中庭《パティオ》につどひ風に告ぐ鳥籠のなかの情事のことなど
春寒や旧姓繊《ほそ》く書かれゐる通帳出で来つ残高すこし
大ばさみの男の刃《を》と女の刃《め》すれちがひしろたへの紙いまし断たれつ
白芙蓉あしたは軽《かろ》く夕まぐれほのぼの重し光《かげ》を孕みて
夜の壁にサキソフォンたてかけられて身をふた巻きにする吐息待つ
（『中庭《パティオ》』平2）

草むらにハイヒール脱ぎ捨てられて雨水《うすい》の碧き宇宙たまれり
入口に夫を待たせ靴を買ふ降誕祭の電飾うつくし
十月の跳び箱すがし走り来て少年少女ぱつと脚ひらく

パソコンの横にバイオの薔薇は咲き日々しろがねの水を欲《ほ》るなり
子に贈る母の声援グランドに谺《こだま》せり　わが子だけが大切
ジャンプ台を跳び立ちし影転生の輝きに充ち雪に着地す
（『綺羅』平6）

夕暮の声にとりどりの重さありわが独り笑ひゆるやかに沈む
藤棚の下ほの暗し我もまた戦争を知らぬ老い人とならむ
藍深き秋の琉歌は唄ひけりいもうとは兄の守護神なりと
木染月《こそめづき》　ピアノの黒き鍵に置く指に爪あることなまなまし
城跡へつづくいしみち見えぬ火を手渡しながら木々紅葉《もみぢ》せり
夜の卓に冷ゆる林檎よ実のなかに雪中行軍する人らゐて
（『万葉の月』平11）

さびしさに北限ありや六月のゆふべ歩けど歩けど暮れず
竜胆の咲く朝の道この道を歩みつづける復員兵あり
夏のうしろ、夕日のうしろ、悲しみのうしろにきつと天使ゐるらむ
鉈彫りの円空仏見ればくらぐらとビルに喰ひ込みし刃《やいば》思ほゆ
ふうはりと身の九割を風にして蝶飛びゆけり春の岬を
この寺を出ようとおもふ　黄昏の京《みやこ》を訪へば彌勒ささやく
（『夏のうしろ』平15）

黒木三千代

侵攻はレイプに似つつ八月の涸谷《ワジ》越えてきし砂にまみるる

(『クウェート』平6)

くろき　みちよ　昭和十七年、大阪府生まれ。「コスモス」に入会して作歌を始める。五十九年退会、「未来」入会。岡井隆に師事する。歌集『貴妃の脂』『クウェート』。

鑑賞　一九九〇年八月二日に起こったイラクのフセインによるクウェート侵攻を歌った一首である。このクウェート侵攻が、翌九一年の湾岸戦争のきっかけとなった。

「侵攻」を「レイプに似つつ」という。いうまでもなく、レイプとは女が男から受ける暴力的凌辱行為のこと。この性的喩をもって表現されたことによって、歌の中の「侵攻」は俄になまぐさい身体感と関係性を露呈しはじめる。「涸谷《ワジ》」は降雨のときのみ水が流れる谷のことだが、この「涸谷《ワジ》」も「砂」も、あたかも「レイプ」の縁語であるかのように、きなきなとした照りをみせてくるだろう。このようにことばに肉体をもたせる表現力は、たんなる修辞の巧みさを超えた、この作者独特の才能である。掲出歌をふくむ「クウェート」一連は、性的な喩をもって戦争における権力構造を歌い切った。女である自身の身体を通したことばは異様な輝きさえ帯びて、暴力に潜む性を暴き出したといっていい。

ノート　〈ファム・ファタールには成れざるわれが練り上ぐる葛　透きとほるだけ透きとほらしめ〉第一歌集『貴妃の脂』にこのような歌がある。ファム・ファタールとは宿命の女、男の一生を支配する女のことだが、黒木の歌の根底には、この愛における関係性の原理がある。女、妻という従の位置を逆手にとって、社会の制度や構造を揺るがし、批判するという方法を、彼女は初期の頃から明確に意識していた。そこにはまた自身の女としての自愛や官能の蜜も十分にふくまれている。もう一つの特徴は、その精妙な修辞である。使いこなすことばの陰翳の深さ、喩の卓抜さは、冒頭の歌の「葛」からもよく知れるだろう。言葉に身体性を感じさせたいという黒木の歌には、たしかに生身の重さと妖しさがある。

ファム・ファタールには成れざるわれが練り上ぐる葛　透きとほるだけ透きとほらしめ

老いほけなば色情狂になりてやらむもはや素直に生きてやらむ

唐突に声よみがへりモーツァルトK《ケッヘル》466を思へり

若き僧乗る自転車が胴顫ひしつつ桜の奥に吸はるる

或いは危ふからずや鯉が上下《うへした》に擦れ違ふときの感覚なども

世をしのぶ業平われの白猫《はくべう》が煙のごとく汚れ帰り来《く》

風ゆらと立ち上がりたりまぼろしに遠《とほ》の長谷寺の牡丹《ぼうたん》ひらく

たれか来てしだきてゆきし草はらの苦しき起伏雨よやさしめ

（『貴妃の脂』平元）

90・8・2

侵攻はレイプに似つつ八月の涸谷《ワジ》越えてきし砂にまみるる

かぎろひの夕刊紙には雄性《をす》の兇々《まが》としてサダム・フセイン

咬むための耳としてあるやはらかきクウェートにしてひしと咬みにき

いづこにも情報戦のふつふつと煮えたぎりつつなにも見えない

三月はゐたといふ食《じき》春泥によごるるごとき葱が甘くて

ＦＡＸで送られてくる字の細さ　疲れたひとは物陰にゐる

椿あぶらとろとろええもう辛気《しんき》ぢやなう　をみなのからだ折れ伏すところ

明治某年気が狂ひてしまふ九鬼波津子　時間の外の椅子に坐りて

文旦はどすんとしづか　わらふやうな月でてうろたへ者よとわらふ

あかときは空のいづくか片結び縹《はなだ》の帯が解くるぞ　ふはり

老眼鏡要るやうになりこひびとよ　ほとどこもかも緩《ゆる》ぶなる　来《こ》よ

（『クウェート』平6）

動かない木が実をつけて鳥を呼ぶやうなしづかな愛が来てゐる

あなたなら夏風邪を押し書きつぐか蜜蜂のくる昼は束《つか》の間《ま》

桃の葉が指《および》のやうに垂るる午後　重たいおとうさまの文鎮

たつぷりとバケツに揺れゐし給食のミルクよりゆたか白牡丹《はくぼたん》のはな

大鍋をぐらぐら煮立て雲製造所わたしの厨房《キチン》に鬱の日こもる

割箸を足腰つよく押し戻す壜の中みつしり水飴の力

生命力衰ふるらしスウェーターがずるずる解かれゆくがに睡い

満州国皇后婉容《ワンロン》皮膚蒼白　茘枝《ライチー》を剥くわたしはしづか

平和とは無帽でよいこと　やはらかな茶髪に棘《とげ》を立ててをのこご

さふらんのむらさきにほふ年ごろの少女らは皆《みな》骨になりたい

夾竹桃咲かせて被服廠《しやう》ありき　わが知らぬ日をわれは記憶す

（『クウェート』以降）

小池 光

そこに出てゐるごはんをたべよといふこゑすゆふべの闇のふかき奥より

（『草の庭』平7）

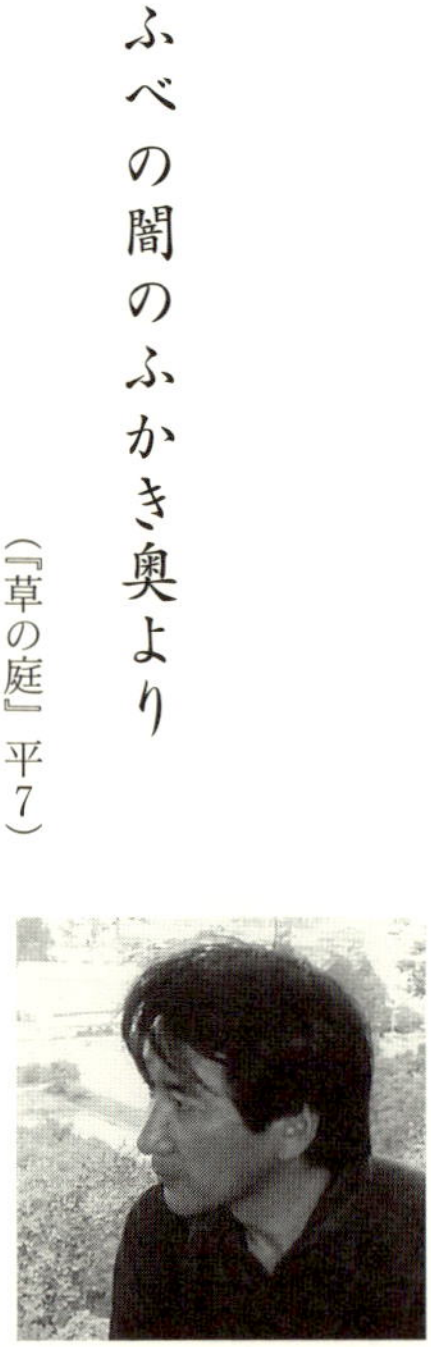

こいけ　ひかる　昭和二十二年、宮城県生まれ。学生運動に関わるが父の死に遭い、独り量子力学を自習する。昭和四十七年、「短歌人」に入会。歌集『バルサの翼』『日々の思い出』『静物』。

鑑賞　何気ない日常の風景のなかに、真に怖い空間が潜んでいると気づかされる。妻だろうか。帰宅した作者に、隣りの部屋から深い声がしてくる。背景が説明されていないから、読むものは、いきなり闇の彼方から響いてくる声に出会うことになる。しかもその声は、「ご飯を食べよ」というありふれた日常会話を放つのである。「ご飯を食べよ」という声に何の不思議もないのだが、「ゆふべの闇のふかき奥」より響いてくるとなると別の感慨が湧く。その声のとおりに、静かにご飯を食べる作者の姿まで浮かんでくる。闇の奥には、声の主がひっそりと静まり返っているのだろう。日常に潜んでいる奇妙な裂け目、それが苦いユーモアを伴って伝わる一首だ。平仮名のなかに使われる三つの漢字が絶妙な深みを見せる。『静物』の〈魔法瓶にいま蔵《しま》はれし熱湯は暗黒の中にありしとおもふ〉に繋がる一首、「ご飯」や「魔法瓶」などの些事をうたって、ふと言葉には柔らかなエロスが漂う。

ノート　青年期にかけての喪失感を、軽いバルサ材で作った翼のような言葉で表したい、そういう初期の願いが、いよいよ深みを増してきている。作風が変化しても、不安感や悲傷性を表すとき、言葉は少しの重さも感じさせない。『バルサの翼』の〈つつましき花火打たれて照らさるる水のおもてにみづあふれをり〉など、語のあわいに漂う薄々とした色香は、余人の到達できないものだった。第一歌集で希求された願いには、詩歌の言葉を扱うものの含羞が籠められており、その含羞の思いが、日々の生活に即いた作品を生み、そこから不可思議な深淵を見せる世界を生み出している。様式を重んじ、ふとしたユーモアを混ぜながら、政治や風俗、さまざまな知識をうたって、現代日本の本質を炙りだすのである。

雪に傘、あはれむやみにあかるくて生きて負ふ苦をわれはうたがふ

とほき日のわが出来事や　紙の上《へ》にふとあたたかく鼻血咲《ひら》きぬ

いちまいのガーゼのごとき風たちてつつまれやすし傷待《ま》つ胸は

（『バルサの翼』昭53）

海わたる丹頂の頭《づ》にみちびきの地磁気影さす花のごとけむ

フィレンツェの衰弱とともにこの地上去りし光を春といはむか

ジョン・レノン死にたる朝《あした》口漱ぐわが青春は彼とかかはらず

生きてゐるしるしほのかに夜の卓濡らすサンチャゴの雨のゑはがき

（『廃駅』昭57）

たましひのあかるくあれば象印魔法瓶こそ容《い》るるによけれ

たはむれに懐中電灯呑まむとぞする父親を子がみて泣きぬ

ふたふさの缶詰蜜柑のゐゆゑに冷し中華をわがかなしまむ

「さねさし」の欠け一音のふかさゆゑ相模はあをき海原のくに

父十三回忌の膳に箸もちてわれはくふ蓮根及び蓮根の穴を

はくれんのひかりかはらず父死なば長子は遺骨次子は遺影を

（『日々の思い出』昭63）

そこに出てゐるごはんをたべよといふこゑすゆふべの闇のふかき奥より

あぢさゐのつゆの葉かげに瓦斯ボンベこゑなく立てり家をささへて

雨の間《ま》のひかりのなかにかなしめる木槿《むくげ》は白き朝鮮のはな

日本語をあやつるときの天皇をつねはらはらとわれらおもへりき

ぎんなんの異臭ただよふ境内にましろき犬をみちびく少女

むせかへるばかり赤子のにほふ抱き重巡摩耶へきみかへりけむ

実印の象牙の文目《あやめ》くもる日にうつつなるべきこゑほととぎす

みちのくを思はむときに菊人形義経のくちに紅差《べにさ》されをり

柿のたねするどく吐きて行きしかば少年はのち蜂須賀小六

（『草の庭』平7）

象の鼻にくらぐらとほる二本のくだ父と母より受けたるものぞ

初期消火に失敗し油田全体に火がひろがるがごとしなべては

徘徊老人を人工衛星に監視しゆくを「進歩」といふ

死《しに》装束の展示会といふものがひらかれて少しの人集ふらし

相当に大きなる鳥が十数羽おしだまり居り道のべの木に

耳もちてぶら下げしとき家兎《いへうさぎ》あはれあはれ葱のごときしづかさ

魔法瓶にいま蔵《しま》はれし熱湯は暗黒の中にありしとおもふ

あをびかりしてさくら差す馬房あり近代百年のをはるとき見つ

（『静物』平12）

河野愛子

子の無きがこの家ぬちに擦れちがひ老ゆるとおもふ空気一瞬

（『光ある中に』平元）

鑑賞 〈鍋の蓋落とせば音のしどろなる春かたまけて夫も子もなし〉（『魚文光』）という、若い日の一首がある。「夫」がいるにも関わらず、「夫も子もなし」と帰属意識を否定する強さが、掲出歌の冷静な表現、「子の無きがこの家ぬちに擦れちがひ」にも窺える。夫婦だけが住む静かな家にも、しばしば二人の擦れちがう瞬間がある。刹那の空気の揺らぎに、自分たちの老いの気配が感じられたのであろう。むしろ、擦れちがいざまに、たちまちに老いてしまったかのように感じさせる一首である。「空気一瞬」が、いかにも効果的に置かれていて、二人の醸しだす空気を玉手箱の煙のように思わせるのである。老いというにはまだ若く、しかし広々と開けてゆく未来はもうない。二人がまだ、老夫婦になりきれていない曖昧な時間帯を、「老ゆるとおもふ」という危うい予感に暗示させている。さりげない一首に仕立てあげているのだが、死と背中合わせの生の一光景が描きだされる。

こうの あいこ 大正十一年、宇都宮生まれ。昭和二十一年「アララギ」入会。二十六年「未来」創刊に参加、近藤芳美に師事。歌集『魚文光』『河野愛子歌集』ほか。平成元年没。

ノート 河野愛子の歌を真似するのは難しい。姿形を似せることができても、深い死生観に迫ることができないのである。恋の歌や情念を燃やした歌が多いのだが、自己愛に淫するような作り方をしていない。土屋文明に師事して写生の技法を身につけた出発が、すべてを冷やかに相対化させる作風を生んでいった。若い日に作られた、〈帰り際の雰囲気が愛情にかかはれば長くかかりて靴穿きたまふ〉（『木の間の道』）の冷静さは、恋をうたって男女の心理の本質を浮き彫りにするものであった。そういう抑制された視線の鋭さを、「死」の考察に差し入れてゆくとき、歌に濃密なエロスがまつわるのである。また、抑制された情念のはしばしに、軍人の家系であった自負と負い目の激しさを窺うことができる。

秀歌選

やがて吾は二十となるか二十とはいたく娘らしきアクセントかな
（未完歌集『ほのかなる孤独』昭57）

地の上に営む限り性あれば夜々あはれみ昆虫記読む
草原にありし幾つもの水たまり光ある中に君帰れかし
帰り際の雰囲気が愛情にかかはれば長くかかりて靴穿き給ふ
ベッドの上にひとときパラソルを拡げつつ癒ゆる日あれな唯一人の為め
ししむらゆ沁みいづる如き悲しみを黙りて人に見せをりにけり
（『木の間の道』昭30）

触角の如く怖れにみちてゐる今日の心と書きしるすのみ
（『草の翳りに』昭41）

心のまにま乱れつつをりしのみワイニンゲルを今日取出だす
男の死女の死そのつひの舌の凍ゆる闇を思ひつめつも
かきくらし降れる雪よりあらはれて何をか乱すただ一夜のみ
いとけなきものの磁石を持つときに北にこころをしづかならしむ
鍋の蓋落とせば音のしどろなる春かたまけて夫も子もなし
ひつたりとその身をよせて巻き緊むる巻きてさみしき眼はあそぶらむ
死に去んぬ死に去んぬ灰に作《な》んぬといふものをうすくれなゐの心もてよむ
らつきようの玉かがやけるよろこびのごときを水に打たせてをりつ
くろい昆布水の中にて猛々しく脹れてゐるも風のやむ夜
甘酸ゆき花の香暮れて山びとの血の濃き声は大きくきこゆ
春ふかく人はあんずの花かげに住みゆくおもき眼をあぐるなり
（『魚文光』昭47）

梨ひとつ腐るに月の差してゐぬおそろしくなりしものの形はや
みどりごの欠伸する口ほのぐらき人の子ゆゑにわれはおそるる
夏の靴しまひてをればげに遠く光にうねる阿武隈川は
一夜きみの髪もて砂の上を引摺りゆくわれはやぶれたる水仙として
（『鳥眉』昭52）

みづからの脂《あぶら》に燃ゆる魚ひとつ寂しさや或ひは柩のなかも
子は抱かれみな子は抱かれ子は抱かれ人の子は抱かれて生くるもの
（『黒羅』昭58）

団居《まどゐ》ともなき団居より立ちて来て葉むらが中のくちなしの白
（『反花篇』昭61）

揺るる藻はくろき惑ひの形にてゆふぐれ岩の間に平たしも
（『夜は流れる』昭63）

われ一度阿片吸ひたし窟といふ亡びの巣にてしづまりてみたし
子の無きがこの家ぬちに擦れちがひ老ゆるとおもふ空気一瞬
めがね二つのいづれに見ても心ゆく魚のはららごの紅に透く玉
とろとろときのふもけふもいのち炎《も》ゆ生きつつあればあきし眼も炎《も》ゆ
（『光ある中に』平元）

小暮政次

君が性欲のことこまごまとかつて読みき君が家の朴の花の下《した》に来りぬ

（『新しき丘』昭22）

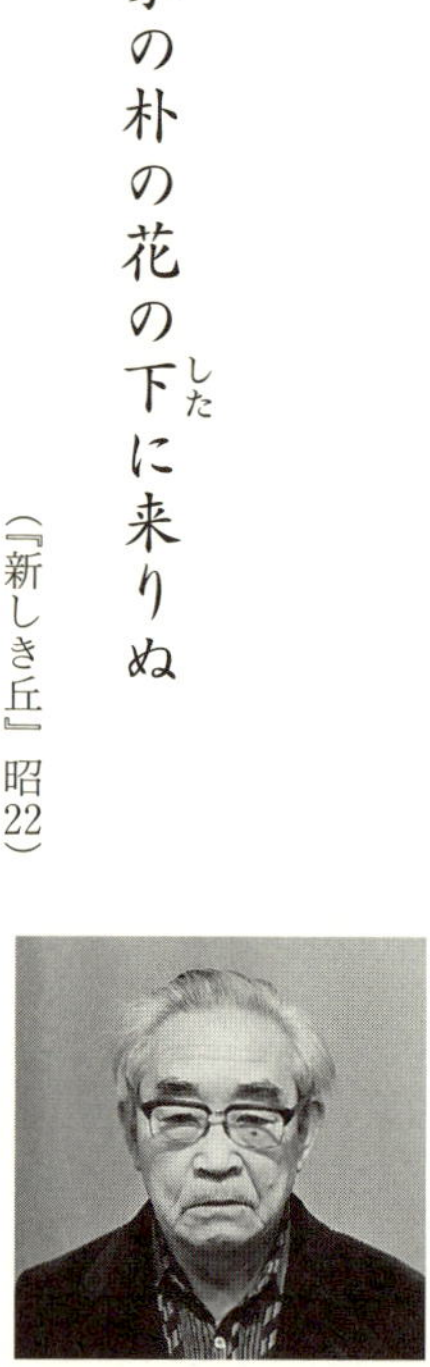

こぐれ　まさじ　明治四十一年、東京生まれ。第一歌集『新しき丘』により戦後近藤芳美らと活躍。「アララギ」編集委員を長く務める。歌集『暫紅新集』など。平成十三年没。

鑑賞　この歌が最初に収められた未刊歌集『小暮政次歌集』には徳富蘆花邸での歌であることが記されている。武蔵野の蘆花恒春園には蘆花の家が残されている。小暮はそこを訪ねたのであろう。森鷗外の『ヰタ・セクスアリス』をはじめとして近代の文学者達は自らの性を内省とともに告白することが多かった。青春の日々、蘆花の性の悩みに自らを重ねたであろう作者は特別な親しみを持って文豪を思っている。兄、徳富蘇峰と複雑な関係にあり、自身を「弱弟」と呼んだ蘆花は、懊悩のなかから兄の国家主義を批判した。蘆花の心境は「君」と呼びかけるほど小暮にとって親しいものであった。

朴の大きな花は「性欲」を象徴しつつ清らかであり、蘆花がいまもそこに居るかのような生々しい気配を作り出す。性の悩みを分かち合った文豪に語りかけるような文体が一層この歌を味わい深くしている。

ノート　初期の抒情的な端正な作風から晩年の哲学的な思念まで小暮の作風はその生涯を通じて大きく変化している。しかしその底に流れるのは、生の理不尽への怒りではなかろうか。府立一中（都立日比谷高校）へ優秀な成績で入学した小暮は、関東大震災で家財の一切を失い三越へ就職する。昭和二十年応召。十ヶ月ほどのちに中国山東省より復員するが、その経験は生涯を通じて人間と社会を見る目に添うことになる。

つましい勤め人としての生活のなかで自己を客観し、時に自らを笑う洒脱を見せる小暮だが、底に抱える熱い怒りの仄めきは見逃せない。大結社「アララギ」の最盛期から終焉までを見届けつつ、時にアララギの詠風への懐疑を歌にもしている。「アララギ」終刊後「短歌21世紀」を創刊。

秀歌選

朝《あした》より気圧かはるを感じつつ吾は仕事にいくつか錯《あやま》つ

入りくめる統制の下に黙《もだ》ゆくをなべての人の疑ふならず

あり慣れし仕事のなかに憎しみて時にはげしく吾のふるまふ

君が性欲のことこまごまとかつて読みき君が家の朴の花の下《した》に来りぬ

日本語は今も清しくあるらむと海渡り吾が帰り来にけり

狭き狭き山野を雪のおほひ居きやぶれて吾のかへり来しかば

（『新しき丘』昭22）

戦ひののちの一年《ひととせ》の吾らあはれ蚊帳にさしくる月かげのあはれ

卑屈に苦しく支那に在りし日よ此の詩あるのみの日本をこひて

此国がすべてよくなり短歌など亡びゆくべきことも楽しも

（『春望』昭23）

おのづから合歓木《ねむ》の幼き葉は睡り園は高野《たかの》の如く暮るるなり

息たてて妻の眠れるかたはらに吾は苦しく一字補ふ

物を書き少し乱るれば出でゆきて妻のため今日のたきぎを割りぬ

生活即短歌といふあまき言葉吾は二三分考へて止む

（『花』昭26）

歯をかみてたたかひ無きをねがふのみ吾は眠らむともしびを消して

くれなゐの梅のひともと石に依り破壊のあとを既にとどめず

海に拠りまもらむといふことを聞く立ちてもゐても此のさびしさや

おそれつつ地位にすがるを笑ふなよ笑ふなよと思ひき今宵

広島の子供の写真ポーズ取り崩れし橋に寄らしめたり

幸福のしるしの如く青み帯びて一つのつぼみ厚き葉のなか

（『春天の樹』昭33）

わが母らの遠き生き方を思ふさへお百度の石春の日にあはれ

憎みつつ疑ひつつここに送りたる弟も戦よりかへらざりけり

ある花は花のいのちの長くしてガラス戸の外に常にしづけし

（『雨色』昭45）

藤波は朝の光に咲けれども妻死ねば此の町も去るべし

（『第六歌集私稿』昭49）

恋に似し心に思ふ今年見し妙高のやま黒姫の山

神が滅び神が創られてゆくさまも肯はむか心沈みて今宵は

許されて「歩行者天国」に人むらがる写真見し心解決つかず

（『薄舌集』昭58）

心細く思ふこと勿れ夜は暖かく鯛のあたまも煮てくれてゐる

（『暫紅集』平元）

歌だけを生命の表れと思ふなかれ歌は生命の滓に過ぎぬなり

（『暫紅新集』平7）

「ああお母さん」と呼びしときをなつかしみしベートーベンをよみしことありき

（『暢遠集』未刊）

人間のことだこの辺で許すべしと言はるる如し致し方なし

（『雖冥集』平14）

小島ゆかり

終ります白梅散りて　終ります紅梅散りて　いつか終ります

（『エトピリカ』平14）

鑑賞　尾形光琳の紅白梅図屏風を思い出させるようなシンプルかつ鮮やかな構図である。しかしあの絵よりはずっと若々しい梅を思い浮かべた方がいいかもしれない。「終ります」の繰り返しが全体を凛と引き締め、白梅、紅梅の鮮やかな色合いを印象づける。古来多く語られているように、花は散って後こそ美しさの余韻を一層鮮明にする。花が咲くとき、その美しさは終わることが約束されている。花にはいつも短い期限付きの輝きがあるのだ。

しかしそれにしても「終ります」とは何が終わるのか。この梅の花には作者自らが、そしてもっと広く人間の命や生の輝きのようなものが重ねられていよう。繰り返される「終ります」は梅の花からだんだんと私達自身の内部に響いて、いつか終わるのが紅梅白梅だけではないのだと思われてくる。きっぱりとした調子に深い切なさが響く歌だ。

こじま　ゆかり　昭和三十一年、愛知県生まれ。昭和五十三年に「コスモス」入会。昭和六十年「桟橋」同人となる。『ヘブライ暦』『獅子座流星群』など。

ノート　現在最も人気のある歌人。人気の理由の一つに平明で親しみやすい歌風がある。日常の何気ない素材が秘めている哀しみや歓びや切なさを鮮やかに引き出す。技術の痕跡を感じさせないさりげない言葉は読む者の心にまっすぐ届く。

一人でも一羽でもよく　春を待つこころに白い灯台がある

（『エトピリカ』）

外界に対して柔軟に開かれた心と透明感のある詩情はそれ以前の女性歌人の持たないものだった。平明で歌うような調べの底に現代に向けてのメッセージも秘める。

遠く北原白秋を師とする小島は、白秋のもっていた言葉の音楽性をよく受け継ぎ、そこに女のもの思いの強さを加える。言葉は意味のみではなく一つの音楽でもあることを伝える。

秀歌選

風中に待つとき樹より淋しくて蓑虫にでもなつてしまはう

まだ暗き暁まへをあさがほはしづかに紺の泉を展く

みどりごはまだわれのもの　風の日の外出《そとで》にあかき帽子をかぶす

（『水陽炎』昭62）

砂の公園みづの公園ゆふぐれてのち影の棲む月光公園《げつくわうこうえん》

夜のたたみ月明りして二人子はほのじろき舌見せ合ひ遊ぶ

団栗はまあるい実だよ樫の実は帽子があるよ大事なことだよ

子供とは球体ならんストローを吸ふときしんと寄り目となりぬ

（『月光公園』平4）

新しきインクをおろす風の朝　青桔梗あをききやうと声す

アメリカで聴くジョン・レノン海のごとし民族はさびしい船である

頭《づ》の上に黒満月を載せてゐるユダヤびとらと昼の食事す

死を囲むやうにランプの火を囲みヘブライ暦《れき》は秋にはじまる

かならず日本に死なずともよし絵葉書のランプに今宵わが火を入れぬ

（『ヘブライ暦』平8）

青日傘さして白昼《まひる》の苑にゐし女あやめとなりて出で来ず

傘雨《さんう》忌の青葉のあめは眼鏡店のめがねを濡らすことなく過ぎぬ

鐘りんごん林檎ぎんごん霜の夜は林檎のなかに鐘が鳴るなり

銀河ぐらりと傾く霜夜うめぼしの中に一個のしんじつがある

そんなにいい子でなくていいからそのままでいいからおまへのままがいいから

（『獅子座流星群』平10）

月ひと夜ふた夜満ちつつ厨房にむりッむりッとたまねぎ芽吹く

抱くこともうなくなりし少女子《をとめご》を日にいくたびか眼差しに抱く

温水《ぬるみづ》の田螺おそるべし藻を食みてじつと交《つる》みてぞくぞくと殖ゆ

さうぢやない　心に叫び中年の体重をかけて子の頬打てり

希望ありかつては虹を待つ空にいまはその虹消えたる空に

（『希望』平12）

まひるまのひかりひとすぢ連翹をくぐりて金の蜂となりたり

ハイウェイの左右に街は見えながら時間はつねに真後ろへ過ぐ

なにゆゑに自販機となり夜の街に立つてゐるのか使徒十二人

早春のなほはるかなる未知として方程式のXとY

キシリトールガムを嚙むとき脳天がきしむよまして白梅咲けば

ぎんがみを手はたたみつつ霜の夜をぎんがみのこゑ小さくなりぬ

（『エトピリカ』平14）

ふうてんてんふくらむ袋ころがれり印象派的ひかりのなかを

遠くまで今日よく晴れてマジシャンのやうに大きなハンカチをもつ

（『エトピリカ』以降）

小高　賢

鷗外の口ひげにみる不機嫌な明治の家長はわれらにとおき

（『家長』平2）

こだか　けん　昭和十九年、東京都生まれ。編集者生活のなかで馬場あき子と出会い、師事。「かりん」創刊に参加。歌集『耳の伝説』『怪鳥の尾』など、評論集『宮柊二とその時代』など。

鑑賞　森鷗外にしろ、夏目漱石にしろ、近代の男たちはなんと風格のある口髭をたくわえていたことか。しかも肖像写真を見ると、彼らはいずれも笑うことなどないような、威厳のある、不機嫌な表情をしている。紛うことなき明治の家長の顔である。ひるがえって現代の家長はどうだろうか？　いや、そもそも現代に家長というべき座は残っているのだろうか？　作者はこの一首で、家長不在の現代の家族の姿を、そして近代の〝家〟から現代の〝家庭〟までの時間の奥行きを、「口ひげ」を表象として鮮やかに映し出してみせている。

明治の家長の表情を「不機嫌」ととらえたところが意味深い。彼らの頑固な厳しい表情のなかに、一人の男としての鬱屈や孤独も混じっていたことを想像させるからだ。そこには同じ男としての作者の共感とペーソスが色濃く感じられる。

この歌は第二歌集『家長』の代表歌。小高はこの役名を自ら負って、現代の家族の姿を逆説的に浮き上がらせた。

ノート　小高賢は東京都本所区（現、墨田区）生まれ。講談社の編集者として馬場あき子と知り合ったのをきっかけとして作歌を始め、そのまま昭和五十三年の「かりん」創刊に加わった。歌の主なテーマは職と家族、つまり一都市生活者としての生であるが、そこには知識人、市井人ということばが似合うような近代的な風貌がある。小高の内面に歴史観があることの証しであろう。それゆえ、家庭や職場でのきわめて人間的な葛藤や感慨を率直に歌いながらも、小高の歌には多分に理念的、倫理的な色合いが濃い。とくに近い過去である近代への思いは深く、物や人への懐古を通して時代の光と影を浮き上がらせる手腕には独自のものがある。現代短歌への鋭い批評者であると同時に、近代短歌への視線も深い。

一族がレンズにならぶ墓石のかたわらに立つ母を囲みて
的大き兄のミットに投げこみし健康印の軟球《ボール》はいずこ
洋燈《ランプ》のことそのいくばくの明るさの近代の夜を子は問うている
（『耳の伝説』昭59）

「口惜しくないか」などと子を責める妻の鋭《と》き声われにも至る
雨にうたれ戻りし居間の父という場所に座れば父になりゆく
鷗外の口ひげにみる不機嫌な明治の家長はわれらにとおき
（『家長』平2）

子の運ぶ幾何難問をあざやかに解くわれ一夜かぎりの麒麟
わが家の持統天皇　旅を終え帰りてみればすでに寝ねたり
つくづくと検《み》ればかなしも娘の国語偏差値山の頂きに住む
（『太郎坂』平5）

うちふかくいとう名多しいわざればそのおおかたを妻は知らざり
「富士山だ」乗りあわす子の声きけば一気になごむ「ひかり」の空気
「略歴を百字以内に」かきあげるこの文字数のごときわれかな
鼻の差に敗れたる馬いつまでも夕映えのなか戻りきたらず
（『怪鳥の尾』平8）

若鳥のさえずりに似て娘の友の名はあや、しおり、まい、あい、さゆり
一合の酒をはさみてただ一度父とふたりのどぜう丸鍋

雲払う風のコスモス街道に母の手をひく母はわが母
三百六十五の昼と夜ありつらき夜の数ふやしつつ年齢《とし》ひとつ積む
探し物しているごとき紋白蝶《もんしろ》が鳥居よぎりて浮く九段坂
「まもなく」のアナウンスあり「まもなく」は電車にあらず背向《そがい》より来る
焼場よりもどり初七日おそるべき速度に死者は天にのぼりぬ
ポール・ニザンなんていうから笑われる娘のペディキュアはしろがねの星
赤茶けたカタロニアの土ことばなく笑いなき死のあまた染む土
（『本所両国』平12）

父われのかなしみに似て尾張屋のたぬきうどんに浮きいる鳴戸
励ましてすすめる手術黙し聞く子よりも励まされたきはわれ
夕日から長い腕《かいな》の伸びてきてわずかにのこる柿に触れたり
今日母はなかなか元気「戦前」は蛇行に蛇行かさね終わらぬ
ありふれた骨かもしれぬしかしわが見つめる骨はいもうとなりし
掛け蒲団ととのえ母の一日の戸を閉《さ》し妻は夜に手渡す
花ひとつ窓辺に飾ることあらば歯止めになりしかポアの論理も
いとこより聞きたり母の房総の海に沈めし恋の顚末
（『液状化』平16）

五島美代子

わが胎《たい》にはぐくみし日の組織などこの骨片には残らざるべし

（『風』昭25）

ごとう　みよこ　明治三十一年、東京生まれ。大正四年「心の花」に入る。合同歌集「新風十人」によって脚光を浴びる。歌集『新集母の歌集』など。昭和五十三年没。

鑑賞　長女ひとみが急逝した時の歌である。五島は二人の娘を持つがとりわけ長女への愛着は深かった。ひとみが東京大学へ進学すると、追いかけて自らも聴講生となり机を並べるなど、自立しようとする娘との愛と葛藤がこの頃の歌のテーマとなっている。その長女が急逝したのである。

近代にも子の死を詠んだ歌人は少なくないが、その多くは男性により、人生への諦観を含んだ哀傷の一部となっていた。しかし五島の詠み方は凄まじい。自らの胎内に育んだ日の記憶と子の遺骨を一直線に結ぶ発想は哀傷の域を超えている。死んで骨となった我が子に自らの胎内にあった日の組織を探す。その妄執のまなざしは、母である以上に我執であろう。その凄まじさを五島は隠さなかった。子を詠むという今日では当たりまえのことが主題としにくかった時代に母の歌を開拓した五島は、この歌で母性愛さえ超えたのである。

ノート　川田順は第一歌集『暖流』の序文に万葉集の時代から「母性愛」の歌が少ないことを指摘、「母性愛の歌によって、前人未踏の地へ健やかに第一歩を踏み入れた」として五島を評価した。以後この評価が定着し、母性の歌人と呼ばれている。確かに五島の歌はその多くが子への愛着を主題に歌われている。初期には伸びやかな叙情性とともに、長女を亡くしてからは深い陰影を伴って。しかしその底に自我の発露としての子恋いというもう一つの情熱を秘めてもいる。五島の詠む母と子には葛藤の芽が常に覗いている。

『源氏物語』を初めとする古典に幼少より通じており、自覚的に女の文化を担おうとした。体に馴染んだ韻律によって自在に詠まれた歌は、近代短歌とは別の水脈を感じさせる。

しみじみと見つめてあればただ一つますぐに我に光る星あり
胎動のおほにしづけきあしたかな吾子の思ひもやすけかるらし
あぶないものばかり持ちたがる子の手から次次にものをとり上げてふ
つと寂し
どうしてもいふ事をきかぬ子に驚かされて見なほしてみる小さいその
手足
せい一杯両手をのばして抱かれようとする子は日に向ふ草花のやうに
海峡をへだてて住めばおのづから地球のすがたを思ふ日多し
（『暖流』昭11）

芽ぶきたつ木々に近づけばここの空気はわが子の息のにほひがする
身を突き上げ深夜をしきる胎動にわれをゆだねてこころ足らへり
あけて待つ子の口のなかやはらかし粥運ぶわが匙に触れつつ
ある日より魂わかれなむ母と娘の道ひそひそと見えくる如し
ひたひ髪吹き分けられて朝風にもの言ひむせぶ子は稚《いとけ》なし
白パンの肌やはらかしかかるものありと知らざりし子に切りてゐる
（『丘の上』昭22）

母われも育ちたし育ちたしと思へば吾子をおきても行くなり
友となりてあげつらふとき母われの批判を超えて吾子はするどし
愛しすぎし心の底に残りゐる墨汁の如きものになづめり
恋人の如く責めあひて母と子はつひにしづかに手つないで寝る
この向きにて初《うひ》におかれしみどり児の日もかくのごと子は物言はざ
りし
お母ちやま死んぢやいやとすかさずいふいもうとの子の声 の鋭さ
花に埋もるる子が死顔の冷めたさを一生《ひとよ》たもちて生きなむ吾か
うつそ身は母たるべくも生《あ》れ来しをとめながらに逝かしめにけり
わがせなにつと来し如く思はれて亡き子の勁《つよ》さ身によみがへる
いたましき顔しませりと見てあれば夫も同じことをわがかほにいふ
わが胎《たい》にはぐくみし日の組織などこの骨片には残らざるべし
白百合の花びら蒼み昏れゆけば拾ひ残しし骨ある如し
（『風』昭25）

いましばし気づくなとまもる娘のなかの女のゆらぎかそかに危ふし
歩調あはせ健やかに並びゆけと思ふ卑《ひく》き女の足どりは捨てよ
おそひ来るピアノのなかの冷めたさとわが内の火とたたかふ暫し
（『炎と雪』昭27）

怒りふるふ身をなげかけておほふとも子をかばひがたし原子雲のもと
には
亡き子よりもやや平凡にふくらめるこの子の顔も何か物言ふ
亡き子来て袖ひるがへしこぐとおもふ月白き夜の庭のブランコ
（『いのちありけり』昭36）

小中英之

氷片にふるるがごとくめざめたり恚《や》むこと神にえらばれたるや

（『わがからんどりえ』昭54）

こなか　ひでゆき　昭和十二年、京都市生まれ。十代後半より作歌を始める。「短歌人」所属。生前の二歌集に加えて没後に未刊歌集『過客』を収めた全歌集が刊行された。平成十三年没。

鑑賞　氷片にふれて目覚めたのではなく「ふるるがごとく」であることに注目したい。実際は氷枕を当てて横になっていたのかもしれない。だが「ごとく」を挿入することで、作者は目覚めの場面に高度な抽象性を持ち込んでいる。生きることそのもの、現実そのものが、まるで氷片の冷たさを持つかのような感触が伝わってくる。さらに「めざめ」も、単なる夢から現《うつつ》への覚醒ではなく、異界から現世へと帰還するようなときめきを持って描かれている。目覚めることはそのたびに新しく生まれ落ちること。そう表しているようだ。

　作者は若くして不治の病にかかり、つねに死と背中合わせの日々を余儀なくされた。だが下句の「恚むこと神にえらばれたるや」には、けっして受身ではない、また自虐的でもない、毅然たる運命の自覚がうかがえる。平がなを多用した歌の雰囲気にも独特の透明感があり、細部まで美意識の行き届いた一首である。

ノート　詩人であり俳人でもある安東次男に師事し、十代後半で作歌を始めた。短歌と同時に俳句に心を寄せたことは小中の表現世界に大きな影響を与えている。第一歌集『わがからんどりえ』の「からんどりえ」はフランス語で暦（カレンダー）を意味するが、歳時記をひもとくように季節に親しみ、自然の景を愛する心は、俳句から学んだものと言えよう。

　生来病弱であったためか、歌壇的なつきあいをほとんどせず、そのぶん時代の流行に左右されることのない、独自の静謐で完成度の高い作品世界を築き上げた。〈螢田てふ駅に降り立ち一分の間《かん》に満たざる虹とあひたり〉〈無花果のしづまりふかく蜜ありてダージリンまでゆきたき日ぐれ〉など、地名を魅力的に生かした歌にも特色がある。

秀歌選

昼顔のかなた炎《も》えつつ神神の領たりし日といづれかぐはし

月射せばすすきみみづく薄光りほほゑみのみとなりゆく世界

遠景をしぐれいくたび明暗の創《きず》のごとくに水うごきたり

花びらはくれなゐうすく咲き満ちてこずゑの重さはかりがたしも

人形遣ひたりしむかしの黒衣《くろこ》なほいかに過ぎしもわれにふさはし

小海線左右《さう》の残雪ここすぎてふたたび逢ふはわが死者ならむ

秋ここに塩山《えんざん》ありて死人花あかしくらしとさだめがたしも

身辺をととのへゆかな春なれば手紙ひとたば草上に燃す

雉鳩の四、五羽きたりてついばむを日の暮れ置きて春庭ありき

酔へば眼にゆらぐかずかずかぎりなしあなべレニケの髪もゆらぐよ

この寒き輪廻転生むらさきの海星に雨のふりそそぎをり

（『わがからんどりえ』昭54）

螢田てふ駅に降りたち一分の間《かん》にみたざる虹とあひたり

階くだる夜の足下に枇杷の実のみのりほのかにもりあがり見ゆ

少年の日よりほろほろ秋ありて葡萄峠を恋ひつつ越えず

鶏ねむる村の東西南北にぼあーんぼあーんと桃の花見ゆ

死ぬる日をこばまずこはず桃の花咲く朝ひとりすすぐ口はも

つはぶきの花は日ざしをかうむりて至福のごとき黄の時間あり

六月はうすずみの界ひと籠に盛られたる枇杷運ばれて行く

無花果のしづまりふかく蜜ありてダージリンまでゆきたき日ぐれ

春をくる風の荒びやうつし身の原初《はじめ》は耳より成りたるならむ

遠山に辛夷過ぎしか風の夜のわがまぼろしをしろたへ領す

今しばし死までの時間あるごとくこの世にあはれ花の咲く駅

（『翼鏡』昭56）

芹つむを夢にとどめて黙ふかく疾みつつ春の過客なるべし

みづからをいきどほりつつなだめつつ花の終りをとほく眺めつ

花馬酔木いく夜か白しうらがなしふくろふ星雲うるむ夜あらむ

うづくまるかたちは罪を抱くべく柘榴を置きて家を出でたり

町を出てゆく者ばかり見送りて終着駅はたえず海鳴り

座につきてあはれ箸とる行為さへあと幾年のやさしさならむ

弓の北　弓の南の星あかり永遠《とは》に淡しと眠りに入らむ

ひなげしの花の揺るるを彼岸よりみつめるやうな安息ありき

（『過客』平15）

近藤芳美

金木犀の或いは大樹花散り敷く根元も奥もすでに夜のとき

（『未明』平11）

こんどう　よしみ　大正二年、朝鮮馬山浦生まれ。昭和七年「アララギ」入会、土屋文明に師事。二十六年、「未来」創刊。歌集『早春歌』『定本近藤芳美歌集』ほか。平成十八年没。

鑑賞　『未明』には、八十歳半ばの作品が収められていて、苛立つような字余りの歌が多い。さまざまなことを見尽くしてきた眼に、いま、金木犀の細かい花が散り敷く樹の根元が見えている。もうすっかり夜となってしまって、その樹の全容は朧ろに見えるばかりなのだ。「或いは」と、まるで独り言のように挟まる一語が、一首の輪郭をぼんやりさせてゆく。それは、或いは大樹であるのかもしれないが、すでに闇に覆われて、一切が不明となった光景を強調するのである。金色の小花の散っている根元も、その奥も、くらぐらとして見えてこない。しかも時代はいよいよ混迷し、見えがたくなってきている。そういう時代への思いも、「すでに夜のとき」という、どこか劇的な表現に託されているのだろう。さりげない光景をうたって、やりきれない不穏な世界状況を暗示させる一首となった。近藤芳美の歌には、暗く濃厚な浪漫性が潜んでいるのだが、その特色が全面に表れた歌である。

ノート　『早春歌』『埃吹く街』は、戦後の新しい時代の短歌を切り拓いた歌集である。戦争という悲劇を経た一人の知識人が、社会の中で個人としての思想をもち、責任を果たし、一人の短歌を作り続けることによって、作品を超える生き方を先立てようとしてきた。土屋文明の冷静な生活リアリズムを発展させ、もう一つ新しい思想と感情を短歌に取り込んでいこうとした。西欧的な「ザッハリッヒ」（素材主義）の手法を、日本の短歌に導入する方法で、嫋々とした短歌的な情感を堅固で有用なものに変えていこうとした。〈夕ぐれは焼けたる階に人ありて硝子の屑を捨て落とすかな〉（『埃吹く街』）のような、荒い粒子として描かれた戦後風景は、みずみずしくも、堅固で新しい短歌空間を拓いたのである。

秀歌選

落ちて来し羽虫をつぶせる製図紙のよごれを麵麭で拭く明くる朝に

ほしいままに生きしジュリアンソレルを憎みしは吾が体質の故もあるべし

昼すぎよりおびただしき天道虫がとび出でて廊下にいくつも踏みつぶされぬ

国論の統制されて行くさまが水際立てりと語り合ふのみ

たちまちに君の姿を霧とざし或る楽章をわれは思ひき

支那事変ひろがり行くときものかげの遊びのごとき恋愛はしつ

立ち上がる汝の帽子の羽根鳴りてものうかりけりこの木下道

汀には打上ぐるものもあらざれば吾が上着きて立ちたる妻よ

吾は吾一人の行きつきし解釈にこの戦ひの中に死ぬべし　（『早春歌』昭23）

いつの間に夜の省線に貼られたる軍のガリ版を青年が剝ぐ

コンパスの針をあやまち折りしより心は侘し夕昏るる迄

夕ぐれは焼けたる階に人ありて硝子の屑を捨て落とすかな

水銀の如き光に海見えてレインコートを着る部屋の中

青色に曇れる空に立つ鳩の投げたる灰の如く飛び立つ

いち早く傍観者の位置に立つ性に身を守り来ぬ十幾年か

たてに見えて遠き舗道よりうつうつと独立祭の祝砲の音

支那留学生一人帰国し又帰国す深く思はざりき昭和十二年　（『埃吹く街』昭23）

みづからの力を知りし群衆がやがて専政者を待ちたる歴史

身をかはし身をかはしつつ生き行くに言葉は痣の如く残らむ　（『静かなる意志』昭24）

性愛のかぎりの事も知らざれば長かりし日を二人生き来ぬ　（『歴史』昭26）

芝の上に忘れし椅子をしまはむと影なき月の中に起き行く　（『冬の銀河』昭29）

己が名と文学とただ忘れられん願いに生きしカロッサの場合　（『喚声』昭35）

森くらくからまる網を逃れのがれひとつまぼろしの吾の黒豹　（『黒豹』昭43）

戦場に眼鏡うしなう記憶ひとつ寂しさは今の目覚めにつづく　（『遠く夏めぐりて』昭49）

降りしきる霰を妻と掌に受くる夜の月光のかそか氷片　（『樹々のしぐれ』昭56）

数増して街に記帳の列次ぐをしぐれの雨はこの国の雨　（『営為』平2）

感情なき思想なきついに技術というあくなき殺戮の静寂に似む　（『希求』平6）

相庇ういのち互《かた》みに年経るに門に水打ちてかかる半月　（『メタセコイアの庭』平8）

金木犀の或いは大樹花散り敷く根元も奥もすでに夜のとき　（『未明』平11）

深く沈む椅子ありて歩み憩わむに一と日の早き冬日の移り　（『命運』平12）

今野寿美

三鬼にもきみにも遠き恋ありてしのばゆ夜の桃甘ければ

（『世紀末の桃』昭63）

こんの　すみ　昭和二十七年、東京都生まれ。平成四年、三枝昻之らと歌誌「りとむ」を創刊。歌集『花絆』『め・じ・か』、歌書『わがふところにさくら来てちる』など。

鑑賞　一九四八（昭和二十三）年刊行の西東三鬼《さいとうさんき》の句集『夜の桃』の中に、〈中年や遠くみのれる夜の桃〉という有名な一句がある。今野の歌はこの三鬼の句を踏まえたものである。

静かな夜、甘い桃の実を食べながら作者は三鬼の句を思い出している。中年にさしかかった一人の俳人がふとみずからの来し方を振り返ったとき、そこに夜の桃のようなかぐわしさを感じた…三鬼の句はそんな意味合いをもつのであろう。このときまだ三十代半ばだった今野には中年の感慨といってもピンとこなかったにちがいないが、三鬼の句にどこか惹かれるものがあったのだ。「三鬼にもきみにも」の「きみ」はおそらく夫のことを指している。八歳年長の夫はそろそろ中年を意識する年代。三鬼にも夫にもあった若き日の恋へのノスタルジーを、作者は少し離れたところからまぶしく眺めている。イ音を母音にもつ語を効かせた歯切れよい上句と、ゆるやかなしらべをもつ下句との対比も、じつに美しい。

ノート　大学で中古の物語文学を専攻した今野は、和歌への興味をきっかけにして短歌の実作をはじめたという。四季折々の自然の美しさや日々の心の揺れに丁寧に言葉を添わせながら表現している。単にあるがままの対象を描写するのではなく、それらの背景をなす時間や空間の奥行にまで目を向けるところに、今野の歌の特徴がある。

負けたくはなしなけれども樹に登りこの世見おろしたることもなし　（『星刈り』）

この歌の幾重にも屈折を含むしらべが象徴するような、纏綿体《てんめんたい》ともいうべきたおやかな文体も魅力の一つ。

旅の歌、家族の歌、さまざまな鳥を愛《め》ずる歌など、作品世界を広げつつ、歌のもつ伝統的な美しさを追究している。

どうしてもつかめなかつた風中の白き羽毛のやうなひとこと

木染月《こそめづき》・燕去月《つばめさりづき》・雁来月《かりくづき》　ことばなく人をゆかしめし秋

追憶のもつとも明るきひとつにてま夏弟のドルフィンキック

（『花絆』昭56）

もろともに秋の滑車に汲みあぐるよきことばよき昔の月夜《つくよ》

悪友と呼ぶいちにんをおしなべて好みて持てり男は誰も

出奔の目論見は嘘　芽キャベツに十字の隠し包丁入れる

負けたくはなしなけれども樹に登りこの世見おろしたることもなし

まぎれなき冬の夜の風くだり来《き》ぬ酔うてさみしき男となるな

だまし絵に騙《だま》されてゐるいつときが思ひのほかの今日のしあはせ

（『星刈り』昭58）

三鬼にもきみにも遠き恋ありてしのばゆ夜の桃甘ければ

珊瑚樹のとびきり紅き秋なりきほんたうによいかと問はれてゐたり

冬牛蒡せいせいと削ぐ時の間も詩語ほろび詩となる言葉あり

ゆふぐれの鶴はをみなにて胸さむし胸さむければひと恋ふならむ

やはらかに文語の季節去りにけり花見むとしてわれは目を閉づ

王林もネロ二十六号もわれも子も昭和を生《あ》れて実るうつしみ

みどりごはふと生《あ》れ出《い》でてあるときは置きどころなきゆゑ抱きゐたり

（『世紀末の桃』昭63）

水無月の光を曳きて雨は降る水から生まれしものたちのため

夏ゆけばいつさい棄てよ忘れよといきなり花になる曼珠沙華

王禅寺に仰ぎてをれば青柿が念力ゆるみたるごと落ちぬ

うくすつぬ童子唱へてえけせてね今日の終はりの湯の音のなか

（『若夏記』平5）

忘られてすすきかるかや佇《た》つごとき閑吟集の真名序と仮名序

童子うらうら昔をかへすうひ学びあな誇らしき墨痕「上下」

ああ海とまこと海なる方《かた》を見る冬のはじめのさねさし相模

龍四つ並べて六十四画のテツなる漢字は子に教へらる

わたくしの時間にふとも凪たちてかつこんかつこん子が帰りくる

（『鳥彦』平7）

知らざれば忘れずと言ふあたはねど忘れず八月十五日昼

おぼえてぬっ好きではぬっ時間がぬっ　ぬっ　ぬっ　ぬっと子は会話する

海は海どんみり重き東京の沖のかもめがそれでも鳴いて

進むよりほかなきは都市折り合ひをつけてゐるともなき海と陸

騎馬戦のわが子の一騎はまだ無事でひたすら逃げる逃げよと思ふ

（『め・じ・か』平12）

三枝昂之

真に偉大であった者なく三月の花西行を忘れつつ咲く

（『暦学』昭58）

さいぐさ　たかゆき　昭和十九年、山梨県生まれ。平成四年「りとむ」創刊。歌集に『水の覇権』『天目』など。歌論『うたの水脈』『前川佐美雄』『昭和短歌の精神史』ほか。

鑑賞　人間の歴史のなかで、「真に偉大であった」者、絶対の英雄などいるのか。否だ。どんな英雄も人知れず弱さを抱え苦悩を抱え、それぞれの生を必死に生きたまでのこと。そういう個人の当たり前で切実な生と思いもろとも、時間と歴史は飲み込んでゆく。おりしも三月、盛りの季節にむかって勢う桜も、「願はくは花の下にて春死なむ」と詠んだ偉大な歌人西行のことなど忘れ、一心に咲きつぐばかりだ。

歴史的な人物の偉大な営為や業績を否定しているのではない。偉大さに絶対はなく、いつしか営々とした人の営みの時間に飲み込まれてゆく悔しさ、そして同時に、だからこそ人間の当たり前の日常のかけがえのなさをも感じ始めているのだ。それは革命の理想や観念のロマンを追った青春との訣別でもある。緊張感あふれる初二句から静かに確認するような三句以下へ。韻律の展開も劇的で、日常へ舵を切った作者の転換点の心情を伝える格調がある。

ノート　三枝昂之は初期から観念性の強い清冽な抒情質を個性にしていた。〈ひとり識る春のさきぶれ鋼《はがね》よりあかるくさむく降る杉の雨〉などは初期の作者を代表する一首だろう。学園闘争の挫折の苦さと悔しみを内向する孤独な心情が、一筋にうたわれて美しい。鑑賞にあげた『暦学』のころから、中年期に入る作者の目は日常に向かうが、ごくありふれた人の日常をうたう場合も、作者の文体は観念の清潔さをにじませる点で初期から一貫しているといえる。

近年では、〈静かなる沖と思うに網打ちて海に光を生む男あり〉〈桃咲いて甲斐天領のほのあかり母の視界もゆるぶであろう〉など、韻律的にもゆったりとしたふくらみのある世界があらわれてきている。

秀歌選

早稲田車庫越えて時々プラトンのようなひとりに会いにゆきしも
ひとり識る春のさきぶれ鋼《はがね》よりあかるくさむく降る杉の雨
（『水の覇権』昭52）
馬追虫《うまおい》が絶えたるのちの小滝橋誰への反歌もちて渡らむ
あかるさの雪ながれよりひとりとてなし終の敵、終なる味方
（『地の燠』昭55）
水無月の蜜したたらせ食む桃の甘さ――一途であってこそ恋
さまざまな契機をつかみかつのがし手はふたひらのあやめのごとし
わが死後を永遠《とわ》の雪降り観念はどこの水にも必ず生きよ
死にてゆきたる真理あまたを想うとき蛍雪という比喩をいとしむ
鳩舎もつ家の夕焼けどのように昏れてもいまだ戦後は匂う
丘の上の公孫樹かがやきかたわらに添うもののなき空の黄葉
真に偉大であった者なく三月の花西行を忘れつつ咲く
（『暦学』昭58）
男児《おのこ》わらいてわが膝の上にくずるれば獅子身中の花のごとしも
むこうから来て父となるなりゆきの否応のなき花とも思う
齢一つ加えて歩む春霞芽吹けばなべて身中の花
緑蔭をゆきつつ想う父の夢継がざるものはいまだあたらし

鳥に空、夢に肉体、樹々に四季　言葉持つもの応答すべし
（『塔と季節の物語』昭61）
灯の下に来し四歳のやわき掌がわが頭をなでて立ち去りゆけり
風生れて麦も家族もそよぎたり季節みじかきものなびき合う
森の時間棄てたる者の裔として家族は木の実灯の下に食む
（『太郎次郎の東歌』平5）
ゆっくりと悲哀は湧きて身に満ちるいずれむかしの青空となる
小さき手をひらきて示す化石あり姿滅びぬ千年あわれ
壊れたるものさまざまな春の雨たとえば戦後史の坂の上の雲
甲斐が嶺の神代桜咲きなむか心で会いて春を逝かしむ
（『甲州百目』平9）
叙事がそのまま述志でもあり鼓舞である明治軍歌は日本晴れなり
静かなる沖と思うに網打ちて海に光を生む男あり
桃咲いて甲斐天領のほのあかり母の視界もゆるぶであろう
夜のうちに降って積もって陽を溜めてわれを泥ませる春の雪よき
人間の技美しき早苗田が水を呼び水が夏雲を呼ぶ
教室に乙女が語る夢ぞよし目を鎖せば夢はすぐそこにある
立ち直るために瓦礫を人は掘る　広島でも長崎でもニューヨークでも
（『農鳥』平14）

三枝浩樹

〈少年〉の声に呼ばれてめくりゆく古きノートのなかの夕焼け

（『朝の歌』昭50）

鑑賞 二十代の始めごろに青年が使う「少年」という言葉には、しばしば追憶と自愛の情が絡み合う。少年時代からせいぜい十年しか経っていないのに、そこへはもう二度と戻れないという切実な痛みが湧き上がるからだろうか。括弧つきの〈少年〉もそのような思いを託したかったからか。

内なる少年の声に導かれて古いノートを捲る。ノートに書かれているのは日記の類か。少年のころの初々しさや懸命さを懐かしむ感情は、戻らぬものにあらためて別れを告げる気分を呼び起こす。夕焼けとはそんな心象と受け止めたい。

タイトルは『朝の歌』でありながら、むしろ夕焼けや黄昏といった時間帯の歌の多い歌集である。〈ひたひたとなみだはながれ夕焼けを孤立せる馬と共にみにゆく〉〈日常を越えざるもののしずけさに充ちてひと樹が昏れていたりぬ〉。世界を問い生きる意味をさぐる青年の問いかけは真摯で深い。

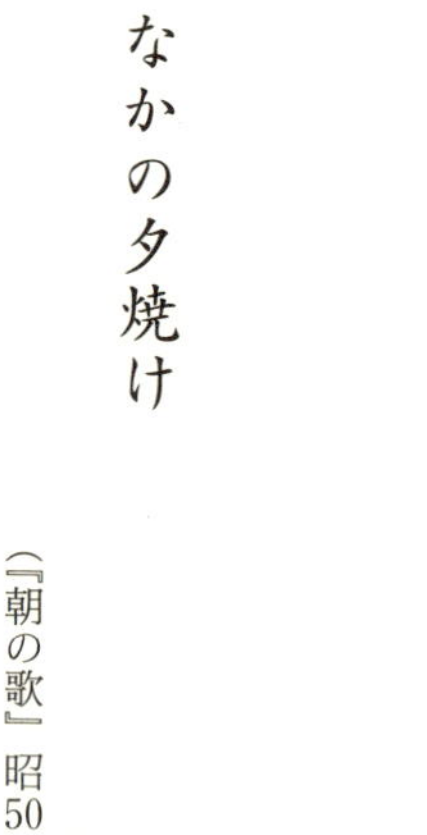

さいぐさ　ひろき　昭和二十一年、山梨県生まれ。十代で「沃野」に投稿。大学卒業後、「かりん」を経て「りとむ」に所属。四十六年に日本使徒キリスト教会で受洗。

ノート 三枝浩樹の歌には、清浄と苦悩が同居している。初期から頻出する西欧を中心とする作家、思想家、画家、作曲家の名前や作品名もペダンティシズムの臭さはなく、自己懐疑や思索の強さが答えを求め続ける中でおのずと吸引した対象だったのだろう。六〇年代から七〇年代にかけての熱い政治の時代を己に忠実に生き、信仰者にもなった。

「即物性と抽象性、この二本の糸の織りなす緊張関係のあわいにこそ詩的世界の豊饒性は生まれうる。そのみずみずしい手ざわりと抽象する鋭さによって、わが歌の翼ははばたくのだ」と『朝の歌』の「覚書」（後記）で書いて以来、おそらくその短歌観は現在まで変わっていない。

〈少年〉の声に呼ばれてめくりゆく古きノートのなかの夕焼け

逆光に黒く顔置く立像を過ぎつつわれのなかの黄昏

もゆる火の火中に立ちて問う声のあの暁のヴィヴィッドに揺れる草露

砂浜は海よりはやく昏れゆけり　伝えんとして口ごもる愛

喉仏さらして仰ぐ冬ぞらのいさぎよきその遠さを愛す

（『朝の歌』昭50）

チェンバロの銀の驟雨に眼を閉ざす　樹も樹の翳も寂かなる午後

少年も果実のように熟れていくうれて失う問いをかかえて

さっきまで海をみていしまなざしをしずかに閉じてわがまえにたつ

街はいま四月の雨にけぶりおりガーベラの火を選る繊い指

（『銀の驟雨』昭54）

―、聴き終えて雪崩のあとのしずかさのかえるいのちをしんと抱けり

受苦という力のなかに逝きたるとゆうひ粛かに死者を復せる

狂《ふ》るるとき雲間に秋の星澄めり　狂るることなき人のさびしさ

寂代《さびしろ》という街夢にあらわれぬ　いかなる街か知るよしもなし

ひかりさえ秋の領する午後なればかえりこよほろびし草をたずさえ

（『世界に献ずる二百の祈禱』昭62）

許容というその温もりを拭いさるいのちも拭いさる朝の人

岸辺まできみの遺体をうちあげていつもの朝のみどりに復る

海をながれるひかりのような歳月の妻、三人子《みたりご》もはつかなる河

たった一つの言葉のなかに帰すること　皮むきて食《は》む枇杷のつゆけさ

卓上に濡れてふた房の葡萄あり　かつてわがもちし朝のかなしみ

きみの懐疑の夢――　日常のなめらかなやわらかな波水面《みなも》を縫えど

（『みどりの揺籃』平3）

神を見し者ひとりとてなき人の世に頬擦るごときオーボエの音《ね》や

この家の賑わいの央《まなか》にいたる子のかたみのような今朝の春冷え

目線同じ高さになりて向き合えば十七歳って目がきれいだね

ひっそりと縒れるこころのあやとりのいとさみしくば人には告げず

朝のポストに手紙を入れる少女いて雪あたらしき今朝の連嶺

無蓋《むがい》なるものみな濡れてサルビアにサルビア駅標《えきしめ》に駅標の雨

長男の兄の語れる父さんの巨き挫折を聞きて別れぬ

たましいは道を知れりと思えども喩の外《と》に生きて身は曇りたり

においすみれのちいさき白や　ひとという肉にも微小宇宙《ミクロコスモス》ありて

きらきらときらきらきらと降る　さらさらとさらさらさらと散る　葉のあたたかさ

（『歩行者』平12）

齋藤　史

ぬばたまの黒羽蜻蛉《あきつ》は水の上母に見えねば告ぐることなし

（『風に燃す』昭42）

さいとう　ふみ　明治四十二年、東京生まれ。陸軍の軍人、齋藤瀏の娘として二・二六事件に遭遇した。昭和三十七年に「原型」を創刊。歌集『ひたくれなゐ』ほか。平成十四年没。

鑑賞　「老母像」の一連のなかの一首、史の母キクは昭和四十一年に失明している。以後、九十一歳で亡くなるまで、付ききりの介護を続けたのである。老齢化社会にあっての介護の歌として、一連はその先駆けともなった。だが、この歌は、そういう背景がわからなくてもいい。むしろ不明のままに鑑賞するほうが、歌に深みが帯びてくるように思われる。「母に見えねば」を、文字通りに失明と捉えてもいいが、「母」という存在からは見えない世界とも読めるだろう。いずれにしても「見える」作者と「見えない」母がいる。その彼岸と此岸のあわいを飛んでいる黒羽蜻蛉なのである。水の上の蜻蛉は羽音すらたてていない。史は、見えない者に見える世界を告げようとしなかった。「見えねば」から「告ぐることなし」への逆転、その「ば」の使い方には、前川佐美雄の影響が感じられる。水上の風景を告げようとして、ふと、そのままにしてしまった感情の揺れが、繊細で美しい。

ノート　昭和初年ごろのモダニズムの影響を受けた、第一歌集『魚歌』の「スケルツオ」の一連は、比喩表現を柔らかく取り入れたモダニズム短歌の秀眉となった。やがて、直截に歌に表すことのできない二・二六事件という悲劇に遭遇し、史の斬新な比喩表現がいっそう磨かれていったのである。〈たふれたるけものの骨の朽ちる夜も呼吸《いき》づまるばかり花散りつづく〉など、暗く美しい悲愁感は、「スケルツオ」になかった浪漫性を生んだ。敗戦後の『うたのゆくへ』では、飾らない率直な飲食の歌や生活の歌が加わってゆく。それが、次につづく「老母」と「夫」の介護の冷厳な歌や、自らの老いに関わる作品を生み出していった。晩年は、モダンで浪漫的でありながら、老いを凝視する秀歌を多く残した。

白い手紙がとどいて明日は春となるうすいがらすも磨いて待たう
たそがれの鼻唄よりも薔薇よりも悪事やさしく身に華やぎぬ
夕霧は捲毛《カール》のやうにほぐれ来てえにしだの藪も馬もかなはぬ
定住の家をもたねば朝に夜にシシリイの薔薇やマジョルカの花
遠い春湖《うみ》に沈みしみづからに祭の笛を吹いて逢ひにゆく
暴力のかくうつくしき世に棲みてひねもすうたふわが子守うた
たふれたるけものの骨の朽ちる夜も呼吸《いき》づまるばかり花散りつづく
動乱の花のさかりに見し花ほどすさまじきものは無かりしごとし
（『魚歌』昭15）

天《あま》つ日の光り隈もなくわが上に蜻蛉《あきつ》ながれて遠世とおもへ
真白なる花びら降りぬ天《あめ》よりや亜細亜を救ふ花びら降りぬ
窶《やつ》れたる月沈ましめ野は低しまことにくらき幾刻《いくとき》きたる
（『朱天』昭18）

土耳青《とるこあを》となりたる山の四時過ぎにげにすなほなる食欲ありぬ
白きうさぎ雪の山より出でて来て殺されたれば眼《め》を開きをり
戸ぶくろの上に巣のある黄なる蜂戸の音ひびくたびに瞋《いか》りつ
ブラウスの胸あけひろげて寝ねてゐる放埓《はうらつ》のやうな美風もある
くろき湖《うみ》の水を浴びむと潜《しづ》むときわれに従きくる水死人ひとり
水鳥の胸におされてひそやかにもり上るとき水は耀《かがよ》ふ
（『うたのゆくへ』昭28）

きのふは廃羊がけふは老牛がつながれてながく鳴きゐる電柱があり
人も馬も渡らぬときの橋の景まこと純粋に橋かかり居る
（『密閉部落』昭34）

ぬばたまの黒羽蜻蛉《あきつ》は水の上母に見えねば告ぐることなし
（『風に燃す』昭42）

うすずみのゆめの中なるさくら花あるいはうつつよりも匂ふを
いかにやさしき狂気をもてば棲み慣るる水より躍《と》びて魚は死ににき
死の側《がは》より照明《てら》せばことにかがやきてひたくれなゐの生ならずやも
（『ひたくれなゐ』昭51）

ひらひらと峠越えしは鳥なりしや若さなりしや声うすみどり
兎の仔見てゐれば雪降りいでぬ柔きねむりのかたまり七匹《ななつ》
（『渉りかゆかむ』昭60）

青く透くヒマラヤの芥子夢に来てあとの三日をこころ染めたり
いはれなく街の向うまで見えて来る　さよならといふ語を言ふときに
（『秋天瑠璃』平5）

マッチの軸・割箸・鉛筆みな燃せばえんぴつの木がもつとも香る
すでにしておのれ黄昏うすら氷《ひ》の透けるいのちに差すや月光《つきかげ》
（『風翩翻』平12）

ひつそりと馬は老いつつ佇ちてゐきからだ大きければいよいよ悲し
（『風翩翻以後』平15）

佐伯裕子

夢みるは死ぬるにひとしやわらかに茘枝《れいし》の黴もふかみていたり

(『未完の手紙』平3)

鑑賞　死にも等しいほどの夢とはどんな夢だろう。この歌には死と引き替えに夢を見た人々のさまざまな幻影が重なっている。例えば玄宗皇帝と楊貴妃の愛。溺愛した楊貴妃を殺すことになる玄宗皇帝にとっても、また殺された楊貴妃にとっても二人の愛の夢は死を孕む危ういものだった。

佐伯は楊貴妃が好んだという茘枝を持ち出すことによってこの物語を思い出させる。皇帝が楊貴妃のために何百キロの彼方から取り寄せた茘枝はいまや黴を纏い、皺ばんでいる。それは夢の名残のようであり、また夢の儚さを思わせる。

しかしこの歌はそのような危うい夢を否定しているのではない。甘美な夢の代償としての死、というより夢はそもそも死をはらんでいるのではないか、そんな物思いがある。死と引き替えても夢をみることをやめない人間の奥深くに眠るエロスのようなものさえ思わせる。

さえき　ゆうこ　昭和二十二年、東京生まれ。「未来」会員、近藤芳美に師事。歌集に『春の旋律』『未完の手紙』『あした、また』『寂しい門』がある。

ノート　くびらるる祖父がやさしく抱きくれしわが遙かなる巣鴨プリズン

(『春の旋律』)

佐伯はA級戦犯として処刑された土肥原賢二を祖父に持つ。そのような家族の記憶をたぐりつつ、昭和の影の歴史を見つめる。切断された戦前と戦後をつなぐものは何なのか、自らの裡に眠る記憶に問いかける作品で注目された。歴史と個人を奥深くで結びつけるものを探り、知的でありながら哀感深い作風で知られる。

短歌のほかエッセイや評論でも活躍し、評論集では独自な角度から斎藤史の魅力を探る『斎藤史の歌』がある。エッセイ集『影たちの棲む国』では戦後の輝きの中に取り残された戦犯家族の日常を鋭敏な感性で綴って話題を呼ぶ。

この角を曲がれば海にひらきゆく記憶に張らんわれの帆船

一面に花ひるがえりめぐりくる春を異性の息と思いぬ

くびられし祖父よ菜の花は好きですか網戸を透きて没《い》り陽おわりぬ

くびらるる祖父がやさしく抱きくれしわが遥かなる巣鴨プリズン

数分の痛苦ののちは鮮しき未明 death by hanging 済む

青銅の天使の噴ける水まるくひらきぬ水の腐臭かすかに

欧州の帽子の下にひとりごつ殺戮はまことさらびやかなり

あかがねの蒙古のラッパを吹き鳴らしわれはアジアの男好めり

肉たるむハイ・カラーこそ光りいよ身を緊めて見し天皇もあわれ

巴旦杏を食みたる舌のくれないのひと恋しさは術なかりしを

（『春の旋律』昭60）

この道に立ちつくす樹よ汝よりも長くひそかに生きて来しかな

祖父《おおちち》の処刑のあした酔いしれて柘榴のごとく父はありたり

夏過ぎてこの世に財を残さざる父の素足のいよいよ白し

滅びゆくみどりの血もてかなしまむ族《うから》の振れる笹のさやさや

記者として取材して来しクーデターのたかぶりを我のからだに埋めつ

産みっぱなし産みっぱなしの胸飾り風にふくらむ秋のめんどり

青桐の幹にもたれてわれはあり子らには遠き標的となり

夢みるは死ぬるにひとしやわらかに茘枝《れいし》の黴もふかみていたり

（『未完の手紙』平3）

「母さん」と庭に呼ばれぬ青葉濃き頃はわたしも呼びたきものを

薄明の陽に透きとおる篁《たかむら》が硝子の街のたましいとなる

梨の芯腐るを見れば思うなりちから合わせし春秋のこと

荒塩のようにきらめくストライク・ゾーンの空気、まだ投げられる

かなかなやわれを残りの時間ごと欲しと言いける声の寂しさ

なお人を恋うるちからの残りいる秋と知るとき葡萄熟れゆく

（『あした、また』平6）

夜をこめ降りし月光乳白に流れてひとつ家を滅ぼす

おそろしく寂しいというかたわらにいるのに土鳩も鳴いているのに

籠りがちの皇妃が蘭のごと笑まいこの街の空あめの匂いす

兵士にもなれる息子が二人いてふたりながら綿の花のごと倦む

長髪のカインとアベルは日向ぼこ時のゆらぎに樹影落ちたり

消えそうに寂しい門のほかは見えずバモイドオキの神が生まれて

（『寂しい門』平11）

坂井修一

科学者も科学も人をほろぼさぬ十九世紀をわが嘲笑す

（『ラビュリントスの日々』昭61）

さかい　しゅういち　昭和三十三年、愛媛県生まれ。五十三年「かりん」入会、馬場あき子に師事。マサチューセッツ工科大留学を経て東大教授。

鑑賞　歌人坂井修一の風貌にふさわしい堂々たる一首。「科学者も科学も人をほろぼさぬ十九世紀」とはつまり、「科学者が科学が人をほろぼす（だろう）二十世紀」、と同義だろう。そして人類を滅ぼすこともできぬ十九世紀を嘲笑すると、作者は言う。これはいかにも不遜な物言いだが、しかしこの壮大な逆説にこそ、先端的な科学者である作者の逃れがたい傷みが込められている。

　人類の発展というベクトルに多大な貢献をしたはずの科学者および科学が、いつか人類そのものを脅かす大いなる陥穽を、これほどシンプルに力強く表現し得た作品はほかの歌人にはない。それはおそらく、科学と文学とをまともに担う覚悟の強さに加えて、文芸における逆説の力をこの歌人が熟知しているからであろう。男性的な独自の文体をもって内容もリズムもスケールが大きい。

ノート　科学と文学、世界と日本、社会と個人というような二律背反の問題に加えて、父子の問題もまた、坂井修一の重要なテーマである。〈目にせまる一山の雨直《すぐ》なれば父は王将を動かしはじむ〉（『ラビュリントスの日々』）など初期から意識的に展開されてきたそれは、普遍的な父子の物語として、また近代的な長男の物語として、現在に続いている。そして近年は、みずから息子をもつ父であることの感傷が作品に奥深い翳りをもたらしている。

〈うちいでて鶺鴒あをし草深野一万人の博士散歩す〉（『群青層』）など古典の言葉を生かした作品や、情報科学の専門用語を用いた作品など幅広いが、総じて、厳かな混沌としたリズムが、強く深い。

雪でみがく窓　その部屋のみどりからイエスは離《さか》りニーチェは離る

青乙女なぜなぜ青いぽうぽうと息ふきかけて春菊を食ふ

籠に飼へぬ頼家螢と吾がことを呼びし母はや呼ばぬ父はや

水族館《アカリウム》にタカアシガニを見てゐしはいつか誰かの子を生む器《うつは》

目にせまる一山の雨直《すぐ》なれば父は王将を動かしはじむ

二つ三つかみそりの傷ほの紅《あか》きわれはしづかな破戒僧なり

科学者も科学も人をほろぼさぬ十九世紀をわが嘲笑す

（『ラビュリントスの日々』昭61）

うちいでて鶺鴒あをし草深野一万人の博士散歩す

おほいなる無価値こそ人を病ましむやオホーツクオホーツクわれは地をゆく

貘を喰ふメタ・貘のごとはろばろと群青天下しづかなりけり

名にし負ふ極楽鳥花妻は愛《め》づあはれとばざる種をのこすもの

舟虫の鋼《はがね》の胴があゆみをりそのしづごころほろぼしがたし

（『群青層』平4）

あわだちて物質主義《マテリアリズム》の淵にゐるたましひのことといかに記さむ

摩天楼ひかりの脚があらはれてわれはソドムの大路をわたる

WWW《ウエッブ》のかなたぐんぐん朝はきて無量大数の脳が脳呼ぶ

英雄の屎《いばり》のごとくかがやくは天網かはたインターネット

ニュートリノ地球貫通せよ　われに花も紅葉もふるさともなし

（『スピリチュアル』平8）

いつまでも拙速の蟻見えながらアカデミアよわが混沌《ケーオス》の庭

DNA葛《かづら》なしつつなだるるといまかぎりなき少年少女

しろがねはさびしきに今宵しろがねの袈裟着たくなり部屋にこもりぬ

石、花のごとく崩れて誰かとなふ殷・周・秦・漢ほろべほろべと

関八州悪党となり駆けめぐる　科学とはいはばさういふこころ

鮟鱇の吊らるる待ちて火をたけばあはれはただ夕闇の澱《おり》

シリウス星系アルファ・ケンタウリ　うたびとはさむくちひさくはてしなきもの

（『ジャックの種子』平11）

人参のつぼみのなかのしろき花ほのぼのと子は黙しつづけぬ

かりがねは宇宙の大悲知るべしとホームレスいへりあらくさの中

人類の加速度を空は肯《うべな》はずさらさらと蜻蛉浮かべて暮れぬ

ここにゐる螢は平家のみといふあしたひかれりうつし世の平家

妻よ子よわれらは蝦夷の蝉となりここに暮らさむ白ふかき陽《ひ》よ

フォッサマグナ腰帯《こしおび》としてゆらゆらと母なる国は踊りやまずも

（『牧神』平14）

相良 宏

体毛の夕日に烱る蜂一つたゆたひて病む窓に入り来ぬ

(『相良宏歌集』昭31)

さがら　ひろし　大正十四年、東京生まれ。昭和二十年に「アララギ」に入会、近藤芳美選を受けて、二十六年の「未来」創刊に参加する。遺歌集『相良宏歌集』。昭和三十年没。

鑑賞　長く病いに臥せっている者にとって、「窓」は外界との唯一の通路となるものだ。まして、テレビのない時代であった。戦争直後、死を意識する結核患者だった作者も、朝な夕な、窓の向こうに広がる世界を眺めていたにちがいない。そのような、寂しく、苦しい日々に、ふと一匹の蜂が迷い込んできた。それだけの歌であるが、上句の描写に、濃い感情の揺れが読み取れる。小さな蜂に、「体にはえている毛」という意味の「体毛」が使われているところ、隠された技巧といっていいだろう。夕日を受けて金色に光っている一匹の蜂であるのだから、「夕日に烱る蜂一つ」でもよかった。生物学的な語「体毛」を使うことで、蜂が奇妙にクローズアップして迫ってくる。病室の窓から、何か大きなものが入ってきたかのような錯覚を起こすのである。迷い込んできた蜂に寄せる、作者の愛情と羨望の思いの強さが伝わってくる。一匹の蜂を拡大化した視線に、日々の孤独がうかがわれよう。

ノート　昭和二十年代から三十年代初めにかけての優れた療養短歌や青春歌群の中で、相良の歌は「療養短歌」を超える自己内視力の鋭さと、透き通る情感を備えるものであった。中井英夫は、「数多い病者の歌の中でも、これほど透明な世界はなかった」(『黒衣の短歌史』昭和四十六)と回想し、岡井隆は、『相良宏歌集』の解説で、女性へのストイックな思慕の内奥に、くらぐらとした陰惨な思いが秘められていると指摘した。「アララギ」で学んだ写生の技法をもって、新しい感情を拓く短歌が横書きのノートに書き残された。それを基に、遺歌集が編集されたという。横書きの似合う、戦後青春短歌の先駆けであった。病む者の陰惨で屈折した思いを、透明感溢れる光景に高めることのできた、稀有な歌人である。

秀歌選

白壁を隔てて病めるをとめらの或る時は脈をとりあふ声す
華やかに振舞ふ君を憎めども声すればはかなく動悸してゐつ
夜具の襟少し汚れしに顎埋むるこの愛しきに触るることなし
涙して結核患者わが恋ふる平和なる国の平和なる科学
黒き薔薇ぬひし手提を膝に置き俯向くときに眉長きかな
病めばただ思ひ汚きあけくれに忘れたし忘れがたし面影
花の種子賜ひて遠く病む人のはがきに淡き指紋つきをり
告げやらむ嘆きにあらず灯の下に浮腫もつ足の甲押してゐる
恒に生の側に賭けつつ堪へ来しをプルス乱るる夜は疑ふ
声しつつわが病室を訪ひ来ねば一つ頁を読みて臥しゐる
相恋ひし日のごと匂ふ香水の堪へがたきかな我が衰へて
読みゆきて会話が君の声となる本をとざしつ臥す胸の上
ことごとく失調したる感じにて兆す眠りを待つ蚊帳の中
竹群の青き光にもつれゐし揚羽ら不意に別れゆきたり
こひねがひなべて虚しく手を涵す秋のれんげの柔かにして

体毛の夕日に烟る蜂一つたゆたひて病む窓に入り来ぬ
微笑して死にたる君とききしときあはれ鋭き嫉妬がわきぬ
相病みて我より広く生きしさへ淋しき春の霞ふるなり
病む肩を起して見をり青き灯を連ねしオートジャイロすぎゆく
やみやせて会ふは羞《やさ》しと死の床に囁きしとぞ君は誰がため
思ひいづる君が理解の言葉故ほそき鎖をひきて灯を消す
帰り来し穴蜂はいかに眠るらむその穴蜂の如く眠らむ
犬の仔を犬の乳房に押しつけて少年はたのし手を一つ拍つ
疾風に逆ひとべる声の下軽羅を干して軽羅の少女
無花果の空はるばると濁るはて沼に灯映す街もあるべし
ささやきを伴ふごとくふる日ざし遠き紫苑をかがやかしをり
生活といふには淡き生活の或る日心電図をとられをり
一瞬の後に悔いたるわが涙早きなでしこの紅に滲めり
花あんず紅きかたへのゆすらうめ遅く咲きつつ早く散りにき
何待つとなき半身を起し居りほたるの光と息づきあひて

（『相良宏歌集』昭31）

佐佐木幸綱

紫陽花の花が煮らるる寂しさか事実とは底なしの鍋のごときか

（『呑牛』平10）

ささき ゆきつな 昭和十三年、東京生まれ。祖父は佐佐木信綱、父は治綱。三十四年「早稲田短歌会」入会。「心の花」主宰。早稲田大学教授。歌集に『群黎』など。歌書多数。

鑑賞 平成十年に出た『呑牛』は、前年の三六五日、日付を打って雑誌に連載した歌を収録している。この歌は六月二十八日のもので、神戸の小学生殺人の犯人が中学生であったことを、詞書として記す。その事件の感慨であると同時に、普遍的な洞察を含む歌になっている。梅雨どきの紫陽花の季節。折しも台風の風雨で荒れ気味、とも記されている。「紫陽花の煮らるる寂しさ」が特異な表現で、情緒の域を越えた荒涼感、やりきれなさが滲む。「煮らるる」は「事実とは底なしの鍋」という感慨の方から引き出されてきたのかもしれない。事実ということ自体の限りない不明さを、言い当てたフレーズである。このように、時事や私的な出来事をその時点で即詠する方法は、エネルギッシュな作者によく合っている。

八月四日の、ストリッパー一条さゆりの死亡記事を読んでの〈鉄拳が裸がかがやき居しころよ町じゅうを電柱が疾走し居き〉といった時代回顧の歌なども面白い。

ノート 大学生のとき父の治綱を失い、作歌を始める。六〇年安保の時代でもあった。岸上大作の自死、学生歌人の闘争による挫折を悔しみ、短歌にエネルギーを回復しようと疾走したのが幸綱の出発であった。敗北の抒情になりがちな短歌を、エネルギッシュに行動する歌にする。〈サンド・バッグに力はすべてたたきつけ疲れたり明日のために眠らん〉などスポーツや、肉体を大いに歌い、また飲食や酒の歌を豪快にうたう。「男うた」と言われる所以である。

時代状況に流されず明快に視点を打ち出すという幸綱の位相は、万葉学者として和歌の歴史をふまえた発想による。枕詞などの古代性と観念語、現代用語が奔放に雑居するおおらかさは、巧い歌より勢い、活力を、という主張そのものである。

秀歌選

サンド・バッグに力はすべてたたきつけ疲れたり明日のために眠らん
（『緑晶』昭35）

サキサキとセロリ噛みいてあどけなき汝を愛する理由はいらず
（『男魂歌』昭46）

ジャージーの汗滲むボール横抱きに吾駆けぬけよ吾の男よ
ハイパントあげ走り行く吾の前青きジャージーの敵いるばかり
（『群黎』昭45）

竹に降る雨むらぎもの心冴えて長く勇気を思いいしなり
直立せよ一行の詩　陽炎にゆれつつまさに大地さわげる
（『直立せよ一行の詩』昭47）

泣くおまえ抱《いだ》けば髪に降る雪のこんこんとして腕《かいな》に眠れ
詩歌とは真夏の鏡　火の額を押し当てて立つ暮るる世界に
わが夏の髪に鋼《はがね》の香が立つと指からめつつ女《ひと》は言うなり
（『夏の鏡』昭51）

徳利の向こうは夜霧　大いなる闇よしとして秋の酒酌む
一国の詩史の折れ目に打ち込まれ青ざめて立つ柱か俺は
火を運ぶ一人の男　あかねさす真昼間深きその孤独はや
（『火を運ぶ』昭54）

帆のごとく過去をぞ張りてゆくはかなき男の沼を君は信じるか
（『反歌』平元）

父として幼き者は見上げ居りねがわくは金色の獅子《こんじき》とうつれよ
風呂場より走り出て来し二童子の二つちんぽこ端午の節句
（『金色の獅子』平元）

火も人も時間を抱くとわれはおもう消ゆるまで抱く切なきものを
水時計という不可思議ありき　ひとと逢う瀧の時間に濡れては思う
肌の内に白鳥を飼うこの人は押さえられしかしおりおり羽ぶく
（『瀧の時間』平5）

フェルメールの町と思えば尖塔の上なる雲の銀のかそけさ
運河《カナール》を遡りゆくひとりなる白鳥よ去年《こぞ》を憶えているか
（『旅人』平9）

ウイスキーは割らずに呷《あお》れ人は抱け月光は八月の裸身のために
去りゆくは季節、朝雲、夢、女、雄ごころは死まで旅のこころよ
（『呑牛』平10）

小面となりて在り継ぐ檜《ひ》のアニマむかし浴びにし檜の山の雪
空より見る一万年の多摩川の金剛力よ、一万の春
（『アニマ』平11）

FDのラベル貼りつつてのひらに燕おくあおぞらのこころ
一生を一所と決めて疑わず俺は俺だと立ちあがる幹
（『逆旅』平12）

真直ぐをこの世に選び昨日今日ぐんぐん春になる杉の芯
へたくそな俺の葉書の字と出逢う昔もいまも雲のような字だ
（『天馬』平13）

はじめての雪見る鴨の首ならぶ鴨の少年鴨の少女ら
朝酒の楽しみつづき居るうちに夜が来て夜の酒を楽しむ
（『はじめての雪』平15）

佐藤佐太郎

白藤《しろふぢ》の花にむらがる蜂の音あゆみさかりてその音はなし

（『群丘』昭37）

鑑賞　白藤の花にむらがる蜂の音を聞いたが、歩きつつその場所から遠ざかると、もうその音は聞こえない。あまりにも当たり前なこの事実の前に耳を澄ますとき、蜂の存在が不思議なほどシンプルに照らし出される。

かつて藤原定家が〈見わたせば花も紅葉《もみぢ》もなかりけり浦の苫屋《とまや》の秋の夕暮〉（『新古今和歌集』）の歌で示したような、不在の側からこの世を照らし出す方法を、現代短歌の上で磨き上げたのが佐太郎である。それは、初期の〈舗道《ほだう》には何も通らぬひとときが折々ありぬ硝子戸《がらすど》のそと〉（『歩道』）から晩年の〈杖ひきて日々遊歩道ゆきし人このごろ見ずと何時人は言ふ〉（『星宿』）に至るまで貫かれた独自のスタイルと言ってよい。

あえて「しろふぢ」と読ませてリズムが美的に流れるのを避け、写生に徹して不在を際立たせた名歌である。

さとう　さたろう　明治四十二年、宮城県生まれ。「アララギ」入会して斎藤茂吉に師事。のち昭和二十年「歩道」を創刊。五十五年、日本芸術院賞受賞。昭和六十二年没。

ノート　十七歳で「アララギ」に入会し、斎藤茂吉を生涯の師と仰いだ。子規の「写生」、茂吉の「短歌写生の説」などの近代歌論を継承し、さらに純粋抒情詩としての短歌を標榜して、「意味なきものの意味に満ちた瞬間と断片との裂目から人間性の奥底とか生命のニュアンスとかいふものを見るのが抒情詩としての短歌であること」という、独自の「純粋短歌」論を展開した。

透徹した写生精神をもって出発した歌人であるが、戦中戦後を経て、しだいに境涯の陰影を帯びた奥深い詠風へ、また老いを力とする自在な詠風へと拡がりを見せた。六十年にわたる厳しく粘り強い作歌活動によって、昭和の歌壇をリードした歌人。

秀歌選

連結《れんけつ》をはなれし貨車がやすやすと走りつつ行く線路の上を
舗道《ほだう》には何も通らぬひとときが折々ありぬ硝子戸《がらすど》のそと
薄明《はくめい》のわが意識にてきこえくる青杉《あをすぎ》を焚《た》く音とおもひき
電車にて酒店《しゆてん》加六《かろく》に行きしかどそれより後は泥《どろ》のごとしも
公孫樹《いちやうのき》の下を来ぬれば鱗形《うろこがた》に砂かたよせし昨夜《きぞのよ》のかぜ
（『歩道』昭15）

地下道を人群れてゆくおのおのは夕《ゆふべ》の雪にぬれし人の香
しづかなる若葉のひまに立房《たちぶさ》の橡《とち》の花さきて心つつまし
（『しろたへ』昭19）

つるし置く塩鰤ありて暑きひる黄のしづくまれに滴るあはれ
苦しみて生きつつをれば枇杷《びは》の花終りて冬の後半となる
（『立房』昭22）

今しばし麦うごかしてゐる風を追憶を吹く風とおもひし
あぢさゐの藍《あゐ》のつゆけき花ありぬぬばたまの夜あかねさす昼
椎《しひ》の葉にながき一聯《いちれん》の風ふきてきこゆる時にこころは憩《いこ》ふ
桃の木はいのりの如く葉を垂れて輝く庭にみゆる折ふし
鶏はめしひとなりて病むもありさみだれの雨ふりやまなくに
秋分の日の電車にて床《ゆか》にさす光もともに運ばれて行く
（『帰潮』昭27）

キリストの生きをりし世を思はしめ無花果《いちじく》の葉に蠅が群れゐる
霜どけのうへに午前のひかり満ち鶏はみなひとみ鋭《するど》し
（『地表』昭31）

対岸の火力発電所瓦斯タンク赤色緑色等の静寂
白藤《しろふぢ》の花にむらがる蜂の音あゆみさかりてその音はなし
（『群丘』昭37）

身辺のわづらはしきを思へれど妻を経て波のなごりのごとし
ヴェネチアのゆふかたまけて寒き水黒革《くろかは》の坐席ある舟に乗る
（『冬木』昭41）

冬山の青岸渡寺《せいがんとじ》の庭にいでて風にかたむく那智の滝みゆ
夕光《ゆふかげ》のなかにまぶしく花みちてしだれ桜は輝《かがやき》を垂る
あるときは幼き者を手にいだき苗《なへ》のごとしと謂ひてかなしむ
（『形影』昭45）

菊の花ひでて香にたつものを食ふ死後のごとくに心あそびて
冬の日の眼に満つる海あるときは一つの波に海はかくるる
（『開冬』昭50）

霧の日にさいれんの鳴る銚子にてその音きこえ午睡したりき
（『天眼』昭54）

杖ひきて日々遊歩道ゆきし人このごろ見ずと何時人は言ふ
（『星宿』昭58）

妻のこゑ突然きこえ飲みかけの茶をこぼすわが幕切のとき
葉をもるる夕日の光近づきて金木犀の散る花となる
（『黄月』昭63）

佐藤志満

目のくらむごとき夕日に遭《あ》ひしかど一樹《いちじゅ》の陰をゆく間に淡し

（『雨水』平12）

さとう しま 大正二年、鹿児島市生まれ。十七歳で森本治吉に師事し、昭和八年「アララギ」に入会。佐藤佐太郎と結婚し「歩道」の発行に従事。歌集『白夜』など。平成二十一年没。

鑑賞 華やかな夕日に出会った数分間に、「生」の儚さが象徴される。八十七歳で出版された『雨水』の一首。平明な言葉の運びには、亡き夫、佐藤佐太郎の息づかいが潜む。佐太郎の『歩道』の代表作、〈はなやかに轟《とどろ》くごとき夕焼《ゆふやけ》はしばらくすれば遠くなりたり〉とは、時を隔てた相聞の関係といっていい。激しい夕光に「遭ひしかど」と「遭」の字を用いている。夕日に遭遇して心が乱れたのであろう。だが、一本の樹の陰を行くうちに、その輝きはしだいに薄らいでいってしまった。「一樹の陰をゆく間に淡し」には、佐太郎の「しばらくすれば遠くなりたり」に窺える大胆な省略は見られない。「目のくらむごとき夕日」という比喩も同様である。細やかに身に添わせた律儀な表現を選んでいるところに、佐太郎とは異なる女性的な特色が浮き彫りにされる。『雨水』以後の〈かかる色の薔薇ありしかと思ふまであはあはとして冬の薔薇咲く〉と共に、老いの抒情性を開いた歌である。

ノート 梶木剛が『佐藤志満全歌集』の解説に、「誠に遅い処女歌集の刊行であった」と記し、その要因に、夫である佐太郎の「厳しい目」を挙げている。十八歳から歌を作りはじめて、第一歌集『草の上』を刊行したのは四十二歳だった。佐太郎と「歩道」の創刊にかかわり、「純粋短歌」を直截に学びながら、律儀で正確な表現を培った。「いはゆる女性らしい姿態がない」と佐太郎に言わしめた『草の上』。〈妹の住む炭鉱の町にきて鯨尺ひとつわれは買ひたり〉などに代表される明快な生活短歌が変化したのは、海外詠を中心にした『白夜』以後である。省略の効いた大柄な風景描写が、物を見る視線の厳しさを広々と解放させていった。以降の老いの境地へ向かう歌には、諧謔と自在さが加わってきている。

愁ひなきいまのうつつか遠くまで水底見えて湖《うみ》に降る雨

（『草の上』昭30）

人間にかかはらぬゆゑ単純の楽しみとして花の種まく

物語《ものがたり》などのつづきを聞くごとく娘の家にをりをりに行く

さながらに海はとどろきの中にあり下津《おりつ》のひろき浜の海音

（『水辺』昭38）

とびあがり魚を喰ひし大きいるか自らの重みにしばらく沈む

疾風《はやち》吹く空夕映えて磯波のしづまりがたき浜に出で来つ

（『渚花』昭44）

うちつづく砂漠のなかにひとところ木立あるらしその上の雲

北極海を見下《みおろ》す台地風さむし石をひろへば石に霜あり

霧にぬるる岬の上に淡紅《たんこう》の苔の花咲く白夜《はくや》明るく

白き夜の海にたなびく雲の間に日はのぼるらし上空の青

草山にそひゆく道の輝くはマッターホルンの雪の反映

わが老と共に身辺の人老ゆる慰むごとく悲しきごとく

いちめんに海をとざしてしづかなる流氷の上ふぶき立つ見ゆ

貧しさにしひたげられし人の顔母に抱かるる幼さへもつ

道のべによすがなく立つ老いし驢馬用なくなりて捨てられしもの

（『白夜』昭53）

淡き影さくら花さく道にありしばらくこの世楽しといはめ

夜の床に疲れしからだ眠らんに眠らんとして更に疲るる

（『花影』昭57）

満月の光《かげ》をくだきてもの悲し夜も波立つ長江の水

街なかに蟬鳴く聞こえ暑き道命果てたる夫と帰る

（『立秋』昭63）

屈託なく子の出でゆけば悲しみを育《はぐく》むごとくひとり籠れる

弱き躰《からだ》もて余しつつ生き來しが生きて寂しき齢《よはひ》となりつ

夫の詠みし花つぎつぎに咲く見れば蛇崩《じゃくずれ》悲し三月四月

夜の道に光る雨踏み帰らんよ待つ人なしといへどわが家

さしあたり平和たもてば宇宙より日本人の声届きくる

（『身辺』平5）

台風の来れるか否かあいまいに位置移り吹く日すがらの風

なじみなき地名を今日も聞くものか小国あまた独立しつつ

入りつ日を追ふがごとくに岬山の夕映に入る鳶も鴉も

目のくらむごとき夕日に遭《あ》ひしかど一樹《いちじゅ》の陰をゆく間に淡し

（『小庭』平10）

一葉一葉こよなき光かがよひて柿の若葉は風待つごとし

咲く力散る力さへなき桜寒のもどりの雨にぬれつつ

（『雨水』平12）

篠　弘

企画練るほかなきわれに目守られてコピーの罫を黒蟻はしる

（『濃密な都市』平4）

しの　ひろし　昭和八年、東京生まれ。昭和二十六年、「まひる野」入会。土岐善麿、窪田章一郎に師事し、現在「まひる野」代表。評論集に『近代短歌論争史』『現代短歌史』など。

鑑賞　企画を練るほかない状況とは、誰にも頼れず逃げることもできず、無から有を生む作業に励むことである。原案をコピーし、さらに練り上げようとしているのだろうか。

ふと気付くと、どこから迷い込んだのかコピー用紙の上を黒蟻が走っている。罫線の間を走る蟻は、たとえて言えば陸上レーンを疾走する人間のようであり、それはまた常に競争に駆り立てられる現代の企業人にも当てはまる。言うまでもなく蟻は働く宿命を負った存在。黒には日本人の頭髪の色も投影しているようだ。作者は黒蟻を見守りながら、そこにいつしか己を重ねていたのだろう。

大手出版社に勤務し、百科事典や美術全集の企画と編集に携わった作者は、長期に渡ってそこに心身を投入した。競合する他社もある。重責の中で出版人としての自覚と誇りを貫いた半生は、刊行された歌集すべてに詠まれている。

ノート　出版の最前線にあっての激務をこなしながら、作者は勤務する職場に接した古書街神保町を歩き、近現代の短歌資料や歌集を渉猟したという。『近代短歌論争史』は明治大正編と昭和編の二巻。『現代短歌史』は「戦後短歌の運動」「前衛短歌の時代」「六〇年代の選択」から成る三巻にまとめられた。出版社を退いた後には大学の学部長に招聘され、一方で日本現代詩歌文学館の館長に就任する。

実作者としては、現実の手触りをディテールの描写によって切り取る手法をとり、時代と自らの生を摺り合わせて得られる「体性感覚」のリアルさを大事にする。歌集は『昨日の絵』『百科全書派』『濃密な都市』『軟着陸《ソフトランディング》』の他、『至福の旅びと』で迢空賞、『凱旋門』で詩歌文学館賞を受賞。

ビル街の間《あい》なる道に曲りきてわが言ひ過ぎしことばをメモす
照明のくれなゐ帯ぶるぼたん雪夜は色あるものぞひしめく
雪の来るけはひの空を見はるかしレイアウト室に珈琲をのむ
夜に入りて工事はじまる高速路下りて黄葉の道に入り来ぬ
まどかなる夕虹たちて聖橋《ひじりばし》わたるくるまはみな虹をもつ
君ありていまのわれあり敬語もてけふは退社を告げきたる人
降職を決めたる経緯ありのままに声励まして刻みつつ言ふ
浮遊してゆくばかりなるさびしさに昼の休みを古書店にゐつ
若者の保守になだるる漂蕩の駿河台下を抜けゆかむとす
たぎちゆく言葉をつらぬ直截に告げたるわれはつひに帰らず
（『濃密な都市』平4）
主義なべて逆転しゆく呻吟にこの寒中は身にし沁むまで
高架路をくだらむとして全階のライトの消ゆる一瞬に遇ふ
はるかなるタワーに赤き月うつり少しづつことばずれゆく通話
知る顔のひとりとてなきロビーより留守番電話の妻の声きく
簡潔につたふる若き通訳のことばは何を省きたりしか
芽ぶきそめて枯れし二本の白樺にこだはりてゐる中年われが
大戦を凌ぎしレニングラードの白夜にうるむ星を仰げり
数枚のコピイのずれを綴ぢなほし三枚目よりわが説かむとす
よどみなく企画の決まる感触は言ひがたくしてその次に入る
高層のビルの裏なる駐車場われのみを射す月のひかりは
（『至福の旅びと』平6）
あひともに盛りを過ぎむねぎらへる賛辞は訣《わか》れのことばと思ふ
さびしさはわが詠まざれど空壜の口が鳴らせる風の音きく
をとめらがボトルの水を抱《かか》へもつ大教室にひろごる沙漠か
まさしくも世紀は移るしぐれきて神保町街に片虹の立つ
わが顔にあはあは映ゆる月の暈《かさ》手は羽ばたきて坂下りくる
ペースメーカ埋《うづ》めしわれが大歳にポインセチアに水遣りてゐる
いまにして若きに接し見ゆるもの艱難辛苦《かんなんしんく》が邪魔をしてゐる
憶測は長ながとするものならずモーニングコールにあすを委《ゆだ》ねつ
きみどりの球《たま》をコートに投げ返し若きらにわが紛れゆかむか
古書店に風吹きぬくる春となり肩幅ほどのはざまに立てり
（『軟着陸《ソフトランディング》』平15）

柴生田　稔

張り上ぐるわが聲われに響くとき窓に来てゐし鳩を忘れず

（『冬の林に』昭57）

鑑賞　聲を張り上げているのだから、むろん部屋には誰かがいて、聞いているのである。けれども「わが聲われに響くとき」と、その声は人に伝わるよりも、自分の方に戻ってくる。「響く」という表現に、やや臆するような繊細な内面が感じられる。他人がいる中での孤独を意識した瞬間といえるかもしれない。そのとき「窓に来てゐし鳩」に目が止まった。ふつう、すぐ忘れてしまうようなことを「忘れず」と強く言ったところが印象に残る。その場面をあとで回想して「忘れず」と言っているのである。その鳩がもたらした救い、慰撫のようなものは、小さくはなかった。現代人の心理の機微に抒情性が通っている一首である。

作者は六十八歳のとき、教鞭をとってきた明治大学を退官した。この歌は職場を回想する連作百首「駿河臺界隈」の中にある。声を張り上げて授業しているときの歌であろう。場面がわからなくとも味わえる普遍性がある。

しぼうた　みのる　明治三十七年、三重県生まれ。帝国大学文学部卒。昭和二年「アララギ」入会、斎藤茂吉に師事。歌集『春山』ほか六冊。歌書『斎藤茂吉伝』ほか多数。平成三年没。

ノート　柴生田稔は帝国大学在学中にアララギに入会し、斎藤茂吉に師事した。〈始めてわが歌を見し茂吉先生はこんな歌は寫生だからねと我に言ひたり〉と後に歌っている。茂吉と過ごした歳月は長く濃く『斎藤茂吉伝』は独自な人間観察、把握による秀逸な著作である。茂吉全集出版への功績も大きい。

茂吉に傾倒していたが、作風はずっと地味で淡々とした独白ふうな叙述に趣きがある。帝国大学を出て陸軍士官学校、戦後も大学教授を長くつとめ、インテリとして、人間や時代に対するくぐもった感慨や圧迫されるような心理の機微をしずかに述べて、味わい深い。批判精神は強いが軽薄な声高さがなく、抑えたなかに淡からぬものがある。幼いときに母を亡くし、父の任地の中国で暮らした生立ちのさびしさも滲む。

秀歌選

この夕べ二人あゆめば言ふことのただ素直なるをとめなりけり
年老いて時におもねる文章は今日も引きつづきて夕刊に出づ
何もかも受身《うけみ》なりしと思ふとき机のまへに立ちあがりたり
國こぞり力のもとに靡くとは過ぎし歴史のことにはあらず
いたく靜かに兵《へい》載せし汽車は過ぎ行けりこの思ひわが何と言はむかも
少女《せうぢよ》一人《ひとり》朝の林に散歩せり子供を抱《だ》きて我はたたずむ
（『春山』昭16）

並べたる機械に油さす如く妻は二人子《ふたりご》に乳壜《ちちびん》あてがふ
死を怖るる文學と死を怖れざる文學とこの日ごろわが思ふそのこと
やうやくに麥は秀でて再びを來らむ夏の餓おもはしむ
大方《おほかた》は豫想のごとくなり來《こ》しを彼方《かなた》明るしとなほし思はず
國やぶれて山河《やまかは》はありかくのごと人の心ははやくうつろふ
（『麦の庭』昭34）

十幾年その儘にして過ぎて來つ外《はづ》れる雨戸のことのみならず
隊組みて行くといふこと何よりも我は好まずとひそかに言はむ
早く逝きて母は隔たりわがせつなき記憶は多く父にかかはる
わが胎より出でたる者を何《なに》のそのと妻はためらはず子供の日記讀む

放課後の暗き階段を上りゐし一人の學生はいづこに行かむ
（『入野』昭40）

悔《く》ゆな己《おのれ》を悔ゆな己をと戒めてエレベーターの中に一人ゐつ
隠されし事実はここにあらはなるを年譜の日附に心おののく
飼ふ鯉の色の褪めゆく話聞く人かくのごとく時の余裕持つ
今日天氣よく晴れしかば陰謀はふさはずとわが朗かに出づ
なよなよとあてにあやしき芥子の花ゆるされぬものに我は恋ひつつ
（『冬の林に』昭57）

この國をいとふ心となりて讀む還りて後の沖縄のこと
菊のつぼみ早や目に立てばくづほれて立ちゐしその日の菊の香りよ
衰ふる紫蘇をし見れば移ししもの生ひしままなるものに先立つ
蟬の話蛙の話をしてゐたりわが子の妻とならむをとめと
命絶ゆる肉體を離れゆくしらみおのづから連想する一人の男
（『星夜』昭57）

蟇蛙を育ててわが庭に送り込む隣人人好くて変り者なり
我が妻はどこに行きしと見るときに何か喜べる土にかがみて
要するに茂吉は常に飄々として我には捕らへ難き存在なりき
いよいよ歸らんとしてこの公園また來らんとつくづく思ふ
（『公園』平2）

島田修二

サラリーの語源を塩と知りしより幾程かすがしく過ぎし日日はや

(『渚の日日』昭58)

鑑賞　サラリーマンの給与である「サラリー」は、もともとはラテン語で、古代ローマで兵士に支給された、塩を買うためのお金を意味する言葉だったという。塩は当時たいへん貴重なものであった。生命の営みに欠かせない、しかもしばしば心身の清めにも用いられる塩がサラリーの語源であることを知って、勤めの日々に濁ってゆくような自分がいくらか清められた、というほどの気持ちだろう。この歌人らしい精神の立て方が見える。そして、その日々もすでに回想の中にある。

　この歌は、昭和五十四年六月号の「短歌」(角川書店)に掲載された「渚の日日」一〇一首中の一首。「辞めようと思つたことは幾度かあつたが。」との詞書がある。二十六年間勤めた新聞社を依願退職する、その日に至るまでの心理とその日の刻々を作品化した連作「渚の日日」は、島田修二の生活と作歌両面における大きな転換点となる作品群である。

しまだ　しゅうじ　昭和三年、神奈川県生まれ。「多磨」「コスモス」を通じて宮柊二に師事。のち「青藍」を創刊編集。朝日歌壇選者・歌会始選者などを務めた。平成十六年没。

ノート　兄の戦死、また自らも江田島の海軍兵学校において原爆を目撃するという戦争体験が、歌へ向かう契機となる。新聞記者としての複雑な葛藤を含む、時代や社会を見据える作品。戦後の一生活者として、また身体障害者の子の父として、苦しみながら現実と向き合う作品。さまざまな重いテーマを独特の人間的感傷をもって表現する作品世界は、〈ただ一度生れ来しなり「さくらさくら」歌ふベラフォンテも我も悲しき〉など愛唱性の高い歌を生み出して多くの読者に支持された。「短歌が日常に即きすぎることを批難の材料にする人びとがいる。実作において、生活を韜晦することによって高度な詩性を実現できると考える人びとがいる。私はそう思わない」(『渚の日日』「あとがき」)との態度を貫いた。

公園よりみゆる海も空も暗ければ輪郭なして客船点る

ドォミエの夜行車の図を思ひしより混みし乗客俄かに親し

（『朝の階段』平12）

行く年も来る年も親し初刷りの新聞持ちて暁に帰る

ただ一度生れ来しなり「さくらさくら」歌ふベラフォンテも我も悲しき

怺へつつ声あげぬ子は係累を隔てて病めりギプスの中に

跛行して十数歩を来し子を胸に受けとめしときひとつこと畢る

足を病む汝が三輪車の影曳きてかく美しき落日に遭ふ

夜の庭に腕光らせる三輪車空より降り来て置かれし位置に

はるかなる新緑の中に妄想の鬼一匹を見失ひたり

（『花火の星』昭38）

秋の日の翳りのつつむ一本の老杉のごともすくと立てぬか

瞬間に超特急の全長がいたく寂しく捉へられたり

肩を落し去りゆく選手を見守りぬわが精神の遠景として

街角にもの言ふ鸚鵡と瞶《みつ》め合ふ寂しく充ちてわが私生活

（『青夏』昭44）

かの戦後よみがへりぬと思ふまで雪ふかき街につづく歩行者

ガス室をアウシュビィッツに作りしも人間なればあきらめ眠る

かなしみに包まれしごとく新しき黒詰襟に少年笑ふ

（『冬音』昭52）

近づきてまた遠ざかるたましひのむらがるごとく雲はてしなし

仏蘭西《ふらんす》区古き街路にかなしみのまざるるごときゆふまぐれあり

家といふかなしみの舟成ししよりひとは確かに死へと漕ぎゆく

またの名をグレゴール・ザムザ五十歳変らぬ面を曝しゆかんか

何をしてゐるのだといふこゑのする　歌を作つてゐると答ふる

サラリーの語源を塩と知りしより幾程かすがしく過ぎし日日はや

（『渚の日日』昭58）

北へ行く列車の裡にきこえくる母音のおもき日本のこゑ

（『東国黄昏』昭61）

睡蓮の花ひらきたりしまらくのひとりごころの器《うつは》なしつつ

あたらしき生姜を擂ればこの夏の地霊かそけくわれに添ひくる

（『春秋帖』昭62）

あらはなる生おもむろにしづめつつ草木国土《さうもくこくど》冬に入りゆく

（『草木国土』平7）

仮初の生を重ねて行く路に緩きくだりの眺めたのしむ

かなかなを聴きしは昨《きそ》か耳鳴りのあはひ幽けく木枯とらふ

海見ゆる家にあり経し日日とほく後生を照らす月仰ぐかも

なさざりし慙愧慙愧の風音を胸にしまひて河豚刺しを食ふ

（『行路』平12）

島田修三

職解かれ窮しゆくあり自死するありあはれ敗兵の子らはも苦しむ

（『シジフオスの朝』平13）

しまだ　しゅうぞう　昭和二十五年、神奈川県生まれ。古代和歌専攻。歌集『晴朗悲歌集』『東海憑曲集』『シジフオスの朝』、著書『古代和歌生成史論』など。

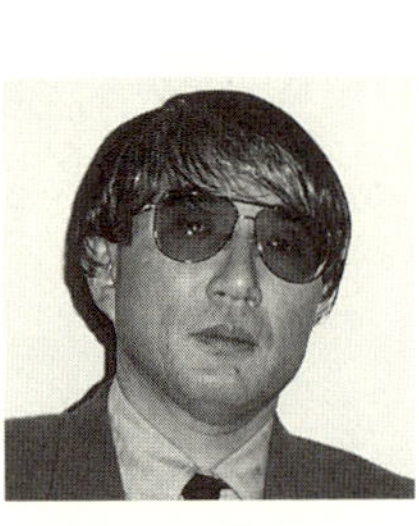

鑑賞　一九五〇(昭和二十五)年生まれの島田は、いわゆる団塊と呼ばれる世代に属する。二十一世紀に入った現在、五十代になった団塊世代はリストラの対象になったり、家庭内で居場所がなかったり、総じて苦しい立場に追い込まれている。二〇〇四年の自殺者は三万人を上回ったというが、団塊世代の男性がその内のかなりの比率を占めているようだ。第二次大戦後の貧しさの中から日本が経済発展を遂げてゆく時代。昭和三〇年代から五〇年代にかけてのそんな上昇志向の時代に青春を過ごした作者たちも、今や底なしの暗さの中にいる。

ここで作者が自分たちの世代を「敗兵の子ら」と捉え直した点に注目した。作者の父親たちは戦争に駆り出され、敗残兵となった悔しさやみじめさを終生背負い続けた世代なのであった。その敗兵の子たちが一時《いっとき》の華やぎののち、いま時代の変転に喘いでいる。父たちの世代へ切なくもあたたかい心寄せをしたところに、この歌の奥深い味わいがある。

ノート　万葉集を専門とする国文学者でもある島田は、大学院時代の指導教授の窪田章一郎に師事して短歌を作りはじめた。古典はもとより歴史、政治、文化、風俗など幅広い分野の知識を縦横に生かした、過激で批評性に富む作風を見せる。第一歌集から第三歌集までの歌集名が『晴朗悲歌集』『離騒放吟集』『東海憑曲集』という見事な三部作をなしているように、一見すると破天荒とも言える作品の数々は、じつは意外に端正な秩序のもとに統べられている。

江戸時代の狂歌や「へなぶり調」(狂歌の一種で明治時代に入ると石川啄木の歌などに受け継がれた)を思わせる諧謔味は、島田作品ならではのもの。諧謔の奥に人情味豊かな心の揺れが垣間見えることが、さらに歌の厚みとなっている。

勝ち気なる鰯もあるべし茫々と想へば午後より愉快ぞつのる
例ふればちあきなおみの唇《くち》の感じああいふ感じの横雲浮くも
姉小路より蛸薬師へと歩みたれ中原中也と二度すれちがふ
マミおぶひ父は仰ぐも西空の霜降肉のやうなる夕焼け
二人子を左右《さう》に抱き寄せこんこんと女ざかりのイザナミ眠る
ボケ岡と呼ばるる少年壁に向きボール投げをりほとんど捕れず
母親にあらがふ詭弁のスルドキをわが聴いてゐる参考までに
（『晴朗悲歌集』平3）

俺は俺を救出せねばならぬゆゑ委細かまはず冷や飯かつ込む
或るときは鬼火のやうなる心にて不惑越えゆく一年を在り
うなゐ子を膝に抱き上げ父親はソ連崩《く》えゆくうつつに呆るる
脱貧乏《ポストモダン》に華やぐほかなきニッポンの栄養疲れの俺が重たい
花十薬《どくだみ》の花しろじろと咲き初めて夏ならむとす豆腐屋の跡地
近世も凍てゆく享保に従四位《じゆしゐ》なるインド象ありき飢餓に果てたる
あさましき平和がひとつ寝ころびて万歳岬《バンザイクリフ》のグラビアを眺む
（『離騒放吟集』平5）

ＴＯＫＩＯとふ痴れ近代のいや果てはいま九重の婚にぞ華やぐ
夕べよりそぞろ心の果てもなくわが耶輸陀羅《やしゆだら》は包丁研ぎをり
言ひ分のある面《つら》つきと見てをればこれの柴犬なみだぐむかな
立つ瀬なき寄る辺なき日のお父さんは二丁目角の書肆にこそをれ
なよたけの美少女乗せてボロ自転車漕ぐ痩せぎすは俺の伜ぞ
たましひの炎ゆるやうなる月しろに妻《さい》を呼びしが蹴爪塗装《ペディキュア》中とぞ
（『東海憑曲集』平7）

あめりかの御稜威《みいつ》い照らす五角形ひしやげて燃えて不憫なるかなや
義はつねに国力に在り神学に在りとしておけ蟋蟀うるさし
乳房《ちちふさ》のなければ雌雄わかちがたく飛燕はすべる夏のなかぞら
凩のむた歳月は過ぎ人は過ぎあはれ民衆詩のもろごゑも過ぐ
職解かれ窮しゆくあり自死するありあはれ敗兵の子らはも苦しむ
生の岸にとどまる俺は涙のごひ濃き珈琲を堪能するかなや
百年の幼年期終へ嗚呼これのウニベルシタスは発情するなり
かぜのとの遠き肥前に来よといふ三行ばかりの殴り書きかな
弓兵団輜重卒なりし青年はもちろん還らず石榴すつぱけれ
夢に来しグエン・タト・タイン優しかる日本語をもて俺を慰む
（『シジフォスの朝』平13）

清水房雄

究極の意志は沈黙ただ沈黙斯くして時は事はすぎ去りゆく

（『老耄章句』平11）

しみず　ふさお　大正四年、千葉県生まれ。土屋文明に師事。「アララギ」を経て、「青南」編集委員・選者。読売歌壇選者。歌集『一去集』など。著書『斎藤茂吉と土屋文明』他。

鑑賞　大きな社会状況について、歴史について、戦争について、浮き世の人間関係について。私たちは日々、さまざまな場面で判断や意見を求められ、意志を試されている。もちろん意見も大いなる憤りも限りないが、しかし、いたずらに言葉を並べたところで何になろう。「究極の意志」とは「ただ沈黙」のみ。時も事もただ過ぎ去ってゆくだけだ。

上句の高く強い調子から下句の結句九音へ、めりはりの効いた歌だが、その調子に象徴されるように、この歌には作者の外部への抵抗感とニヒリズムと頑固さと諧謔が強烈にひびきあっている。世紀末の世の中のあらゆることに批評と抵抗の「意志」ははたらくが、結局それは「沈黙」となって現れるしかない。今までもそうだったし、これからも。しかし、本当に「沈黙」は「意志」か——。忸怩たる思いに佇み、同時にとうに放擲しているような、八十三歳の歌人の苦い存在感がリアルな一首である。

ノート　早世した妻や子供たちへの痛切な思いにみちた第一歌集『一去集』から、自在な境涯詠へ。「アララギ」で「生活即短歌」を主張した師土屋文明の、社会や時代への鋭い批評精神や心理表現の影響を受けつつ、平成から近年にいたる歌業はそれをいっそう自由に広げ、ユーモアと辛辣さの入り交じった時代や人生への思いを吐露するものになっている。〈脚かるがる心かるがる去年よりもいくらか早きもみぢ葉の下を〉（『旻天何人吟』）など近年の自在を語るものだが、その境涯の芯にあるのはなお、〈戦中派すなはちミリタリストといふ論理単純にして明快なり〉〈戦争なき世界など期待するなかれ在りし日の友声のさやかに〉（同）など、戦中戦後を生きてきた抵抗精神にほかならない。

何ごともなしかりしと思ふとき隣室に豆を煎るにほひすも
平和を書立てたりし去年《こぞ》よりは甚《いた》く静かなる八月十五日の記事
しづかなる曇りいつしか降りいでてみじかき妻の一生《ひとよ》終る朝
（『一去集』昭38）
一つまみほどの青山と見つつ来てかげ深くなる天の香具山
うす気味わるきこの一時間国語教育学者らの中のわが一時間
内面的苦悩などしてゐる暇《いとま》なし目の前のバリケードをいかにする
（『又日ゝ』昭46）
恋ひ恋ひて三十年いまぞさげ帰る台北版影印「太平御覧」七冊
呪詛の香の漂ふ如き「君が代」と言ひし一人をも聞きながしたり
（『風谷』昭51）
小倉大門むかしのままの寂しさに伴なふはその時の妻ならず
戦争など最早《もはや》無からむと言ひきりし若き一人よわれ羨望《せんぼう》す
（『停雲』昭59）
橋脚をゆたかに浸す春の水見て朝々に東京に入る
節操などわが有る如く無き如く声掛けられればいそいそとせり
（『天南』昭62）
昼の灯に冴え透る冬の花の前気づかぬふりして人を拒みつ
田端より西日暮里までの二分間電車に吾の考へかはりぬ
孤独なる翁ひとりを幻に聴禽書屋たたみのしめり
（『絑閒抄』平元）

有るか無きか追憶ひとつもてあそび居れど牀中数分時
世界平和人類の福祉みんなよし吾は落花生むく一粒一粒
起きいでて蜜柑を食へり小さき小さき悲哀の如き蜜柑を一つ
（『散散小吟集』平5）
怒りのとき安らぎのとき来てすわる机の前のこの小天地
民主政治が衆愚政治に崩落する表徴として凝視せむのみ
草蜉蝣ひとつ迷ひ入りたり徒然をすくはむとする浅夜の摂理
（『旻天何人吟』平9）
自動小銃つきつけし表記と噂されし戦後表記も五十一年か
実につまらぬ人生だつたと追懐す三代の年号を生きて来て老いて
究極の意志は沈黙ただ沈黙斯くして時は事はすぎ去りゆく
（『老耄章句』平11）
幼児体験として日本基督教会あり吾が生涯を規定したらむか
お化け歌あまたも見つるあげくにて変哲もなき日常生活報告歌
季《とき》のうつりにも関心うすく過ぎきたり三月二十日うぐひすを聞く
（『桴遊去来』平13）
ずるずると此のまま敗者歴史観いたし方なき時のいきほひ
力あり力のままにふるまふ者さうだつたのだあの戦争も
すぐ目の前に近づける死を歌はむか歌はむか人笑はば笑へ
（『獨孤意尚吟』平15）

田井安曇

闇にまぎれて帰りゆくこのよるべなきぼろぼろをわれは詩人と呼ぶ

（『水のほとり』昭51）

たい　あずみ　昭和五年、長野県生まれ。戦後文学に興味を持ちその後短歌に集中。「花実」を経て「アララギ」入会、「未来」創刊に加わる。仲間と「綱手」創刊。歌集『山口村相聞』ほか。

鑑賞　この歌を詠んだ頃、作者は公立中学校の社会科教諭であった。勤務先では本名の我妻《わがつま》泰《とおる》として行動する。一方、勤めが終わるとペンネームの田井安曇になって、詩人あるいは歌人としてさまざまな創作活動に取り組む日々を送っていた。したがってこの歌で「よるべなきぼろぼろ」と詠まれているのは作者自身ということになる。

六〇年、七〇年の安保闘争に参加し、政治問題に積極的に関わってきた田井であるが、この歌を詠んだ一九七〇年代には政治から少し距離を置いて、そのぶん文学活動にいっそう力を入れはじめていた。表現者としていよいよ正念場を迎えたのだ、という覚悟が「詩人と呼ぶ」という断定ににじみ出ている気がする。ただ、その場合も誇らしげに自画像を提示するのではなく、「闇にまぎれて」「よるべなき」「ぼろぼろ」と、みずからの姿をあくまでも謙虚に見つめているところに、作者らしい品性の高さがうかがえる。

ノート　長野県飯山町に生まれた作者は、両親がクリスチャンであったことから幼児洗礼を受ける。十七歳のときに歌を作りはじめ、「アララギ」を経て「未来」創刊に参加。「未来」編集部の中心となって活躍したのち、一九八八（昭和六十三）年に歌誌「綱手」を創刊した。もともと四季派の詩人・立原道造に心酔して創作活動をはじめた田井は、初期の頃は抒情性あふれる作品を発表していた。その後、安保闘争に加わったりベトナム人留学生を支援する会の事務局を引き受けたりする過程で、文学と政治を密接に連携させながら詠む姿勢を貫くようになった。七〇年代以降は、ふるさとや父母への思いを色濃く反映させた歌が多い。対象へ向ける眼差しにはつねにキリスト教信者としての認識が裏打ちされている。

雛の日の夕かたまけて死にたりし君をえにしがありて担ぐも
一と夜経し君をおろがみて出でし路次の幼き讃美歌は吾を泣かしむ
菜の花の咲きひろがれる国のはてひとつ死に遭いて帰り来にけり
朝顔のおのずとふえて咲き移る帰らぬかなや種子賜びしひと
縛られて写る詩人のほほえみが繰りかえしくりかえしわれを過ぎゆく
血を噴きあげる井戸と歌いて死を賜う一人の詩人旧約ならず
木に登る鶏を伝えて楽しかりし手紙よこれも応《いら》えせざりき
死にしものの手紙写すと坐りいてしばしば声は直接きこゆ
多く獄衣を着せられて詩人となりしもの凡そといえど考えうるや
あかあかと月に照られて八月の十五日夜坂のぼり来ぬ
信濃恋いまたしんしんと湧き出でて遠信濃恋いはてしもあらず
ひとり立ち言葉を持たぬ木の故にただましぐらに黄葉せりけり
たましいのくらがりに就き思い来つたましいはくらがりにしか過ぎざらむ
鶏舎《とや》にさす月のひかりに一つある卵はおのれ輝きにけり

あと一歩のところで轢かれたる蟇《ひき》を朝々に見る今日また一つ
朝鮮の見ゆるこころに春曇る島回《しまみ》の磯をめぐりておりし
雪に埋まるわが故郷は写されて一と日のはてのわれのつまずき
たたかいて言葉を起すことわりに顔なきごとき日が過ぎてゆく
肉欲という語を幼く聞きとめき問いて分らざりきやがて問わざりき
我はひとりやすらわぬもの居り息うなきものとして立ちておれよ
わがうちにヨセフは大工関口のおじさんとして現わるること
教会に入り文学を盗むとは有島らに関し内村鑑三言えりき
梅雨空の暑き朝よりうつしみのわれのにごりを思いてゆくも
精神のよろこびという形にてわれを貫くこえありにけり
磔刑のイエスをおろす構想の右辺に藍にマリアを置きぬ
笑い袋というを厨に蔵い置く妻のかなしさの術なきかなや
おろかなる涙は出でてうつそみの耳にくだれりくらやみにして
充ちみちてあらぶる翼おさうると昏るる水辺に長くし居りぬ
刑にゆくこの青年のししむらの大きこと太きこと山のごとしも
ししむらゆ滲みいずるごときかなしみを脱ぎてねむらむ一と日は果てつ

（『右辺のマリア』昭55）

高嶋健一

月光の苑噴きやまぬ噴水の穂の上に来てあそぶ神あれ

（『暦日』平14）

たかしま　けんいち　昭和四年、兵庫県生まれ。十七歳で「水甕」に入り、熊谷武至に師事。静岡県立大学教授。「草の快楽」「存疑抄」「存命」など。平成十五年没。

鑑賞　月光の透みとおる夜の苑に、噴水が立ちのぼっている。動きやまない水の穂に、月の光が静かに弾け、輝き、噴水の周囲は明るい。その銀色の水の穂の光に来て「あそぶ神あれ」と作者はいう。むろん作者は、揺らめく水の光の中に「あそぶ神」を見ているのである。

夜の噴水を歌いながら、この歌から水音は聞こえてこない。むしろ無音の光の情景が見えてくる。水の光にあそんでいるこの神とは、侏儒の神であろうか。一首の中では、日常的な情景がしだいに神秘的な透明感を増しながら詩的世界へと変容する。それは光の世界、いわば魂の世界でもあろう。

この歌を収めている歌集『暦日』は、平成十四年に『旦暮』と姉妹歌集の形で出版された。還暦を過ぎる頃より多病を抱えていた作者は、出版の翌年には生涯を閉じる。初期の頃より静謐な光を歌うことの多い作者であったが、これは死後の世界への視線を感じさせる、作者晩年の光の歌である。

ノート　高嶋健一は戦後まもない昭和二十一年に「水甕」に入った。まだ十代の頃である。「水甕」の伝統である写実を表現の基礎としながら、独自の世界を見せはじめたのは、昭和五十三年に刊行した『方嚮』あたりからである。たとえば〈てのひらのくぼみにかこふ草蛍移さむとしてひかりをこぼす〉という初期の代表歌があるが、この洗練されたことばの韻きによって描き出された草蛍のひかりには、写実的表現でありながら象徴的な光がある。一瞬の命のまたたきをとらえて、印象派の絵を見るようだといってもいい。日常の景を詩的光景に転換する独自の世界が、すでに鮮明であろう。透明で静謐な、しかもやわらかく明るい光に充ちたその世界は、まぎれもなく戦後の知性によって開かれたものである。

てのひらのくぼみにかこふ草蛍移さむとしてひかりをこぼす

（『方響』昭53）

漂ふは神《しん》のみならずひらひらとまひるましろき坂くだりたり

くちなはの去年《こぞ》ゐしあたり乾きつつ森閑と昼の曇り深けれ

草なかに隠れゆかむとするカーブ見えて静けし夏の日射しに

ひらけゆく何あらねどもくだり行く秋の無量のひかりさす坂

水の上はただひろらにて降りいづる雨明るしと向ひてゐるも

（『草の快楽』昭57）

濁りつつ激《たぎ》ちゆく水もとめ来て雨後の川原の束なすひかり

躯《み》をめぐる迷路ある日のポケットより朝顔の黒い種も出てくる

桐の木のむかうひとときは濃き空の寂しき昼にさしかかりたり

あるところからは見えなくなる齢かざせば遠きみづあさぎいろ

菜の花の黄の咲きいづる崖の上ひかり幾日ののち溢れむや

（『中游』昭63）

性愛に似て寂しけれ遠方《をちかた》へ夜半堕ちてゆく蝙蝠傘《かうもりがさ》は

蕾やや含《ふふ》みそめつつ日のさせば幹くれなゐにけぶらふさくら

ドア暗く出できたる死者しんしんと日の中の階登りてゆけり

水の上渉《わた》りゆかむとうつしみはあはれ予感のごとく漂ふ

かぐはしくゆふべ広がりゆかむもの待ちて白々とわが水の上

（『存疑抄』平2）

誰よりもわが感情の襞に添ふ汝なりしかな老いづく日日に

月光の苑噴きやまぬ噴水の穂の上に来てあそぶ神あれ

隠処に数珠秘めて過す二三日清くばかりにあると言はなく

秋雨にはつか濡れたる父の墓はるばると来てわが撫でてゐる

つつましく天のなかどに雲雀鳴き何事もなし春の日盛り

（『暦日』平14）

ひとときを余齢のごとくはなやぎて夕映えは充つわが檻の上

ゴルゴダの丘登り来し白猫がひかりのなかに溶けてゆきたり

小半時留守せる妻の摘みきたるせりそばの芹にほふ夕べを

逝きたればまた遠くなるきみも君も泪のごとき夕ぐれが来て

（『旦暮』平14）

くちびるにひびく言の葉〈存命の苦しき日々に楽しまざらんや〉

病み深く過ごす日々なれこの秋は萩のくれなゐ零るるを見ず

たましひの憩ひのごとくクロッカス土より覗く弥生尽日

喘ぎつつ帰りきたれる机《き》の上に葡萄一顆の黒きしづまり

帰依のごとゆふべ木肌を撫でゆけば病む現身もはろばろとして

（『存命』平14）

高瀬一誌

太陽のひかりあびてもわたくしは　まだくらやみに立ちつくすなり

（『火だるま』平14）

たかせ　かずし　昭和四年、東京生まれ。昭和二十六年「短歌人」入会。編集人、発行人を務める。歌集『喝采』『レセプション』など。平成十三年没。

鑑賞　高瀬一誌の絶詠である。『火だるま』は高瀬が平成十三年五月に亡くなった後編まれた遺歌集であり、この歌はその巻末に収められる。今、太陽の光を浴びて立っている私は同時に真っ暗闇に取り残されている私でもあるという。これは比喩とか内面の風景とかではなく、人間が置かれている光と闇の同居する世界そのものなのではなかろうか。もともと高瀬は悲劇と喜劇、明と暗、善と悪などの同居する人間の世界を独特の視野から見つめてきた歌人である。

どうもどうもしばらくしばらくとくり返すうち死んでしまいぬ　（『レセプション』）

日常のありふれた光景のなかに用意されている死。滑稽でありふれている現代の死を高瀬は早くから見つめていた。病極まった状況のなかで、光と闇、生と死の強いコントラストに挟まれ取り残されている「私」。壮絶な孤独の姿である。

ノート　七十一歳で亡くなった高瀬は生前『喝采』『レセプション』『スミレ幼稚園』の三冊の歌集しか残していない。長い歌歴から考えると少なすぎる気がするが、寡作であることも高瀬の歌の性格を証している。「私」の生活や背景を厳しく切り捨て、現代の歪みや滑稽や悲劇の核心に網を投げかける歌だからだ。高瀬はしばしば実にトリビアルな物を取り上げる。それらはいかにも些末に見えながら、しかし独特のインスピレーションによって選ばれている。そこを詠めば現代のエッセンスに触れる、という何かが選ばれているのである。広告会社の第一線で働いた経歴も鋭敏な現代感覚を助けていよう。しばしば字足らずの破調のうちに刻まれる深い陰影と味わいは、現代短歌の表現の幅を確実に広げた。

秀歌選

うどん屋の饂飩の文字が混沌の文字になるまでを酔う
よく手をつかう天気予報の男から雪が降りはじめたり
ワアワアと洗濯機泣けり隣の家は何を投げこみしならん
カメを買うカメを歩かすカメを殺す早くひとつのこと終らせよ
（『喝采』昭57）

ワープロからアアの文字つづけばふたりして深閑とせり
百ワットをこうこうとつけて眠れるわれは愉快犯に近づく
塩からき顔をしていん　相手の思う壺に入らんと思いつつ
眼鏡の男ばかりがあつまりてわれら何をなすべきか何をなしたる
どうもどうもしばらくしばらくとくり返すうち死んでしまいぬ
ぼうとしてくればさみしげにも見えるかな西郷隆盛まだ立ちている
ホトケの高瀬さんと言われしがよくみればざらざらでござる
テレビより大いなる手があばれ出したり顔はまだか
（『レセプション』平元）

鐘をつく人がいるから鐘がきこえるこの単純も単純ならず
男《お》の子女《め》の子むきあうあそび何回もなすスミレ幼稚園
歯車でも螺子でもいいがオスメスのちがいはかんたんならず
十冊で百五十円也赤川次郎の本が雨につよいことがわかりぬ
ころがしておきし菊人形義仲の首は十日ののちもなくならぬ
じたばたする自転車をかつぎあげたりこれを行く末という
頓死その字のごとし大馬鹿その字のごとし蟷螂その字のごとし
（『スミレ幼稚園』平成9）

何かせねばおさまらぬ手がこうして石をにぎりしめたり
ガンと言えば人は黙りぬだまらせるために言いしにあらず
横断歩道《ゼブラゾーン》にチョークで人型を書きもう一人を追加したり
右手をあげて左手をあげて万歳のかたちになりぬ死んでしまいぬ
吊り革がつかまらないと呟けばとなりの人もうなずきにけり
中将湯はのみしことなしバスクリンは少しなめしことあり　あはは
全身をふるわせながら抗議するこのハエは死ぬ覚悟ではないか
はずかしきかたちに見えたりしかし発掘の骨はばらばらである
砂に埋めるのではないさらさら砂をかけ殺してしまうアラブのやり方
眠っているのか笑っているのか怒っているのか眼鏡をあらう
太陽のひかりあびてもわたくしは　まだくらやみに立ちつくすなり
（『火だるま』平14）

高野公彦

雨月の夜蜜の暗さとなりにけり野沢凡兆その妻羽紅《うこう》

（『雨月』昭63）

たかの　きみひこ　昭和十六年、愛媛県生まれ。河出書房新社編集部を経て、青山学院女子短期大学国文科教授。宮柊二に師事。歌誌「コスモス」所属。同人誌「桟橋」編集人。

鑑賞　雨月は、名月の夜に雨が降って月が見えないことを言うが、その暗闇のかなたにある見えない満月の存在が、「蜜の暗さ」という表現を生み出した。「雨月の夜の闇は、濃密で香ぐはしく、エロティックですらある。私はその闇の底に一対の男と女を想起して歌を作った」（『雨月』「あとがき」）と言う。

一対の男女とは、野沢凡兆と妻の羽紅。凡兆は、『猿蓑』時代の蕉門の代表作家でありながら、離反し、事に座して入獄、大坂へ移住して晩年は零落したと伝えられる人であり、妻は剃髪して羽紅尼と号した人。二人の数奇な運命の翳りを思うとき、羽紅という名がはっとするほど美しく艶《なま》めかしい。そして、このドラマティックでほのかにエロティックな男女の物語を暗示することによって、雨月の夜の闇はいよいよ濃密で香しいものになる。

作品世界の深化を示す中期の代表作。

ノート　はじめから完成された作品世界をもって出発した歌人。古典和歌や近代現代の短歌のみならず、俳句作品からも広く深く学び、抒情定型詩としての短歌への信頼を基にゆるぎない世界を築く。

故郷四国の風土や父母を思う情感、生死あるいは光と闇を見つめる眼差し、時代への懐疑と都市社会への違和感、生活をめぐる人や物への慈しみ、そして存在にまつわる根源的な孤独感など、さまざまなテーマを細やかにかつ粘り強く表現する。日常から発する簡潔な言葉によって、リアリズムとシュールレアリズムを往還する優れて詩的な世界は、現代短歌の一つのピークをなす。近年は、自在な口語の取り入れ、ユーモアや諧謔の作品など、さらに豊かな広がりを見せる。

秀歌選

少年のわが身熱《しんねつ》をかなしむにあんずの花は夜も咲《ひら》きをり
白き霧ながるる夜の草の園に自転車はほそきつばさ濡れたり
みどりごは泣きつつ目ざむひえびえと北半球にあさがほひらき
精霊ばつた草にのぼりて乾きたる乾坤《けんこん》を白き日がわたりをり
（『汽水の光』昭51）

月てらす河を踰《こ》えつつししむらのうちなる鳥も目をひらきをり
ふかぶかとあげひばり容れ淡青《たんじやう》の空は暗きまで光の器
ビルディングの入《はひ》りの扉うす青く人が押さぬとき死者凭《もた》れをり
海に出てなほ海中《かいちゆう》の谷をくだる河の尖端を寂しみ思ふ
（『淡青』昭57）

青春はみづきの下をかよふ風あるいは遠い線路のかがやき
風いでて波止《はと》の自転車倒れゆけりかなたまばゆき速吸《はやすひ》の海
飛込台はなれて空《くう》にうかびたるそのたまゆらを暗し裸体は
（『水木』昭59）

妻子《つまこ》率《ゐ》て公孫樹のもみぢ仰ぐかな過去世・来世にこの家族無く
夜ざくらを見つつ思ほゆ人の世に暗くただ一つある〈非常口〉
語尾ながく曳きてやはらかく会話する伊予の国びとは角《つの》なしにあはれ
雨月の夜蜜の暗さとなりにけり野沢凡兆その妻羽紅《うこう》
（『雨月』昭63）

受粉《じゆふん》して白ふぢの花瞑目す遠くしづかなる漂鳥のこゑ
夜の暗渠《あんきよ》みづおと涼しむらさきのあやめの記憶ある水の行く
たましひの手くらがりにて人の世のひとりにてがみ書きゐたりけり
目つむれる女人を抱けば息深き女体となりぬあはれノア・ノア
にんげんの水行の跡すべて消し海はしづけきひかりの平《たひら》
（『水行』平3）

戦火映すテレビの前に口あけてにつぽん人はみな鰯
暗黒にほたるの舞ふはやはらかき草書《さうしよ》のごとしひかりの草書
怠けたく酒が飲みたく遊びたく羊腸《くねくね》とせり五十のこころ
ホモ・ファベル悲しきかなや原発は悪魔がそそのかした美酒《うまさけ》
（『地中銀河』平6）

死は我の一生《ひとよ》の伴侶　ラッセ、ラッセ、ラッセ、ラッセと跳人《はねと》
踊る影
（『般若心経歌篇』平6）

我を生みし母の骨片冷えをらむとほき一墓《いちぼ》下《か》一《いち》壺中《こちゆう》にて
やはらかきふるき日本の言葉もて原発かぞふひい、ふう、みい、よ
杖つきて歩く日が来む　そして杖の要らぬ日が来む　君も彼も我も
天泣《てんきふ》のひかる昼すぎ公園にベビーカーひとつありて人ゐず
滝、三日月、吊り橋、女体　うばたまの闇にしづかに身をそらすもの
（『天泣』平8）

高安国世

かきくらし雪ふりしきり降りしづみ我は真実を生きたかりけり

（『Vorfrühling』昭26）

たかやす　くによ　大正二年、大阪府生まれ。ドイツ文学者で京都大学教授。十三冊の歌集のほかに歌論集やドイツ文学の翻訳など多数。毎日新聞歌壇選者。昭和五十九年没。

鑑賞　第一歌集の巻頭歌。二十歳の折に詠まれた一首。

大阪市内で外科病院を開業する家に生まれた高安は、家業を継ぐべく医科の試験準備をしていた。しかし、歌人である母の影響で十二歳の頃から短歌に親しんでいた彼は大学の文学部への進学をあきらめることができず、ついに両親に心の内を打ち明けるに至る。その直後の昂揚した気持ちを詠んだ歌である。両親の期待に答えることのできない辛さ。純真な青年にとってそれは罪悪感に近い重さであっただろう。だが、高安の内部にはそうしたうしろめたさを上回るほどの、文学への強い情熱が湧き上がっていた。

初句「かきくらし」は、空が一面に暗くなること。激しい雪に降りつつまれながら、真実を求めて人生を歩んでいきたい、と決心している。「雪ふりしきり降りしづみ」のなだらかな対句を受けて、下句で「我は真実を生きたかりけり」と言い切った歌のしらべに、毅然とした若々しさがある。

ノート　歌人である母やす子の影響で少年時代から短歌に親しんでいた高安は、二十代で「アララギ」に入会し、土屋文明に師事する。生活の苦しみや喜びをありのままに詠む、という作風から出発したが、第七歌集『街上』の頃から〝現実の向こうの目に見えない真実を探そう〟とする傾向を見せる。ドイツ文学、とりわけリルケの研究家でもあったことが、高安にそういった表現主義的な手法を選ばせたのかもしれない。さらに第十歌集『新樹』以降はもう一度作風を変化させ、自然の中に積極的に分け入って季節の情感や動植物の営みをこまやかに見つめた歌が増えてくる。未知なる表現をつねに追求しつづけた歌人と言ってよいだろう。昭和二十九年に「塔」を創刊し、亡くなるまで主宰を務めた。

かきくらし雪ふりしきり降りしづみ我は真実を生きたかりけり
このままに歩み行きたき思ひかな朝なかぞらに消ゆる雲見つ
ひそまりて在り経《ふ》る妻がいつよりか亡き子の写真裏返しおく
（『Vorfrühling』昭26）
ケーブルカー青葉がなかを下《お》りおりて楽《がく》の終らむ如きかなしみ
ひたぶるに夜の構内を貨車過ぐる長き轟きの中に立ちたり
壇上に苦しき告白に陥《お》ちて行くありありと孤独なる文学者の声
（『真実』昭24）

家も子も構はず生きよと妻言ひき怒りて言ひき彼の夜の闇に
（『年輪』昭27）

さそり座に月かかりつつ音もなし青葉は少しづつ冷えゆかむ
（『夜の青葉に』昭30）

葡萄棚に融けてゆく雪明るきに選み続く苦しみの歌悲しみの歌
はなやぎて雨ふるところゆすらうめの花びら薄く開き切りたり
乾きたる風迷い吹く午後の樹々細く幾條《すじ》かサイレンきこゆ
（『砂の上の卓』昭32）

午後一時　空半円に夕映えて南に低し月の利鎌《ジツヒエル》
ここは日本鎧《よろ》う心のなくなりて冬越す緑の草にふる雨
（『北極飛行』昭35）

桃二つ寄りて泉に打たるるをかすかに夜の闇に見ている
帰るさえなお限りなく行くに似て野付《のつけ》岬を吹く海の霧

わが前の空間に黒きものきたり鳩となりつつ風に浮べり
（『街上』昭37）

銀の小魚きりきりと夜の空間に凍らせて立つ高層のビル
広場すべて速度と変る一瞬をゆらゆらと錯覚の如く自転車
羽ばたきの去りしおどろきの空間よただに虚像の鳩らちりばめ
（『虚像の鳩』昭43）

夕映のひろごりに似て色づきし欅は立つを　夜の心にも
心地よき椅子を避けたるゲーテのことわれの拠りどとなして日々居り
（『朝から朝』昭47）

重くゆるく林の中をくだる影鳥はいかなる時に叫ぶや
雪の上に落葉松の影はありながらなべて明るき昼となりゆく
かすかなるけものとなりて我も居つ昼の鳥夜の蛾と交わりて
（『新樹』昭51）

たえまなきまばたきのごと鉄橋は過ぎつつありて遠き夕映
秋日ざしの中に漂う蜂一つかそけき風に乗るとき迅し
（『一瞬の夏』昭53）

湖《うみ》にわたすひとすじの橋はるけくて繊《ほそ》きしろがねの韻《ひびき》とならん
しんしんと森に射す陽や　いつまでもかく在る如くかく在りし如く
（『湖に架かる橋』昭56）

人の世に求むるは無しただ父に母に今日までのこと語りたし
わが病むを知らざる人らわが心の広場にあそぶたのしきさまや
（『光の春』昭59）

滝沢　亘

時雨ふる土の傾斜を見てゐたり不治のこころは騒然として

（『断腸歌集』昭41）

たきざわ　わたる　大正十四年、群馬県生まれ。少年時代に結核を発病。「多磨」を経て「形成」創刊に参加、退会。「日本抒情派」創刊。歌集『白鳥の歌』『断腸歌集』。昭和四十一年没。

鑑賞　作者は、少年時代から結核を病み、病状の悪化で大学を中退。昭和三十三年からは療養所での生活を余儀なくされていた。掲出の一首が書かれたのは昭和四十年、亡くなる前年で、まさに「不治」の絶望に直面していた。

冷たい時雨がいっとき、傾斜をもつ地面をはげしく打って流れてゆく。その様子をじっと見つめていると、自分の「不治のこころ」もまた、「騒然として」鎮まらない――。突然の時雨に、自分のなかにつねに抑えているはずの絶望への抗い、悲痛な煩悶がわき上がるように「騒然」とするのである。上句の鋭い表現によって「騒然」たる「不治のこころ」と「雨」の様子が混然となるのが沈痛で、そこにあらわれた絶望と孤独の鋭さと深さは、療養者の短歌の系譜において非常に現代的である。作者と「喩」について論争した岡井隆は、作者における佐藤佐太郎の影響を指摘したが、そのことはこの歌にもあてはまる。

ノート　白秋の系譜である「多磨」「形成」に拠っていた作者はやがて、新伝統主義を追求する「日本抒情派」を創刊する。伝統的な立場を保ちながら、鋭利な直喩を多用するなど、冴えた表現力をもって、病者の絶望と不安、孤独の世界を印象鮮明にうたった。掲出歌と同時期に詠まれた〈わが内のかく鮮しき紅《くれなゐ》を喀けば凱歌のごとき木枯〉なども、直喩がきわだつ代表歌として知られている。

病むゆえの孤独な独身者の意識としてしばしば「妻」がうたわれたほか、多く作者の不幸と孤独の意識は、安易な告白ではなく、「哲学的抒情」の世界を志向した。秀歌選にもみえるとおり、それらはしばしば樹という存在を見つめることでも実現された。

鰯雲北にかがやきこころいたし結核家系われにて終る

あと生きて希ふ具体のあはれ小さし　一人の女仕合はせを得よ

北風にのりて夜汽車の音ながし　一つの時代まざまざと終ふ

夕靄のなか単純に樹相みゆ観念論をとほく学びき

自由とは自在ならねばこの雨に発《た》つ鳥よあたたかき南に行けよ

陽を避けてアーケードゆき木蔭ゆくわれは蝙蝠《かはほり》のごとき孤独に

浣腸のあはき疲れにまどろむを寒行太鼓路地に入りくる

立体はみな夜のごとき翳曳けり昨の追儺の豆もしづけく

血の荒るるごとさびしめばいつまでも昏れぬ空よりつばめの声す

民衆がその同胞を撃たむとしさびしきかなテレビに淡雪は降る

あるときは騙すごとくに診てくるる医師に応へて騙されてゐき

歓楽の終りのごとく遠空にしぼられながら鋭き茜みゆ

戻り来し辞書に女の匂ひして遠き　一つの罪のごとしも

（『白鳥の歌』昭37）

いづこにか時の溜りてゐるごとく夕茜して音なき戸外

ながき経過のごと蟬鳴けり癒えたくて励みしこころを青春とせむ

男鰥《やもめ》は卵を茹でてゐたりけり今日みづからに泪ぐみつつ

妻子もつ者の豊饒を思ひをりもたざる者の誇張まじへて

ありなれて病めばこの日の夕映えにラジオの妻が夫《つま》を呼ぶ声

櫛目なし朝光《かげ》の射す木下みゆ言葉のごとし直なるものは

一つ樹に新旧の葉はむらがりて風吹けば沈痛に旧き葉が見ゆ

「借命」に栞はさみて起ちあがる咫尺《しせき》に降るは昨夜よりの雨

てのひらに稚きトマトはにほひつつ一切のものわれに距離もつ

卵殻は内側見せて漂へり遠く不安をダリに啓《ひら》かる

わが内のかく鮮しき紅《くれなゐ》を喀けば凱歌のごとき木枯

刃を嚙みしチーズはげしくにほふかな何為して人は四十となる

時雨ふる土の傾斜を見てゐたり不治のこころは騒然として

私語のごと雨こまやかにめぐる午後　魂《たましひ》濡れて臥すと言ふべし

戦争も平和も厭ひ棲みなれて重症棟の秋はみじかし

両性を裡に月下の樹は佇てりしろがねの葉は泪に似つつ

人妻の美《は》しき日われは心飢ゆ黄落の森むごくにほひて

（『断腸歌集』昭41）

竹山　広

おほいなる天幕のなか原爆忌前夜の椅子らしづまりかへる

（『一脚の椅子』平7）

たけやま　ひろし　大正九年、長崎県生まれ。昭和十六年「心の花」入会、一時離れるが復帰。二十年、肺結核入院療養中に被爆。歌集『とこしへの川』ほか。平成二十二年没。

鑑賞　長崎に原子爆弾が投下されたのは、昭和二十年、八月九日。以来、年々原爆忌はめぐってくる。そして当然のことながら、「原爆忌前夜」という夜もめぐってくる。

爆心地からわずか一四〇〇メートルを隔てた長崎市、浦上第一病院に入院中だった作者にもその夜は訪れ、その夜は明け、そして、この歌が作られるまでにほぼ五十年の歳月が流れている。

五十年前の明日、五十一年前の明日、……、という「原爆忌前夜」の年々の思いは広島も同じだろう。体験のない私は、八月六日、八月九日を思うことはあっても、五日の夜、八日の夜を思うことはない。天幕の中でその時を待って静まりかえっている「原爆忌前夜の椅子ら」は、まるで襲い来る天運の前に静かに頭を垂れている人々のようで、痛々しく怖ろしい。そして私はこの歌の前に静かに頭を垂れる。

ノート　二十一歳で「心の花」に入会、四十年後に第一歌集『とこしへの川』を刊行。二十五歳での被爆体験を作歌の原点に据えた壮絶な作品群によって「原爆歌人」と呼ばれる。

被爆体験と長い療養生活による心身の深い翳り、慎ましい生活詠に見える人間的な優しさ、また諧謔やユーモアに優れた特有のダンディズムなど、人間像の反映した作品世界は柔軟で奥深い。老年という意識や時間を独特の視点で表現する作品も多い。「〈本当のこと〉へ直裁に表現が向かっている」（佐佐木幸綱『竹山広全歌集』「解説」）。

『竹山広全歌集』（平成十三年刊行・未刊歌集『射禱』を含む）により、迢空賞・斎藤茂吉短歌文学賞・詩歌文学館賞の三賞を同時受賞するなど話題を呼んだ。

秀歌選

傷軽きを頼られてこころ慄ふのみ松山燃ゆ山里燃ゆ浦上天主堂燃ゆ
まぶた閉ざしやりたる兄をかたはらに兄が残しし粥を啜りき
くろぐろと水満ち水にうち合へる死者満ちてわがとこしへの川
死屍いくつうち起し見て瓦礫より立つ陽炎に入りてゆきたり
人に語ることならねども混葬の火中にひらきゆきしてのひら
追ひ縋りくる死者生者この川に残しつづけてながきこの世ぞ
（『とこしへの川』昭50）

在りし子を語りて涙ながるるに花群さやぐ水の上の合歓
安堵してわれは眠りぬみづからの齢《よはひ》を妻にたしかめしのち
地を擦りて必中の核進むとぞながらへてかかるものに絶句す
（『葉桜の丘』昭61）

高窓にしばらく翳りたる月のもどりて何もなし一生は
原爆の死を傍観し来しものに死はありふれておそろしく来む
わが傘を持ち去りし者に十倍の罰を空想しつつ濡れてきぬ
青暮るる水無月の天歳月の跡なきものもいち日終る
原爆記念日の路のうへみづからの影より立ちて祈りをり人は
（『残響』平2）

おほいなる天幕のなか原爆忌前夜の椅子らしづまりかへる
雲わたる月を夜ふけて仰ぎゐる妻よもろともに天の生《よ》を得む
三人子をわれは遺さむうまごやしいまだ美しく濡るる地上に
（『一脚の椅子』平7）

一分ときめてぬか俯す黙禱の「終り」といへばみな終るなり
をさなごの氷菓を舐むるながき舌爆心塔の陰より出でく
二万発の核弾頭を積む星のゆふかがやきの中のかなかな
なきがらの歯の美しと悲しみしことありしかど誰が歯なりけむ
さくらよりさくらに歩みつつおもふ悔恨ふかくひとは滅びむ
われの死がかずかぎりなき人間の死になるまでの千日千夜
（『千日千夜』平11）

往きに轢きし花びらの上のあたらしき花びらをまた轢きて戻りく
葉桜の風暮るるころ精神を負ふ老人はその下を過ぐ
二十六歳の骨うつくしく遺しゆきぬ豊かに固くもの言はぬ骨
一分の黙禱はまこと一分かよしなきことを深くうたがふ
まゐつたと言ひて終りたる戦争をながくかかりてわれは終りき
暗黒の雨をぞおもへ三宅島の無人の家をおしつつむ雨
病み重る地球の声のきこゆると言はしめてただ神は見たまふ
（『射禱』平13）

辰巳泰子

やいちくんと巡るぢごくのたのしさはこの世のたのしさに似てゐます

（『恐山からの手紙』平12）

たつみ　やすこ　昭和四十一年、大阪府生まれ。六十年に「短歌人」に入会、平成十一年まで所属。歌集に『紅い花』『アトム・ハート・マザー』『仙川心中』『恐山からの手紙』。

鑑賞　この歌の面白さは非常に散文化しにくい。言葉の上からはどこにもむずかしいところがないが、内容が重く、それでいて弾んだ手応えを持っている。

まず「やいちくん」は作者の一人息子である。息子を連れて恐山に行った折の連作を中心にした『恐山からの手紙』の一首だ。恐山では死者に会うことができるという。そしてたくさんの地獄と呼ばれるところがあり、鬼気迫る様相だという。「やいちくんと巡るぢごくのたのしさは」と〈われ〉は発語する。逆説のようでもあり、そのままの感慨のようでもある。さらにその「たのしさ」は「この世のたのしさに似てゐます」――「似てゐます」が微妙である。

「ぢごくのたのしさ」が、血まみれの胎内空間をよみがえらせるような母子の幸福感をもたらすなら、「この世のたのしさ」は、生きる苦しみの果てに得られる母子の一体感であろうか。

ノート　辰巳泰子は早く歌に呼ばれた歌人である。十代の前半から作歌していたらしい。第一歌集『紅い花』が衝撃的だったのは、同世代のニューウエーブの歌人たちにない、生々しい肉体の根源的な感覚に満ちていたからである。この歌集は現代歌人協会賞を最年少で受賞した。第二歌集『アトム・ハート・マザー』では生む性からの戦争の告発が話題となった。第三歌集『仙川心中』第四歌集『恐山からの手紙』では、文語の骨格による口語文体が自在さを増し、やわらかさの中にずしりと手応えのある表現が作者の成熟を証している。

歩みは完全に独自であり、個人として、朗読・インターネットなどの時代の先端的な活動を行なっている。若い世代にも歌と行動の両面での影響力をもつ。

恐山にはおかあさんとやいちくん　ただ一つづつの石を積みをり
やいちくんと巡るぢごくのたのしさはこの世のたのしさに似てゐます
幼子は風の車にて戻りくる　はつしはつしと駆けてここへくる
憂さもなくただおのづからただよへばたましひはそこをはみだしてしまふ
霧ふかき湖《うみ》に浮かぶは鴨のかげ　この一つきりのたましひの型
わたくしを観る宇曾利《うつそり》山湖のみづあかり　怒れるごとく悲しむごとく
てんごしておもひつきりの叱り声わたくしはこんな声してゐたか
ことごとく祀られいます賑やかさ　茶色き人間《じんかん》のさびしさに似て
般若心経誦《ず》しつつたれも寒き堂にただ一人分の熱を抱きをり
観音経竹鳴るごとし　しののめにひとに言へない祈りしてゐる
ほんたうかうそかを手繰るだあれもいない　翡翠《かはせみ》いろのお花畑だね
地蔵堂　裏山は丹波篠山のあの山　そして五《いつつ》歳のわたし
お馬さんあそこにゐるよやいちくん　雨粒が充ちて聴こえないか　耳
子がつかむ愉しみはいつもあやふくて胸内《むなち》せつなくなるまでを呼ぶ
背に腹はかへられないがひらきなほることもできないこのまま多分
霧雨の濃さもてあまし近づけばあらはるる「海上保安庁」の大文字《おほもんじ》
バス時刻　数かぞへてはかへれない　下北半島バス地獄

むつ市へかへらうぬくいむつ市へかへらうよこの子いつぽんの泣き疲れの木
さむいと言ふなよ。つむがせ歩く吾子のくち百鬼夜行《やぎやう》はただかなしくて
出立の少し軽き荷　かたはらに弾むいちばんだいじなおまへ
お地蔵さん、けがしてゐるよ　てのひらを当てたところが傷口になる
赤い橋走るあの子はあすなろに吸はれてしまふ森の子になる
いつしよに行かうと誘つたときにはいやだつた　一人で走る濁流の橋

大間崎

海峡のいちばん北の階段でころんでぼくは運がわるかつた

連絡船出航

福浦港ゆ脇野沢港　陽の底にゆらゆらとあるにんげんの暮らし

弘前りんご園

赤ん坊のあたまのごときふきのたう数へあげつつ水路に流す
田名部川木の欄干は忘れはて　ふとゆめにゐるあの橋のうへ
一首一万円で売れるやうになつてくれ　肩もみながら夫は言へり
ぼく泣いてばかりゐたけど恐山のよるのごはんはおいしかつたね
街灯がともる絵の中　吾子ひとり傘さしてをり「青森春雨」

（『恐山からの手紙』平12）

谷岡亜紀

わが内の静かなる民起《た》たしめよ風の重さに耐える起重機

（『臨界』平5）

たにおか　あき　昭和三十四年、高知県生まれ。昭和五十五年「心の花」入会、佐佐木幸綱に師事。歌集に『臨界』『アジア・バザール』ほか、評論、エッセイなど。

鑑賞　谷岡の歌には一つの特徴がある。未来社会や核戦争やテロリズムなど、社会的硬派のテーマを扱いながら、その源に極めてリリカルな詩質をもっているということだ。

空をゆく心を金に染めながら右翼の先に架かる日輪

（『臨界』）

谷岡のデビューを印象づけた旅の歌には世界が息づき心が震えるさまが伸びやかに詠われた。この歌でも「民起たしめよ」と詠まれながら政治的な色合いはない。静かに眠っている一市民である自分に、世界に向けてアンテナを張れよ、と促す詩の始まりを告げる歌なのだ。起重機を吹く重たい風には、世界で起こっている不安や不穏が象徴される。自らもこの起重機のように風の重さを受け止め世界に対して感性を鋭敏にしようというのである。バブルの余韻の残る軽く明るい日本社会に向けて否を告げるメッセージともなった。

ノート　谷岡は都市の迷路、アジアの雑踏を好んで取材し、その空気を共有しようとする。インドを放浪、〈魚を食い今日を生きおるガンジスの民は死して後魚に食われる〉（『臨界』）と詠み、雄大な視野から人の生き方を見つめた作品で注目される。その後も娼婦、テロリスト、ホームレスといった人々を数多く登場させながら、一見平和な日本社会に潜む危うい空気、殺伐とした未来社会の芽生えを詠う。

自らの内に屈み込むのではなく、行動して現代を生きる魂をみつめようとする。ボクシングジムにも通うボクサー歌人でもある。また短歌の現代性を追求する評論活動でも注目され、評論集に短歌の上の句と下の句の劇的構造に注目した『〈劇〉的短歌論』（平5）がある。

うるとらの父よ五月の水青き地球に僕は一人いるのに
100km/hでホンダ飛ばせば超都市の欲望よ飢餓よ真夜中の祭
天啓を待つにあらねど夕空に仰ぐインドのハレー彗星
幻覚がわれを浸食する夕べ祈りの歌が川に流れる
文明がひとつ滅びる物語しつつおまえの翅脱がせゆく
低く唸る火力発電所に夕べ黒き雨降る京浜川崎
毒入りのコーラを都市の夜に置きしそのしなやかな指を思えり
わが内の静かなる民起《た》たしめよ風の重さに耐える起重機
（『臨界』平5）

臓物を大鍋に煮る屋台まで人生の今日を歩み来たれり
魔都たりし記憶の路地を入りゆけば阿片《オピウム》の香の甘き夕闇
駅を出る夜行の火車のとどろきの火の車なる人生楽し
欲望をごった煮しつつ百年の雨の中なるこの植民地
国境へ向かう鐵路の窓に立てば暗く朝焼けくる大陸か
体制を濁れる河が分かちおり撃たれてここに浮かびし人ら
侵略者の末裔われは国籍を隠し飯《めし》待つ群れに加わる
よく晴れた港を望む高台に何を諦め座る人らか
帰港する船に旗見ゆ　端的であること常に一人であること
水上に暮らしやさしく点しおり「魔法の笛の音を聞いたかい」
（『香港　雨の都』平9）

極東の悲しみの雨の黄昏を巡礼めきて影が行き交う
犬狩りにゆく男らか厳寒の広場の闇に椅子燃やしおり
まこと我は血の詰まりたる袋にてレバー、テンプル、ボディ打つべし
空に向け大法螺貝を吹く男たらん明日は丘に登りて
新宿は薬物テロを飾りおり危機に冷たく接吻《べーぜ》する街
ロシア製巨大ヘリ飛ぶたまきはる明日《あした》私は空を見上げて
混迷の酔い深めいるこの店に聖ニクラウスすぐに来てくれ
夜明けまでに街を抜け出し貨物線の鉄路を越えて告げにゆくべし
加害者という語ひもじくあたためて九龍《カオルン》行きの船待つ埠頭
風吹けばまたいそいそと桶作る童話のごとき人生でよし
命令をされたき一人一人にて夜の路上に火を囲みおり
砲声の止みて静もる世界史を花を抱えて待ち人は来る
（『アジア・バザール』平11）

玉井清弘

万丈のはての四国三郎身の力ゆるめて紀伊の水道におつ

（『麴塵』平5）

たまい　きよひろ　昭和十五年、愛媛県生まれ。四十年「まひる野」入会。五十七年「まひる野」を退会し「音」の創刊に参加。歌集『久露』『風筝』『麴塵』『六白』など。

鑑賞　四国三郎とは四国第一の大河、吉野川の愛称。大河はよく親しみをこめて、太郎、次郎などと男子名をつけて呼ばれる。吉野川は高知と愛媛の県境である石槌山中に源を発し、高知、徳島の二百数十キロメートル余りをゆるゆるうねり流れた後に、紀伊水道に注ぐ。この一首は吉野川が最後に海に注ぐところを、川のスケールそのままに、構え大きく、ゆったりとした韻律で歌いあげている。

なによりも四国三郎という名がよく生かされた歌である。川が人の名で表現されたことによって、下句でさらに生き物のように擬人化されていることにも異和感がない。とくに「身の力ゆるめて」という身体的な描写は、自然の生命力を生々しく伝えてくる。川があたかも一匹の大蛇のように立ち上がり、単純な自然描写を超えた、伝承的な風土の風貌をも見せるのである。四国に生まれ住む作者ならではの、風土への思いがこもった、息の深い自然詠である。

ノート　昭和十五年に愛媛に生まれた玉井清弘は、国学院大学在学中に作歌をはじめ「まひる野」に入会。卒業後は香川県の高校教員となり四国に戻り、以後その地を根拠として作歌しつづけている。五十一年に角川書店新鋭歌人叢書として第一歌集『久露』を刊行。〈こぼれたる鼻血ひらきて花となるわが青年期終りゆくかな〉に集約されるような、繊細な感覚と内向的な抒情をもつ青年歌人の一人として時代の感性を担う。歌の文体は端正に整い、調べはしなやかに強い。本質をみつめる清浄なその歌は魂の歌といってもいい。生死を多くテーマにすることも特徴だ。玉井の歌の特徴にはもう一つ四国の自然・風土がある。自然感の薄れてきた現代にあって、色褪せない自然を詠むことのできる歌人の一人でもある。

秀歌選

こぼれたる鼻血ひらきて花となるわが青年期終りゆくかな
息ひきし父の半眼の目を閉ずる母の指花にふれいるごとし
陶工もかたらずわれも語らざりろくろに壺はたちあがりゆく
縄とびの縄にあふるる波あまたおおなみこなみゆうやみふかし
鳥の声とぎれしテープさわさわと森のしじまの音かえしおり
かげりなき砂原のうえ月させばしずかに湧けるいずみのごとし
（『久露』昭51）
つる草はほろびのはてにあかあかと虚空に一つ実を育てたり
ゆうぐれに澄む茄子畑かなしみのしずくとなりて茄子たれており
ゆうぐれの水みちきたるあまつそらよじりひらけるゆうがおの白
ねむりつきてぐにゃぐにゃの子を抱きうつす青葉の風のとおる畳に
開け放つ虫かごよりぞ十方にいきもののがれしたたるみどり
高層のビルの電話に呼びいだす家族といえるやさしきものを
（『風箏』昭61）
花喰いの鳥のごとくに飢うる身にうそうそとひとり梅園をゆく
金属バット子はひきずりてもどりくるおさまりがたき悔しみを知れ
万丈のはての四国三郎身の力ゆるめて紀伊の水道におつ
袈裟がけの風雪の罅さらしつつ石ならず土ならず仏の形
戦いに逝きたる兄を持つ戦後親のかなしみにようやくとどく
教壇とう少し高くて狭き位置ゆききしていし一時間なり
（『麴塵』平5）
宇宙塵いくたび折れて届きたる春のひかりのなかの紫雲英田《げんげだ》
われよりも背のたかき生徒にぶつかればむにゅとつぶやき顔あげずゆく
しまい忘れしスパナ光れり単純なしくみの工具月光の下
非常口青きあかりに招きおりここいでてまたいずこの非常
よろぼえる犬に願える安楽死いつの日か子がわれに願わん
戦いのなき世に負える背嚢かランドセル重く小学生行く
（『清漣』平10）
鶴女房日本の風土にいし時代貧しく生きて人を許しき
あかねさす昼もほのかに灯をともしねむれる人ら地下鉄のゆく
祖《おや》の地に痺るる足をさしのべてダイオキシンを許せる欅
譲り得る臓器持ちたるわがからだ青葉のもとにいまだわがもの
目刺しとう目玉ぬけたる魚三つ皿にしずかな裸をさらす
電子メールを送れば二人おのこごは螢のような存在かえす
（『六白』平13）

玉城　徹

いづこにも貧しき道がよこたはり神の遊びのごとく白梅

（『馬の首』昭37）

たまき　とおる　大正十三年、宮城県生まれ。北原白秋の作品に感銘を受け、昭和十四年、白秋主宰の「多磨」入会。五十二年「うた」創刊主宰。平成十四年、終刊。

鑑賞　「貧しき道」とはどのような道なのだろう。草木も生えないような瓦礫の道なのか、貧者が低く軒を並べる道なのか、廃村となった一帯の道なのか。そんな道がどこにも横たわっているという。しかし時が到れば道には白梅が咲き、清浄な香りはあたりを包む。堅苦しい使命や思想によってではなく、まさに神の遊びにも似て作為も他意もなく白梅は咲く。それゆえに高雅な白に浄化された道々は「貧しき道」のマイナス性を反転させた存在として読者の胸に残るのである。

『馬の首』あとがきには「制作年代もなにもかまわずに、四季の歌、雑の歌、海畔の吟という順にならべた。（略）自己の生の記録ではないという前提に立ったからにほかならない」とある。とはいえどんな作者も時代の制約からは免れ得ない。「貧しき道」もまた昭和二十年代から三十年代にかけての敗戦後という社会背景を無視しては読み取れないのだ。

ノート　北原白秋の逝去は昭和十七年。玉城の「多磨」入会時はその晩年に重なり、白秋の弟子としての自覚は深い。戦中は学徒出陣をした戦中派で、戦後は都立高校の教員となる。歌壇および戦後派や前衛歌人たちと一線を引いたところで独自の美意識や思想を展開し、短歌を中心とする文筆活動に専心した。〈夕かぜのさむきひびきにおもふかな伊万里の皿の藍いろの人〉〈冬ばれのひかりの中をひとり行くときに甲冑は鳴りひびきたり〉など話題を呼んだ作も少なくない。

評論集は『近代短歌の様式』『北原白秋―詩的出発をめぐって―』『茂吉の方法』『近世歌人の思想』『西行』『子規『万葉を溯る』など多数。論作の両方で短歌詩形を追求する。

いづこにも貧しき道がよこたはり神の遊びのごとく白梅
積みてある貨車の中より馬の首しづかに垂れぬ夕べの道は
犬の顔くづれ笑へばぴらぴらと藍の夜空に耳そよぎたり
ひからびしせみのからだが夜ふかき土のおもてにひびきはじめつ
（『馬の首』昭37）

壁ぎはのベッドにさめしちのみごに近々と啼く霧のやまばと
よき人のとりわきて良きが亡びしとそぞろ寂しきに思ひ堪へめや
夕ぐれといふはあたかもおびただしき帽子空中を漂ふごとし
はやち風吹きすぐるたびいそのかみ古木のつばきあかあかとして
夕かぜのさむきひびきにおもふかな伊万里の皿の藍いろの人
シュルレアリズム宣言の年に生《あ》れたりき城炎《も》え落つる夜の兵士たりき
（『櫟木』昭47）

蚕豆《そらまめ》のぶあつきさやを人質のごときみどりと夜半にし瞻《まも》る
水《みづ》の面《おも》にひつじぐさの葉泛《うか》びたりあはれかそけき楽の音かこれ
夕ぞらのけむらふごときむらさきをいかに讃へむ一夏《いちげ》終ふるに
頭とは何とぞ問ふにジャコメッティ端的に応《いら》ふ胸の付け根
（『われら地上に』昭53）

リグ・ヴェーダ一冊を提げ新しき年の二日のちまたに降《くだ》る
おぼろなる玉葱一つ夜半にあり土より出でし器のごとく
みちのくを捨ててみやこにさまよへる族《うから》が祖《おや》の父ぞ亡《う》せける
ぱれっとに色置くごとくさむき夜にしるしとどむる言葉三つ、四つ
（『徒行』昭61）

山と積むちりめんざこを売れる見つ路上思考の尽くるなき中
ハバスクの預言読みけり梅雨の夜を雨の香侵す部屋にすわりて
雷管を抜かれたる身を夕闇につややかにしも置きたりわれは
川沿ひを入りくる道は大時計止まれる店に雲ぞうかめる
（『蒼耳』平3）

おのれよりほつれ出でたる一筋の糸に爪さきのかかりてころぶ
夢みる葉一ひらあらばその夢の力ひと樹をさながら領《し》らむ
兵営にただうろうろと日日ありき今思へば黄泉《よもつ》戸喫《へぐひ》為《せ》しごと
（『窮巷雑歌』平7）

そらまめの畝つたひゆく風の筋もの恋ほしきに昼ふけむとす
幾夜さの夢の断片にかざられてわれ在り古き櫃のごとくに
（『香貫』平12）

存在に恋ふる力のなほわれにありとし言はむ齢《よはひ》ふりつつ
秋雲のひかりに遠くむかひ坐《ゐ》て朝食のパン葡萄酒の赤
さうですと媼の答へさやかなり日向ぼこかと道にし問ふに
（『枇杷の花』平16）

田谷　鋭

人間の息が汚せる硝子見え夜の車庫にいまだ点れる電車

（『波濤遠望集』昭44）

たや　えい　大正六年、千葉県生まれ。早くに両親と死別する。「香蘭」を経て、宮柊二に師事し、「コスモス」創刊に参加する。歌集『乳鏡』『水晶の座』『母恋』『ミモザの季』。

鑑賞　深夜の車庫に電車が納まっている。ほっとするような気持ちで、侘しい庫内の様子を見回ったのだろうか。昭和十三年に国鉄に就職した作者、仕事に関わる歌である。車掌をうたった〈夕昏れの電車に沿ひゆく貨物車にもの書きてゐて親し車掌は〉（『水晶の座』）など、仕事に寄せる歌には、いつも温かな視線が徹っており、勤務したことのある者にしか見えない光景が、一瞬のうちに鋭く切り取られる。「人間の息が汚せる硝子」という。まだ明かりを消していない、いくつもの窓がぼうっと点もっている夜の車庫の電車である。市街を走って来た列車の窓には、こもごもの物語があったにちがいない。失恋に泣いた少女や、疲れ切ったサラリーマンの吐息、さまざまな生活の匂いに一日の車窓は曇りきってしまった。人間の息が、無機質で清潔な硝子を「汚す」といっているのだが、不思議に嫌悪感は潜んでいない。人々の暮らしを、自分のものとして、柔らかく受け止めているのである。

ノート　北原白秋の作品の美しさに感動して、十七歳の年に歌誌「香蘭」に入会した。そののちは宮柊二に師事、「コスモス」創刊に参加している。国鉄勤務からレントゲン技師へと、文芸とは関わりの薄い仕事に就いたが、そのことが、田谷鋭の歌に「勤労」や「生活」に寄せる深い視線を加えるようになった。〈なにかなし野は明るくて高貴なる花桐一木憂ひ隔《お》かしむ〉（『乳鏡』）など、白秋的な「美」を求めるなかに、労働するものへの優しい眼差しが磨かれていく。たとえば、〈タイル光る階を絶え間なく目立たざるやうに掃きゆくかかる職種あり〉（『水晶の座』）。人々を支える地味な仕事に、誇りと親愛を示す歌が多いが、決して誇示されたものではない。小中英之は、そういう田谷の本質を「含羞」と指摘した。

秀歌選

狡猾なるまで悧《さと》かりしルーベンスの伝へを想ふこころ憊れて
生活に面《おも》伏すごとく日々経つつセルジュリファールの踊りも過ぎむ
遠き国の雪積む貨車が目前《まさき》を過ぎ瞳吸はるるわれと少年
罪犯さぬ頃は小麦粉が降《ふ》りしといふ中国のふるき物語「雪」
ダミアのうた聞きつつ心あてどなきわが傍らの夜《よる》の絵襖
なにかなし野は明るくて高貴なる花桐一木憂ひ隔《お》かしむ
風の朝を焚火せりけり人居ねば炎は無礙に揺れをどりつつ
じりじりとセメントの袋担ふさま重心の移るさま見えてをり
爆心地を究むと引きし幾十の線の交叉鋭《と》し図表のうへに
漂ひて来し蝶ひとつ塀際の風のながれにしまし耐へゐる
地図の面の上部に次第に歪みゆきベーリング海・アラスカ心恋ほしも
（『乳鏡』昭32）
茶の粉の青微かにて不可思議の耀ひに充つ茶筒のうちは
ただ青き八手団《たま》花鐸《すず》のごとかざしつつ路次のこどもらあそぶ
人間の息が汚せる硝子見え夜の車庫にいまだ点れる電車
縦横の足場のうちに鉄筋のビル竣《な》らんとして窓の黒暗

花々は庭に昏れつつ風の日の遠空にのこるすさまじき青
（『波濤遠望集』昭44）
かくて生《よ》は過ぐと思ひつ暑き昼よろこびて水に腕うたせつつ
あくまで地《つち》に還らぬものとしも屑硝子群青しふかく刺しあひ
耳ながの兎は耳の冷ゆらむと寒き日おもふそれのみのこと
タイル光る階を絶え間なく目立たざるやうに掃きゆくかかる職種あり
かたはらに女坐れり白き毛の輝く外套がわれにつめたし
夕昏れの電車に沿ひゆく貨物車にもの書きてゐて親し車掌は
あたらしきものはするどし例ふれば皮手袋の油のにほひも
くまぐまの明らかに見ゆる黄昏を水に向ひ人は石をなげうつ
天心にゆくほど青き空の下われ一人立つ潮鳴り聞きて
白き鯉の過ぎゆく膚にかたはらの鯉の緋色のたまゆら映えつ
（『水晶の座』昭44）
ホームなる学童にふと手を上げぬ通過の貨車の若き車掌は
外套のうちにおのづと温みくる軀《み》もかなしくて霜の道ゆく
（『母恋』昭53）
妻居ねば厨ごとして使ふみづ水の恩などわが思ひつつ
百余年経しゆりの木の大いなる下蔭にして風を涼しむ
（『ミモザの季』昭63）

俵 万智

いくつかのやさしい記憶　新宿に「英《ひで》」という店あってなくなる

（『かぜのてのひら』平3）

鑑賞　歌集『サラダ記念日』の優れて愛唱性の高い恋愛歌群によって、俵万智は恋の歌人というイメージが定着した。いくらか複雑な苦い場面を含む第三歌集『チョコレート革命』においても、その中心にある女性的な恋情は変わらない。

しかし歌人俵万智のもっとも魅力的な部分は、こんな歌にあるのではないかと思う。「いくつかのやさしい記憶」と作者が言う、人と共有した時間の中には、たぶん少々ほろ苦い、切ない記憶もあったはずだ。人間関係のあるいは恋愛関係のさまざまな思いの凹凸をさりげなく読者に想像させながら、ただ「いくつかのやさしい記憶」と言ってみせる。それによって「英」という店は、容易に読者一人一人の記憶の中の店にすりかわる。俵作品が愛される所以である。

短歌のリズムを十分に生かした口語文体の、「あってなくなる」という表現が秀逸。

たわら　まち　昭和三十七年、大阪生まれ。大学在学中より佐佐木幸綱に師事し、五十八年「心の花」入会。歌集『サラダ記念日』『チョコレート革命』など。小説・エッセイ集など。

ノート　昭和六十一年角川短歌賞受賞以来、先行するライトバースの作者たちをも巻き込む、新鮮な作歌活動を展開。翌年刊行の歌集『サラダ記念日』が空前のミリオンセラーとなり国民的人気歌人となった。

枕詞を含む古語と現代の日常語を同じレベルで使いこなす柔軟な技法、句割れ句またがりを生かした巧みな口語文体、軽快な会話体による場面の構成、また六〇年代のバブル的消費生活とリンクする固有名詞の導入など、自然体の幅広い表現力をもつ。

安定した定型のリズムの中に、現代的な技法を持ち込む一方で、典型としての女性らしい愛の心情や、飾らない日常感覚を持ち続けていることも大きな特徴である。

砂浜のランチついに手つかずの卵サンドが気になっている

寄せ返す波のしぐさの優しさにいつ言われてもいいさようなら

思い出の一つのようでそのままにしておく麦わら帽子のへこみ

「また電話しろよ」「待ってろ」いつもいつも命令形で愛を言う君

「寒いね」と話しかければ「寒いね」と答える人のいるあたたかさ

愛人でいいのとうたう歌手がいて言ってくれるじゃないのと思う

「嫁さんになれよ」だなんてカンチューハイ二本で言ってしまって
いいの

今日までに私がついた嘘なんてどうでもいいよというような海

シャンプーの香をほのぼのとたてながら微分積分子らは解きおり

「この味がいいね」と君が言ったから七月六日はサラダ記念日

白菜が赤帯しめて店先にうっふんうっふん肩を並べる

なんでもない会話なんでもない笑顔なんでもないからふるさとが好き

思いきり愛されたくて駆けてゆく六月、サンダル、あじさいの花

さくらさくらさくら咲き初め咲き終りなにもなかったような公園

（『サラダ記念日』昭62）

はなび花火そこに光を見る人と闇を見る人いて並びおり

散るという飛翔のかたち花びらはふと微笑んで枝を離れる

母と娘のあやとり続くを見ておりぬ「川」から「川」へめぐるやさしさ

チューリップの花咲くような明るさであなた私を拉致せよ二月

四万十《しまんと》に光の粒をまきながら川面をなでる風の手のひら

いくつかのやさしい記憶　新宿に「英《ひで》」という店あってなくなる

（『かぜのてのひら』平3）

明治屋に初めて二人で行きし日の苺のジャムの一瓶終わる

眠りつつ髪をまさぐる指やさし夢の中でも私を抱くの

優等生と呼ばれて長き年月をかっとばしたき一球がくる

昨日逢い今日逢うときに君が言う「久しぶりだな」そう久しぶり

年下の男に「おまえ」と呼ばれいてぬるきミルクのような幸せ

水蜜《すいみつ》桃の汁吸うごとく愛されて前世も我は女と思う

焼き肉とグラタンが好きという少女よ私はあなたのお父さんが好き

ぶらんこにうす青き風見ておりぬ風と呼ばねば見えぬ何かを

ポン・ヌフに初夏《はつなつ》の風ありふれた恋人同士として歩きたい

シャンプーを選ぶ横顔見ておればさしこむように「好き」と思えり

（『チョコレート革命』平9）

千代國一

闇黒にねむる子みれば酔ひし眼にしろき額は雲のなかの月

（『陰のある道』昭34）

ちよ　くにいち　大正五年、新潟県生まれ。昭和十五年「国民文学」入会、松村英一に師事。六十二年より編集発行人。歌集に『鳥の棲む樹』『冷氣湖』など。著作『批評と表現』ほか。

鑑賞　酔って帰ってきたのであろうか。暗がりに眠る子の額がしろく見える。思わずつぶやいたような「雲のなかの月」に、生活に疲れた父の悲哀が漂う。「雲のなかの」が、なにか雲におおわれたような日常を思わせる。「月」はまた雲にかくれるまでの瞬間に作者のこころを照らしたのである。それが「酔ひし眼」に、であるところに、この歌のくぐもった哀しみがある。

作者四十代に入った頃の歌であるが、この時期、酒に酔う歌が多い。〈酒にわが馴染みそめたる理由《ゆゑよし》をある夜思ふに理《ゆゑ》由《よし》はなし〉など酒に溺れる自己を疎む歌もいくつかある。管理職になった多忙や人事の苦しみ、妻との微妙な齟齬、老いの影の揺らぎ、ときには冷酷なまでに、とげとげしくなる生活感情が、デティール密に描かれる。そうした中で祈りのように澄む歌があり、この歌もその一つである。〈家間に花咲く桐のむらさきをゆふべの空を子に告げなむか〉。

ノート　千代國一は十八歳のとき進学のため新潟より上京、銀行員を経て企業人となる。応召中の兄がくれた岩波文庫の『子規歌集』を読み短歌に興味をもち、窪田空穂に最も感銘を受けて「国民文学」に入会した。戦後、大倉製絲の工場復元に尽力しつつ「新歌人会」の結成など歌壇の振興に参加した。

三十六歳のとき出版された第一歌集『鳥の棲む樹』は〈唇ふれて冷たかりけり霧のなか足もとの砂崩るる音す〉など、青春、妻との生活をみずみずしく、切実な感覚のリアリズムで詠み注目された。その後、生活人としての日常を詠みつづけて今日に到る。雪国生まれの千代は自然への憧れ、ロマン性を秘め、同時に鬱屈した内向性による葛藤が、粘着力ある表現となって、独特な生活感情の歌になっている。

水のごとき夜空より差すほの明り妻と眠るも古りつつ浄し

身籠れる妻をも照らす稲光《いなびかり》　蹠《あなうら》しろくながながと臥す

父遠く病みいますなり掌《て》の上のぎすは草より青く悲しも

（『鳥の棲む樹』昭27）

底にのこる青新鮮のなまこにて酔ひたるわれの箸逃げやまぬ

勤労者ひと世《よ》に纏ふかなしみと言ひ据ゑしとき優位に立てり

（『冷氣湖』昭40）

一夜なる妻を抱かむわが瞼涙のにじむ瞼に触れぬ

水ふかく沈む雪くれ蠟のごと寂しき色のいくとき保つ

もの音の絶えて冴えこし夜のくだち燐寸の軸を吾の折りゐき

（『冬の沙』昭47）

膝かかへ夕坐るをつつみ来し無にひたひたと滲む死の影

過去となりおぼろに消えむ雪積る家を柩と夜夜に眠りき

憤怒《ふんぬ》して睡らず過ぎし夜の刻も組織の前に何の意味持つ

憎しみは吾が身一つに受けとむと言ひきりしとき潔かりき

冬づきて花も終るか身の内に暗き炎をひそめ庭に立つ

（『暮春』昭52）

緩慢なる生の流の重重《おもおも》と息《いこ》はしむるは吾が一死のみ

遠きものに眼指《まなざ》し向けて生きむのみ吾が終焉は歌もて蔽へ

渇仰のごとく千枝《ちえだ》の空を指す欅大樹《たいじゅ》のなかの白き日

（『花天』昭56）

還らざるみ骨思へば吾が生くる限を悼み悼み果てなむ

項の吾のめぐりに吹く風の一つに澄みて英一のこゑ

川岸の日差に面をあげ歩むわが現身の或る日より無し

枝に積む柔なる雪ひよどりの啄《く》ひて仰向く銀《しろがね》の喉《のど》

（『天の暁』昭59）

疾風《はやかぜ》の一つひびきに頭《かうべ》たれ過ぎてゆくもの吾のいのちか

生き重ね澱める胸の何処より或る日自浄の荒き声出づ

（『風日』昭62）

一瞬の生《せい》のいのちを吾とわがとどめむ歌か一花くれなゐ

命ある命なきもの散る花のあまねきもとに暫を息《いこ》へ

（『日暈』平2）

暗きより生まれて遂に冥《くら》き身の来し方行方《ゆくへ》歌しか知らず

鉢なかの鮴《ごり》小さなる顔厳《いか》し老いの具体を頭より食ぶ

まどかなる月の光に面あげて歩める一軀未来に向かふ

（『花光』平7）

冬経つつ四筋《よすぢ》に落つる那智の滝水清麗に一所《いつしよ》耀ふ

城の垣苔生《こけふ》枯れつつ積む石の容《かたち》さながら歳月《さいげつ》を負ふ

（『水草の川』平11）

わが肩に落葉散りしか背《そびら》より声して細き指《おゆび》の払ふ

（『内なるもの』平15）

卓上の逆光線にころがして卵と遊ぶわれにふるるな

（『花綵列島』昭54）

ついじ　まさこ　大正九年、東京生まれ。昭和十六年、「鶯」に投稿し、戦時中合併した「心の花」に移行。熊本県に長く居住し、東京にもどる。平成十八年没。

鑑賞　食卓だろうか、日の光がさんさんと及ぶその上に卵はある。しかし卵をころがすのは逆光線に向けて。作者は日の当たる側の白さより影になった側の薄暗さに目を奪われているようだ。そして卵をころがす作者の背中も、また逆光の小暗さをまとっている。背中は無言のうちにこう語っている。

「われにふるるな」、私に触れないでほしい。

この毅然とした拒否の姿勢はどこから来るのだろう。卵はひとつの完成された楕円に命を畳み込み、静まりかえっている。作者もまた卵と同じように閉じられた内面を抱えて押し黙る。凛とした歌の佇まいの中に、〈わたくしの絶対とするかなしみも素甕に満たす水のごときか〉といった深々とした真情を滲ませるのだ。

現代歌人協会賞受賞の『花綵列島』は逆編年。掲出歌は巻末の一首だから三十代半ばに詠まれたものか。

ノート　歌集名『花綵列島』は気象学者だった父が「生前選んでおいてくれたもの」で、「昭和二十年代の終わりから、五十年初め頃迄の作品を自撰」したものという（「歌歴にかへて」）。戦後、両親とともに父の生地・熊本へ転居したのは東京生まれの築地にとって決して心ゆくものではなく、「違和感に悩みながら」の日々だった。しかし「常に豊かな自然に向つて歌の心をひらいてゐた」ことで「歌の恵みも大きかつた」と述懐する。その作品はまさに風土との対峙によって練り上げられたというべきだろう。生の濃厚と気迫が横溢する。約三十年間の作品を収める第一歌集は、その時点での築地の半生を込めたものだった。しなやかさと骨太さ強靭さが共存する作風は、それ以後の歌集でも衰えることがない。

過去は土未来は翼われは鍬イワンは声あげて笑はざりけむ

生きの緒のぬきさしならぬ濃紫明日とは言はず今日の竜胆

春天の青の充実　人はいま水晶色の管楽器なれ

桃いくつ心に抱きて生き死にの外なる橋をわたりゆくなり

わたくしの絶対とするかなしみも素甕に満たす水のごときか

その絵よりその詩歌より身に沁みつローランサンの老年の顔

月明りさしそふ見ればうつし身は芦のごときにもつとも遠し

卓上の逆光線にころがして卵と遊ぶわれにふるるな

ありありて髪にやどれる月しろの死して会ふべき父ははあれば

（『花綵列島』昭54）

歌なしの四月五月のかへり霜ひと朝ただに茶芽を灼きつ

うたひ尽せぬ歌を抱きて月の夜は鳥獣界も晴れてゐるべし

望蜀の瞳こらして十月の輝く水を蛇わたりゆく

向日葵の面伏せてゐるかたはらを過ぎて文学のほとりにも出ず

ルオー描く青き救世主　人間《ひと》なれば神にあらねば瞳《め》を閉ぢてゐる

（『菜切川』昭60）

わが歌に思ひあたりて頷ける一人なくとも崑崙の雲

背のびしてむらさき葡萄採るやうに冬の昴を盗みたし今

野葡萄もみのりそめたる紫の秋をわが身はうたはざるチェロ

モジリアニの絵の中の女が語りかく秋について愛についてアンニュイについて

（『鷺の書』平2）

麦の地平に立てばわれまた一本の麦にして何を何して老いたる

短歌《うた》もまた一羽の鳥と雪空へ放ちかやらむ還れと言はず

一本の木よりも繊く佇ちゐれば月は光の軽羅を賜ふ

雨蛙けけとし鳴くは肥後訛かかいかかい鳴くと茂吉うたひき

のび盛り生意氣盛り花盛り　老い盛りとぞ言はせたきもの

朱花一輪咲けるやぶ椿にもの申す「生きてゐますか」「生きてゐますよ」

父もまた若き離郷者なりし日の明治の勇気塩のごとけむ

わが町の空を飛行船の飛びし日は腕時計が妙に重たかりしよ

ふるさとにつなぎとむるは〈へその緒〉かはたたましひか月よ答へよ

鋭き鋏もちて白百合に近づけり十八世紀に近づくごとく

大いなるかくし絵に似る世界地図けふも鳩さがしミサイルさがし

穂すすきと薄茶献ずる月の宴女の齢は問はぬものにて

（『みどりなりけり』平6）

塚本邦雄

五月來る硝子のかなた森閑と嬰兒みなころされたるみどり

（『緑色研究』昭40）

つかもと　くにお　大正九年、滋賀県生まれ。昭和二十六年『水葬物語』でデビュー。岡井隆、寺山修司らと共に前衛短歌運動を推進。六十年「玲瓏」を創刊。著書約三百冊。平成十七年没。

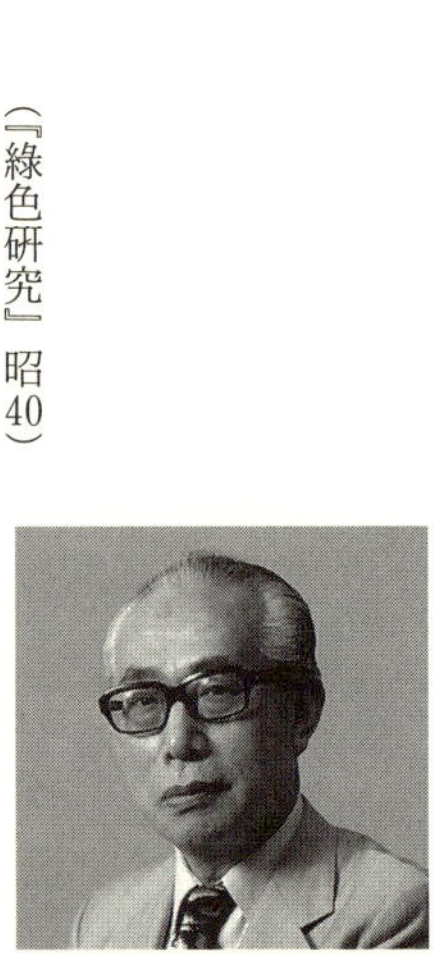

鑑賞　出だしの美しさが一転して残虐なイメージになる。塚本邦雄の手法がよく表れている歌であるが、この感覚は普遍的にわかる。五月間近い新緑の色は眩むような生のいぶきに満ちて、対極の死のイメージを引き寄せる。「嬰兒みなころされたる」は幼子イエスを殺すためにヘロデ王が嬰兒をみな殺しにしたという新約聖書からのイメージであろう。「森閑と」が上にも下にもかかり、下の句が「嬰兒みなころ／されたるみどり」と句またがりになるなど、塚本邦雄の文体の特徴はあるが、割合なだらかでシンプルであり、それだけに下句のインパクトが強い。『緑色研究』には〈思想すれちがふひびきにわが抱く嬰兒薄目を開く五月祭〉〈ソース壜の黴のうきくさ日本のいづかたもみどり兒があふれつつ〉といった歌がある。高度成長期の日本の陰画《ネガ》的意識、不安が重なっているかもしれない。四十年はベトナム戦争の始まった年であり、時代の予兆めいたものも感じさせる。

ノート　昭和三〇年代に最盛期を迎えた前衛短歌運動の中心となったのが塚本邦雄である。戦前のモダニズムを越え、一人称の境涯的、日常的な表白としての短歌に意識的に反逆する方法を貫く。美、思想、時代といった主題を導入し、比喩や虚構、独特の韻律を駆使する。諧謔や風刺も武器の一つ。〈聖母像ばかりならべてある美術館の出口につづく火藥庫〉〈日本脱出したし　皇帝ペンギンも皇帝ペンギン飼育係りも〉など暗喩のかたちで、戦後日本の平和の欺瞞を突く塚本には〈海底に夜ごとしづかに溶けゐつつあらむ。航空母艦も火夫も〉といった戦中派の痛みが深い。軍人でなく「火夫」であるのも特徴的である。絢爛たる西欧的出典、イメージに、後期はしだいに和歌の調べや修辞、心境も加わった。

革命歌作詞家に凭りかかられてすこしづつ液化してゆくピアノ

貴族らは夕日を　火夫はひるがほを　少女はひとで戀へり。海にて

ダマスクス生れの火夫がひと夜ねてかへる港の百合科植物

卓上に舊約、妻のくちびるはとほい鹹湖の曉《あけ》の睡りを

（『水葬物語』昭26）

五月祭の汗の青年　病むわれは火のごとき孤獨もちてへだたる

水に卵うむ蜉蝣《かげろふ》よわれにはまだ惡なさむための半生がある

ジョゼフィヌ・バケル唄へり　掌《てのひら》の火傷に泡を吹くオキシフル

（『裝飾樂句』昭31）

日本脱出したし　皇帝ペンギンも皇帝ペンギン飼育係りも

蒼き貝殼轢きつぶしゆく乳母車・many have perished, more will.《あまたほろびたり、さらにほろびむ》

突風に生卵割れ、かつてかく擊ちぬかれたる兵士の眼

少女死するまで炎天の繩跳びのみづからの圓驅けぬけられぬ

ロミオ洋品店春服の青年像下半身無し＊＊＊さらば青春

ずぶ濡れのラガー奔るを見おろせり未來にむけるものみな走る

（『日本人靈歌』昭33）

燻製卵はるけき火事の香にみちて母がわれ生みたること恕《ゆる》す

（『水銀傳說』昭36）

雉食へばましてしのばゆ再《ま》た娶りあかあかと冬も半裸のピカソ

馬は睡りて亡命希ふことなきか夏さりわがたましひ滂沱たり

醫師は安樂死を語れども逆光の自轉車屋の宙吊りの自轉車

五月來る硝子のかなた森閑と嬰兒みなころされたるみどり

釘、蕨、カラーを買ひて屋上にのぼりきたりつ。神はわが櫓

カフカ忌の無人郵便局灼けて頼信紙のうすみどりの格子

金婚は死後めぐり來む朴《ほほ》の花絶唱のごと蘂そそりたち

（『緑色研究』昭40）

固きカラーに擦れし咽喉輪のくれなゐのさらばとは永久《とは》に男のことば

おおはるかなる沖には雪のふるものを胡椒こぼれしあかときの皿

馬を洗はば馬のたましひ冱ゆるまで人戀はば人あやむるこころ

ほほゑみに肖てはるかなれ霜月の火事のなかなるピアノ一臺

（『感幻樂』昭44）

愛戀を絶つは水斷つより淡きくるしみかその夜より快晴

（『星餐圖』昭46）

すでにして詩歌黃昏《くわうこん》くれなゐのかりがねぞわがこころをわたる

（『青き菊の主題』昭48）

柿の花それ以後の空うるみつつ人よ遊星は炎えてゐるか

（『森曜集』昭49）

秋風《しうふう》に思ひ屈することあれど天《あめ》なるや若き麒麟の面《つら》

鐵鉢に百の櫻桃《あうたう》ちらばれりあそびせむとやひとうまれけむ

（『天變の書』昭54）

筑波杏明

われは一人の死の意味にながく苦しまむ六月十五日の警官として

(『海と手錠』昭36)

鑑賞　ここに歌われている「一人」とは樺美智子のこと、「六月十五日」とは一九六〇年の六月十五日のことである。この日、安保阻止を掲げた全学連主流派のデモ隊七千人あまりが、国会南通用門で機動隊と激しく衝突した。いわゆる六〇年安保闘争だが、その激突の中で一人の東大生、樺美智子が死亡するという事件が起きた。そして、その時の第四機動隊の一人として、筑波杏明がいたのである。

むろん、機動隊の一人一人に非があるわけではない。彼らは組織として任務を遂行したまでである。だがこの作者は「われは一人の死の意味にながく苦しまむ」という。加害者の立場となったことを個人の立場で苦しみ、痛みと責めとを感じているのである。一人の人間としての誠実な懐疑と苦悩が、作者の体験を超えて読者の心に真率に響いてくる。重く、深い内省の歌である。筑波はデモの翌年の五月に第一歌集『海と手錠』を刊行し、十二月に警察官を退職した。

つくば　きょうめい　大正十三年、茨城県生まれ。昭和二十二年、警察官となり、翌年「まひる野」に入会。歌集に、『海と手錠』『時報鳴る街』『Q』がある。

ノート　筑波杏明は立正大学文学部を卒業後、昭和二十二年に警察官となり、翌二十三年に窪田章一郎の主宰する「まひる野」に入会する。「まひる野」は、平民の道と庶民の哀歓を掲げた窪田空穂の作風を継承する歌誌である。「貧しい農村に生まれたぼくは、少年時代から社会の矛盾について人一倍敏感であった」(『海と手錠』「あとがき」)という筑波の、ヒューマニズムの強い社会性や人間性は、「まひる野」でさらに成長していったと見ていい。『海と手錠』には敗戦後の昭和二、三〇年代の事件や安保、基地闘争など、当時の社会や風俗が一人の警察官の眼と心を通して率直に歌われている。筑波の人道主義はしだいに表現者としての内省を深めていく。社会への問いをはらんだ重い抒情が魅力である。

スクラムを隔てて対ふいまに聞く立場異なる憎しみのこゑ
われは一人の死の意味にながく苦しまむ六月十五日の警官として
石投げて迫るを追へど突きつめて信じたしこの民衆のこゑ
うちに潜むひとりの嘆き鎧ひつつ迫りゆく若きスクラムの中
悩みつつ来しさびしさは告げざれば勇みてゐると思はれてゐむ
ふるさとのわが母ほどの老いが組むスクラムなればわれはたぢろぐ
海を背に帰る二人をつなぎゐる手錠の鍵が揺れて鳴りをり
（『海と手錠』昭36）
思想異ふゆゑに辞めよと迫るこゑ辞められぬわれが堪へて聞きゐつ
敗北の思ひ惨めに掌《て》に受くる辞令は生きてわれにもの言ふ
荒れし手がほとをまさぐる夜はかなし静まらぬ身を汝にさらして
狡く立ちまはり楽しく生きよと告げてくる言葉に少し救われてゐつ
つづまりは支配の側に立つ者を見て来ぬ見て来て今の絶望
去る者の怯懦はわれも疑はず雲流れゆく丘の給水棟
明らかに戦後を負ひて秩序なく四方に広き街なかに立つ
敗けてゆく父なるわれの内部見え立ち上がるときわれはめくらむ

突きつめておのれに還る聲を聴くある夜ひとりのわが無言劇《モノローグ》
新宿の夜の雑踏に紛れ入りわれはわれなる素顔さらせり
泥のごと汚れし空は情感のたゆたへるとき優しく見えつ
夜の坂を電車下りぬ生《いき》の炎《ほ》の哀しみながく揺るる思ひぞ
足投げて昼の芝生に憩へるは思念絶たれし労働の貌
烈風に撓める冬野沈黙の影を濃くして暁に立つ杉
身をせめぐ怒りのこゑを風に聞く風は心の中に激《たぎ》ちて
荒れし風午後に静まる屋上にロダンの像の成るを見にゆく
さはやかに鳴る一本の緑見え河薄明の中にやさしき
風を読むひとりの男騒忙《さうばう》と立ち去りてより枯野晴れたり
（『時報鳴る街』平4）
子は父の病むゆくすゑを知るなれば黙して憩ふひとつ岩の上に
子とわれとこの岬山《さきやま》に遊びつつ子の背はわれの背よりも高し
能登は潮の荒ぶるころぞ哲久の〈蝶の翼〉はたをやかなるや
つくばひのひとつ花びらいづこより吹かれてここに憩へるものぞ
一発の核に一国の亡ぶいまヒロシマ・ナガサキの後の半世紀
（『Q』平10）

津田治子

まがなしく光る螢よいつよりか掌《て》の感覚も失はれたり

(『津田治子歌集』昭30)

つだ　はるこ　明治四十五年、佐賀県生まれ。ハンセン病を患い療養所で生活。受洗し「アララギ」に入会。土屋文明の選を受ける。歌集『津田治子歌集』『雪ふる音』。昭和三十八年没。

鑑賞　昭和二十六年の作品。ハンセン病で二十代前半から療養所で生活していた作者もすでに四十代に入ろうとしていた。〈病み崩《く》えし身の置処《おきど》なくふるさとを出でて来にけり…〉と詠んだ日からも十数年。視覚や嗅覚、そして身体のさまざまな部分が損なわれてゆく痛苦と悲しみは、〈うつしみの崩《く》え極まりて閉ぢぬ眼に黒き眼帯を当てて眠るも〉という歌や〈をみな吾が面《おもて》崩れし悲しみは言ひ現はさむことば世にあらず〉という歌などにあらわれて、痛切きわまりない。

掲出歌はそのなかで、螢の光を用いて手の感覚が失われる悲しみをうたい、少し印象の違う感銘がある。どこか異なる世界から迷いこんできたような螢の明滅。作者はその微かないのちに「まがなしく光る螢よ」と呼びかけるが、下句にいたってその清らかな光が消えるイメージは、鈍くなっていた手の感覚がついに消えるイメージに転換する。事実の残酷さに一滴の聖性が付与されるかのように。

ノート　「アララギ」で土屋文明の選を受けていた作者の歌は、全体に抑制がきいた的確さをもっていて、詠まれた事実と心情の沈痛さをいっそう重く響かせる。同時に、それは運命や病苦への恨みではなく、『津田治子歌集』のあとがきに、ハンセン病を「病む者」より「一個の人間」としてうたいたいといった作者の姿勢を反映するかのように、より普遍的な生の悲しみと嘆きを響かせているのが注目される。音信をたった父への思い、療養所内での二度の結婚生活などもその事実性の重さとともに心に刻まれるほか、蛾や鳥の卵、「卵のから」の夢などは、産む性を否定されて生きるほかなかった断念の深さを物語るだろう。〈次の世にいのちゆたけきをみなにていく人もいく人も吾は生みたし〉の歌も忘れがたい。

秀歌選

病み崩《く》えし身の置処《おきど》なくふるさとを出でて来にけり老父《おいちち》を置きて
明日を恃《たの》み和ぎし心のひそかなれ常蔭《とこかげ》の土に生ふる青苔
手の麻痺の癒ゆるきざしを言ひやれど父さへよろこぶ便りもなしも
現身にヨブの終りの倖《しあはせ》はあらずともよししぬびてゆかな
夕づきし日に照らされて硝子戸に火蛾は卵を生みつけ止まず
枯草の中なる石に日が照れば死にしとききし父の思ほゆ
蔦《つた》かづらからめる石に呟やかむ石は言葉を持たぬもの故に
苦しみのあとをとどめぬ面《おもて》となり一つの息を長く引きにき
夫を焼く火は燃えをらむ帰り来て畳に眠る沈むごとくに
水霜は凝るべくなりて現身の肌はかわき落皮《らくひ》をするも
現身の嘆きをすれば夫ありてある年紫蘇の実を漬けにけり
いたはりをかうむりて老いに入る吾はいづべに向きて思ひ歎かむ
相寄りて起臥しすればおのづから啞の処女と指話をかはしつ
まがなしく光る螢よいつよりか掌《て》の感覚も失はれたり
うつしみの老いてふたたび人に副ふ沁々として生きゆくべしも
老夫と吾とが人を待つひまも二つの桃をてらすともしび

足断ちて日に日に癒ゆる老夫の傍らにありて眉引く吾は
いたづきの秘《かく》すすべなくなりしときわが名を津田治子とは言ひそめにけり
（『津田治子歌集』昭30）
閉ぢぬ眼に空気の乾く夜々《よるよる》は言ふべくもなしまなこに沁みて
うつしみの崩《く》え極まりて閉ぢぬ眼に黒き眼帯を当てて眠るも
この夜の雨をしきけば満ち足りていのちの終るときの如しも
卵のからが流れてゆきし夢を見つ黒き眼帯の中の眠りに
無精卵ばかりを産みてひたすらにあたためむとすわが十姉妹
をみな吾が面《おもて》崩れし悲しみは言ひ現はさむことば世にあらず
黒薔薇の日覆ひの下に病む夫婦ありきと言はれバラが残らむ
汗腺閉鎖の皮膚より汗のとぶ間君生きてゐき十五分程
次の世にいのちゆたけきをみなにていく人もいく人も吾は生みたし
肌《はだへ》より沁み入るごときむなしさにわがゐるときの傍《かたはら》の夫
命終のまぼろしに主よ顕ち給へ病みし一生をよろこばむため
ただひとつ生きてなすべき希ひありて主よみこころのままと祈らず
（『雪ふる音』昭39）

坪野哲久

春潮のあらぶるきけば丘こゆる蝶のつばさもまだつよからず

(『一樹』昭22)

鑑賞 故郷、能登の春潮である。〈母のくににかへり来しかなや炎々と冬濤圧《お》して太陽没《しづ》む〉〈ふるさとは涛の秀尖《ほさき》に霰打つ火花よ白くわがゆめに入る〉などと詠まれた、日本海の荒波に曝される厳しい風土にあって、春はとりわけ待たれたであろう。

「春潮のあらぶるきけば」という表現には、まだ潮のうねりの荒々しい早春の海が想像される。そして、若い蝶のつばさはいかにもはかなく心細く感じられる。厳しい大自然の中で、小さな命を育む蝶。「丘こゆる」を中心にした強くうねるようなリズムと、「まだつよからず」にこめられたひそかな祈りの念が印象に残る。

生活意欲に根ざした精神の拠りどころを高く保つことによって、おのずから作品にも気息が充溢するとした、哲久ならではの清々しい緊張感に満ちた一首。

つぼの　てっきゅう　明治三十九年、石川県生まれ。「アララギ」に入会し、のち「ポトナム」同人。昭和十一年に夫人の山田あきとともに「鍛冶」創刊。昭和六十三年没。

ノート 寒さの厳しい能登の羽咋《はくい》郡に生まれ、その風土性を生涯、精神の支柱に据えて生きた歌人。

最晩年の島木赤彦に師事し、その後、「新興歌人連盟」「無産者歌人連盟」「プロレタリア歌人同盟」などの結成に参加して、昭和二年から四年にかけてピークを迎えたプロレタリア短歌運動のリーダーとして活躍したが、第一歌集『九月一日』が発禁処分になったり、戦時下には治安維持法違反で拘禁されたりもした。

しかし、自らの思想がその後の社会や現実生活の中で破れてゆく過程においても、微塵も悲観的虚無的にならず、むしろ無力の側から自然や生物を慈しむ作品を、人間の正義を高く掲げる作品を発表して多くの共感を得た。

秀歌選

母のくにかへり来しかなや炎々と冬濤圧《お》して太陽没《しづ》む
母よ母よ息ふとぶととはきたまへ夜天《やてん》は炎《も》えて雪零《ふ》らすなり
死にゆくは醜悪《しうを》を超えてきびしけれ百花《びやくげ》を撒かん人の子われは
すべなくてころぶすわれにゐざり寄り足太鼓打つ子に子のいのち燃ゆ
（『百花』昭14）

憂《うれ》ふれば春の夜ぐもの流らふるたどたどとしてわれきらめかず
曼珠沙華のするどき象《かたち》夢にみしうちくだかれて秋ゆきぬべき
秋のみづ素甕《すがめ》にあふれさいはひは孤《ひと》りのわれにきざすかなしも
冬なればあぐらのなかに子を入れて灰《はひ》書きすなり灰の仮名書き
（『桜』昭15）

曇天《どんてん》の海荒るるさまをゆめにみき没細部《ぼっさいぶ》なる曇天あはれ
父の家に父はいまさず爐の鈎や煤び大きく自然なるのみ
（『留花門』平1）

春潮のあらぶるきけば丘こゆる蝶のつばさもまだつよからず
風青くふきたつときにかすかなる虫のいのちも跳びいそぐなり
（『一樹』昭22）

おとろへて蛇のひものの骨をかむさみだれごろのわが貧著《どんちゃく》よ
（『新宴』昭22）

家境ひ春光《はるかげ》みだすこゑきけば雀来い来いぱらつと来いよ
この秋はせんべいを焼くどんづまりわが血を濃くし生きねばならず

ふるさとは濤の秀尖《ほさき》に霰打つ火花よ白くわがゆめに入る
蟹の肉せせり啖《くら》へばあこがるる生れし能登の冬潮の底
（『北の人』昭33）

うつくしき睡《ねむり》をねむる仔牛いて桃の木の下は日かげ濃くなる
にんげんのわれを朋とし犬の愛きわまるときにわが腓《こむら》嚙む
（『春服』昭46）

かなしみのきわまるときしさまざまに物象顕《た》ちて寒《かん》の虹ある
われの一生《ひとよ》に殺《せつ》なく盗《とう》なくありしこと憤怒のごとしこの悔恨は
（『碧巌』昭46）

さえざえと春立つらんかにごり酒ひとり酌みつつ息長《おきなが》にわれ
いねつつもしきり蹴たくるわれの脚生くるかぎりを蹴あげむとする
（『胡蝶夢』昭49）

死ぬるときああ爺《じ》ったんと呼びくれよわれの堕地獄いさぎよからん
ひとの世の終りをわかつ老にしてきみのねむりをまもる窮措大
能登に生まれ経堂に住む一歳と八十一歳あやしき時間
（『人間旦暮・春夏篇』昭63）

天皇の名による二十一代集支えしはよよの百姓《ひやくせい》のあぶら
ナチはユダヤをユダヤはパレスチナをひしぐなり弱きをひしぐ歴史は絶えず
老人のぼくだけですね雨のなか生《なま》ごみという物を運ぶは
虫食いのみどりも共にきざむなり冬の蕪よ良くきてくれた
（『人間旦暮・秋冬篇』昭63）

寺山修司

マッチ擦るつかのま海に霧ふかし身捨つるほどの祖国はありや

（『空には本』昭33）

てらやま　しゅうじ　昭和十年、青森県生まれ。劇作家、演出家、詩人。「チェホフ祭」でデビューし、塚本邦雄、岡井隆と共に前衛短歌の旗手となる。のち短歌とわかれる。五十八年没。

鑑賞　おそらくは煙草を吸うために船の甲板でマッチを擦る〈われ〉。その光で暗い夜の海にぶあつい霧がかかっているのが見える。映画の一場面のように鮮やかだが、この上の句は、富沢赤黄男《かきお》の句「一本のマッチを擦《す》れば湖は霧」に想を得たといわれる。

寺山修司の面目躍如とするのは下の句の付け方である。「身捨つるほどの祖国はありや」――この「祖国」には外国で戦病死した、特高刑事だった父への思いが重なる。「身捨つる」のやや舌足らずな四音は、「みすつる」＝「見捨つる」にも聞こえるところが、偶然の所為かも知れないが、両義的で興味深い。「祖国」という観念に強烈な疑いを示した一首は、まさに「祖国」にがんじがらめにされた戦中、そしてアメリカ占領下の戦後の日本の現実を撃つものであった。

寺山の短歌の中でも人間的な悲しみを感じさせる作品である。

ノート　短歌定型にひそむ、自己肯定性を誰よりも強く否定し、近代短歌以来の等身大の〈われ〉からかぎりなく自由に解き放たれた〈われ〉をもって歌ったのが寺山修司だった。

甘美な第一歌集『空には本』から、一貫してその作品は、〈われ〉の名を借りた他者の夢を描きつづけている。〈わがカヌーさみしからずや幾たびも他人の夢を川ぎしとして〉

まさにこの歌の通りである。そして、他者の夢を表出することによって、虚構の〈われ〉は、生身の〈われ〉の血肉で満たされるという逆説が寺山の特質だった。その明るい青春歌を口ずさむ時こそ私たちは寺山の癒えることない魂の傷にふれているのではないか。おそらくは想像を絶する孤独が、誰にもわかりやすく美しい軽快な韻律を支えているのだ。

海を知らぬ少女の前に麦藁帽のわれは両手をひろげていたり
そら豆の殻一せいに鳴る夕母につながるわれのソネット
ころがりしカンカン帽を追うごとくふるさとの道駈けて帰らむ
雲雀の血すこしにじみしわがシャツに時経てもなおさみしき凱歌
一粒の向日葵の種まきしのみに荒野をわれの処女地と呼びき
莨火を床に踏み消して立ちあがるチエホフ祭の若き俳優
アカハタ売るわれを夏蝶越えゆけり母は故郷の田を打ちていむ
夏蝶の屍をひきてゆく蟻一匹どこまでゆけどわが影を出ず
うしろ手に春の嵐のドアとざし青年は已にけだものくさき
マッチ擦るつかのま海に霧ふかし身捨つるほどの祖国はありや
マラソンの最後の一人うつしたるあとの玻璃戸に冬田しずまる
（『空には本』昭33）

きみのいる刑務所とわがアパートを地中でつなぐ古きガス管
老犬の血のなかにさえアフリカは目ざめつつありおはよう、母よ
すでに亡き父への葉書一枚もち冬田を越えて来し郵便夫
みずうみを見てきしならむ猟銃をしずかに置けばわが胸を向き
一つかみほど苜蓿《うまごやし》うつる水青年の胸は縦に拭くべし

自らを瀆《けが》してきたる手でまわす顕微鏡下に花粉はわかし
わがカヌーさみしからずや幾たびも他人の夢を川ぎしとして
一本の樫の木やさしそのなかに血は立ったまま眠れるものを
きみが歌うクロッカスの歌も新しき家具の一つに数えむとする
（『血と麦』昭37）

大工町寺町米町仏町老母買う町あらずやつばめよ
新しき仏壇買ひに行きしまま行方不明のおとうとと鳥
地平線縫ひ閉ぢむため針箱に姉がかくしておきし絹針
売りにゆく柱時計がふいに鳴る横抱きにして枯野ゆくとき
間引かれしゆゑに一生欠席する学校地獄のおとうとの椅子
亡き母の真赤な櫛で梳きやれば山鳩の羽毛抜けやまぬなり
村境の春や錆びたる捨て車輪ふるさとまとめて花いちもんめ
われ在りと思ふはさむき橋桁《はしげた》に濁流の音うちあたるたび
かくれんぼの鬼とかれざるまま老いて誰をさがしにくる村祭
（『田園に死す』昭40）

人生はただ一問の質問にすぎぬと書けば二月のかもめ
（『テーブルの上の荒野』昭46）

遠山光栄

いま何か言ひたらむ睡眠《ねむり》より覚めたるわれのしきりに動悸す

（『褐色の実』昭31）

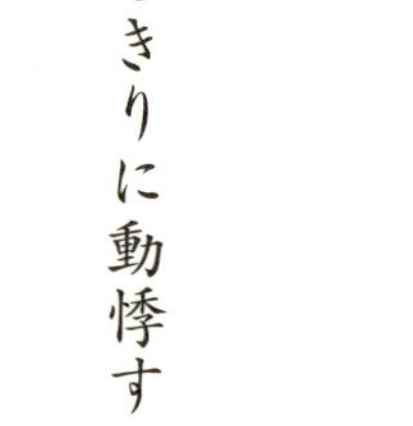

とおやま　みつえ　明治四十三年、東京生まれ。昭和九年、「竹柏会」に入会し佐佐木信綱に師事。「心の花」編集委員、選歌委員。歌集は計六冊。六冊目は『随縁』。平成五年没。

鑑賞　5・5・5・7・8のリズムは明らかに破調。特に二句目の二字分の字足らずは不安定だが、それが逆に作者の心のありようを映し出す。

夢の中の出来事に激しく動揺し、何か口走ってしまったらしい。自分の声で目が覚め、しばらく夢うつつのままに動悸が止まなかった。熱にうなされていたのか、自分の心奥を覗いたような不快な夢だったか。おののきと不安にせめぐ思いが「しきりに動悸す」に反映している。

昭和二十六年から三十年の作品を収録した『褐色の実』は、いわば作者の四十代前半の心の移ろいが表されたものだ。成熟に向かう年齢とはいえ、それゆえの複雑な心理が託されている。「動悸」一連には〈やがてわが頭蓋も浸りゆくべくて冥《くら》きなかより水のおとたつ〉〈苦しみてゐるまなこより垂りしもの夜半の熾火におとたちしなり〉などがある。

ノート　「心の花」で研鑽を積むかたわら、遠山は「女人短歌」にも参加。第二歌集『彩羽』は女人短歌叢書として刊。戦後の女流歌人たちの発展を目指した集団から、北見志保子『珊瑚』(昭和30)、五島美代子『母の歌集』(同28)、生方たつゑ『雪の音符』(同28)、森岡貞香『白蛾』(同28)などが相次いで出た。第一回現代歌人協会賞受賞の『褐色の実』は同時代の女流歌人相互の影響と強い意欲を伝える。

作品によれば一時期「脳院」に入院したらしい。鬱病の類かと想像されるが、恐れることなくモティーフにする創作者としての勇気がうかがわれる。母を亡くし、父との静かな日常を背後に置きながら、心情の揺らぎを事象に託して繊細に掬い取る。いわゆる女流歌人の本流を継承する作風だろう。

滝壺の水をさびたの葉に掬ひのみてみたるにさびたのにほひ
山たかく火口湖といふに来てみしが葦なびきゐてただのこもり沼《ぬ》
ただ吾はこの野つばらをきたりしが光りつつ飛べる草の穂の絮《わた》
ひたむきに鏡をみがく底ごころ得堪えぬ我にふれじと磨く
蝶々の破羽《やれは》ひきずりこの蟻のおのれもはらに引きつつぞゐる
日の暮れてしまらくたもつしづあかりけぢめたしかに杉群はたてる
一よせ一よせと遂にたかまり来《き》蒼然とくらしうしほのうねり
（『杉生』昭和18）

慮《かんが》へることなどせざり百年をこのままふかく眠つてしまへ
まとまりの鈍《にぶ》きおのれをぼんやりとどこまでおもひながら摑めず
一本の桜ひたすら耀《て》りたちて咲きたけて醸すこの痴呆感
花と花ひかり相打ちなまぬるき五月《さつき》あらしのここは風道《かざみち》
楽しかりし日にも似てこの掌《て》のなかに一握りなるわらびが青く
家はすでにむなしくて友よ　明けはなれゆく紅《くれなゐ》の花をうたへり
薄暮《はくぼ》のしげみよりはらら蝶たてばとりとめがたき何の錯覚
過ぎゆきのうつしけなさや身ひとつを愛しめばわれに春日《しゆんじつ》闌《た》くる
（『彩羽』昭和25）

店さきの菠薐草《はうれんさう》にいますこし前からかかりそめし雪片
やがてわが頭蓋も浸りゆくべくて冥《くら》きなかより水おとのたつ
樫の木のさびしき夏葉おつるにぞ月のひかりにきらりと触れし
氷塊をひきはじめたり梅雨《つゆ》ふりてゐる木戸の辺に人のきたりて
一杯の水をしんじつ冷たしと飲みゐるときにこの救あり
突然と机のまへに立ちあがりをりしわれにて何に寂しき
わが父は日の夕さりにおのづから凭《もた》るる場所をもとめて坐る
八十歳になりたることを言ひゐしが父は立ちゆく冬の黄のばら
わがこころいつか寂しき卓のまへ支那皿が触れあふに音する
北の風たかく吹きつつ平らぎのあるひはかえる睡眠《ねむり》とおもふ
（『褐色の実』昭和31）

枯芝につづく平《たひら》は土の肌あらあらとして昃《かげ》るをりふし
（『青螺』昭和39）

一枚の硝子戸へだて降る雪をふたたび見たるとき乱れ降る
明暗のけぢめを保つみづうみに或は山の全容しづむ
盛砂《もりすな》を人のたまたま崩すとき内部濡れゐる暗さを見たり
骨の鳴る音をききたり薄明のなかに頭《かうべ》をめぐらしたれば
（『陶印』昭和49）

時田則雄

汗のシャツ枝に吊してかへりきしわれにふたりの子がぶらさがる

（『北方論』昭56）

ときた　のりお　昭和二十一年、北海道生まれ。野原水嶺に師事。「辛夷」編集発行人。日本文芸家協会・現代歌人協会会員。北海道新聞・家の光選者。歌集『北方論』『石の歳月』など。

鑑賞　作者は北海道の十勝平野に住む。広大な農地で小麦、ビート、豆、南瓜などを栽培している。この歌は一日の農作業を終えて帰宅したときの場面だろう。汗びっしょりになったシャツを脱ぎ、枝に吊して乾かしながら帰ってきた。木の枝をかついだ上半身裸の作者は、まるで狩から戻ってきた縄文時代の男のようで、野性的な魅力にあふれている。

時田には二人の娘がいる。この頃まだ幼かった二人の娘は、夕暮れに帰ってきた父親のところに走ってきてたちまち両腕にぶら下がった。「お父さんは木だ！」と娘たちは無意識のうちに思っているのだろう。頼もしくて、あたたかみのある一本の木。颯爽とした樹木として娘たちに愛されている父の姿。じつにほほえましい親子の関係がうたわれている。

トレーラーに千個の南瓜と妻を積み霧に濡れつつ野をもどりきぬ　『北方論』

の妻の歌とともに、生き生きとした家族像を伝えてくる。

ノート　時田の祖父は明治二〇年代に北海道に渡って十勝で農業をはじめた。祖父の志を受け継いだ彼は、父母や妻とともに農作業に日々従事している。高校在学中に作歌をはじめ、一九八〇（昭和五十五）年に角川短歌賞受賞、八二年に第一歌集『北方論』によって現代歌人協会賞受賞と、華々しいデビューを飾った。以後も一貫して北の大地に根差した骨太な作品を発表し続けている。

大自然はのどかなだけではなく、時として恐ろしい牙をむいて人間に襲いかかることがある。また、過疎化の進む土地で農業を続ける困難もある。しかし厳しい現実をうたいながらも、自虐や嘆きにおちいらないのが時田の持ち味である。力強い「行動の歌」に励まされる読者は多い。

獣医師のおまへと語る北方論樹はいつぽんでなければならぬ
瘡蓋《かさぶた》のごとく凍土に生きながらわれはたつとぶモハメッド・アリ
敗北はあるひは罪かブラキストン・ラインこえきし祖父を超すべし
野男の名刺すなはち凩と氷雨にさらせしてのひらの皮
汗のシャツ枝に吊してかへりきしわれにふたりの子がぶらさがる
トレーラーに千個の南瓜と妻を積み霧に濡れつつ野をもどりきぬ
離農せしおまへの家をくべながら冬越す窓に花咲かせをり
生えてゐるやうにゆふべの野良に立つ父の前世あるひは樹木
嫁して祖母七十五年ひともとの樹にたとふれば両手にあまる
まだ咲いてゐるぞ連翹いますこし狂つてゐたい人生である
（『北方論』昭56）

水面に刺さる一瞬水ならず輪をひらきつつ走る雨脚
子を抱き湯槽にうたふどこまでもシュッポシュッポと走る機関車
岩肌にどつと砕ける波頭俺の背中で馬が嘶く
（『緑野疾走』昭60）

綱引きの男の体軀ぎんぎんに膨れてやがてどつと崩れつ
ぴろぴろのぴろらのぷらのぴろぷらにぴろららぷららぷららららぷらら
秋深し＊＊＊不思議の国の百姓が額《ぬか》ひからせて薯掘り起こす
（『凍土漂泊』昭61）

混沌の時代の底《そこひ》　とまれわが朝のしじまへ突んのめりゆく
ギロチンプレスされし自動車斑なるひと塊の鉄にもどれり
〈ランドサット〉が捉へし日本列島の都市部虫歯のやうに黒ずむ
国際化せし東京の胃袋に届けむ露に濡れしアスパラ
（『十勝劇場』平3）

ロッキングチェアに凭れて妻がいふ　今日の空　ほら　水浅葱色
昼を夜を凍土緩ぶか浮く雲のぼんやりとして色に示せず
歌人とはそも何者ぞ春の土を七五調にて歩むでもなし
傾いてゐる木　春の木　花咲く木　一生《ひとよ》かたむく木であるもよし
（『夢のつづき』平9）

ペルシュロン　その底力くれ給へ空の青さに酔つてはをれぬ
身土不二俺はここから動かない動くはずなし雪よふれ降れ
一年は三百六十五日といふけれど俺は三千世界を駆けた
（『ペルシュロン』平11）

のびきつた輪ゴムのやうな陽だまりに父と母とが大根洗ふ
バーナーの青き炎につつまれて鉄と鉄とが求め合ふなり
緩びたる地表ゆふべは風のなかひき攣《つ》りしまま凍りはじめぬ
（『石の歳月』平15）

杜澤光一郎

勝ち馬も負けたる馬もさびさびと喧噪のなかにからだ光らす

（『黙唱』昭51）

鑑賞　杜澤光一郎といえば、〈しゆわしゆわと馬が尾を振る馬として在る寂しさに耐ふる如くに〉という人口に膾炙した名歌がある。「馬として在る寂しさ」とはつまり、作者自身が人として在る寂しさ、私として在る寂しさでもあるだろう。オノマトペ（擬音・擬態語）「しゆわしゆわと」が、理屈を超えた存在の寂しさを伝えている。

歌集『黙唱』の「馬」四首では、「しゆわしゆわと」の歌の前にこの一首があるから、場面としては続いていると考えていいだろう。喧噪がまだ静まらないレース直後の場面を作者は見ている。ここでも「さびさびと」が重要な働きをしている。「寂び寂びと」よりも緊張感があり、かつ寂しさが深い。「勝ち馬も負けたる馬も」の表現によって、作者も馬も勝ち負けから遠ざかる。そして作者は、馬が馬として在る寂しさを見つめる。一首としても独立性をもつ優れた作品。

とざわ　こういちろう　昭和十一年、埼玉県生まれ。二十九年「コスモス」入会、宮柊二に師事。「コスモス」選者。歌集に『青の時代』『黙唱』『爛熟都市』がある。

ノート　十代の初期作品群を収めた歌集『青の時代』（『黙唱』の後、第二歌集として刊行）には、若々しい浪漫的な作品もあるが、生きることへの根源的な問いかけが、初めから鋭く意識されていたことがわかる。それはやがて作歌の中心テーマとして、「どうしようもない寂しさから、全身的に歌おうとするとき、そこから深い純潔さがかがやき出ている」と玉城徹が評した『黙唱』の世界へと深化する。

第三歌集の『爛熟都市』では、都市に象徴される時代的社会的なひずみをアクチュアルに表現して、批判精神の強い作品世界を展く。その後も、内容や表現方法にはいくらかの変化が見えるが、十八歳から師事した宮柊二の精神性を強く受け継ぐ本質的な姿勢は一貫している。

秀歌選

疾風《はやて》の季節ふたたびわれにめぐりきてともすれば空洞の如きからだよ

ハンマーに眉間《みけん》撲《う》たれてたはやすく倒るる馬を馬が見てゐる

羊のやうにありたる過去よわれもまた種痘の創《きづ》を腕に遺して

突放車からから過ぎぬ裏切りしと裏切られしと寂しきはいづれ

雨期、しかし脳裡に夜ごとあらはれてひとつのくらき駱駝さまよふ

師の裡《うち》をひそかにあばき見しごとき思ひこそすれ冬の魚野川

彼岸花むらがり咲けり母逝きてひそけき家となりはてにけり

一斉に手を挙げてをり傍観に万歳《ばんざい》は寥しき象《かたち》とおもふ

（『青の時代』昭58）

あたらしきいのちみごもる妻とゐて青き蜜柑をむけばかぐはし

勝ち馬も負けたる馬もさびさびと喧噪のなかにからだ光らす

しゆわしゆわと馬が尾を振る馬として在る寂しさに耐ふる如くに

蹌踉と枯野の天《そら》をめぐりゐる一羽の鴉、母にあらずや

花かげに顔ほのじろき子を抱《だ》けりあはれ〈春愁〉を抱《いだ》く思ひに

まぼろしに顫《た》ちくる母の或る時は麦を踏みつつとほざかりゆく

鵙《もず》啼けばたちかへりくるはそはの死後硬直の白きてのひら

捨てられし茶碗の底にひかりつつ死水《しにみづ》ほどの水たまりをり

丁々《ちやうちやう》と鑿《のみ》当つるさまを吾は見つああ創るとはそぎ削ること

電動の剃刀の歯に刈られたる砂鉄なす髭をしばし凝視《まも》りつ

（『黙唱』昭51）

百日紅咲けるしづけさ唐突に渇仰《カツガウ》の語の韻《ひびき》を愛す

たちまちに食ひたひらげて唇紅を塗りなほしをり女おそろし

「個人」といふ灯《とう》をともせるタクシーが驟雨のなかにまぎれゆく見つ

目の前にあるのは部分、部分ばかり、部分ばかりの中で物言ふ

泰平の幾時代かがありましてリンゴもむけぬギャルらはびこる

（『爛熟都市』昭62）

原爆忌ふたつ持つこと椒《はじかみ》の口疼《ひび》くがに蟬鳴きしきる

ざわざわと太陽の髭のびひろごり沼は鉛のひかり帯びたり

戦後詩のいたみを想ひ老い病める宮柊二をおもひ竹群に佇《た》つ

数かぎりなき針降りそそぐまぼろしの顫《た》ちくるまでに凍《し》みしるき夜ぞ

黒南風《くろはえ》にざわめく葦の青地獄　師を喪ひしわがこころ灼《や》く

霜晴れの朝のまばゆき裸木《はだかぎ》にひよどりは来て身をしぼり鳴く

庭かげに白玉椿咲きゐたりああ刻々に〈時〉はあたらし

（『爛熟都市』以降）

外塚 喬

水紋のやうにひろがるその声はわがししむらに入りて息づく

（『真水』平12）

とのつか　たかし　昭和十九年、栃木県生まれ。三十八年「形成」に入会し、木俣修に師事。平成六年に「朔日」を創刊。歌集に『喬木』『天空』『真水』『火酒』など。

鑑賞　誰かに名を呼ばれたのだろうか。やわらかい声である。おそらくは女性の声だろう。「その声」は少し離れたところからやって来て、作者の「ししむら」に入り、そして息づいたという。声が主役の歌である。

「水紋のやうにひろがる」という声の描写がまず魅力的だ。この比喩ひとつで、声の質感や感情や距離感までもが想像できる。しかも、目に見えない声の軌跡が、水面を広がりながら走ってくる水紋として、爽やかに視覚化されて見えてくる。さらに「その声」は、比喩の水紋がもつ動的なイメージのために、まさしく生きものとしての身体性を感じさせるだろう。「声」が作者の耳に、ではなく、「ししむらに入りて息づく」というように、「声」と「ししむら」との間にはやわらかなエロスの交感さえあるようなのだ。直截で、無駄のない表現が、人間の深くあたたかい生命感を伝える一首である。第七歌集『真水』所収。

ノート　外塚喬が歌をつくり始めたのは、高校二年の時だったという。十九歳で「形成」に入会し、木俣修に師事。昭和五十八年に木俣が亡くなって後の十年あまり「形成」を支え、平成六年に自身の歌誌「朔日」を創刊する。

若くから木俣の近くにいた外塚は、作風の上でも木俣の現実的、人間主義的な傾向を色濃く継承しているといっていい。日常生活や仕事など、つねにリアルな現実をもとにして作歌するが、その歌には日常の具体をつき抜けた抽象的な認識や感覚がしばしば現れる。表現は平易でわかりやすく、感情や感慨など自身をストレートにあらわすことを恐れない。率直で、主観の強い歌には、人間の生に対する深い洞察と肯定が確かであり、また根底には生来の浪漫主義も明らかである。

シャガールの絵を虫ピンにとめておく朝より図面引く部屋の壁
ヘッドライトは雨を照らして流れゆく河床のごとき夜の日比谷を
ああわれにかはりて唸りをあげてゐるごときボイラーの火を強くする
まぎれこみやすければいつも作業台につきさしておく千枚通
（『喬木』昭56）

乳母車を押すごと車椅子を押す父のゆきたきところまで押す
ひろへどもひろひつくせぬ父の骨ひろひてゐたり夢の中にて
在りし日の父をのせたる車椅子わが明け方の夢に走れり
（『昊天』昭59）

半ば眠りながらショパンを聴きゐしが戻りゆくなり午後の職場に
わたくしの愁《うれひ》のごとき影法師どこまでついてくれば気がすむ
（『戴星』昭62）

何よりも大切なのは心だと言ふならその心を見せて下さい
生きてゆくわれの命にふれて吹く風あり風の中より生まれて
（『梢雲』平3）

ビルの影しだいにのびて街路樹の緑を奪ふかたはらをすぐ
住みにくき東京にゐて飼へるものなら犬猫にかへて獅子を飼ひたし
水の国火の国こえて来し鳥の翼たたみてゐて昼の街
（『花丘』平5）

不器用な生き方かへず変へられずたとへ千年生きたところで
みづからをおさへきれずにおもむろに伸ばしたる掌の先の冬薔薇
終電に眠るに夢は波頭《なみがしら》ひとつ飛びして宇宙に至る
意に添はぬ辞令一枚　宣戦の布告を受けるごとく掌にしつ
（『天空』平9）

水を得た魚のやうになれるかな　なれる　なれるさ　なるから見てゐろ
水紋のやうにひろがるその声はわがししむらに入りて息づく
夢を見るならば楽しき夢を見るために枕の高さを変へる
葉桜の下をくぐるに渇きたる心にひびくことばは真水
弾力のなき舗装路によこたはる影ふめば影の悲鳴が聞こゆ
（『真水』平12）

東京の街はみづうみあめんぼのやうにすいーと上滑りする
散りいそぐ百日紅《さるすべり》の花またしても父の命日に神鳴が鳴る
まだ四年さきがあるのに　まだ四年さきがあるから身を退《ひ》くんだよ
言ひたくても言へないことがあるはずと樹に寄ればほら樹が声をだす
じんたいにひそめる鬱をかぐはしき花に落として闇にまぎるる
身をこがす火酒こそよけれ過去といふ過去が清算されてゆくんだ
火襷《ひだすき》の残れる壺はふくよかな女人《によにん》おもはす刹那刹那に
（『火酒』平15）

富小路禎子

ある暁《あけ》に胸の玻璃戸のひびわれて少しよごれし塩こぼれきぬ

（『白暁』昭45）

とみのこうじ　よしこ　大正十五年、富小路子爵家二女として東京市に生まれる。植松寿樹に師事し、昭和二十一年「沃野」創刊に参加。歌集『透明界』『不穏の華』など。平成十四年没。

鑑賞　ある夜明け、胸の玻璃戸がひびわれて、そこから少し汚れた塩がこぼれてきた、という。玻璃とはガラス。胸に戸があるというのは、心が秘められている証しだろう。しかもその戸は透明で壊れやすいガラス。案の定、ある暁にその玻璃戸はひびわれた。孤独に張りつめていることに耐えかねたように。そして傷口から「少しよごれし塩」がこぼれた。

悲しい歌である。だが、悲しみの感情は直接には歌われていない。理性的に抽象化されているゆえに、悲哀はいっそう深く響く。「塩」とは何の比喩なのか。心を浄化するものだろうか。そこには作者のカトリシズムが沈んでいるのだろうか。ともあれ、「塩」の白色はこの作者にとって象徴的な色である。この一首を収める『白暁』（昭45）には、白が作者の意識の象徴として頻出する。この一首の、こぼれ出た白塩の「よごれ」は、かすかに作者の肉体を感じさせ、その秘めやかな肉体性によって、悲しみに生命を通わせている。

ノート　富小路禎子の初期の代表歌、〈女にて生まざることも罪の如し秘《ひそ》かにものの種乾く季《とき》〉をはじめて読んだとき、わたしの中には共感の思いと同量の惧れの感情が噴き出たことを記憶している。「女」と「生まざる」と「罪」と「乾き」、この四つのことばが一つになってわたし自身の〝女の生の意味〟を問い返してきたのである。富小路の歌には、理性や自我、孤独感や生の乾きなど、戦後を生きる思索と感情が深く、緊密に刻まれている。しかも理性的に抑制された表現は、硬質なストイックな作風をつくり、背筋の通ったその姿は終生変わらなかった。禎子は富小路子爵家の二女に生まれるが、敗戦により華族の身分を喪失。働きながら「沃野」の中心的存在として歌人の地位を築く。生涯未婚であった。

女にて生まざることも罪の如し秘《ひそ》かにものの種乾く季《とき》

ほのぼのと愛もつ時に驚きて別れきつ何も絆《きづな》となるな

殻うすき卵かかへてゆく巷《ちまた》秋晴なれば心うづけり

処女《をとめ》にて身に深く持つ浄き卵《らん》秋の日吾の心熱くす

急ぎ嫁《ゆ》くなと臨終《いまは》に吾に言ひましき如何にかなしき母なりしかも

（『未明のしらべ』昭31）

白き砂漠の中に建てたき父母の墓長き家系の末に苦しむ

未婚の吾の夫にあらずや海に向き白き墓碑ありて薄日あたれる

自動エレベーターのボタン押す手がふと迷ふ真実ゆきたき階などあらず

ある暁《あけ》に胸の玻璃戸のひびわれて少しよごれし塩こぼれきぬ

額《ぬか》合せするごとく死を思ひたる一夜果て長く白き暁

（『白暁』昭45）

四肢清きわれのけものが奔りたる日の晴々と荒き山肌

草かげに骨　露《あらは》れて終りたる生ありて皓く秋顕ちにけり

陶片を盛り上げし冷え人の屍に触りたる冷えの顕ちてあぢさゐ

秋空を透かし豊けき竹篭に子なき番《つが》ひの雁を飼ひたし

（『透明界』昭和51）

母胎より彼岸に到るここの道いましばらくの緋なる夕映

耳聾《し》ひの童《こ》は幻のごとく来て咲き純《す》む野辺の花を置きゆく

仏塔を半ば沈めて満つる花桜はただに放下して咲く

抱擁をしらざる胸の深碧《ふかみどり》ただ一連に雁《かりがね》わたる

しばしの間地上をはしる電車より見し曼珠沙華　一生《ひとよ》のごとし

（『柘榴の宿』昭58）

吾の後生《あ》れしものなきこの家にまた紫陽花は喪の色に咲く

白芥子の茎をふるはす昼の雷　一生を賭けし鼓《こ》を置きて逝く

（『花をうつ雷』平元）

化野《あだしの》へゆく冬の坂人も吾も命素透《すどほ》しに見ゆる日面《ひおもて》

八月の炎暑に吾を生まんとし母は一片の氷《ひ》を嚙みしとぞ

（『吹雪の舞』平5）

共に飢ゑ耐へし昭和を送る夜半白玉椿凛と咲き満つ

線香花火の脆き火、夜空の焼夷弾、父母焼く火、昭和のあの火この火よ

忌の集ひにかすかな笑ひおこるとき氷片の浮く水配られぬ

泥眼は女の盛りの気迫もつ　一片《ひとひら》の憤りはもちて老いたし

わがかつて生みしは木枯童子にて病み臥す窓を二夜《ふたよ》さ敲《たた》く

核を持つ地球のどこかに咲きた闌くる芥子畑不穏なれど麗し

焼跡に杙のごと立つ少女吾敗戦の日の白黒写真

（『不穏の華』平8）

永井陽子

あはれしづかな東洋の春ガリレオの望遠鏡にはなびらながれ

（『ふしぎな楽器』昭61）

ながい　ようこ　昭和二十六年、愛知県生まれ。十代から短歌に親しむ。四十四年「短歌人」入会。平成十二年没。遺歌集『小さなバイオリンが欲しくて』を含む『永井陽子全歌集』刊。

鑑賞　ガリレオ・ガリレイは十六〜十七世紀のイタリアの天文学・物理学者。自作の望遠鏡により世界で初めて天体をつぶさに観察し、地動説を唱えた。現在からすればレトロな望遠鏡だが、そのレトロさが懐かしくもある。

この歌にはまた三好達治の詩「甃」が下敷きになっているか。「あはれ花びらながれ／をみなごに花びらながれ……」と続く一連からは、うららかに晴れた春昼の明るさ、散りかかる桜の花びら、寺の静けさ、美しい乙女たちの華やいだ声が重なり、天上的な穏やかさへの憧れが漂う。

東洋の春は、もっと限定して日本の春といってよいのだろう。部屋に置かれた細長いガリレオの望遠鏡に、はらりと降りかかる桜のはなびら。刹那の落花でありながら、永遠の時間がそこにたゆたうようだ。そんな緩やかなひとときを切なく愛おしんでいるかの風情である。

ノート　〈べくべからべくべくべかりべしべきべけれすずかけ並木来る鼓笛隊〉〈月の光を気管支に溜めねむりゐるただやはらかな楽器のやうに〉といった、豊かな音楽性と口語を自由に取り込んだ柔らかな調べ、私生活を排除した童話や物語のような詩世界。そんな作風を、春日井建は「永井陽子には、遠いもの、遙かなものへの愛がある」と評した。

言い替えれば、現実や世界を生々しく表現するにはあまりに鋭敏な感性を持ち、自分の価値観や美意識に反するものには触れたくないとの意思と意地があったか。母の看取りを背景にした『てまり唄』により第六回河野愛子賞受賞。愛知県職員を経て短大で教鞭をとるが、体調を崩し自ら命を絶つ。

秀歌選

シャッターをあげれば合成樹脂の街ゆらゆらと倒れそうだ　朝焼け

触れられて哀しむように鳴る音叉　風が明るいこの秋の野に

夜は夜のあかりにまわるティーカップティーカップまわれまわるさびしさ

（『葦牙』昭48）

人ひとり恋ふるかなしみならずとも夜ごとかそかにそよぐなよたけ

あてどないかなしみゆゑに木の葉かげ首折るやうにけものはねむる

ゆふぐれに櫛をひろへりゆふぐれの櫛はわたしにひろはれしのみ

なだらかに明日へとつづく橋を絶つそのみなかみに鶴は燃ゆるも

傷のやうなレモン一片掌に置けばふるさとはしんとあをき夜なる

（『なよたけ拾遺』昭53）

かなしみの天に繭ありかなしみがふかまるほどにひかる繭あり

みづびたしの天を歩みてかへりゆく父の背のすぢにほふ樟の木

をとこたちは竹を伐りしやゆく河の朝のひかりが胸へ折れ来る

ほろびゆきし書体をおもひ海をおもひ見てをりぬただ慕といふ文字を

天空をながるるさくら春十五夜世界はいまなんと大きな時計

いかるがは無風菜の花昼日なか瓦の鬼もつとねむりたり

（『樟の木のうた』昭58）

人去りて闇に遊ばす十指より弥勒は垂らす泥のごときを

ここはアヴィニョンの橋にあらねど♩♩♩曇りの日のした百合もて通る

大男が梅雨明けちかき街に来てそらの滑車をまはしはじめる

暑気払い　否、あざやかに決めたるは一本背負ひ　つくつく法師

月光はねむり入るきはにわたくしの関節をすべてはづしてしまふ

月の光を気管支に溜めねむりゐるただやはらかな楽器のやうに

（『ふしぎな楽器』昭61）

鬼のごとしと定家が言へる己が文字世俗を記して折れ曲がるなり

十人殺せば深まるみどり百人殺せばしたたるみどり安土のみどり

ひまはりのアンダルシアはとほけれどとほけれどアンダルシアのひまはり

（『モーツァルトの電話帳』平5）

竹とんぼこころもとなく光りつつこの世のほかのいづかたへ飛ぶ

四季にとほく恋にもとほき日常の部立の雑の空暮れなづむ

母がめそめそ泣く陽だまりやこんな日は手鞠つきつつ遊べたらよし

こころねのわろきうさぎは母うさぎの戒名などを考へてをり

（『てまり唄』平7）

わが影をしたがへ冬の街に来ぬ　小さなヴァイオリンが欲しくて

拝啓　あなたはこの春ボナールを見ましたか　病棟に書くはがき一枚

「――とさ」昔ばなしのをはりにはあたたかき息ひとつを置けり

（『小さなヴァイオリンが欲しくて』平17）（遺歌集）

長澤一作

新宿の地下のがれ来し京王線春の没日《いりひ》を追ひて走りつ

（『花季』昭63）

ながさわ　いっさく　大正十五年、静岡県生まれ。昭和十八年に佐藤佐太郎に師事し、「アララギ」に入会。「歩道」創刊に参加、退会後に「運河」を創刊する。歌集『松心火』『花季』など。

鑑賞　昭和六十年前後から、新宿は大きな変貌を遂げていった。その混沌とした都会の地下には、毛細血管のように地下鉄が走っている。京王線は新宿の地下をくぐって、あるところから地上に出ていくのだが、深い暗所から地上に出た瞬間の空気には、言いがたい安堵感がある。どこか柔らかな人間らしい感覚が甦ってくるだろう。京王線で仕事に通う作者の日々なのだろうか。夕方の通勤列車に居合わせるサラリーマンの姿まで浮かんでくる。「新宿」「京王線」と、地名、固有名詞が二つも入っているが、不思議に清々と軽やかなのは、ひとえに下句の「春の没日《いりひ》を追ひて走りつ」に因るものだ。帰途につく解放された気持ちを、夕日を追いかけていく列車に重ねて、巧みな都市詠となっている。生活に足を着けた作風に潜む、何とも言えない情感。初期の、〈コスモスの花群《はなむら》に風わたるとき花らのそよぎ声のごときもの〉（『松心火』）に見える繊細な抒情質が生きているのである。

ノート　十七歳で佐藤左太郎に師事し、「見る」ということを研ぎ澄ましてきた作風が、都市空間に生きる人間を描き出す。漂流者のような都市生活のなかでも、できるだけ確かな現実を歌で描き出そうとする。終始、抑制の効いた安定した作品世界が展開されているが、根底に潜んでいる繊細な抒情性には特有の若さが窺える。『松心火』の〈めし粒をこぼしつつ食ふこの幼貧《をさな》の心をやがて知るべし〉という現実感覚を芯に据えながら、『條雲』の〈盥《たらひ》ひとつ白く乾きて置かれをりまざまざと永き苦しみのごと〉のように一首を象徴化させていく。恐れに満ちた繊細さが捉える些事からは、矛盾の多い人生の悲愁感が象徴される。生活を「見る」ことで、意志的、方法的に、現代の写実歌を拓いたのである。

秀歌選

めし粒をこぼしつつ食ふこの幼《をさな》貧の心をやがて知るべし

一瞬の時間といへど断ちがたく現身すべて過去《すぎゆき》を負ふ

くぐもりて色彩のなき構内に体ごと人は貨車を押しをり

半身に暖爐の熱を受けながら椅子にをりこの小さき平和

（『松心火』昭34）

曇りたる冬の街上に魚屋をり鯖もはらわたもああ鮮やけし

轟々として夜の海荒れゐたり貧《ひん》も希《ねが》ひも思へばかすか

必然の帰趨知りつつもやみがたき事あらん例へば天保一揆

（『條雲』昭43）

顔覆ふ布ゆゑ「天が見えませぬ」と叫びし殉教者若きマグダレナ

駅構内に古りし枕木積まれありかかるものらも旱《ひでり》にかわく

煤煙のかなた入日の光芒はさむき楕円となりて落ちゆく

（『雪境』昭50）

そばだちて公孫樹《いちやう》かがやく幾日か時を惜しめば時はやく逝く

足もとの齟齬《そご》伝はりて連結器の位置に揺られゐる通勤者われ

暮れはてし冬田の上になほ見えて今日の輝きを収めゆく富士

（『歴年』昭55）

宙吊りにされし店内の自転車が運命を待つごとく華やぐ

夕光《ゆふかげ》の空吹かれ来し花びらは流れに浮きてさらに早しも

やうやくに辛夷《こぶし》のつぼみ光るころ岐路越えて湧くわが悲しみは

（『冬の暁』昭60）

いとけなきみいのち漂ひゆきたりし寿永四年の春の渦潮

新宿の地下のがれ来し京王線春の没日《いりひ》を追ひて走りつ

（『花季』昭63）

倭《わ》の国の信仰うすき旅人を崖の弥勒は見おろしたまふ

滔々と時は移りてコミンテルンなどといふ語も歴史の彼方

春暁を呼びつつあらん窓のべにアンモナイトの渦巻おぼろ

火口湖の天昏《くら》み水くらみつつ遠世のごとく雪乱れ降る

西日いま及ぶ路面におびただしき黒蟻うごきその影うごく

すさまじき権謀の世に生きたりしダ・ヴィンチもまたミケランジェロも

この洞に籠り悟りし僧幾人悟り得ざりし幾百人か

祭典を告ぐる大いなる合唱の雪山遠くとよみゆくべし

長野オリンピック開幕

明日ありと思へばあらん金魚ねむり病む妻眠るこの夜半《よは》の刻

この春の花びら流れ雪ながれわが生遠くただよふもよし

亡き人の蓄へ置きし松の根を燃してそのみ霊迎へんとする

秋天のあまねき方位つつむごと蘂《しべ》ひろげ大き曼珠沙華咲く

（『花季』以降）

長沢美津

こゐもなくよぎりすぎたる死のはやさ素肌さしとほす月ふり仰ぐ

（『雪』昭30）

鑑賞　『雪』は息子の一周忌を前に編まれた歌集である。三男、弘夫は十代で自ら命を断った。雪の朝であったという。〈雪のうへにのこりしつひの足跡を見にゆかむとしてひきとめられぬ〉などの直後の歌は生々しく胸をえぐる。百一日目に美津は、夫にすすめられて九州の旅に出た。この歌は旅先での一首である。〈煙草の葉日毎ひろがるあと追いて旅の歩みも日をかさねたる〉など、感傷におぼれない、しづかな旅情の歌の中にまじって哀切だ。「こゐもなくよぎりすぎたる」に、むざむざと逝かせた母の、とり残された胸の冷たさが伝わってくる。しかし「死のはやさ」から「素肌さしとほす」と一気に歌ったところ、ある気概の強さが感じられる。湿った印象がないのは、美津の歌の特徴である。〈自らに土にかへりてゆきし子を命のかぎりわれは思はむ〉も率直できっぱりしている。自然を歌っても、心境を歌っても、一つ一つの言葉が曖昧でなく明晰なのは客観的描写力によるものだろう。

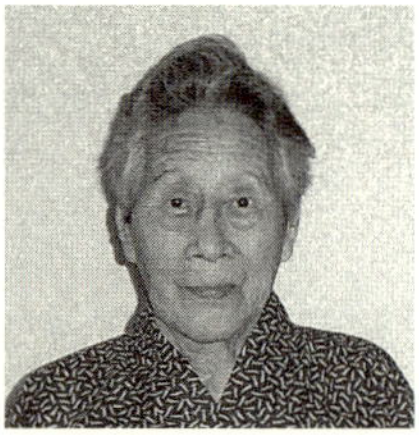

ながさわ　みつ　明治三十八年、石川県生まれ。晩年の古泉千樫に師事。昭和二十四年「女人短歌」創刊に参加。『女人和歌大系』全六刊を出版。歌集『氾青』など二十三冊。平成十七年没。

ノート　戦前、若いころにすでに二冊の歌集がある美津は、戦後に創刊された「女人短歌会」のリーダーとして女流の興隆に尽くした。古典から現代に脈々とつづく女性の和歌こそ日本文学の特徴、という観点から、昭和三十六年から五十三年にかけて『女人和歌大系』第六巻を編纂、出版した。大変な作業である。古典の素養と資質から、歌に古歌の趣き、気品があるとともに、骨太で率直な歌もまじる。戦前、古泉千樫に師事してアララギの影響を受けたことも大きい。〈地蔵さまは新しい帽子なれば赤い色が日の丸よりも赤し〉と字足らずも平気でズバリと言う。〈冬の日の陽ざしに開くあたらしき牛酪の真角の稜線を截る〉は釈迢空が「女人として、ここまで勇気がある」と褒めた歌で、覇気ある歌が多い。

秀歌選

まるけれどいまだは咲かぬ紫陽花の花をうごかし雨ふりいでぬ　（『氾青』昭4）
あらはるる大樹のかたへに径過ぎて周囲の緑は落ち着きて見ゆ　（『垂氷影』昭10）
木の椅子に腰かけをりてあやしくも十年の日の遠きにおもへず　（『花芯』昭16）
綿の種が綿をかむりてゐることをあはれがりつつ子がわれに見す
婦人衣がモンペになりて戦ひを凌ぎしことも史にのこらむ　（『雲を呼ぶ』昭25）
夕刊の気象図を見て描く今宵ねて明日の朝ひらけゐる空のいろ　（『水面』昭28）
岐路を越え来しこともおぼつかなふり捨てがたき生きもののこゑ　（『雪』昭30）
一人にて歩みゆくときふりかかる雪の白さを消さぬ太陽　（『汐』昭33）
目のとどく空のかぎりをさへぎりて北アルプスの山襞嶮し　（『車』昭35）
ふるさとのふる雪のなか逝きし子の記憶に今日のわれを溶かさむ
伊太利より子たちのために数行の文字を載せきし息子の絵葉書
異国にて娘が迎ふる誕生日空港の時計が示す時差時間　（『往来』昭38）
息子より来たりし旅信にはびしょびしょと降る巴里の雨を告ぐ　（『地紋』昭41）
今日の日に見しことききしことあますなく夕焼け空につつまれてゆく　（『線』昭45）
大喜利の終幕を見ず立ち去るは惜しと思はすもののひそめり

のぼる日を仰ぐは稀にておほよそに入り日の空のくまどりをみる　（『五黄』昭49）
心のうち大波小波うちかへすなみのひびきをしくしくときく　（『層塔』昭51）
片足は前に片足はうしろにひき戻す思ひにて今年も暮れなむとす　（『墨雫』昭55）
高原の空気つんざきひろがる花火つぎつぎ光りつぎつぎに消ゆ　（『天上風』昭57）
住む家のペンキや壁を塗りかへぬ心のうちは誰にまかさん　（『八十扉』昭60）
めざむればやがてさしくる窓明り額にうけつつ今朝も起き出づ　（『青海波』昭62）
夢のあと辿りてみるもおぼつかな醒めゐて描くは科学を越ゆる　（『天地相聞』平元）
一九〇五年生れ明治・大正・昭和・平成ひとつらなりの過ぎし過ぎゆき　（『花鳥行列』平3）
やがてくる醒めざる日もありがたしそれまでをと大切にせむ　（『佛眼紋』平5）
わが身より眼鏡をはずし時計をはずしまだ外すもののありや　（『卒塔婆』平6）
白山をみなもととする流れ千尋の海にそそぐと小学校々歌にてうたひき　（『空』平7）
子には孫われには曾孫その曾孫もやがて親となるならん　（『たちばな』平8）
輪廻とはまことのどかな響きなり耳に聞きても口に唱へても
手を休め心を休めひとときを無心になりてまた立ち上がる
よろこびはいまだ読みたき書のありて作りたき歌いつもあること　（『輪廻』平13）

中城ふみ子

冬の皺よせゐる海よ今少し生きて己れの無惨を見むか

（『乳房喪失』昭29）

なかじょう　ふみこ　大正十一年、北海道帯広生まれ。昭和二十二年「新墾」入会。「山脈」「潮音」「凍土」などに投稿。二十九年七月『乳房喪失』刊。八月三日没。三十一歳。

鑑賞　飽くことなく波が浜辺へ打ち寄せる冬の海の光景である。その波涛を「冬の皺」と比喩するとき、どこか苦渋に歪む人の顔が彷彿されるのは、ひとえに「冬」の寒々しい厳しさと「皺」の凹凸や陰りに由来する。

この上二句を受けて、三句目以降は一気に心境の吐露となる。もう少し生きて自分の無惨さを見てやろう。言い方を替えれば、生きられる間は自分の悲運や苦悩を正面きって見定めてやる。やや自虐的な口吻は、立ち向かうべき今後を戦慄しつつ受容する心持ちの痛々しい逆説でもある。

左右の乳癌手術をした中城が、小樽から札幌医大病院の放射線科へ通院する際、車窓から石狩湾を見て詠んだ一首。昭和二十八年十一月、三十一歳。癒えない病への底暗い怯えと、女の性を司る乳房の欠損感が「己れの無惨」に集約されている。以後は乳房がテーマ化され作品の前面に躍り出る。

ノート　戦後の歌壇に彗星のごとく登場し、閃光を放つや急逝するというドラマティックな一生を遂げた中城ふみ子。きっかけは昭和二十九年四月、短歌研究社主催の五十首詠第一回目の一位入選による。離婚、恋愛、罹病といった私生活の生々しさを底に据えつつ豊かな想像力で形象した挑発的な一連は、ひととき歌壇から猛反発を喰らう。歌壇への激震の直後に刊行された『乳房喪失』はセンセーショナルな社会的事件となり、死後には映画化もされた。

〈音たかく夜空に花火うち開きわれは隈なく奪はれてゐる〉〈背のびして唇づけ返す春の夜のこころはあはれみづみづとして〉などからは、戦前の東京で学生生活を送り、戦後は映画やダンスを享受した世代の開放感や映像性がうかがわれる。

追ひつめられし獣の目と夫の目としばし記憶の中に重なる
出奔せし夫が住むといふ四国目とづれば不思議に美しき島よ
倖せを疑はざりし妻の日よ蒟蒻ふるふを湯のなかに煮て
春のめだか雛の足あと山椒の実それらのものの一つかわが子
灼きつくす口づけさへも目をあけてうけたる我をかなしみ給へ
とりすがり哭くべき骸もち給ふ妻てふ位置がただに羨しき
衆視のなかはばかりもなく嗚咽して君の妻が不幸を見せびらかせり
シユミーズを盗られてかへる街風呂の夕べひつそりと月いでて居り
秋風に拡げし双手の虚しくて或ひは縛られたき我かも知れず
憂鬱といふならねども三十のわれは男の見栄に目ざとし
ナイーブな髪のさやりが子に似たる人に惹かれゆく哀しみながら
子を抱きて涙ぐむとも何物かが母を常凡に生かせてくれぬ
背のびして唇づけ返す春の夜のこころはあはれみづみづとして
月のひかりに捧ぐるごとくわが顔を仰向かすすでに噂は恐れぬ
音たかく夜空に花火うち開きわれは隈なく奪はれてゐる
年々に滅びて且つは鮮しき花の原型はわがうちにあり

川鮭の紅き腹子をほぐしつつひそかなりき母の羞恥は
コスモスの揺れ合ふあひに母の恋見しより少年は粗暴となりき
もゆる限りはひとに与えし乳房なれ癌の組成を何時よりと知らず
失ひしわれの乳房に似し丘あり冬は枯れたる花が飾らむ
光りたる唾ひきしキスをいつしんに待ちゐる今朝のわれは幼し
社会意識もてと責めて記者きみが呉れゆきし三Bの太き鉛筆
ひざまづく今の苦痛よキリストの腰覆ふは僅かな白き粗布のみ
葉ざくらの記憶かなしむうつ伏せのわれの背中はまだ無瑕なり
（『乳房喪失』昭和29）
遺産なき母が唯一のものとして残しゆく「死」を子らは受取れ
熱たかき夜半に想へばかの日見し麒麟の舌は何か黒かりき
死後のわれは身かろくどこへも現れむたとへばきみの肩にも乗りて
無き筈の乳房いたむとかなしめる夜々もあやめはふくらみやまず
この夜額に紋章のごとかがやきて瞬時に消えし口づけのあと
灯を消してしのびやかに来るものを快楽《けらく》の如くに今は狎らしつ
（『花の原型』昭和30）

永田和宏

わが脳に開かぬ部屋の多くなり藁の匂いかなつかしきかな

（『風位』平15）

ながた　かずひろ　昭和二十二年、滋賀県生まれ。京都大学在学中「塔短歌会」入会、高安国世に師事。京都大学教授。「塔」主宰。歌集『メビウスの地平』『風位』など。評論集ほか。

鑑賞　作者は五十代であるので、老いというほどではないが、それでも若いときとは違う、老いの兆しを自覚する。むしろ、老いたときより意識する年代であろう。意識の方が先行すると言ってもいい。「開かぬ部屋の多くなり」には、先取りの言い切った明晰さがある。こう、あえて言うところに、微妙な年齢の不安、危うさがある。「多くなり」から「藁の匂いかなつかしきかな」と続くのが、茫洋とした、何とも言えず、さびしい味わいがある。だんだんと藁の匂いの領域に入っていく、それを拒否するのでなく、回帰していくような、なつかしさを覚えている。『饗庭』にも〈脳に開かぬ扉《と》のすこしづつ多くなり日向のように老いてゆくらむ〉という歌があり、これも日蔭でなく「日向」が独自で、味わい深い。

科学者である作者には脳や身体器官を意識する歌が多いが、それが独特のゆらぎ、情感を伴っている。〈梅の木のさびしき光にまた出会う海馬第三領域のあたり〉。

ノート　大学生のころより作歌、評論ともに注目され、先端を切ってきた。先行世代の前衛短歌の影響を受けつつ、アララギ系の「塔」で育ち、明晰な抒情性のある青春歌が多い。

永田和宏は、科学者として細胞生物学の分野にあり、歌人としての活動との両立を保ちつづけている。その多忙と困難な日常の中から歌い出される家族、自然、職場など、幅と厚みがあり、不思議にゆったりとした呼吸がある。特に、意識と無意識のはざまに掬いとられるような思索性は、独特の情感を醸す。〈引き込み線は雑草なかを草隠りゆけり昨日のこだはりはまた〉〈雨の日に電話かけくるな雨の日の電話は焚火のようにさびしい〉など、口語や比喩、漢語、古語を闊達に取り込んで、且つフラットに人生の、年齢の襞を詠む。

きみに逢う以前のぼくにあいたくて海へのバスに揺られていたり
あの胸が岬のように遠かった。畜生！　いつまで俺の少年
噴水のむこうの君に夕焼けをかえさんとしてわれはくさはら
おもむろに人は髪よりくずおれぬ　水のごときはわが胸のなかに
（『メビウスの地平』昭50）

窓に近き一樹が闇を揉みいたりもまれてはるか星も揺らぎつ
岬は雨、と書きやらんかな逢わぬ日々を黒きセーター脱がずに眠る
スバルしずかに梢を渡りつつありと、はろばろと美し古典力学
なにげなきことばなりしがよみがえりあかつき暗き吃水を越ゆ
（『黄金分割』昭52）

尋ねたきことの数かず乾反葉《ひぞりば》の吹き寄せられし万のくちびる
〈一期は夢〉ならずさりとて空しさのやらん術なく犬蓼揺るる
貧しさのいま霽ればれと炎天の積乱雲下をゆく乳母車
（『無限軌道』昭56）

日盛りを歩める黒衣グレゴール・メンデル一八八六年モラヴィアの夏
もの言わで笑止の螢　いきいきとなじりて日照雨《そばえ》のごとし女は
天秤は神のてのひら秋の陽の密度しずかに測られいたる
（『やぐるま』昭61）

透明な秋のひかりにそよぎいしダンドボロギク　だんどぼろぎく
生ゴミを夕暮畑に埋めながらぐらりぐらりと妻は傾く
登り坂か降《くだ》りかとふと疑えば夕陽のなかより人現わるる
（『華氏』平8）

年々の教室写真の真んなかに我のみが確実に老けてゆくなり
われかつてこのように抱かれしことなし恍惚と死に溺るるイエス
水面に一本の浮子《うき》立ちており墓原に墓の鎮もれるごと
自意識は芙蓉のごとく緩むなり鳰《にお》の海わがふるさとの湖
（『饗庭』平10）

いつよりかポストを撫でて道渡る癖このポストは時雨に濡るる
ここよりは単線となる夜の駅水盤に黄菖蒲《きあやめ》の影うすく射す
今日釣りし魚を提げきて捌《さば》きはじむ息子《こ》はさりげなし妻の居ぬ夜
（『荒神』平13）

亀眠るうすき瞼《まぶた》のうらがわを渉る乾坤初冬のひかり
人に死後とう時間はありて池の辺に亀眠るなり自《し》が影の上
ふところに月を盗んできたようにひとり笑いがこみあげてくる
なんにしてもあなたを置いて死ぬわけにいかないと言う塵取りを持ちて
癌と腫瘍の違いからまず説明すなにも隠さず楽観もせず
長谷八幡鳥居のうちに君と棲むたったふたりとなりたるわれら
（『風位』平15）

成瀬 有

サンチョ・パンサ思ひつつ来て何かかなしサンチョ・パンサは降る花見上ぐ

（『游べ、櫻の園へ』昭51）

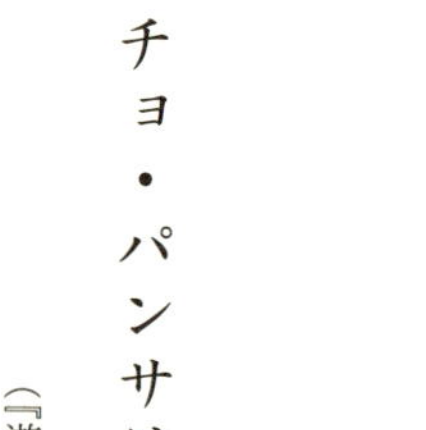

なるせ　ゆう　昭和十七年、愛知県生まれ。岡野弘彦の「人」創刊に参加。終刊後「白鳥」創刊。歌集に『游べ、櫻の園へ』『流離伝』など。

鑑賞　サンチョ・パンサは、セルバンテスの小説「ドン・キホーテ」の従者である。騎士道物語に憧れて痩せ馬ロシナンテを駆り、現実を見ずに猛進する主人の正義感の滑稽さ。それでも、サンチョ・パンサはついてゆく……。そんなことを思いながら、満開の桜がただはらはらと降ってくるのを見上げる作者。いつのまにかそのまなざしは、かのサンチョ・パンサのまなざしに重なっているのだ。

　作者の、ドンキホーテのような主人とは、戦後の高度成長を必死で走る人々か、あるいは、政治の時代を突っ走った青年たちか。いずれにせよ、そういう猪突猛進の疑いのない世界や同時代に、自身も否応なく連なりながら、心はどうしようもなくそこに遅れ、距離を感じている。その悲しみと虚ろが、落花にむせぶような美しさのなかにあるのがひときわ印象深いが、この「降る花」のなかの思いは直感において、日本そのものを問い悲しむ感覚につながるのだろう。

ノート　第一歌集以降、折口信夫、岡野弘彦の系譜をいっそう自覚的に継ごうとしてきた作者である。歌の調べ、音楽性を重んじながら、現代への憤りと悲しみを古代の視点から問いつづけており、柔軟な調べをもつ歌は、一貫して反時代的な精神に貫かれてきたといえる。平成になっての歌集『流離伝』には、〈うつろへることの数々、越に来てわが佇つは古歌の沈透《しづ》ける渚〉〈日本といふ抽象を問ひ疲れほつねんとゐる春のあけぼの〉などの歌があるが、すでに昭和も遠く、時代状況がいっそう複雑になって、信じるべき「日本」そのもののさえ、おぼろになっている。そんな現代の厳しさは、作者の歌に、サンチョ・パンサとして降る花を見上げた時とも違う、深い寂しさを与えずにはおかない。

秀歌選

サンチョ・パンサ思ひつつ来て何かかなしサンチョ・パンサは降る花見上ぐ

めくるめくまでにこの身を遊ばせて陽のにほひ鋭《と》き叢《くさむら》にゐつ

天空の遊びのごとく陽入《ひい》る際《きは》くれなゐふかきゆらぎ見て佇つ

昏れ方の響《とよ》み岐《わか》るる街角に佇ちをりやうやく昭和もながし

ものの香をふふみ夜靄の流らふるビルの間《あひ》つめたき窓の整ひ

匂ひ鋭《と》く熟るる果実をわが割《さ》くをまどろみのなか夢に見てゐつ

たゆたひやまざりこころさゐさゐとたださゐさゐとこの夜《よ》しぐるる

（『游べ、櫻の園へ』昭51）

水界の峠は越えよ舞ふ白きひとひらの身のかなしくば、鳥

夜をこめて海鳴る音とうつしみを荒《すさ》ばせやまぬ鋭《と》き血脈と

めくるめくまで澄みとほる今朝の空や為す罪もなす罪もみな美し

苦しみの殻とくごとくかがやきをまとひて咲けり今朝の白木蓮《はくれん》

くれなゐの塔をけぶらせ降る雨を山ふかく来てひとと見てゐる

行く方《かた》は都市のみなかみと思ふまで戦《そよ》ぐ尾灯のはてしもあらず

妻といふを余さずに描く齢《よはひ》またず逝きにし高橋和巳思ほゆ

（『流されスワン』昭56）

読みつげば古事記の野やま春さびて鳥けだものの出でて哭きたつ

没つ陽の大きたゆたひにめくるめくにんげんといふこの身もてあます

嘆かへば髣髴《けしき》たちくるひととゐて遠潮騒の音つのる夜

恋ふといふしづけき思念、枕べに夜もすがらなるこほろぎのこゑ

みなかみの激《たぎ》ちの音のはろばろしこの深谷の村をまた過ぐ

思想全《なべ》てつぎて潰《つひ》えきうつうつと思へば明治、大正、昭和

野も山も水漬《みづ》きて梅雨にただ蒼し逝きて昭和もたちまち遠し

（『海やまの祀り』平3）

夕の陽にみつまたの花咲きけぶる蘇りくるいのちの明かり

後の史書、簡潔にかく記しおかむ戦後史ののちもはらさびしと

乱、変、役など呼びて死者を鎮めにき「大戦」などと慰まざらむ

生き弱らずあれと思ふに峡《かひ》の残雪《はたれ》あまり輝く旅のすべなさ

うつろへることの数々、越に来てわが佇つは古歌の沈透《しづ》ける渚

くちびるに色あはくさすおもかげは夢すらにいつも、いつまでも泣く

祖父も父も田舎わたらひに老いゆけり武蔵の果てをわれもわたらふ

夕雲のにほへる窓は空ふかし滅びむとするもよきかにつぽん

思ひみるひとのはるけさおもかげはしづけき秋のひかりをまとふ

（『流離伝』平14）

橋本喜典

生の終りに死のあるならず死のありて生はあるなり生きざらめやも

（『無冠』平6）

鑑賞　「死は生の終りにあるのではない。人は死を抱えて生きている。死は必然である。さればこそ生は貴く、人はそれぞれにいのちの輝きを求めるべきなのである」（歌集『一己』「あとがき」）。この歌を読み、この文章を読むと、おのずから窪田空穂の一首を思い出す。

〈死をばわれ胸にいだきて見かへればいとさやかにも来《こ》し方《かた》の見ゆ〉（『濁れる川』）。一度は棄てようとした短歌に再び心が戻って来た時期の作品で、読者を予想しない全く自由なもの、と空穂自身が記している。

歌人としての転機を迎えようとしていた三十代後半の空穂の歌と、大患後留め得た命をいたわる六十代後半のこの作者の歌とに、同じテーマを見出して驚き、そして敬服する。

「生きざらめやも」に込められた覚悟が強く潔い。半世紀を越えて「まひる野」に学んだ歌人の一首。

はしもと　よしのり　昭和三年、東京生まれ。二十三年「まひる野」入会、窪田章一郎に師事。「まひる野」の運営・編集に尽力し、編集人となる。歌集のほか評論など。

ノート　早稲田高等学院在学中にみずから窪田章一郎を訪ねて師事。以来、「まひる野」が標榜する「民衆詩としての短歌」を模索・研鑽してきた。

若年時から病弱であったこと、青春期が戦時と重なったこと、長く教職に就いたことなどから、社会の弱者への愛惜や平和への希求が強く感じられる作風である。ヒューマニズムに立脚した反戦や社会批判を激しく歌う作品もあるが、作品世界全体は、現実を慎ましく見つめ、生活者として誠実に生きようとする態度に貫かれている。

解離性大動脈瘤により生死の淵を体験し、また、その後長く身をいたわる生活の中から、近年は、人生を貴いものとする思いが深く湛えられた作品が多い。

秀歌選

今われは悲しかれども幼ならのまつはりつけばまつはらせけり
南北のいづれの軍と問ふなかれ屍は若き兵にあらずや
（『冬の旅』昭30）

見はるかす春の夕べの空の色生まれくる子の住むかと思う
起きいでてもの縫える妻ヴァン・ゴッホを舞台に観たる夜ながきかな
（『思惟の花』昭39）

シュプレヒコール過ぎゆくを待つ教壇にわれは言葉を抱きしめている
君たちを許し難しとせし日より苦しみて来ぬわれはわれの場に
気負いつつもの言う人の眼を見れば言葉はかなし言葉は恐ろし
藤の幹瘤のごときに押されたる塀やや傾《かし》ぎ父母の住む
（『黎樹』昭52）

凄まじき風の響《とよ》みにいくたびか眼ざめては思う山の容《かたち》を
双手もて雪を掬わんちちははのやさしく剛き手に触るるまで
否　否といくたびわれは呟きて流れに乗らず歩みきにけり
花嫁の父なる喜典《きてん》を慰むなどと教え子ら集いてがやがやと飲む
（『地上の問』昭58）

雪降らす天の奥処《おくが》を思うなり海原駆けて捲き騰《のぼ》る雪
写真屋が笑えと言いて笑わざる顔一つあり原爆碑の前
傷つくかも知れぬ予感に言いしこと約束なればいま踏み出だす
（『去来』平2）

わが庭の瑤樹《ようじゅ》山茶花霜月の天にかかぐる悲しみの白
生の終りに死のあるならず死のありて生はあるなり生きざらめやも
秋の水ゆめにひびきてうつしみの大動脈の傷滌《すす》ぎけり
青銅の甕をし打てば秋草や吾亦紅のみびびと震いぬ
この一首この一首をとわれは彫る軽く面白きは君らがうたえ
妻の髪の白くなりたる故由に触るることなく癒えゆく吾は
（『無冠』平6）

花冷えの大気に濡るる苔の段《きだ》踏みゆきて立たむ西行の墓
死を越えてここにある身の明日は散る桜のしたに撮られむと立つ
無言館出でて思はずも雲に呟く理不尽ならずや理不尽ならずや
茶道部はたのしかりしと笑む少女「仰げば尊し和菓子の恩」と
小林多喜二が切手となりぬ湿したる指に多喜二の背中を撫づる
師の門をたたきしわれやその手もて敲きつづくる歌の門扉《もんぴ》を
ここを動かず五月の空に立つ欅一処《いっしょ》の生《せい》の輝き降らす
かにかくに夕日にあゆむうつしみはうすくけぶれるたましひいだく
恃《ま》つはただ一己《いっこ》の意志と九十九里歌の渚をゆかむとはする
（『一己』平15）

畑　和子

冬山に来たりて心緊まるとも砕けつるわが白磁かへらず

（『白磁かへらず』昭47）

鑑賞　この歌集の時期、作者は次男を鉄道事故で突然亡くした。秀歌選の「検屍待つ」以下五首などがそれで、とくに「鼻尖る」の一首には、生々しいまでの母の深い嘆きと孤独が詠まれている。それまでも作者は、女の生の悲傷をおもな主題にしていたが、この頃を境に、より漠然とした生の悲しみから、死者に別れた生者の悲しみやさまざまな存在の生死を見渡す悲しみを意識的に詠むようになってくる。

掲出歌は、歌集の最終章で、さびれた冬の山に出掛けた時のもの。枝についたまま干からびた柿や氷柱などに囲まれ、寂しく引き締まる雪山の寒気に立ちながら、冬山の強いる孤独や荒涼をなお越えて、喪ったものへの思いが痛切にわき上がるのを抑えきれない。「砕けつるわが白磁」、あまりにも鮮やかに喪われたものが何かとはうたわないのが作者の方法だが、かえってその引き締まった抽象表現からひびく慟哭は深い。

はた　かずこ　大正三年、東京生まれ。中河幹子に師事。「ごぎやう」（現「をだまき」）入社。「をだまき」選者、編集同人。『がらす絵』『白磁かへらず』など六冊の歌集がある。平成四年没。

ノート　葛原妙子、中城ふみ子らの女歌は、昭和三十年前後、その難解性や性愛表現への賛否などの議論をまきおこし、その過程で多くの批評をうけ、短歌史のなかに位置づけられることが可能になった。一方、同時期にはそれらの女流ほど先鋭的でないにしろ、甘さと告白性を払拭して女性の抒情の幅を堅実にひろげていた歌人も少なくなかったが、それぞれに十分な評価の眼がむけられたとはいいがたい。畑和子もその一人であろう。『がらす絵』の、戦後の傷を負って生きる人々の情念を連作的に追求する試みや、『白磁かへらず』の悲傷、一貫してみられる感覚と情念を融合させた緊張感ある抽象的抒情などは、戦後の女歌の、地道な方法への志向をしめすすぐれた収穫といえよう。

秀歌選

心萎えわがあるときに曼珠沙華の幻どもが打ち囃しをり
身を清く保ちしことの悔となる一瞬ありてすでに堕ちゐし
（『彩層』昭26）

裏海は吹雪ならんか戦傷を癒しつつ棲む島の名は隠岐
円形に砂が凹《くぼ》める深さにてよみがへりゆきし何の墓穴
忘却も易しからんか風紋を消しつつ砂がはしれる砂丘
氷海を截《き》り翔べるもの白鳥と〈シベリヤの骨〉抱ける妻と
老漁夫の網より不意にあらはるる死者らあゆめる白き海の上
顔ひとつ置き忘れたるままにて寒月の窓鎖《さ》してしまへり
骨肉のほかなるものも奪へりと子を憎むとき子は寡黙なり
ぎらぎらと洗濯ものが反射せるこの部屋にすでに静謐はなし
モーターの幻聴鳴れり異質なる貝磨《す》らるるに何を怯ゆる
薄きもろき貝製の匙撰びゐつ冬をさびしき母系家族に
疵《きず》を舐めをはれる犬がしづかなる二つの耳を天に向けたり
（『がらす絵』昭35）

塗料もてぬりつぶしゆく円柱を見つつしだいにわが気息《いき》くるし
溶接の火花はげしく噴き散れる凝視《み》てゐるわれは耳を失ふ

頸さしのべこひねがひにき青空に昇らんとしきモディリアニの「女」
そがゑがく女の頸《うなじ》伸びゆきのびきりしとき死にし画家ある
いかなる手ひそめる冬の釣革にただ寡黙なる手套並ぶ
検屍待つ一夜明けつつ凍る貌くしやくしやの貌曝す人びと
捷ちて得し獲物のごとく抱くかな骨箱夫にも触れしめぬなり
鼻尖るけものの貌をたれも見るな襯衣に残るにほひまだなまなまし
とざすことなきまなざしの光りつつわが死者はいま瞳のみとなりつ
渇きたるのみどになれのまなざしをのめばかすかに視えくる生死《しやうじ》
撃たれたる小鳥のやうに落ちゆきし日輪なればたれも見ざりき
すきとほり夕空あをし紋白《もんしろ》蝶のむくろに肖たる雲を泛べて
霧切れしつかのま見たる火口湖の青まざまざとわがうちの痣
すれ違ふ眼鏡光りしたそがれを旅びとは風のごとくに過ぎにし
しづく垂るる黒き蝙蝠《かうもり》傘従へて胸そらせ来る街の祈禱師
偶然はあらず摂理はありといへりその言《こと》ながくわれを苦しむ
冬山に来りてこころ緊るとも砕けつるわが白磁かへらず
（『白磁かへらず』昭和47）

初井しづ枝

青磁瓶のひびきと思ひそそぎゐる水充ちゆきて水の音となる

（『白露虫』昭37）

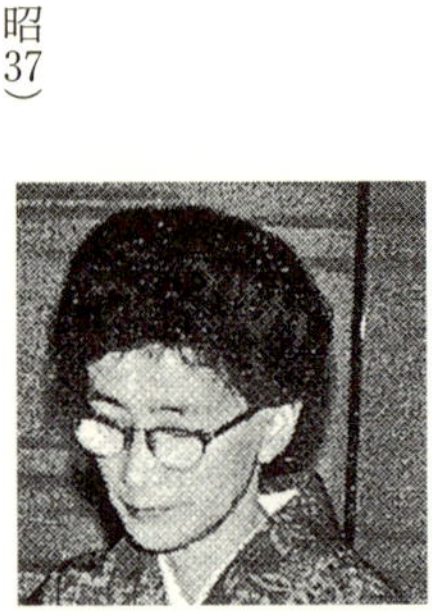

はつい　しづえ　明治三十三年、姫路市生まれ。北原白秋に師事。のち、「コスモス」に創立同人として参加。歌集『冬至梅』など。昭和五十一年没。

鑑賞　花瓶だろうか。薄手で繊細なイメージの青磁瓶に、水をそそぎ入れる。はじめは瓶の底に近いから、やや高い磁器のひびきがする。少しずつ水の量が増えるにしたがって、それはたっぷりとした水のひびきに変わる。また、瓶の内部の空間が広いときの明るい音質から、内部の空間が狭まるにつれて暗い音質へと変わる。

言われてみれば、ああそうだと思うが、花瓶に水を注ぎ入れるというあまりにも日常的な行為ゆえに、普通は気づかないでいる。初井しづ枝の作品には、こうした日常の細部、物の細部を発見した秀歌が多い。

初期の代表作である〈落ちてゐる鼓を雛に持たせては長きしづけさにゐる思ひせり〉（『藍の紋』）が、時間の中の無音（静けさ）を詠んだ歌であるのに対し、この作品は、空間の中の音（ひびき）を詠んだ歌と言えるだろう。

ノート　北原白秋によって育てられ、白秋没後、宮柊二の「コスモス」において、端正でかつ自在な作風を確立した。

白秋の気品と香気を目標として、はじめから美しく整った歌を詠んだが、戦中・戦後の時代の変遷の中で、長男の出征や生活の激変、とりわけ戦後の農地解放による婚家の没落など、重いテーマと取り組むことになる。姫路の素封家であった初井家の生活事情に苦しむ内的な葛藤を沈潜させた作品は、厳しく強いが、やがて天賦の詩精神がそこに豊かさと自在さとを加えてゆく。第二歌集『藍の紋』では、素材や対象世界が飛躍的に拡大し、第四歌集『冬至梅』では、抒情と現実とが緊密に調和した独自のスタイルを獲得した。

生涯、姫路を出ることなく純粋な作歌態度を貫いた歌人。

秀歌選

弧をゑがき打ち水の飛ぶ林泉《しま》のかげ萩は涼しく花こぼすべし
しづかさをふと照り出でて夕日なり紅葉《もみぢ》燃えたち地には庭苔
今し征く吾が子いづれぞ兵列のあまたの顔のゆきすぐるのみ
（『花麒麟』昭25）
落ちてゐる鼓を雛に持たせては長きしづけさにゐる思ひせり
その持てる金冠に光の添ふごとし冠《かんむり》　鶴はみづから知らず
チャプリンがステッキ振り来類型は淋し淋しサンドウィチマン
頬に当つる御手《みて》のこころは流れきてうつつも浄し弥勒菩薩のまへ
寒《かん》十日を陀羅尼助苦く煮詰めたる大釜憩へり牡丹に来《く》れば
（『藍の紋』昭31）
青磁瓶のひびきと思ひそそぎゐる水充ちゆきて水の音となる
向うむき雨中に咲ける日まはりの花を緊めたる真青のうてな
氷塊の透きとほるなかに紫の翳としてわれ行きすぎゐたり
鳴きかけてやみたる蝉の籠りゐる槇の木かげを歩みてすぎぬ
白き鯉の泳ぐ水深は見えながら池のおもてに夕翳つどふ
（『白露虫』昭37）
空間のどこよりとなく降る雪の吾を囲みて加速ともなふ
わが胸にむきて飛びくる糸蜻蛉《いととんぼ》の翳の如きを手もて払ひぬ

湧くごとく暁を鳴き交ふ小鳥らの喜びもちて皆散りゆけり
カットグラスは透明少し濁りゐて「白瑠璃碗」といつの世名附く
五七忌に集ひし人の去りしのち供花の芙蓉花二つほど落つ
義仲と芭蕉の並ぶ一墓域湖《うみ》の疾風《はやて》に花散りふぶく
石室の壁苔を這ふ山清水ああ常若に水は光りて
渓流のたぎちに低く迫り咲く赤き椿は水に散るべし
（『冬至梅』昭45）
電車の扉《と》あきて夜風の流れ入るしましを秋の虫鳴きゐたり
睡蓮はかるき浮葉となりゐたり阿字池ひろき秋の水の上
喪を守る寂しき家の父と子に緋鯉寄りくる水そよがせて
少しづつ離るるごとく少しづつ追ひゆくごとくありし七年
城門の閉まるを告げて打つ太鼓夕桜なほ耀ひてあり
あぢさゐの球花こもる夜の闇に見舞螢の光止むなし
開きたるはづみに震ふ夜顔《よるがほ》にみなぎり尽す花の白さは
（『夏木立』昭50）
窓の空を寄り処とゐるに寒しとてひとは障子を閉しゆきたり
目ざむれば水仙の花が活けてあり死を呼ぶごとき寂しき花や
（『夏木立』以降）

花山多佳子

みづからの髪と身体を疎み言ひて泣くむすめをば一人生みにし

（『空合』平10）

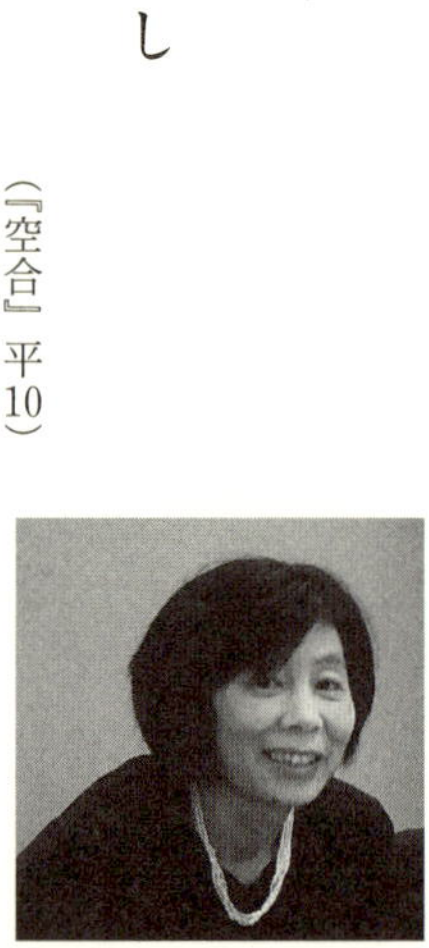

はなやま　たかこ　昭和二十三年、東京生まれ。同志社大学在学中、「塔」入会。高安国世に師事。昭和五十三年の第一歌集『樹の下の椅子』、『春疾風』など。

鑑賞　思春期の娘は、自身の髪にも身体にも違和を覚え疎んで泣いている。娘の違和感は、ほかでもなく作者自身に覚えがあるものなのだ。作者は娘を見ながら、自分のときは気づかなかった、少女が自身の髪や身体を「疎み」「泣く」ことの無惨さに気づいてもいる。そういう「娘」をいつのまにか生み育てていたことのぼんやりとした悲しみ。それは、自身の違和が娘を通して現れたのかもしれないという悲しみにも通じる。ごく淡々として乾いた文体もかえって歌の存在感を増している。

　子供という存在や母子の関係性への作者の視線は、従来の母性の濃厚さでも、それを束縛として感じるあからさまな抵抗感でもない。淡々と醒めたフラットな視点にあって独特の鋭さを帯びている。『空合』の「〈あの人つて迫力ないね〉」の歌や「プリクラのシール」の歌なども思春期の子供との関係や風俗に結びつきながら、ふと生の虚の地点を突いている。

ノート　従来の短歌的詠嘆や女性的情念のコードからはなれ、自分自身や周囲の世界を自分の眼と身体で感じようとする。そこに静かにあらわれてくるのは、倫理的価値判断や時代への過剰適応、あるいは強固な物語を逃れた、存在の不思議であり、心の不思議である。同世代の女性歌人たちの中でいち早く出された第一歌集『樹の下の椅子』でもその傾向は見えたが、平成に入る前後からいっそう作者の個性としてきわやかになった。と同時に、重要なことは、作者にはそういう独特の感性にありがちな独断の押しつけや自閉的な感じがなく、淡々としてときに虚を突くようにして、普遍的な人間存在の沈痛さのようなものに触れているところがあることであり、それゆえに読み弱りしないひろやかさがあるともいえる。

秀歌選

しかたなく洗面器に水をはりている今日もむごたらしき青天なれば

爆薬がわが手にあらば真昼この都市は静けく来たらんわれに

リチャード三世のふりして寄れる父の掌が肩を把みぬ顔を歪めて

さまざまにはばたける音充つるらしこの伸びやかな角を曲がれば

夢のなか硝子の破片拾いゆくしだいに大きくまぶしくなりぬ

（『樹の下の椅子』昭53）

子を抱きて穴より出でし縄文の人のごとくにあたりまぶしき

子守唄うたい終わりて立ちしとき一生《ひとよ》は半ば過ぎしと思いき

青蚊帳の外を怖れし眠りなどよみがえりくる音なき雨に

ひとふさの葡萄を食みて子のまなこ午睡ののちのひかりともり来

神がかりのようなおみな子の物言いに動かされつつ遊ぶおとうと

（『楕円の実』昭60）

ああかくも物のごとくに犀は立ち疾走の衝動を踏んでいるのか

黒板に迷子のわが子の名を書きて又先へ行く夢の廊下を

いたく大事にしている棒の先折れて男の子はかじるその折れ口を

（『砂鉄の光』平元）

小国の祈りの如く花閉じて黄のかたばみの朝のしずけさ

駄菓子屋はグラジオラスも売りていき裏に小さな畑をもてば

ベランダより家出せし子が一ミリの泥を裸足につけて戻り来

椅子の上に丸くなりたる子の背はアラジンのランプと言うからこする

黒胡麻の一つ浮きたる牛乳というもの見たり夜のテーブルに

（『草舟』平5）

誰かうしろになみだぐみつつ佇つごとし夕ぐれが桜のいろになるころ

かの人も現実《うつつ》に在りて暑き空気押し分けて来る葉書一枚

〈あの人つて迫力ないね〉と子らがささやく〈あの人〉なればわれは傷つく

いさかひの声よりさびし弟と姉の口笛とほくに揃ふ

プリクラのシールになつて落ちているむすめを見たり風吹く畳に

（『空合』平10）

深みあるいろと思ひて朝床に腕の打ち身のあとを見てをり

若葉して小花落とし欅木もさゆらぐのみの五月となりぬ

なかぞらを羽根ひきしぼり墜ちゆくを愉しみてまた羽根をひろげて

紙ヒコーキが日に日に紙にもどりゆく乾ける落葉だまりの上に

青嵐ふく夕まぐれ路地の口より鮫のあたまが出かかつてゐる

落ちたるを拾はむとして鉛筆は人間のやうな感じがしたり

流しの下の扉あければゆつくりとずり落ちてくる夜の鍋

（『春疾風《はるはやち》』平14）

馬場あき子

みなごろしに勝ちたる盤上に笑ひ湧けば国中の桜散るけはひする

（『世紀』平13）

ばば　あきこ　昭和三年、東京生まれ。「まひる野」に入会し、窪田章一郎に師事。昭和五十二年より「かりん」を創刊・主宰。歌集『桜花伝承』『阿古父』『飛種』ほか評論多数。

鑑賞　実力が伯仲している者同士の囲碁ではこんな事はありえない。実力を隠して対戦し、接戦したと見せかけた相手にほどほどのところで決めの一手を入れる、そんな場面だろうか。目の前の石を取ることに血眼だった相手は、じわじわと包囲されていたことに気づかない。「みなごろし」が決まった瞬間、あまりの鮮やかさに笑い声さえさざめくのである。「みなごろし」は囲碁では痛快だが、むろん痛ましい言葉だ。皆殺しになっていたかもしれぬかつての戦争の記憶、あるいは今も気づかぬうちに私達に迫っているかも知れぬ危機、それらが桜が散る華麗な風景に二重写しとなる。盤上に崩す石に散る桜が重なり、さらに散る命が重なり、幾重にも陰影が形作られる。囲碁は王朝の女達の物思いの場だったが、馬場はそこに現代への危機感を託す。笑いさざめきの余韻のなかで人の世の凄惨な歴史を思う深い寂愁が忘れがたい。

ノート　文学の世界にあっては古典と現代を自在に往還し、さらに能の世界への造詣も深い。自身舞い手でもある。一貫して人間の歴史と心の営みを追求するかつてないスケールの歌人として知られる。『式子内親王』『鬼の研究』『和泉式部』などの古典評論、『修羅と艶』『風姿花伝』などの能芸論では、歴史のなかから鮮やかに人間の生と心を洗い出して新生面を拓き、評論家、散文家としても広く親しまれている。

現代短歌に古典や歴史との新しい通路を拓き、女性歌人という枠を超えて現代短歌史の一水脈を形作る。王朝和歌、女歌の文体を核に歴史と個人の情念を結んで陰影深い大作を数多く制作する。近年は口語体や簡素な文体へと幅を広げ、現代の裂け目を見つめつつ現代人の孤独を探る。

ほぼつひの抵抗体としてのこる吾れといふこの笑止なるもの

馬に乗りけりその大きさとやさしさの手より心にしみ入るやうな

女子フィギュアの丸きおしりをみてありてしばしほのぼのと灯れり夫は

人帰しまた仕事する夜の更けの濃き情念のごときあぢさゐ

日本史の粛然とせる失念に影のごとザビエルに添ひしヤジロー

乗りちがへたり眼ざむれば大枯野帰ることなきごとく広がる

（『青い夜のことば』平11）

読み更かし涙眼濁る冬の夜の精神を抱く肉体あはれ

蛇に呑まれし鼠は蛇になりたれば夕べうつとりと空をみてゐる

桃太郎と金太郎と勝負することなしされどああ少し金太郎好き

秋はただ空いちめんの鱗雲「卒都婆《そとば》小町」舞ひたる人も見るらん

あの秋の身にしむ風を恋ふるかな小町拗ね者のごと卒都婆に坐せり

愛された記憶より愛したる記憶多しさびしくもあるか冬に入る日よ

糊ききしシーツに足を伸ばすときこの世逃がれし足裏たのし

靡くもの女は愛すうたかたの思ひのはてにひれ振りしより

（『飛天の道』平12）

鯨の世紀恐竜の世紀いづれにも戻れぬ地球の水仙の白

木の深い瞑想の中にあつたのだが木蓮はだまつて雨の朝咲く

ニホンジンはニンジンと誤植されたればあかるいニンジンたちの爆笑

万羽ゐる出水《いづみ》の鶴の静寂のゆるぎもあらず夜深みたり

二十世紀を年表に見れば苦悩する人と国家との軋轢無尽

みなごろしに勝ちたる盤上に笑ひ湧けば国中の桜散るけはひする

紫式部がたましひ見ゆるといひし碁をそと習ひをり夜更けてひとり

都市はもう混沌として人間はみそらーめんのやうなかなしみ

（『世紀』平13）

「花子《はなご》」みて月夜なりけりはるかなる歳月のなか恋はめでたし

各停とふリアリズムあり鈍行といふシニシズムあり鈍行でゆく

かの青き光何ぞと問ふ雛に露と答へて機器ともるなり

火の文化衰へて殺戮の火を生めりしづかに壊れゆく大地の音す

使ひ捨てのやうに手荒く棲んでゐる地球さびしく梅咲きにけり

冬の井戸のぞく恐さに見んとするそこにしかない深さのひかり

もうだいぶ水面から沈んできたやうなみぢんこの思ひしてゐる冬だ

牡丹九花咲きて花虻あらはれぬ空中に静止せるその力はも

（『九花』平15）

浜田　到

ふとわれの掌さへとり落す如き夕刻に高き架橋をわたりはじめぬ

（『架橋』昭44）

鑑賞　列車に乗って鉄橋を渡ってゆく場面であろう。たぶん橋の下には川が流れている。地上を走る安定感から抜け出して、目のくらむような高さの架橋を渡りはじめる。その不安感と開放感が伝わってくる。空間における移動が詠まれていると同時に、この歌には夕方から夜へと向かう時間軸上の推移も加味され、歌世界に奥行をもたらしている。

列車が橋にさしかかった一瞬に不思議な浮遊感を覚えるのは誰しも経験するところだが、その感覚を「ふとわれの掌さへとり落す如き」と表わしたのはじつに個性的。〝上着を脱ぎ捨ててしまうようだ〟とか〝声を置き去りにしてしまうようだ〟というのならわかるが、「掌」は人の身体の中で最もよく動き、よく使う部位である。それをいきなり取り落してしまうのは尋常ではない。両掌をポトリポトリと落したのち、作者がまるで異次元空間に入ってゆくようで、なにやら恐ろしい気持ちになる。上句の字余りも、歌に屈折を添えている。

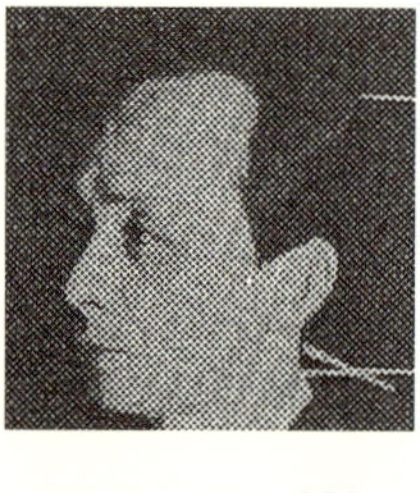

はまだ　いたる　大正七年、ロスアンゼルス生まれ。同人誌「工人」「黄」「極」に参加。生前に歌集はなく、没後に歌集（詩も含む）『架橋』が刊行された。昭和四十三年没。

ノート　アメリカのロスアンゼルスで生まれた浜田は十六歳で短歌を作りはじめる。翌年帰国し、大学卒業後は鹿児島に在住。内科医としての日々を送った。リルケの詩を愛読し、浜田遺太郎の名で詩人としても活躍した。同人誌「工人」に発表した作品が中井英夫（月刊誌「短歌」編集長）に認められ、昭和三〇年代の短歌の世界に新風をもたらして注目された。意味の呪縛から言葉を解き放ち、語と語のイメージが繊細に響き合うような抒情的な作品を残した。若くして母を亡くした体験が影響しているためか、死と向き合う歌や、母性を通して女性の清らかさを見つめる歌に特徴的なものが多い。歌壇的な人間関係を持とうとせず、謎めいた歌人という印象がある。四十九歳での交通事故死が悔やまれる。

榲桲《マルメロ》を文鎮となし書く挽歌蒼き暑熱の土にし消えむ
火の匂ひ、怒りと擦れあふ束の間の冬ふかくして少年期果つ
葉鶏頭《かまつか》の咲かねばならぬ季節来てしんじつは凛々《りり》と秘めねばならぬ
悲しみのはつか遺りし彼方、水蜜《すいみつ》桃の夜の半球を亡母《はは》と啜れり
はつなつへ扇風機の翼ひらきひと死にたまふべき光線《ひかり》とはなりぬ
裸木の夕焼空にふるるあたり何んのうれひか熟れゐるごとし
火を含む山とうめいに来し秋の野稗《のびえ》のふるへ、今戦争《いくさ》なし
冬もいなづま傷つくるそら愛しやすく少年渇けば樹に雪ふれり
逆光の扉《どあ》にうかび少女立てばひとつの黄昏が満たされゆかむ
〈たえず良心が夢を喰荒らすのです〉……枯野のうへを漂ふ一行《ぎやう》
とほき日にわが喪ひし一滴が少年の眼にて世界の如し
哀しみは極まりの果て安息に入ると封筒のなかほの明し
頌《ほ》むるよりほか知らざりしひと喪《な》くて暁《あけ》には森の髪うごくかな
死にし母に下半身無しそれからの椅子に吾の坐睡ふかまる
瞼《リーデルン》——妻のそのながき縁《ふちて》光る毎に恵まれざりしは斯くもうれしく

汝が脈にわが脈まじり搏つことも我れの死後にてあらむか妻よ
硝子街に睫毛睫毛のまばたけりこのままにして霜は降りこよ
ふとわれの掌さへとり落す如き夕刻に高き架橋をわたりはじめぬ
耳と夕焼わが内部にて相寄りつしづかに鮨《ひれ》ふるこの空尽きず
死に際を思ひてありし一日のたとへば天体のごとき量感もてり
こんこんと外輪山が眠りをり死者よりも遠くに上りくる月
曇天のくもり聳ゆる大空に柘榴を割るは何んの力ぞ
百粒の黒蟻をたたく雨を見ぬ暴力がまだうつくしかりし日に
鹽のごと秋風沁みし日を帰りわづかばかりの言葉をもてり
戸口戸口あぢさゐ満てりふさふさと貧の序列を陽に消さむため
孤り聴く〈北〉てふ言葉としつきの繁みの中に母のごとしも
わが患者靴工死ねば梅雨空に痩せし木型の月捨てられをり
一本の避雷針が立ちじりじりと夕焼の街は意志持ちはじむ
白昼の星をふるはせ鋲打てり蒼天《そら》に鉄の匂ひのほか知らず
一九四九年夏世界の黄昏れに一ぴきの白い山羊が揺れてゐる

（『架橋』昭44）

浜田康敬

豚の交尾終わるまで見て戻り来し我に成人通知来ている

（『望郷篇』昭49）

鑑賞　あまりにも有名な浜田を代表する歌である。豚の交尾、すなわち露わな人間世界を醒めた目で直視する青年がいる。大人になるとはこのようなことか、とでも言いたげな世界への不信感があるが、そのように解釈するだけでは短絡に過ぎよう。ここには大人であることに対抗しうる青年の自我が濃く刻まれているのだ。塚本邦雄は「青春への憎悪と愛想尽かし」と読んだ。同じ歌集の中には次のような歌もある。

方形のガラスを運ぶ男いて透明をかくも重くかつげり

豚の交尾を見つめる視線と透明を見つめる視線、このどちらも射るように強く、事物を貫いている。見ること、すなわち無言で世界に対抗し世界を理解すること、それがこの青年の自我の証なのだ。重たい透明を担う人、豚のように交わる人、どちらにも人間の存在感がある。成人通知は今日に較べてずっと重かった。

はまだ　やすゆき　昭和十三年、北海道生まれ。高校時代、角川短歌賞受賞（昭和三十六年）。昭和四十九年の歌集『望郷篇』、『望郷篇以後』『旅人われは』『家族の肖像』など。

ノート　北海道生まれの浜田は両親に早く死に別れ、兄弟とも共に暮らすことがなかった。やがて宮崎に移住するがそうした生活史には拠るべき場所を持たぬ故郷喪失者としての運命が添っている。それは世の理不尽をつぶさに見る視線の強さを育てることにもなった。日本が高度経済成長の波に乗ってゆく頃、浜田少年は文選工として日々活字を拾う。

限られし文選箱の大きさに「愛」という字を幾字か拾う

地を這うような生活の中からは、しかし浜田が本質的に持っている温もりが滲む。温かい人間味と強くシニカルな視線、この相反する要素が同居し不思議な奥行きをもっているのが浜田だ。近年は日常の些末な出来事を独特の角度から眺めつつ面白くも奇妙な人間と社会を詠う。

限られし文選箱の大きさに「愛」という字を幾字か拾う
曇硝子に変えねば寒し部屋内に寝ねつつ霜の原っぱが見ゆ
あお向けに寝ながら闇を愛しおり動けば淋し自慰終えし後
豚の交尾終わるまで見て戻り来し我に成人通知来ている
この部屋から富士山見えおり干してあるストッキングを透かし見てみる
「死」をわざと「死」と誤植してそのままに刷りおり創刊号の詩の同人誌
元日に母が犯されたる証し義姉は十月十日の生まれ
職探すことに疲れてユダヤ人虐殺の映画見て憩いおり
方形のガラスを運ぶ男いて透明をかくも重くかつげり
海の画像写りしテレビそのままの重さかかえて部屋隅に寄す
わが生まれし北海道を地図の上に見ているに雪降りかかるなり
（『望郷篇』昭49）
ひとり田を掘り返しいる老婆いてしきり降る雪を土に埋めゆく
折返し地点をマラソン選手等が徒労の如く返り行くなり
となり家の火事にもらいし火の中に盛りの薔薇が木ごと燃えいる
かけ終えし巣にみずからをしばし置き縛されし如蜘蛛は動かず
（『望郷篇以後』昭60）

昼日なか暗き室《へや》つくり星空を撮りし写真の現像はじむ
釧路わが生まれし海辺啄木の碑《いし》にあそびしうたにあそびし
兄弟は仲よくあそび空に揚げし凧に喧嘩をさせているなり
山陰線に浜田駅ありさらにひとつ松江は母と同じ名なりき
「盗む」「刺す」「殺す」はたまた「憤死」する言葉生き生き野球しており
ガッツ石松かつてボクサーたりし頃われも生き生きおりたりし
（『旅人われは』昭60）
「四季が丘」八十九戸の団地にて我が家は六十六番目に建つ
わが家には長女長男それぞれが嫁かず娶らずこれ四人無事
水洗便所に水を流せばわが顔に水滴かかる何処の水この水
総額でわが家の借金いくらあると妻問う一千万ぐらいとぼかし応えぬ
この宿にきょう歌会と句会ありともども人の出で入る多し
痩身のボクサーにして打たれおり打たれ強きという強さあり
昼寝するわが上に来て仔猫ありそのほどほどの体重ぞよき
東京の名門私立女子高校みな賢そうな制服が行く
昨日釧路に見たる夕陽を帰り来てきょう宮崎の空に見ている
（『家族の肖像』平14）

東 直子

好きだった世界をみんな連れてゆくあなたのカヌー燃えるみずうみ

（『青卵』平13）

ひがし なおこ 昭和三十八年、広島県生まれ。「かばん」に所属。歌集『春原さんのリコーダー』『青卵』『愛を想う』、その他、共著に『回転ドアは、順番に』などがある。

鑑賞 恋の歌である。恋は短歌の生命とも言えるものだが、これほど美しくおそろしい恋の歌は現代の短歌にはまれである。

「好きだった世界をみんな連れてゆく」は「あなた」にかかると読むのが自然だろう。「あなた」が「われ」または「われら」の「好きだった世界をみんな連れてゆく」とは、別れの意味に取っていいのではないか。「われ」――「わたし」でもいいのだが――からすべてを奪ってゆこうとする「あなた」の漕ぎ出す「カヌー」が「燃えるみずうみ」。「あなた」は湖上でカヌーと共に焼かれてしまうのである。

なぜ「カヌー」は「燃える」のか。「われ」の情念によって自然に発火するのであろう。しかも、誰にも救いようのない「みずうみ」での出来事である。この「みずうみ」は「われ」の心の中に存在するもののようにも読める。「あなた」はそこで何千回何万回と「カヌー」の中で焼かれるのだ。

ノート 東直子が現代短歌の中に持つ存在感は、世代の近い他の歌人たちとは微妙に異なっている。歌の魅力が、歌人以外の一般読者にも開かれている感覚があるのだ。それはまた、東直子自身が、歌人として大きくなるにつれて、おのずからスタンスを移して行ったとも言えるのかも知れない。しかし、作品自体の特質としてもあったものだろう。言葉が言葉を生み出すような形で、他者の心をも受け入れてしまう不思議な風通しのよさが感じられる。歌壇賞を受賞したあと、第一歌集『春原さんのリコーダー』でその独特の口語文体を提示し、『青卵』で豊饒な言葉の力をたしかなものにした。『愛を想う』では、絵という他ジャンルとのコラボレーションによって、愛をテーマに新鮮な作品を発表している。

秀歌選

おねがいねって渡されているこの鍵をわたしは失くしてしまう気がする

廃村を告げる活字に桃の皮ふれればにじみゆくばかり　来て

てのひらにてのひらをおくほつほつと小さなほのおともれば眠る

え、と言う癖は今でも直らない　どんな雪でもあなたはこわい

転居先不明の判を見つめつつ春原さんの吹くリコーダー

夜が明けてやはり淋しい春の野をふたり歩いてゆくはずでした

雪が降ると誰かささやく昼下がりコリーの鼻の長さひとしお

車体ごとゆらりと傾ぐわたしたち大事にしているものみな違う

柿の木にちっちゃな柿がすずなりで父さんわたしは不機嫌でした

じゅっと燃える線香花火の火の玉の落ちる速度で眠りましたよ

春がすみ　シュークリームを抱えゆく駅から遠いともだちの家

そうですかきれいでしたかわたくしは小鳥を売ってくらしています

お別れの儀式は長いふぁふぁふぁふぁふぁとうすみずいろのせんぷうきのはね

特急券を落としたのです（お荷物は?）ブリキで焼いたカスティラです

一度だけ「好き」と思った一度だけ「死ね」と思った　非常階段

（『春原さんのリコーダー』平8）

ママンあれはぼくの鳥だねママンママンぼくの落とした砂じゃないよね

まだ眠りたかったような顔をしてじゃあもう帰る、かえるねと云う

夕映えのさしこむ厨ほたほたと母はトマトの汁をこぼしぬ

好きだった世界をみんな連れてゆくあなたのカヌー燃えるみずうみ

怒りつつ洗うお茶わんことごとく割れてさびしい　ごめんさびしい

あのときはやさしかったし吹く風になにか千切ってやまないこころ

電話口でおっ、て言って前みたいにおっ、て言って言って言ってよ

さようなら窓さようならポチ買い物にゆけてたのしかったことなど

とうに答はミシンカタカタほのあかく見えているけどミシンカタカタ

ふたりしてひかりのように泣きました　あのやわらかい草の上では

遠くから来る自転車をさがしてた　春の陽、瞳、まぶしい、どなた

うすく口ひらいたままに息とめぬ淡き縞もつ鼠の娘

夏の野に夏の花咲き果たせないやさしい夢を握りかえした

（『青卵』平13）

おもいだせない名前あつめている背骨しずかにまげてひなたに座る

（『東直子集』平15）

泣きながらあなたを洗うゆめをみた触角のない蝶に追われて

（『愛を想う』平16）

日高堯子

からすうりのレースの花がしゆつとひらき　こんなにしづか地上の時間

（『玉虫草子』平10）

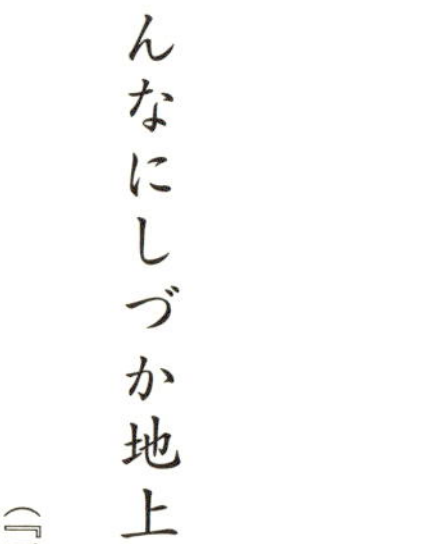

ひたか　たかこ　昭和二十年、千葉県生まれ。五十四年「かりん」入会。馬場あき子に師事。『野の扉』などの歌集のほか、評論集に『山上のコスモロジー――前登志夫論』など。

鑑賞　からすうりの花は八、九月の夕方にひらく。白い星形だが、一時間ほどの間に、その星形にたたまれていた繊細な糸状の部分がひらききると、まさに真っ白なレースのベールが開いたようになる。夕光に甘い匂いを放って妖しく光り、夜明けにはしぼんでしまう。そんな花のエロスの時間のしづけさを、作者はこよなき「地上の時間」として発見し、ひそやかに、しかし全身でやわらかく感応している。山や薮の薄暗さのなかで光るからすうりの花の妖しさと珍しさを見つめる束の間の奇蹟のような時間―。命のエロスを作者と花は交換しあっているかのようだが、「こんなにしづか地上の時間」という優しいつぶやきからは、人の世を少し遠ざかる喜びと孤独がともどもにこぼれる。

　作者の初期から見える草木や風土、自然との一体化の志向が、成熟してむしろ軽やかな美しさをにじませた一首だといえよう。

ノート　〈草の上《へ》に生まれしものを螢《ほうたる》と呼ばへば千年の闇くづれけり〉（『野の扉』）や〈さくら山よしやよしのの幻のひとつか彼のあはき体温〉（『牡鹿の角の』）などにも見えるように、作者の主題は自然であり、そこに明滅する命のエロスである。多くそれらの命は、ただ今そこに生物として存在しているというのではない。長い時間と空間を率い、あるいはその大きな時空そのものをわが命として漂うものにほかならない。そして、〈ひぬまなる水のそこひの黒しじみをんなとおもふこの黒しじみ〉という歌などを読むとき、作者の自然は女性そのものとして呼吸しているとも見える。情と景の融合などをいいたてぬ先から、それらは作者においてすでに感性の次元で一体化しているのだ。

秀歌選

草の上《へ》に生まれしものを蛍《ほうたる》と呼ばへば千年の闇くづれけり
声もたぬ虫にまじりて地に這へば草のくらやみかぎりもあらぬ
野草一束朝靄二合精霊《すだま》三つ収めて伏せよふるさとの壺
さびしさにうそりうそりと増える髪肩に垂らして森のごとをり
つばなの野あまりあかるく光るゆゑこの世の伴侶はだれにてもよし
（『野の扉』昭63）
あつさりと夫を忘れて眠りけり　ねむりは月の黄河を遡《のぼ》る
支那服を選びゐんきみにほつとりとともれるわれの身体あはれ
〈遠人愛〉といひしはニーチェ　ひとを恋ふ心は思想のやうには死なず
雨後の月にほひ出づるよゆつくりと体《たい》をひろげて川海に入る
さくら山よしやよしのの幻のひとつか彼のあはき体温
（『牡鹿の角の』平4）
しらとほ　にひはりを過ぎ身のどこかやはらかくなればきみの生国
大洗磯前《いそざき》神社夜のをはり光の蛇が海より来たり
ひぬまなる水のそこひの黒しじみをんなとおもふこの黒しじみ
夏の蛇水盤のへりに喉をおき時やはらかに水呑みてをり
ああ岬ししうどさむく咲きさかりさびしきまでに海にまみゐる

⿱日衣月《ほろつき》のぬばたまふかき海の青びび　びびとゆくとんぼ千匹
（『⿱日衣月もゆら』平7）
からすうりのレースの花がしゆつとひらき　こんなにしづか地上の時間
蝶番の真似などしたるわが夫のなんの心か今朝みづみづと
空豆のくぼみのやうな姉として疲労《つかれ》のふかき弟おもふ
玉蜻《たまかぎる》蛾のしろひげがふと伸びてしづかキーツ・ハウスのキーツ
青秋《あをあき》や　まだ何ものも身ごもらぬすずしきマリアがわれを過ぎりぬ
野にて逢ふ十字架ありてキリストを昼顔のはなが巻きしめてをり
たましひが躰のなかで泪するしづかにひととき泣かせてやりぬ
（『玉虫草子』平10）
この春はちぢむ乳房のをかしくもかろき心となりて梅見る
人が人の臓器をもらひ生きる日の身体のあはき影かさねあふ
チューブより絞り出すもの妖しけれ　古びたれどもわれに魂《たま》ある
ひつそりと父は身体《からだ》のうちがはに扉があいてゆくやうに老ゆ
マスカット房の重さは手に受けてふつさりと切るねむる果肉を
桃明かり千年ひとのゆめをみてまた人間によみがへりこむ
髪を洗へば何をか待つやうなこころひからせ樹雨《きさめ》がにほふ
（『樹雨』平15）

平井 弘

例えば　羊のようかもしれぬ草の上に押さえてみれば君の力も

（『顔をあげる』昭36）

ひらい ひろし　昭和十一年、岐阜県生まれ。三十五年、小瀬洋喜らと同人誌「斧」創刊。三十六年に作歌を中断するが再び歌を発表、その後また中断する。歌集『顔をあげる』『前線』。

鑑賞　「例えば」と四音の不安定な初句、一字空けで繋がる柔らかな文体は、言いさして止めたような独り言を連想させる。くっきりした輪郭を与えないように工夫された一首には、思春期のもつ優しさと残酷さが暗示される。「羊」の力を強いと見るか、弱いと見るか、解釈の分かれるところであるが、この歌の魅力はそういう事実性にあるのではない。相手である「君」の輪郭に優しく沿いながら、対象を言葉でなぞろうとしている歌なのだろう。そこには、既成の言葉で限定してしまわないように、注意深く表現された未知の「君」がいる。「少女の力」を「羊」に譬えることで、少女という概念を解き放っているのだ。「君」という「他者」に対して、歌は少しの既成概念も匂わせていない。言葉が他者に踏み込んでゆかない歌、そこに特有の優しいエロスが漂う。触れたことのない少女の抵抗を想像する少年の素の思いが、言いさしてふと止める不安定な文体に柔らかく匂いたつ。

ノート　昭和五十四年刊行の『現代歌人文庫20　平井弘歌集』に収録された歌論「短歌における他者の復権」は、「私」に執する短歌に新しい「他者」を導入しようとするものだった。作歌主体の「私」によって限定されてしまう「他者」を、本来の存在に解放しようとしたのである。その主旨は、内容とあいまって、特有の文体を生み出していった。〈いる筈のなきものたちを栗の木に呼び出して妹の意地っぱり〉などに象徴される、言いさして止める優しい文体というのだろうか。韻律を柔らかく崩して、そのうえ言い切らない。うたう対象を言葉で区切らない文体である。同時に、実際とは異なる「特攻隊の兄」のイメージを作り上げて、出征する兄を引き止めなかった弟世代の立場を、平明な表現で浮き彫りにした。

君を少し先にたたせて行く時のわれ山羊を追うような眼をして
ガラス戸の向う動かぬ夏がみえ起るべき何をわれは待ちいる
例えば　羊のようかもしれぬ草の上に押さえてみれば君の力も
息つめて野火を見ている眼がわれの他にもあらむ闇のむこう側
空に征きし兄たちの群わけり雲わけり葡萄のたね吐くむこう
土のうえに魚を描きいしいつからかかならず左向ける形の
死者たちの為しえざる愛継ぎしよりわれらに栗の木が騒ぐなり
兄たちの遺体のごとく或る日ひそかに村に降ろされいし魚があり
送棺に蹤き行くみじかき列動き悲しみはわれの前にて断《き》れる
いる筈のなきものたちを栗の木に呼びだして妹の意地っぱり
感じやすき死者たちがまた騒ぐゆえ顔あげる並びくる靴音に
もう少し酔わなくなりし眼の中を墜ちゆくとまだ兄の機影は
（『顔をあげる』昭36）
顔掩うためだけにでも両の手のつかわれること思いがけなく
あね姦す鳩のくくもる声きこえ朝からのおとなたちの汗かき
どのような闘いかたも胸張らせてくれず闘うたたかうだなんて
いちまいの平和な魚をつつくときそんなにも近く来ていてだれか
はね毟ることより鶏の生きかえることが怖ろしくていもうとよ
子をなさず逝きたるもののかず限りなき欠落の　花いちもんめ
なにか途方もなき欠落の移りゆく村のうえまたこころの真うえ
男の子なるやさしさは紛れなくかしてごらんぼくが殺してあげる
ひぐらしの昇りつめたる声とだえあれはとだえし声のまぼろし
大輪にあらざるもののかずしれぬ花をあつめてさくらというは
水に移す火を囲いしはおんならの手にそえる手のあまた　幻
黍の毛のちぢれちりぢり子と戯ぶかな焦げくさきたましいいくつ
肩ひもの姉がととのえがたきまで日をさかのぼりきしかたつむり
還れとはいのこるものの易しさが言わしめたりし火を流すかな
（『前線』昭51）
盆の湯に子をしずめいる現にはかく焦げくさきものの添えるよ
桃の花にももの時分のながれをりわれの不穏とまひるを分かつ
園遊やとつぜんですがお招きの方《かた》よりなにかおほくありません
ゆふ燕の影かはほりとすりかはるひりひりとして時のうすかは
（『前線』以降）

福島泰樹

あおぞらにトレンチコート羽撃けよ寺山修司さびしきかもめ

（『望郷』昭59）

ふくしま　やすき　昭和十八年、東京都生まれ。歌集『中也断唱』『賢治幻想』などを含め著書は六十冊を越える。「短歌絶叫コンサート」は一〇〇〇ステージ超。「月光の会」主宰。

鑑賞　寺山修司が四十八歳で亡くなったのは一九八三年（昭和五十八年）五月。福島の『望郷』はその翌年に刊行された。つまり挽歌である。寺山がこの世を去った衝撃は大きく、それゆえ追悼の念も深かったのだろう。

青空のもとを飛翔する白いかもめ。トレンチコートを着た寺山の姿がこのかもめに託されたのは、彼の〈人生はただ一問の質問にすぎぬと書けば二月のかもめ〉が投影したものか。しかも「さびしきかもめ」であるのは、有り余る才能を持ちながら早逝した無念と孤独を思いやってのことだろう。

福島作品の全体を覆う感傷性は、寺山短歌の歌謡性に通う。〈ロープ際の魔術師さわれ幾たびか追われ必死に放ちしフック〉のように福島はボクシングに熱中したが、寺山も同様。劇団「天井桟敷」を率いた寺山に対して、福島は「短歌絶叫コンサート」を続ける。寺山への強い意識は必然的だった。

ノート　〈樽見、君の肩に霜ふれ　眠らざる視界はるけく火《ほ》群《むら》ゆらぐを〉〈一隊をみおろす　夜の構内に三〇〇〇の髪戦ぎてやまぬ〉を含む『バリケード・一九六六年二月』が刊行されたのは七〇年安保闘争の前年だった。リアルな映像性と劇画風な構成力を備え、詠嘆の中に熱い情念を滲ませる作風は、この第一歌集から現在まで一貫する。

一九七〇年代半ばから「肉声の回復・歌謡の復権」を求めて始めた短歌朗読は、のちにピアノ、ドラム・パーカッション、尺八の奏者と組んでの全国的なステージ活動へ広がる。一方で思い入れ深い文学者や詩人の死を悼み〈中也死に京都寺町今出川　スペイン式の窓に風吹く〉などと詠み続けるのは、福島自身が僧侶であることと無縁ではないのだろう。

秀歌選

樽見、君の肩に霜ふれ　眠らざる視界はるけく火群《ほむら》ゆらぐを

もはやクラスを恃《たの》まぬゆえのわが無援　笛噛むくちのやけに清しき

ここよりは先へゆけないぼくのため左折してゆけ省線電車

二日酔いの無念極まるぼくのためもっと電車よ　まじめに走れ

（『バリケード・一九六六年二月』昭44）

愛と死のアンビヴァレンツ落下する花　恥じらいのヘルメット脱ぐ

（『エチカ・一九六九年以降』昭47）

その女《ひと》は夕べの鐘のやるせない哀傷　風に吹かれる牡丹

ヒマラヤへゆきたしあわれ雪渓を峰を越えゆく鳥に知らゆな

（『晩秋挽歌』昭49）

君去りしけざむい朝《あした》　挽く豆のキリマンジャロに死すべくもなく

一期は夢なれどくるわずおりしかば花吹雪せよひぐれまで飲む

（『転調哀傷歌』昭51）

潔くわが心境を述べるならあかねさす夜ぬばたまの昼

（『風に献ず』昭51）

脱ぐなむね　ちぎれた君のアノラック俺が真水を汲んでくるまで

（『退嬰的恋歌に寄せて』昭53）

万物は冬に雪崩れてゆくがよい追憶にのみいまはいるのだ

（『夕暮』昭56）

霙、霰、雹と変じてさて廿歳《はたち》　わたしの上に降る雪吹雪け

（『中也断唱』昭58）

さようなら寺山修司かもめ飛ぶ夏　流木の漂う海よ

（『望郷』昭59）

アルミ製の弁当箱の蓋にさえ陽は豪勢に降り洒ぎけり

（『月光』昭59）

上を向いて歩けば涙は星屑のごとく光りてワイシャツ濡らす

（『妖精伝』昭61）

ロープ際の魔術師さわれ幾たびか追われ必死に放ちしフック

（『中也断唱［坊や］』昭61）

さなりさなりさなり寂しき日の暮を赤西蠣太が燈すカンテラ

（『柘榴盃の歌』昭63）

逆立ちをして眺めればわが上を寒く流れていく春の河

（『蒼天　美空ひばり』平元）

現在を書け現在を　絶望を咽喉《のみど》の裂けるような叫びを

（『無頼の墓』平元）

死者なれば君らは若く降り注ぐ時雨のごときシュプレヒコール

（『さらばわが友』平2）

敗北の涙ちぎれて然れども凛々しき旗をはためかさんよ

しろがねの夢よ、乳房よ、白桃よ、わが渺茫の山河をゆくに

（『愛しき山河よ』平6）

まなこ瞑ればいまし帝都の上空を飛行船ゆく涙拭いき

（『黒時雨の歌』平7）

つややかなあぶらよ熱く　口寄せる漣は立つ壜のふちより

（『賢治幻想』平8）

サンタールチア駅のベンチよ青春の夢にたちあらわれいでし幾人

（『茫漠山日誌』平11）

あまたなるニスのにおいやパノラマやエレナよ遠き郷愁をいう

渓流《たにがわ》にビール冷やせばレッテルの剝げて青春無聊の日々よ

（『朔太郎、感傷』平12）

ああ春は花結びして紗に透けて露わな脚となりて儚や

そうだとも世界はあまくなやましく痺れるほどの快楽《けらく》に溢れ

（『デカダン村山槐多』平14）

藤井常世

いちにちを降りゐし雨の夜に入りても止まずやみがたく人思ふなり

（『紫苑幻野』昭51）

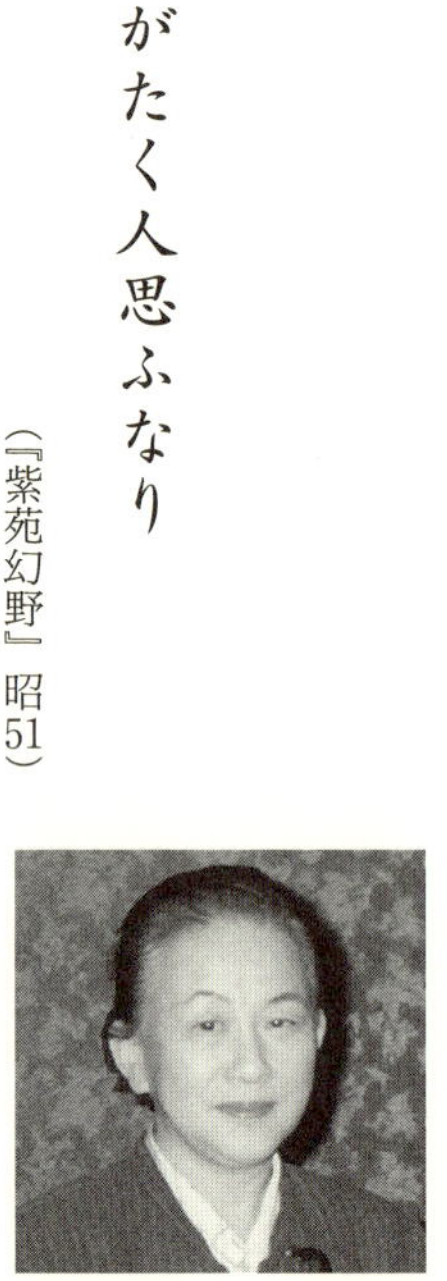

ふじい　とこよ　昭和十五年、東京都生まれ。「地中海」に属したのち「人」創刊に参加。「人」解散後は、「笛」を結成し、代表となる。歌集『紫苑幻野』『氷の貌』『繭の歳月』『文月』など。

鑑賞　一日中降っていた雨が夜に入っても止まず、その雨のようにやみがたく人を思うのである。

現代語訳をすればこのようになろう。しかし、こうして比喩の形に開いてしまっては到底伝わらない短歌いや和歌と言ってもいいが、独自の魅力を一首は持っている。「その雨のように」などというさかしらな説明は本来要らないのが、歌なのである。一日を降っていた雨が夜に入っても止まない、その連綿と滴り落ちる水の姿が、そのまま、やみがたく人を思う〈われ〉の姿に重なってゆくだけでいいのだ。古典和歌ならば、「止まずやみがたく」までの部分はいわゆる有心の序として読まれるのだろう。しかし、古典においても、この国の人々の言葉の感性は、もっと自然に、雨と恋心の二重映しを受け入れるのではないだろうか。二つは、実は一つなのだ。

現代歌人の中で、失われゆく日本語の原初的感覚を鋭く備えた作者ならではの一首だ。

ノート　うたびとの名にふさわしい、現代ではまれなうたびとである。折口信夫門下の国史学者、藤井貞文の子として生まれ、折口に「常世」の名を与えられるという恵まれた出自だが、藤井常世をうたびとたらしめているのは、何よりも、歌とひとつになった自身の情念であろう。吐く息吸う息が歌であるという感じを読む者に起こさせるまでの、韻律と一体化した身体がどの一首にも生きている。あくまで品格高い文語のたおやかなうねりの中に作者がいる。『紫苑幻野』の若々しい抒情は、『氷《ひ》の貌』で凄愴なまでに研がれ、『繭の歳月』でややわらぎを得て、『九十九夜』『文月』と、父母を送った人生の時間のうちにむしろ甘美な成熟を遂げている。

短歌の未来を考える上で、注目したい一人である。

よぢれつつのぼるこころのかたちかと見るまに消えし一羽の雲雀
いちにちを降りゐし雨の夜に入りても止まずやみがたく人思ふなり
（『紫苑幻野』昭51）
雪はくらき空よりひたすらおりてきてつひに言へざりし唇に触る
（『草のたてがみ』昭55）
はつかなる笑みを湛ふる小面のうちら貼りつく氷《ひ》の貌われは
萩すすき分けて柴刈る女にて山走りつつ人を恋ふべし
わが生《しやう》に見尽くししものあらざるに朱鷺《とき》の滅びにいま遇はむとす
萩叢も尾花もいまはしづもれるこの世照らして銅色《あかがね》の月
（『氷の貌』平元）
まどかなる若草山を奔る火の今宵は猛き思ひなるべし
歌詠みて身は痩せゆくとゆめ思ふな　野に咲く吾亦紅　吾亦紅
いかづちは地にやや近き空にありて大音声にこの世を叱る
茫々と父が見てゐる秋草の花となるべき草むらの中
おお、降つたる雪かな　氷の床を踏みしめて立つ老狂言師
（『繭の歳月』平4）
雪折れの木は立ちつくし風折れの心をさらしわが立ちつくす
穂すすきは長けてほほけて輝かぬ道のべといふわが果てどころ
時代は熟れきはまりて君もきみも吸ひこまれゆく青みどろ沼

見返れば道かき消えて冬峠　踏み越え来しは悲哀のごとし
（『画布』平11）
この春の紅梅の紅《こう》深きことかかる予祝をいま歌ふべし
夏萩は揃はずまして乱れざり庭におもかげたつとし見れば
つひの息いかにありしと嘆く夜を重ねかさねて九十九夜か
この道に逢ひて別るる山萩の花のをはりのしづかなる紅
春潮をはるかに思へばおほははもははもむすめもとはにをとめ子
歌ひつくすことあらざらむゆくすゑは花の山姥山めぐる歌
来世あらば濃色《こきいろ》のうつくしき馬　しろつめ草の露にぬれつつ
（『九十九夜』平成11）
いにしへのをみなしきぶが語るらく　螢見にこよわれはもゆかむ
黒衣着て似合ふたのしみいま少し延ばしてわれは父母の喪にあり
春一番二番などと呼びて揉まれつつ季《とき》のあらしを甘やかすなり
ひとすぢの風あればわれとともにそよぐ母が遺しし帯の秋草
ふるさとの山にかへりていま父は花咲爺となりたまひしか
（『文月』平成16）
きりはたりきりはたりちやう　とつぶやけばゆめよりも濃く歌織られゆく
夜渡るはあかき月かも流るるは夜半楽こよひたのしめとこそ
（『文月』以後）

藤原龍一郎

ついに近江を見ざる歌人として果てんこの夕暮のメガロポリスに

（『ラジオ・デイズ』平2）

ふじわら　りゅういちろう　昭和二十七年、東京都生まれ。歌誌「短歌人」編集委員。歌集『嘆きの花園』『東京式』『花束で殴る』など。

鑑賞　塚本邦雄の歌集『されど遊星』に、

散文の文字や目に零《ふ》る黒霞いつの日雨の近江に果てむ

という一首がある。掲出歌は、この塚本の歌の本歌取り。

近江は琵琶湖のことで、転じて旧国名（今の滋賀県）となった。万葉集以来の歌枕の地として知られる。旧仮名遣いで「近江」は「あふみ」と訓《よ》む。「あふみ」の「あふ」が「逢ふ」に通じることから、濃密な恋の情感を託して歌の中で用いられてきた。

滋賀県出身で関西に居住する塚本には琵琶湖はとりわけ愛惜の深い場所。それに対してメガロポリス東京に暮らす藤原にとって、近江は永遠に手の届かない異境として存在し続けている。実際に琵琶湖に行ったかどうかの問題ではなく、歴史的にも風土的にも近江ははるかに遠いところなのだ。

近江という地名のもつ重層的な意味について、自己の日常との対比の中であざやかに解き明かした一首である。

ノート　放送局に勤務する藤原はマスメディアの最先端の仕事をしている。そのかたわら短歌はもとよりエッセイ、俳句（藤原月彦の筆名をもつ）など精力的に創作活動を展開している。時代の輪郭をなぞるだけではなく、時代の空気そのものをいかに臨場感を込めて掬い上げるか。それが短歌表現に向かう藤原の一貫したテーマであろう。動きゆく時代の真只中に身をもって踏み込み、風俗や文化や人生と激しく切り結ぼうとしている。固有名詞の多用、大胆な詠嘆、鋭いアイロニー、歯切れよい文体などが、時代を疾走する藤原の作品世界をかたちづくっている。

世代や作風を超えてさまざまな作品について柔軟かつ的確な「読み」を示すことのできる、すぐれた批評家でもある。

平凡にしかも怜悧に生き来しに寒き冷たき星星光る

ワタクシをついに離れぬ発想を悪癖として抒情マニアぞ

寒風の吹き過ぎてのち虚のごとき静謐ありてサキに親しむ

詩歌に拠るほかなき悲傷さなきだに違星北斗の陰翳濃くて

日没の直後の部屋のわたくしはかつてフラワー・チルドレンだった

想像の及ぶ悲哀として語る湘南サナトリウムの閑臥

CDのメロディー、カットアウトして雨音となる技巧さびしも

七月四日生れてであれどあらざれどジーアイ・ジョーは雨に撃たれて

真夜中も首都高速は渋滞し前衛か後衛か知らずも

血流にさえ圧力のあることを不可解に思わざれど慈悲を

ジャニス・ジョプリンを「暗き時代《ときよ》の乱《みだ》れ子」と詠みたる河野愛子も乱れ子

春寒く身に沁み思う森谷均、伊達得夫、小田久郎の悲喜

さきがけて狂う至福をそのむかし葦原将軍名乗りし男

書斎派を自負し自虐し慰謝としてマン・レイの写真サティのピアノ

日々の泡、うたかたの日々　雨の夜の街傷口のように匂えば

大粒の雨滴を硝子ごしに見ている午後いつも見ているだけの

いつタオル投げ込まれても不思議なき冬の日暮と思う、思うよ

玩具ならざる言葉などなきものを夜露死苦みたいな鬼志餓魅みたいな

「朝日のあたる家」とは「朝日楼」にして言わずもがなのことかもしれず

風にのり調子はずれの「新世界」聞こえ日月尽きしその果て

悲しきは天使、街角、カンガルーのみならずこの不惑の日夜

ガス室という空間に身を置きしことなしそれを至福というか

見なければよかったもののひとつとしもう死にそうな秋の金魚を

「半鐘はいけないよ、オジャンになるから」そう、オジャンになるぞ悉皆

嘆きこそわが歌などとうそぶきしその日没ののちの向日葵

遊戯ならざる詩歌こそ栖なると「フエニキス」の「ぎしぎし」の悲愴を

黄昏の橋わたる時傷《いた》みたる「失語のなかのわれらが詩史」ぞ

登龍門そのみなもとは科挙にしてかつてあまたの敗者の夢に

「地面の底の病気の顔」とつぶやきて病気の話題に移りていたる

横浜横須賀道路、保土ヶ谷バイパスも渋滞　凄き夏の稲妻

（誌上歌集『天使、街角、カンガルー1997〜1993』「投壜通信」平13・10）

穂村 弘

ハロー　夜。ハロー　静かな霜柱。ハロー　カップヌードルの海老たち。

（『手紙魔まみ、夏の引越し（ウサギ連れ）』平13）

ほむら　ひろし　昭和三十七年、北海道生まれ。「かばん」所属。歌集『シンジケート』『ドライ　ドライ　アイス』のほかに歌画集、童話集、訳書など。

鑑賞　この歌を読むと思い出す一首がある。

さらば象さらば抹香鯨たち酔いて歌えど日は高きかも

佐佐木幸綱『直立せよ一行の詩』

である。一九七二（昭和四十七）年刊行の歌集に入っている歌で、佐佐木が三十代半ば頃の一首。高歌放吟しつつ豪快に仲間と酒を飲んだけれど、朝になったらどこか寂しい。そんな宴のあとの孤独感を詠んだ歌である。

　それから三十年後、三十代後半の穂村は「ハロー　夜。」の歌を詠んだ。愛すべきものたちへの呼びかけ。そして呼びかけたあとの作者をつつみ込む孤独感。佐佐木の歌と穂村の歌にはそういった共通点がある。しかし、佐佐木の歌が外界に向けて心を開放しているのに対し、穂村の歌はひたすら内へ内へと閉じてゆく。夜から霜柱へ。霜柱からカップヌードルの中の干海老へ。どんどん細部へと研ぎすまされてゆく寂しさが、二十一世紀の現代人の心を象徴している。

ノート　一九九〇（平成二）年の穂村弘第一歌集『シンジケート』の刊行は、九〇年代の幕開けにふさわしい大きな事件であった。口語や会話体を駆使し、細部を周到に描き込んだ設定によって歌の場面を作り出してゆく作風は、共感できる者には無条件で受け入れられるが、読者の中には全く意味不明な片言であると拒否反応を示す者も多かった。穂村自身が「わがまま」と定義した彼の作品世界は、大きなテーマが喪失したのちの明るい虚無感を表しているようにも思われる。

　穂村はエッセイ、詩、絵本の翻訳、短歌入門書の執筆など、多彩な分野で才能を発揮。さらに、歌集『手紙魔まみ、夏の引越し（ウサギ連れ）』における絵画とのコラボレーションなど、斬新な手法で短歌界に新風を吹き込み続けている。

レインコートをボートに敷けば降りそそぐ星座同士の戦《いくさ》のひかり
逢いたいのいますぐ来てという声をかこむ熱帯の果実を想う
描きかけのゼブラゾーンに立ち止まり笑顔のような表情をする
「なんかこれ、にんぎょくさい」と渡されたエビアン水や夜の陸橋
くだもの屋のあかりのなかに呆然と見開かれたる瞳を想う
眼鏡猿栗鼠猿蜘蛛猿手長猿月の設計図を盗み出せ
きがくるうまえにからだをつかってね　かよっていたよあてねふらんせ
眩しいと云ってめざめる者の眼を掌で覆うときはじまる今日よ
惑星別重力一覧眺めつつ「このごろあなたのゆめばかりみる」
冬の窓曇りやすくて食べかけの林檎ウサギはその胸の上
筋《きん》傷むまでくちづけるふゆの夜のプールの底に降るプラタナス
ひらがなっきゃ読めないひとの手をひいてあかるいあかるい月の道です
両膝をついて抱き合う真夜中のフリーザーには凍る食パン
エスキモーの少女がピアノの音を聴くように朝陽に瞑《めつむ》る者よ
はんだごてまにあとなった恋人のくちにおしこむ春の野いちご
約束はしたけどたぶん守れない　ジャングルジムに降るはるのゆき

さみしくてたまらぬ春の路上にはやきとりのたれこぼれていたり
「腋の下をみせるざんす」と迫りつつキャデラック型チュッパチャップス
アトミック・ボムの爆心地点にてはだかで石鹸剝いている夜
日の丸の円周率のうつくしい産医師異国で血に染まりおり
素はだかで靴散乱の玄関をあけて百済の太陽に遭う
超長期天気予報によれば我が一億年後の誕生日　曇り
やわらかいスリッパならばなべつかみになると発熱おんなは云えり
このあろはしゃつきれいねとその昔ファーブルの瞳《め》で告げたるひとよ
階段を滑り墜ちつつ砕けゆくマネキンよ僕と泳ぎにゆこう
夏の川きらめききみの指さきがぼくの鼻血に濡れてる世界
微笑せよ仙波龍英どのチャリも盗まれたそうに輝く夜を
飛びながらあくびをすると甲虫が喉につまってすごくあぶない
金色の水泳帽がこの水のどこかにあると指さした夏
夏空の飛び込み台に立つひとの膝には永遠《えいえん》のカサブタありき
（個人歌集未収録。14首目を除き、「蛸足配線」『ラインマーカーズ』平15）

前川佐美雄

夕焼のにじむ白壁に声絶えてほろびうせたるものの爪あと

（『捜神』昭39）

まえかわ さみお 明治三十六年、奈良忍海村生まれ。大正十年「心の花」入会。昭和八年帰郷、九年「日本歌人」創刊。歌集に『植物祭』『天平雲』など十一冊。歌書他。平成二年没。

鑑賞 戦前に帰郷した奈良（大和）の白壁であろう。むろん、そこに実際に「爪あと」があるわけではない。佐美雄独特の感覚であり、その言い切りの強さに、詩としての説得力がある。「夕焼のにじむ」「声絶えて」「爪あと」いずれも、ほろびたものの鎮まりがたい悔しさが感じられる。〈葛城の夕日にむきて臥すごときむかしの墓はこゑ絶えてある〉という歌もあるが、佐美雄の故郷は大和でも、葛城であった。そこは大和朝廷に屈服した葛城の神があり、葛城族がいた。「ほろびうせたるもの」はそうした神話、歴史の感覚と読んでもいいし、もっと普遍的に読むこともできる。

戦中戦後の歌集で批判を浴びた佐美雄は、昭和二十九年、この歌を含む「鬼百首」を発表し復活を期した。敗戦後の自身の感慨も重なるかもしれないが、こうした歌は戦前からずっと貫いている佐美雄のモティーフである。はるか古代よりの深い喪失感が、佐美雄の内部に流れているかのようだ。

ノート 昭和初期に自由律や口語短歌など、新興短歌運動が盛んとなったが、佐美雄はその旗手の一人として登場した。はじめはモダニズムといわれる当時の詩の影響を受けてシュールで反逆的な口語の歌の多い『植物祭』で出発する。その後、奈良に帰郷し、戦争に傾斜する時代の中で、定型に回帰し、『大和』『天平雲』などで、底知れない虚無的な美を湛えた名歌を残した。〈春がすみいよよ濃くなる眞晝間のなにも見えねば大和と思へ〉といった文語口語混交文体、〈西方は十万億土かあかあかと夕焼くるときに鼠のこゑす〉といった独自の発想など、異様な衝撃力、魅力に富む。戦後は『捜神』でかつての作風を見せたが、しだいに日常的な沈潜味のある歌になった。しかし、その精神はずっと尾を残している。

床《とこ》の間《ま》に祭られてあるわが首をうつつならねば泣いて見てゐし
つひにわれも石にさかなを彫《ほ》りきざみ山上《さんじよう》の沼にふかくしづむる
胸のうちいちど空《から》にしてあの青き水仙の葉をつめこみてみたし
（『植物祭』昭5）

野にかへり野に爬蟲類をやしなふはつひに復讐にそなへむがため
いちまいの魚を透《す》かして見る海は青いだけなる春のまさかり
うまれた日は野も山もふかい霞にて母のすがたが見られなかつた
（『白鳳』昭16）

透きとほる秋の晝すぎコ ス モ スは立根《たちね》も淺く揺れなびくなる
春がすみいよよ濃くなる眞晝間のなにも見えねば大和と思へ
春の夜にわが思ふなりわかき日のからくれなゐや悲しかりける
無爲《むゐ》にして今日をあはれと思へども麥稈《むぎわら》焚《た》けば音立ちにける
（『大和』昭15）

あかあかと紅葉《もみぢ》を焚きぬいにしへは三千の威儀おこなはれけむ
一生を棒にふりしにあらざれどあな盛んなる紅葉《もみぢ》と言はむ
かたつむり枝《えだ》を這ひゐる雨の日はわがこころ神のごとくに弱き
若葉して世はどことなく暗ければわが爲《な》すことの危《あぶな》からむとす
（『天平雲』昭17）

みいくさに木造船《きづくりぶね》をおくらむと今し千引《ちびき》のおほき木を伐《こ》る

紫陽花《あぢさゐ》は今朝《けさ》いろ深むわたつみの濃藍《こあを》の潮《しほ》もかぎりなからむ
（『金剛』昭20）

とどろきて汽車鐵橋を過ぎゐればその深き谿《たに》に咲く花も見ぬ
がらくたに日の當るときをいらだてばつづけざまにし世をいきどほる
物言はぬわが日となりてしらじらと秋の河原《かはら》の石にまじれる
とぶ鳥もけもののごとく草潛《くぐ》りはしるときあり春のをはりは
いつしかに天のはら冷えてをりをりはわれにかなしき鳥かげわたる
（『積日』昭22）

切り炭の切りぐちきよく美しく火となりし時に恍惚とせり
運命はかくの如きか夕ぐれをなほ歩む馬の暗き尻を見て
紅梅にみぞれ雪降りてゐたりしが苑のなか丹頂の鶴にも降れる
火の如くなりてわが行く枯野原二月の雲雀身ぬちに入れぬ
（『捜神』昭39）

葛城の夕日にむきて臥すごときむかしの墓はこゑ絶えてある
水ひろき夢見なりしが覚めぎはに渚《なぎさ》づたひに馬を走らす
正月の二日の午後を遠出《とほで》して古国飛鳥の石の上にをる
（『白木黒木』昭46）

白犬のうづくまる上の棗《なつめ》の木さはさはと嵐をあとをそよげり
奈落におちおちてそのまま燃えもせずいつか隕石のやうに冷えたる
（『松杉』平4）

前田 透

星散れる一夜を湾に宿れりし癒えがてぬ吾と吾《あ》をまもる妻

（『冬すでに過ぐ』昭55）

まえだ　とおる　大正三年、前田夕暮の長男として東京に生まれる。四十六年に「詩歌」復刊。歌集『煙樹』『冬すでに過ぐ』など。昭和五十九年交通事故にて没。

鑑賞　病のなかなか回復しない身体を養うために、歌の中の「吾」は「妻」と療養の旅に出たのであろう。旅の宿は海辺の小さな湾のほとり。一夜を泊《は》てる宿の上空には無数の星が散りかかり、「吾」と「妻」をことさらひっそりと包み込む。日常を離れたひそやかな妻籠みの一夜の、寂しくもやすらぎに充ちた情景が美しい一首である。

この一首の、夜星と湾と夫婦という構図には、実景を超えた、どこか聖画を見るような神話的な雰囲気が感じられる。それは四句と五句とが、「癒えがてぬ吾」「吾をまもる妻」というように、あたかも見つめ合うように置かれているためでもあろう。とくに五句の「吾をまもる（目守る）妻」には、「吾」をやわらかく見返す聖母の面影さえ感じられる。この一首の頃の作者は、胃の摘出手術など病気、入院を重ね、またカトリックへの受洗をも果たした。そのような日々を背景にした生命の息づきが、静かに深く響いている歌である。

ノート　略歴によると、前田透は昭和十三年に召集された後、十七年にポルトガル領チモールに移動、ここで敗戦を迎えたが、その後もなお現地に留まり、人々とともに民族独立に力を尽くし、理想社会の建設を夢みたとある。帰国を果たしたのは二十一年五月であった。これは戦地の体験としてもかなり特殊であろう。だが、青春時代のこの体験が、前田にとっていかに貴重なものであったかは、生涯の歌集を通読してみればよくわかる。〈さそりが月を齧ると云へる少年と月食の夜を河に下り行く〉。この夢幻的ともいえる抒情歌は、まだ戦争中のものである。チモールの少年や風景は、前田の生活の折々に鮮烈に蘇り、晩年にも〈幻のチモール舟唄の声すなり風の岬に来りて立てば〉と、幻の舟唄を聴いている。

さそりが月を齧ると云へる少年と月食の夜を河に下り行く
椰子林の青きは燃ゆるごとくにて月出づれば敗戦の隊を点呼す
焼あとの運河のほとり歩むときいくばくの理想われを虐《さいな》む
木の花白く咲いてひそかに死にゆける父の風景もまたきよきもの
（『漂流の季節』昭28）

礼拝堂の傍らを過ぎ野に出れば夜の靄たちぬ吾が冬の帰路
聖水を享けしとき身をふるわせて子は吾を視るそこ迄は行けず
素朴なるミサ了え来れば深き夜の星あたらしく吾が額《ぬか》に触る
（『断章』昭32）

夜の風高きに起り過ぎ行けり火を継ぐ手妻の細き静脈
夾竹桃の花かげ砂は灼けており革の匂いしてわれは行きしに
癒えぬ子をいたわり帰る石の道秋の侏儒《こびと》はかがやき踊れ
あぶらなす若き生命《いのち》を革命の黒きたぎちに投げかけてやまず
毛主席の顔のバッジは小さけど少女は必ず乳のへに付く
（『煙樹』昭43）

頭《こうべ》垂れわがかなしまんとき到り光れる繭のごときを抱く
デモに行きし子のスリッパが脱いである板の間に暁《あけ》の光漂う
平安をこいねがう妻の年齢をあわれめど屈折はわれを待つらし
屈せざる心はげしき夜の更けを犬と走れば銀河あかるし
（『銅の天』昭50）

わが生くる夏来向うとあらがねの土より立ちて欅かがやく
襲い合うこと歴史の彼方とならん日のありやなし若き暗き面輪
風絶えて夜は更けにたれ家《や》の上に冬銀河落ち蘇生せぬ母
痛み止めの注射覚め来る深き闇　よみがえりは斯く甘美なるもの
妻と子は項《うなじ》を伏せて帰り行く夜の街のどこかでうまきもの摂れ
星散れる一夜を湾に宿れりし癒えがてぬ吾と吾《あ》をまもる妻
わが愛するものに語らん樫の木に日が当り視よ、冬すでに過ぐ
（『冬すでに過ぐ』昭55）

見いでたるパンの実一顆歳晩の果実売場に聞きし波のおと
鹹湖《かんこ》の霧まとえる人が行き来せる幻いつかわれの一生《ひとよ》に
吾生命《わぎのち》のたゆたえる日を重ね来て老いざらんとす瑠璃光のそら
萬流《ばんりゅう》の油そそがん六月の日を遥かとし天の金雀枝《えにしだ》
ある日　そらかがやき北の風ゆけば南天の朱実《あけみ》地上に落ちぬ
ラザロのごとく人は蘇ることなけん山茶花の朱を氷雨打ちおり
幻のチモール舟唄の声すなり風の岬に来りて立てば
（『天の金雀枝』昭57）

前　登志夫

百合峠越え来しまひるどの地図もその空間をいまだに知らず

（『鳥總立』平15）

まえ　としお　大正十五年、奈良県生まれ。詩の活動から、前川佐美雄を知り作歌を始める。吉野で山村生活を送る。歌集のほか『吉野紀行』『山河慟哭』など著書多数。平成二十年没。

鑑賞　百合峠を真昼に越えて来た。どの地図にもまだ書かれていない、あの百合峠を、と歌う。旅中の一首であろうか。百合峠という美しい名の峠は現実にあるのだろうか。そこには百合の花が群生しているのだろうか。あるいは幻の峠だろうか。遥かな峠への連想をさまざまに呼びながら、秘められた謎が読者を深く誘惑する。『鳥總立』の巻頭歌である。

その峠を「どの地図も」「いまだに知らず」と作者はいう。「誰も知らず」ではない。つまり、地上の道を正確に記してあるはずの地図が、あたかも仮の図であるような、そんな体験として峠越えが歌われている。そこには地図＝近代の制度への不信と懐疑が深々と隠されているだろう。現代人は自然や風景からたやすく癒されることを願い、手軽にそれを消費しようとする。だが、この百合峠は、人間に飼い馴らされる自然の表情を堅く拒んで、真昼の鮮烈な光とともに立ち現れている。そしてそこに、原初の官能を帯びた百合が匂い立つ。

ノート　詩人として文学的出発をした前登志夫は、突如、異常噴火のように、「自然の中に再び人間を樹《た》てる」をテーマとして歌を作り始める。そして故郷、吉野の歴史と民俗を根底に、自然の精霊の響きを体現する独自な世界を作りあげていく。強靭な韻律と深い感応力とをもつその歌は、山と都市、自然と文明など多くの問題を孕みながら、現代を鋭く逆照射することになる。自らを「山人」と呼び、「縄文」ということばで歌う原初的な生の感情や思想、そしてそのアニミズムや宇宙的な生命感や官能は、前登志夫の歌の大きな特徴である。その世界は年齢を重ねるにしたがって深みをまし、後年の歌集では、森羅万象すべてと軽々と融合する異世界を、ユーモアとともに鮮やかに展開している。

かなしみは明るさゆゑにきたりけり一本の樹の翳らひにけり
海にきて夢違観音《ゆめちがひかんのん》かなしけれとほきうなさかに帆柱は立ち
地下鉄の赤き電車は露出して東京の眠りしたしかりけり
夕闇にまぎれて村に近づけば盗賊のごとくわれは華やぐ
暗道《くらみち》のわれの歩みにまつはれる螢ありわれはいかなる河か
（『子午線の繭』昭39）

この父が鬼にかへらむ峠まで落暉《らつき》の坂を背負はれてゆけ
さくら咲くその花影の水に研ぐ夢やはらかし朝《あした》の斧は
狂ふべきときに狂はず過ぎたりとふりかへりざま夏花揺るる
（『霊異記《りやういき》』昭47）

山の樹に白き花咲きをみなごの生まれ来につる、ほとぞかなしき
恋ほしめば古国《ふるくに》ありき万緑のひかりを聚《あつ》めふくろふ睡る
夜となりて山なみくろく聳ゆなり家族《うから》の睡りやままゆの睡り
（『縄文紀』昭52）

銀河系そらのまほらを堕ちつづく夏の雫とわれはなりてむ
在るもののなべてはわれとおもふ日や泪ぐましも春のやまなみ
はたた神またひらめけば吉野山さくらは夜も花咲かせをり
（『樹下集』昭62）

雲かかる遠山畑と人のいふさびしき額《ぬか》に花の種子播く

岩押して出でたるわれか満開の桜のしたにしばらく眩む
崖の上にほんのしばらく繭のごと棲まはせてもらふと四方《よも》を拝めり
山道に行きなづみをるこの翁たしかにわれかわからなくなる
（『鳥獣蟲魚』平4）

夜となりて雨降る山かくらやみに脚を伸ばせり川となるまで
雪やみし山の夜空に含羞の星よみがへる静けさにゐつ
ゆうらりとわれをまねける山百合の夜半の花粉に貌《かほ》塗りつぶす
ふるくにのゆふべを匂ふ山桜わが殺《あや》めたるもののしづけさ
稲妻は針葉樹林にひらめきてよすがらわれに刺青《いれずみ》なせり
（『青童子《せいどうじ》』平9）

青空のふかき一日ことばみな忘れてしまひ青草を刈る
山人《やまびと》とわが名呼ばれむ万緑のひかりの滝にながく漂ふ
ほのかなる山姥となりしわが妻と秋咲く花のたねを蒔くなり
（『流轉』平14）

百合峠越え来しまひるどの地図もその空間をいまだに知らず
鳥總立《とぶさだて》せし父祖《おほちち》よ、木を伐りし切株に置けば王のみ首《しるし》
銀漢の闇にひらける山百合のかたはら過ぎてつひに山人
紅葉の山にむかひてひらかれし扉の奥にみちびかれ来つ
（『鳥總立』平15）

蒔田さくら子

生きて遇ふ今年のさくら生き旧《ふ》るはまた新しきものにあふこと

（『海中林』平12）

まきた　さくらこ　昭和四年、東京生まれ。短歌を愛した父の影響で少女時代から歌を作り始める。「をだまき」に入会、退会の後、二十六年「短歌人」入会。

鑑賞　この一首が収録されている歌集のタイトル「海中林」は、海底に根付いた丈高い海藻類がゆらゆらと絶え間なく動いている藻場のことだという。作者は、その海中林のようなものが自分の中にもあり、矛盾や予期しない衝動や記憶の覚醒などを促すのではないか、と記している。

「新しきもの」に会うのは偶然ではない。達観とも悲観とも遠い、みずから窺い知れない海中林のようなものを内に抱えているからこそ、会うのだ。そしてそれがこの歌人にとって「生き旧る」ことなのだ。かつて〈なめらかに嘘がいへるといふことのたのしさも知りてもう若からず〉（『森見ゆる窓』）と歌い、いま〈通夜の宵まだ新しき死者のため集ひくるもの旧《ふ》りたる生者〉（『海中林』）と歌う。なめらかに嘘が言える楽しさも、死の側へ行ったばかりの死者も、新しきもの。「生きて遇ふ今年のさくら」のように。

ノート　作歌を始めた十七歳頃から十年間の作品を収めた第一歌集『秋の椅子』はロマンチックでひたむきな相聞歌集である。その後、第二歌集まで十年、第三歌集までさらに十六年を費やしている。そして、早く出発したゆえのさまざまな試行錯誤の中から、〈何か足らぬ何か足らぬといくばくの迷ひに掬ふ一匙の塩〉など自己変革への希求を感じさせる歌を含む第三歌集『紺紙金泥』が生まれる。

四十代半ばから抑制を振り切って外交的な作品へ変化していた、とみずから語るこの時期を大きな転換期として、その後は、粘り強い凝視による独自の心理的世界を展く。近年は思い切った表現の中にもゆとりとユーモアが見える。

十余年にわたって「短歌人」発行人をつとめる。

宝石はきらめき居たりおのづから光る術などわれは知らぬに

ひとりゆく君が旅路に愛でまさむ山の嫉まし海の嫉まし

（『秋の椅子』昭30）

芥子畑に実は熟れにつつ我は未だ快楽《けらく》と呼ばむ貪りを知らず

指触れし銀の器《うつは》はたちまちに曇りを帯びて我を拒めり

母が墓標に夏の光のしらじらと生きて倖せなりしかと問ふ

なめらかに嘘がいへるといふことのたのしさも知りてもう若からず

（『森見ゆる窓』昭40）

火を放ちゆきたるは誰　もつれ合ひよぢれて春の野に起《た》つけむり

黒白《こくびやく》を問ふ鋭さにつかの間の稲妻われをあらはにしたる

生きてある厚顔をこそ讃むべけれ今日すこやかに終る飲食《おんじき》

撫で上げてゆく風のなかゆり椅子に咽喉《のんど》官能の筒とし震ふ

いふべきはいひつくししと飲む水の傷口洗ふごとく沁みゆく

（『紺紙金泥《こんしこんでい》』昭56）

逆光に総身透きてあらば見よ　われはこれだけ　これだけのもの

汝《な》がコート借りて羽織りぬ男とはこんなに広い胸郭なるか

父の木と仰ぐ大樹の下蔭や踏み入るわれの明暗を呑む

つゆの世はつゆの世ながら存《ながら》へて万灯流すこの濁り川

（『淋しき麒麟』昭61）

ふくざつに枝さし交はしゐる樹林　木は争はぬものにあるらし

力こめ磨く柄《え》ほそき銀の匙　身のいづくにかかかる骨ある

奪ひても欲しとぞ思ふものはなくなくて足れりといふにもあらず

仄かなる紅《こう》滲ませて白桃は怒りに脹るるごとく坐りぬ

黒豹の全き黒に日当れば焙《あぶ》り出すごと豹文浮き来

（『鱗翅目』平5）

束ねゐる髪の根ふつと緩びたり古鏡《こきやう》のやうな月せり上がり

河口へと押しゆく水に乗るかもめ委ねきりたる浮き身ちひさし

二人よりは一人見る海一人より亡きものと見る海こそよけれ

生き死にの帰結容るるは簡にして素にして凡なる壷こそよけれ

告別といふ語かなしき式次第　柩の中のひとも従ふ

（『截断言《せつだんげん》』平10）

思ひとはいかなる色か時を経て思ひ褪すとふ実感あれど

いつもそこで必ず狂ふレコードの瑕《きず》のごときを身に持てりけり

時しばし借らば心のしづまらむしづまりてのち怒りは立てむ

人出でて萩起こしをりうす陽さす雨後洛西の湿れる小道

生きて遇ふ今年のさくら生き旧《ふ》るはまた新しきものにあふこと

（『海中林』平12）

松坂　弘

箸先に生きて身をそる白魚《しらうを》をのみこみし夜半ひとりするどし

（『春の雷鳴』昭57）

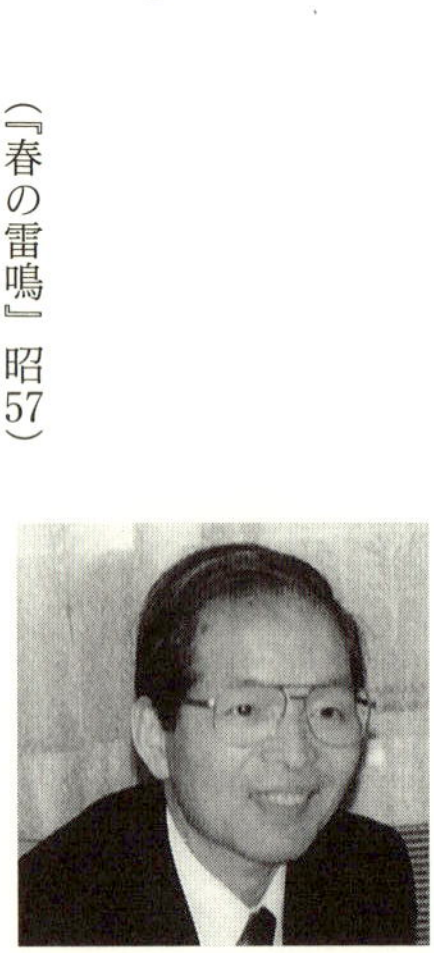

まつざか　ひろし　昭和十年、長野県生まれ。「環」に参加。岡野弘彦に師事し、「人」創刊に参加。平成二年に「炸《さく》」を創刊し代表となる。歌集に『輝く時は』『石の鳥』『蒼昏』ほか。

鑑賞　白魚の躍り食いは季節にはテレビなどでもよく見かける。生きの良い白魚の透き通った姿は涼を誘うが、しかし残酷な食事でもある。箸先でもがき身を反らす魚の命の手応えが忘れられないのである。松坂は動物や植物の生命の哀感を引き出すのに優れた作者であり、

　またたびに百獣の王酔へるさま秋の日なかに思ひ出でたり

のような歌もある。命の持つ不可思議な力への敬けんな物思いがある。生きたまま呑まれた白魚が哀しく鋭く体の内で一つの生命として息づいていると感じられるのである。

　また残酷はエロスと紙一重でもある。身を捩る美しい白魚の姿は女体の記憶を呼び覚ます、と読んでも深読みには過ぎまい。食と性との美しく残酷な出会いなのである。この歌には食事の一コマが官能を呼び覚まし作者の身のうちで鋭敏に育ってゆくさまが鮮やかに表現されている。

ノート　前衛短歌運動の影響を受けた初期から作風を転換、より写実性を深めて今日に至る。その間一貫して松坂の歌は噛みしめるように一つ一つの言葉を置いてゆくことに特徴がある。現代的なスピード感や飛躍より、対象とじっくり対話するゆるやかな時間感覚を大切にしている歌人の一人だ。

　長野県生まれの松坂は文学を志して農業を継がなかった。しかし望郷の心はその歌の底に流れ続ける。動植物などをモチーフとしても、命の内部を潜るかのような視線は都市に生まれ育った者のものではない。

　平成二年に歌誌『炸』を創刊しその代表となる。江戸時代和歌の研究をライフワークとし、著書に『鑑賞江戸時代秀歌』がある。

秀歌選

暗澹と菜の花の黄に降りそそぎ音なき昼の時はすぎゆく

干網は白く芝生にうたれつつ輝く時のいまは過ぎゆく

青春はなおそれぞれに痛ましくいま抱きおこす一束の薔薇

（『輝く時は』昭46）

芽ぶきどき木立の中は午後の風荒れつつ鱗《うろこ》のごとき光が

枇杷熟れる宵々なりき降りつぎてほのくらがりは母をつつめる

死のきわの手の冷たさを思い出で夜更すこしの水を零せり

（『石の鳥』昭和52）

卓上にひろげし白紙かげりつつ遠ざかり行く春の雷鳴

一子のみわれら賜はり夜の卓にむきゐる秋の果肉よ白き

まぎれ来しこの世の事とうべなひて千手観音に向ひ立ちをり

行きて逢ふ人はなけれど安曇野の菜の花畑ひとり恋ふなる

雪の夜を別れ来ぬれば紀の国の黄金《きん》のみかんを恋ひわたるべし

箸先に生きて身をそる白魚《しらうを》をのみこみし夜半ひとりするどし

（『春の雷鳴』昭57）

またたびに百獣の王酔へるさま秋の日なかに思ひ出でたり

降り継ぎて干《ひる》に近づくころほひを障子の匂ひわづかたちそむ

録音機に再生されゐる自《し》が聲を聞きつつ言葉の自画像を思ふ

あをき実の熟す日頃を言葉よりことばをえらぶ苦役たのしむ

小綬鶏は若葉の闇にかくれゐて火を点じあふごとくに叫ぶ

（『聲韻集』平7）

今日ひと日花を支へて立つ茎へ朝ひえびえと水注ぎをり

高層に住みてたちまち十余年せつぱつまるといふ事忘る

口中にひらひら間なくひるがへる舌赤きゆゑわれは信ぜず

通り来し硝子戸いくつきれぎれの今日の肉体をゆふべ集むる

雨のち晴れ、蛍袋のほの明り言葉を包みのびあがりをり

（『蒼昏』平9）

ただよへる飛行船の影見えねども街の凹凸を移動してゐむ

うす蒼き陶器の底に小寒の卵黄はすこしふるへとどまる

高々と曇天に桐の花ともる、今なら間に合ふと歩きはじむる

石段をわれに先立ちくだりゆく影とふひらたき分身ひとつ

自動ドア過ぐるいくたび仄かなる痛みにも似る感覚おそふ

（『今なら間に合ふ』平11）

高官の恋や不倫はプライベートの範疇やいなや、新聞をたたむ

カナカナは繁みに灯ともし池の面に灯ともし、我には故郷あらず

風のたびゆさゆさ上下に揺れあそぶ木蓮の花は神の爪として

（『草木言問ふ』平14）

253　松坂 弘

松平盟子

今日にして白金のいのちすててゆくさくらさくらの夕べの深さ

（『プラチナ・ブルース』平2）

鑑賞 散る桜を詠んだ歌は数知れないが、この歌は独特の響きにより忘れがたい。歌集『プラチナ・ブルース』に収められるが、そのタイトルの通り、高貴なプラチナ色を湛えたブルースのようである。「さくらさくら」が歌うようであり、結句の「夕べの深さ」で深い沈黙の余韻が残る。桜の散りざまには押し殺した哀しみの光が添うようだ。

松平はこの時、人生のうえで最も大きな転機にある。夫や子供と別れ、家族を失うという痛恨事を抱える。自らの孤独を見つめるかのような視線に照らされて桜は散ってゆくのである。白金は、美しさと冷たさ、輝きと悲しみといった複雑な感情を伝えるのに相応しい。孤独に磨かれながら自ずから輝《て》る光。思えば古歌の桜にもそのような美しさがあった。古の女達の孤独や悲しみを散る桜はおのずと引き寄せる。そこには悲運に磨かれて輝く女の自我が秘められている。

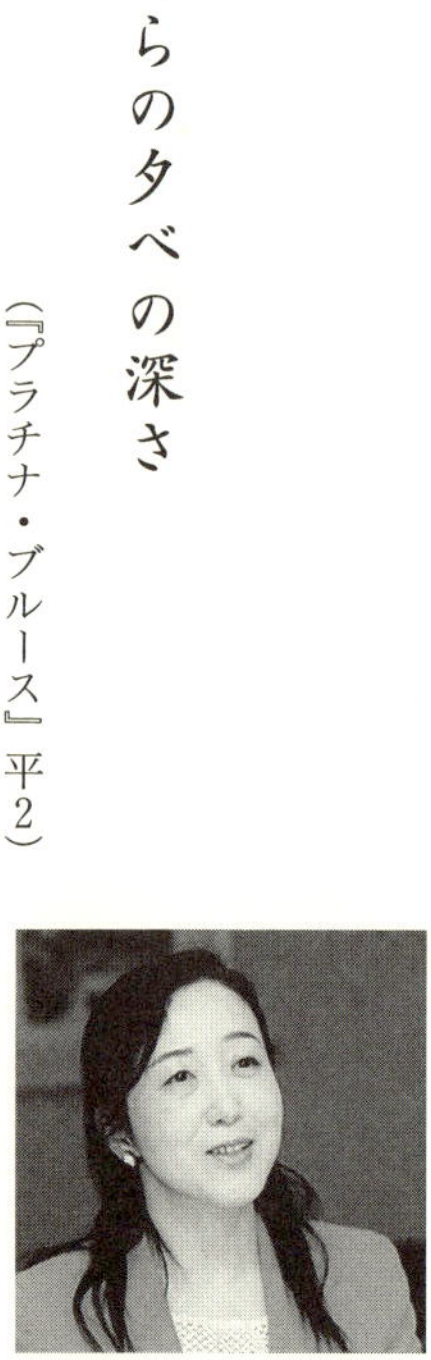

まつだいら　めいこ　昭和二十九年、愛知県生まれ。歌集『帆を張る父のやうに』『プラチナ・ブルース』ほか、与謝野晶子研究、文楽紹介など。「プチ★モンド」代表。

ノート 君の髪に十指差しこみ引きよせる時雨の音の束のごときを

（『帆を張る父のやうに』）

昭和五十二年、二十二歳という若さで角川短歌賞を受賞した松平は、潑剌とした能動的な愛と爽やかな官能性で歌壇に衝撃を与えた。受け身ではなく、自らが愛の主役であるという姿勢は、一見奔放に見えながら実は王朝和歌に源をもつ。男達との駆け引きのなかで磨かれてゆく女達の自我と深い孤独の覚悟。それらは、華麗に流麗に響きながらも独自の言葉の文化となってきた。松平もそうした古典の血を引いている。愛の能動性は孤独を見つめる強さともなって、コケティッシュな素振りに、華やかな修辞に、凛とした張りとなっている。近年は与謝野晶子研究にも力を注ぐ。

秀歌選

父と娘《こ》と待ち合はせゆふべ帰るさまウィンドの続くかぎり映れる
泳ぎ来てプールサイドをつかまへたる輝く胸に思想などいらぬ
宙《そら》へ地へ還るブランコこのゆふべ街は衛星のごとく寂しき
口うつされしぬるきワインがひたひたとわれを隈なく発光させゐる
（『帆を張る父のやうに』昭54）

凍てつきし天に荒星《あらほし》なだれゐてぎんぎんと夜の軋む音する
未来とはまづ明日のこと珈琲を冥府のごとき胃に堕《おと》しつつ
（『青夜』昭58）

梨をむくペティ・ナイフしろし沈黙のちがひたのしく夫とわれとゐる
三十代日々熟れてあれこの夜のロゼワインわれを小花詰めにす
萩ほろほろ薄紅《うすくれなゐ》のちりわかれ恋は畢竟《ひっきょう》はがれゆく箔
やうやくに飼ひならしたる〝悲と哀〟が〝火と愛〟に音《おん》かよふことあはれ
（『シュガー』平元）

切るナイフえぐるスプーン刺すフォークきらきらしくて燦たり食は
女《め》の舟と男《お》の舟の綱ほどけゆくのでなくわれが断ちきりてやる
押しひらくちから蕾に秘められて万の桜はふるえつつ咲く
今日にして白金《はっきん》のいのちすててゆくさくらさくらの夕べの深さ
独り寝の夜ごとをきては螢ほたる子を奪われし母の額《ぬか》てらす
（『プラチナ・ブルース』平2）

クレヨンに「肌色」という不可思議の色あり誰の肌とも違う
くちびるは柔らかきゆえ罪深し針魚《さより》の銀の細身を好む
人に言うべきことならねども床下に大槿《おおあさがお》が口を開けおり
（『たまゆら草紙』平4）

ファスナーは銀の直線、みずからを断つ涼しさに引き下げており
ディスプレイの中には桜ふりつづき徒《いたずら》にながめせしまの四十《しじゅう》歳
遠くから飛び来て遠く去るものの一つか恋も首細き鶴も
（『うさはらし』平8）

そのむかし五位鷺のわれは見下ろせり多《さわ》に眩しき武蔵野の沢を
晩秋の光の中に透明の馬あらわれて時計を吐けり
熟すまま来世紀まで寝かしおく葡萄酒千本そして恋人
（『オピウム』平9）

まだ知らぬフランス語の〈言葉《モ》〉繁茂してブーローニュの森、ヴァンセンヌの森
パッシー駅そのむこうには川が見え藍のセーヌの背中うつくし
太ももが左右がっしと前に出てパリの舗道をどこまでも踏みし
（『カフェの木椅子が軋むまま』平12）

垂れこむる冬雲のその乳房《ちちふさ》を神が両手でまさぐれば雪
馬の肌ゆびさきに辿るしずけさに秋は終わりぬ尾花ゆれおり
厳寒の最終列車に乗るごとく逝きし父おおと叫ぶ口して
（『カフェの木椅子が軋むまま』以降）

真鍋美恵子

八月のまひる音なき刻《とき》ありて瀑布のごとくかがやく階段

（『羊歯は萌えゐむ』昭45）

まなべ　みえこ　明治三十九年、岐阜県生まれ。十八歳で印東昌綱に師事して「心の花」に入会。女人短歌会発足に参加。歌集は『径』をはじめとして十冊。平成六年没。

鑑賞　真鍋の歌には直喩を効かせた秀歌が多い。直喩とは「ごとく」「ように」などを用いて二つの物を結びつける比喩で、この歌もその一例。八月の真昼。よく晴れた日にちがいない。公園内の階段だろうか。あるいは集合住宅の外階段のようなところかもしれない。室内ではなく、おそらく戸外にある階段であろうと思われる。真夏の日差しをじんじんと浴びている階段が、作者の目にはたまたま瀑布（滝）のように見えた、と詠んでいる。

階段は暑さで乾ききっている。しかも階段のまわりは静けさにつつまれ、動くものはない。それに対して、瀑布はひじょうに涼しげなものである。そのうえ激しい音をともなってつねに落下しつづけている。階段と瀑布とは全く対照的なものなのである。このような思いがけない二物を大胆に「ごとく」で結びつけ、それでいながら説得力に満ちた空間を描き出したところに、この歌の魅力がある。

ノート　真鍋の歌の最大の特徴は対象の切り取り方がひじょうにシャープなことである。妻として母として平穏な家庭生活を送った人だが、家族を詠んだ歌はほとんどない。日常の報告を歌に表わしたり、自分の感情をあらわに言葉にすることを彼女は周到に避けていたように思われる。身辺のなにげない事物に目を向けても、表層を眺めるのではなく、背後にひそむさまざまな表情をさぐり出そうとしている。

昭和二〇年代から三〇年代にかけて、女性歌人たちが〝人生のドラマ〟を実感を込めて詠んだ時代にも、真鍋は一貫して私的な境遇を表立てない作風を通した。イメージを研ぎ澄ますことによって、事物の裏側にひそむ闇の部分を描き出した歌に印象的なものが多い。

秀歌選

するすると糸巻とけし赤き糸なやましき線を膝に描きぬ
戦に人送りこしたかぶりに今宵を在りて炭つぎ添へつ
（『径』昭19）

空気の密度が濃しと今朝おもふ槐《えんじゆ》の芽ぶく窓に目覚めて
一鉢のばらをひたすら培ひてつちかはれゐしわれに気づきぬ
（『白線』昭25）

ミシン、食器、ぬぎし服あり友の居ぬ部屋が声なき抵抗をもつ
足冷えて立てる車床にひびきつつ過ぎゆく長きこの湿地帯
（『朱夏』昭28）

捨て身の如くねむれる猫のゐて海は膨らみを夕べ増しくる
そのかげに犠牲者あるはわが知れる祝宴に白き海老の肉切る
とき色の咽喉《のみど》を見せて欠伸《あくび》せり少女は栗の木のにほひして
たなうらに載せゐる卵の量感が心に負へる重みとなりくる
（『玻璃』昭33）

炎日のかがやく下にしづまれば街は空白の祭壇に似つ
強き酢を硝子の壜に入れたれば硝子は罌粟の茎より青し
洗濯機のなかにはげしく緋の布はめぐりをり深淵のごときまひるま
目を閉ぢて牝馬ねむれり輝ける腹部の下の底なき冥さ
赤き星接近しくる夜にして限りなく甕の罌粟が水吸ふ

エレベーターにて綿荷と共に上り来し男が鳥のやうな顔せる
（『蜜糖』昭39）

八月のまひる音なき刻《とき》ありて瀑布のごとくかがやく階段
生ける魚生きしがままに呑みたれば白鳥のうつくしき咽喉《のど》うごきたり
平衡を保てるもののするどさに夜となりゆく湖はあり
沼に沿ひてゆくバスにをり隣り合ふ喧衣《もい》着し人は体《たい》熱くして
マヌカンを人かかへくる地下道のタイルの継ぎ目鮮明な夜
（『羊歯は萌えゐむ』昭45）

昼の空脂肪のごとく冥《くら》くして人参の畑に人らが動く
おもひゐしことの虚しさ夜の坂に旗の切片のごとき月ある
日のひかりあふるる窓に壺はあり壺はつきつめし孤独の象《かたち》
暗き坂くだりきたればみごもれる人ゐて鶏卵を数《かぞ》へをり
（『土に低きもの』昭51）

地下ふかくわれは入りゆく蛭の如き指して切符を人は切りたる
石垣の石一つずれてをりたればなまなまし曼珠沙華ばなの紅《こう》
いくつかの嘘の交ればにぎはしき夜となる卓に貝の生《いき》身食ふ
（『雲熟れやまず』昭56）

傘のしづく車床に滴りつつ人は立つ夕べは誰もよき父にして
一人ひとりは繭のごとくに孤独にて西日のさせるバスに揺らるる
（『彩秋』昭61）

三国玲子

ただ一人の束縛を待つと書きしより雲の分布は日々に美し

（『花前線』昭40）

みくに　れいこ　大正十三年、東京生まれ。鹿児島寿蔵に師事、「潮汐」に入会。戦後の女流歌人として青年歌人会議等に関わる。遺歌集『翡翠のひかり』まで七歌集。昭和六十二年没。

鑑賞　結婚を決めた恋人への手紙に作者は「ただ一人の束縛を待つ」と書く。決意のまなざしに映る風景は、雲さえ日々新鮮なかがやきを放って流れてゆくのだ。「ただ一人の束縛」や「雲の分布」という堅い表現が、むしろ、恋によって鮮やかにかわってゆく若い女性の心を清新に印象づけるものになっている。第一歌集『空を指す枝』と『花前線』には、戦後民主主義の思潮の下、若い女性が働き、恋をし、結婚を選ぶ、その憧れや葛藤の軌跡が率直にうたわれて話題を呼んだ。歌集の中に甘い恋の歌が少ないのは、この世代の女性歌人に共通する特徴でもあって、自立した人間として世に立つ意志と恋の思いはしばしば葛藤し、内向しがちであった。この一首も、そうした葛藤を経てただ一人を選び、愛を遂げる決意をした歌であって、けっして甘くない。「ただ一人の束縛を待つ」とは、自身の選択としての愛への意志の宣言、その清新さは戦後という時代そのものの輝きなのだろう。

ノート　三国の第一歌集『空を指す枝』は昭和二十九年に刊行、折しも中城ふみ子が「短歌研究」の五十首詠をもって登場した年で、ともども、新しい女性の時代の到来を告げるものとなった。中城が病や死を見つめたドラマチックな愛を奔放にうたったのに対し、三国は鋭い批評意識と清潔な抒情性を特徴とする。東京に働く女性の現実、動いてゆく社会を意識する視点は、その後の作者においても衰えず、女性の生とは何かと問う視点も作者の歌業を貫くものだった。また、青春期を戦争に費やした世代の悔しさとともに現代の若者をみつめる歌も印象深い。晩年は精神の不調から自死にいたったが、その苦しみの中で、古代や自然を見つめる新たな抒情が生まれていたように思われる。

働きて更に学ばむ鋭心にて吾は帰り来つ東京に来つ
アイロンの熱くなる間も耐へ難きさびしさあれば鏡とりいづ
遂げざれば直ちに死する烈しさを遠き世のごと読み憧れき
手触れつつ眠らむ胸のふくらみのかなし何時の日に燃ゆる心ぞ
うつくしく人は結ばれゆくものを裁ちあやまちし吾は湯に来つ
苺の匂する紅溶きてゐる明るくならむ優しくならむ君の言ふやうに
（『空を指す枝』昭29）

めぐりあはむ一人のために明日ありと紅き木の実のイヤリング買ふ
あざやかな乳首と思ひつつ着替へしぬ鋭き女と言はれ来し夜を
ただ一人の束縛を待つと書きしより雲の分布は日々に美し
怠け者の手と何時も呼ぶ君の手の中に眠らんその夜をば待つ
（『花前線』昭40）

フライング犯して笑ふ爽やかさ黒い大陸のをとめぞ笑ふ
戦後とはわれに何なりし藤波の髪飾ゆるる今日の車内に
ボーボワールの声鋭けれわれは生きてつひに日本をいづる日なけむ
咲きさかるそのきはまりに翔らむかやまあららぎの千の白花
しなやかに長き手足をもつことも戦後生ひ立ちし者の幸《さきは》ひ
（『噴水時計』昭45）

死はすべてを昇華せしむといふ思想この超えがたき思想を憎む
創る者はいかなるときも勁しとぞ父言ひたりき敗戦の夜に
フォークダンスの輪は眼下《まなした》に動きそむ若くあらば楽しきや今若くあらば
昼ふけし光あつまるかたくりの花は反りつつみな風ぐるま
（『蓮歩』昭53）

尻膨れ丈高き兵士らも杳《とほ》く過ぎ和光の時計すずやかに鳴る
紅冠《こうくわん》の鳥の巣づくるかたはらに霊長目《れいちやうもく》のわれは恥《やさ》しゑ
読み散らしま夜をありけり押し迫るものの恐怖は具体をなさず
その毒を知らずその快を知らずニコチアナ・トメントシフォルミスの淡紅の花
（『晨の雪』昭58）

画面より「鉄の女」の声ひびき東のわれの今日のをののき
妻にして母にして一国を負ふ者が撃て撃て撃てと叫びて止まず
すぐそこに「死」が見えてゐし夜は去りてバラの切口火に燻しをり
雨ながら稚き緋桃の照るところ陶《すゑ》のをみなの立つにあらぬか
黒暗のそこひに沈む大歩危《おほぼけ》の湍ちを恋へどただに過ぎたり
（『鏡壁』昭61）

たぐりゆく古代はいよよ解きがたし夜空仄かにしろがねの富士
何か呼ぶけはひと見れば水芭蕉ひとつ寂びたる帆を掲げゐし
（『翡翠のひかり』昭63）

水野昌雄

むかれゆく梨をみつめてしばらくは静かになりし兄といもうと

（『冬の屋根』昭48）

鑑賞　梨をむいているのは作者か子供たちの母親か。どちらともとれるが、男親の作者ととると、肌の触れそうな近さで子供たちと心を通わせる幸福なひとときが、また母親とは一味ちがった温かさで伝わる。皮がくるくると剝かれてゆく中から現れ出る瑞々しい梨の果実。ほのかに甘い香りが漂い、それまで喧嘩でもしていたのか子供たちが魅入られたように静まる。兄と妹のきらきら光るまなざしは期待に満ちていることだろう。生き生きとしてリアル。生活の中から手触りのある詩を見出してきた歓びにあふれた歌である。

作者が子供たちを見る視点にはぬくもりがある。〈分数の意味なお理解できぬままこの少女は神のごとくうなずく〉（『夏の朝』）の少女からは、ひとつのハンディの彼方にある無垢なる魂を見出しているようでもある。長く定時制高校の教員を送った作者らしさが自ずと伝わる。

みずの　まさお　昭和五年、東京生まれ。本名、横井源次郎。二十三年、新日本歌人協会入会。三十三年、「短詩形文学」参加。平成二年から「8・15を語る歌人の集い」開催。

ノート　昭和二十一年に中国瀋陽から引き揚げた際の記憶だろうか、〈襤褸をまといし少年ひとり無蓋貨車にしがみつきてより四十年過ぐ〉という哀切な一首がある。多忙な日々にあって〈日常をひしめく雑事の愉しけれ〈生涯の仕事〉など知ったことか〉と突き放す潔い一首もある。生の実感を基本に据えつつ、生活者の感情を衒いなく気負いなく等身大で掬い上げるところにはニヒリズムの影は薄い。社会、人間、時代の諸相と真正面から向き合う気概が感じられるのだ。

水野は論にも力を注ぎ、評論集はこれまでに『リアリズム短歌論』（昭和45）『現代短歌の批評と現実』（同55）『歴史の中の短歌』（平成9）がある。

秀歌選

のっぴきならぬ己れの総てをさらけ出し我武者らに生きるも一つの
方法なり
生活に慣れるなとも或は愛せともささやく声す妻子の寝顔
（『風の季節』昭37）

どっと来し風に逆らい歩みゆく今さら退路などわれに無し
北爆は日常化してにっぽんのわれら電車に揺られつつ居り
移動する星座見上げてわが畏怖すなべて転化し静止はあらず
むかれゆく梨を見つめてしばらくは静かになりし兄といもうと
ひとまわりすればそのまま立止る驢馬は腹立てることはないのか
（『冬の屋根』昭48）

分数の意味なお理解できぬままこの少女は神のごとくうなずく
母親となる日間近かき女生徒もまじえて万葉集を読みゆく
沈黙は不安な感じも少しして負担とならぬ言葉をさがす
端的に空をめざせる直線にまぶしくすこやかなる樹木らは
（『夏の朝』昭55）

えごの木は白く花咲き野は五月アルビノーニを口ずさみゆく
襤褸をまといし少年ひとり無蓋貨車にしがみつきてより四十年
過ぐ
日常をひしめく雑事の愉しけれ〈生涯の仕事〉など知ったことか
カステラは紙につきたるこげし所がうましとは人に言うことならず
（『百年の冬』平8）

この街の下水工事の泥にまみれるインダス文明の末裔の顔
おとなしくお縄を頂戴するんだとぐいぐい新聞をしばりあげゆく
あらゆるものが運動体にて日は昇り鳥は啼きジョギングの人らゆく朝
文句あるかとばかりに荷台を傾けてダンプカーより石なだれゆく
ぐんぐんとペダルを踏んで坂のぼる「いいか今日といふ日は二度と
来ないぞ」
何もいわぬ母と並びて歩みたる遠き日のことよみがえり来る
傍観の立場にあれば正論にて然して何の役にも立たず
物言えばわれとわが身にのしかかる当為に心ふるいたたしむ
偏差値に裁断されてここに至りし君らに気休めの言葉はいえず
痛烈なるドーミエの風刺を超えるべき図太き抒情はこの国に無き
輝ける冬の星座よ愛すべきリアリズムとは夢を糧とす
夜の土手を狼が一匹飛んでゆく余響となりて風吹く音す
読みかけの本にしおりをさして待つ階段を這いてくる音がして
（『春の峠』平8）

幼少の味覚はいまも消えずして釜のお焦げの母のおにぎり
評定は就学時よりはじまりて老いたる人の介護に至る
（『正午』平13）

水原紫苑

死者たちに窓は要らぬを夜の風と交はる卓の薔薇へ知らせよ

（『びあんか』平元）

みずはら　しおん　昭和三十四年、横浜生まれ。「短歌」に入会、以後春日井建に師事。歌集『びあんか』などのほか、評論、エッセイなど。

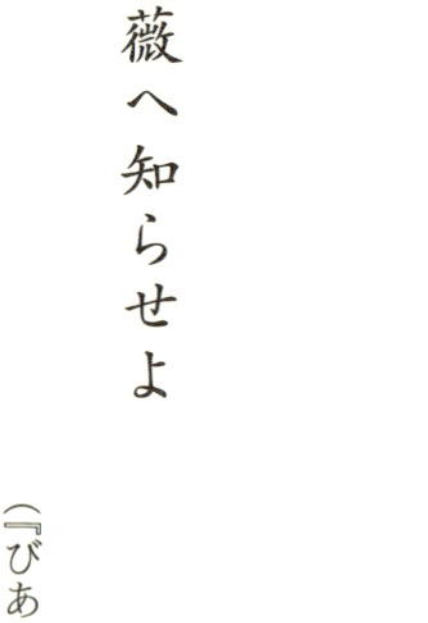

鑑賞　「死者たちに窓は要らぬ」という断定は、言われてみると深く納得するところがある。埋葬された死者たちは永い眠りについているのか、それとも転生すべく闇の中を飛んでいるのだろうか。どちらにしても死者に窓は要らない。

ただし、「窓は要らぬを」と否定されることによって、一首の中には逆にありありと窓の存在が浮かび上がってくる。そして歌に描き出された窓の近くには、薔薇を活けた卓が置かれている。薔薇は窓から吹き込む風にかすかに花びらを揺らしているのだ。

夜風と交わる薔薇の清らかなエロティシズムが、上句の死のイメージと美しい対比をなしている。死と生をつなぐものとして窓があり、二つの世界のメッセンジャーとして風が吹いている、と読むこともできる。「薔薇へ知らせよ」という結句の命令形に意外な激しさがこもっていて、静謐なこの一首に凄みを添えている。

ノート　大学ではフランス文学を専攻し、ラシーヌの古典劇に惹かれたという水原は、能や歌舞伎といった日本の古典芸能にも造詣が深い。二十代後半で短歌をはじめ、春日井建に師事。端正な文語文体を用いて幻想的なイメージを描き出す作品は、初期の頃から完成度が高く、大いに注目を集めた。

表層的な意味性を越えた作品世界はけっして夢や幻を追い求めるものではなく、根源の部分に生のかなしみやあこがれ、そして濃密な官能性を湛えている。虚と実の境目を大胆に飛び越えて立体的な歌空間をつくり出すところに、演劇を通して作者が身に付けた方法意識がうかがえる。

小説、評論、エッセイ、新作能の脚本など、短歌以外の分野でもめざましい活躍を見せている。

秀歌選

菜の花の黄《きい》溢れたりゆふぐれの素焼の壷に処女のからだに
風狂ふ桜の森にさくら無く花の眠りのしづかなる秋
殺してもしづかに堪ふる石たちの中へ中へと赤蜻蛉《あかあきつ》ゆけ
宥《ゆる》されてわれは生みたし　硝子・貝・時計のやうに響きあふ子ら
まつぶさに眺めてかなし月こそは全《また》き裸身と思ひいたりぬ
（『びあんか』平元）

春昼は大き盃　かたむきてわれひと共に流れいづるを
魚《うを》食めば魚の墓なるひとの身か手向くるごとくくちづけにけり
ほほゑみの飛鳥ぼとけは一木《いちぼく》のさやげるいのち狩りたまひけり
白鳥はおのれが白き墓ならむ空ゆく群れに生者死者あり
さくらさくら桜生みたる父母《ちちはは》をわが父母といつかおもへる
（『うたうら』平4）

こぼれたるミルクをしんとぬぐふとき天上天下花野なるべし
樹の無力　空の無力のただなかに雲のやさしき手術台見ゆ
みづうみの蛇口光れり逢はざりし観世《カンゼ》寿夫《ヒサヲ》が手を洗ふなり
きらきらと冬木伸びゆく夢にして太陽はひとり泪《なみだ》こぼしぬ
われのみにきこえぬ鐘にふれにしがふるへゐたりき鳴りてゐにしか
（『客人《まらうど》』平9）

「くわんおんはわれのごとくにうるはし」と夢に告げ来《こ》し百済びとあはれ
ひさかたの月を抱《いだ》きしをのこらの滅びののちにわが恋あらむ
さびしさのあまりにひかりいづる手を万葉集にかざしわらひぬ
火中《ほなか》にし問ひけるひとは狂はぬをわれはながるる鏡をもてり
うすべにのけだものなりしいにしへのさくらおもへばなみだしながる
（『くわんおん』平11）

雨光るゆふやみにしてはしりゆく恋とは羽毛ながき鳥かも
生きて見むさまざまの虹ひとたびは松にかかりていのちこぼせよ
うつしみの宮うつろにてあたたかしソクラテスなどかくまはむかな
丹頂の鶴となりたるキリストがにつぽんの空かなしみたまふ
ハイビスカス髪に飾りて平和祈念公園に立つささげものわれは
（『いろせ』平13）

藤若のひとみほのかに紫を帯ぶる夜半《よは》かも父と舞ひつつ
序破急はなべてに在るも交合の序破急こそは根源ならめ
肉体は悲しとつひにいはざりし世阿弥よ花の薄氷《うすらひ》の肉
（『世阿弥の墓』平15）

吉野にはなど死なざりし西行と問ふわが胸に月昇りけり
ちちははの注ぎし愛はわたくしの辺境をゆく大河となりぬ
（『あかるたへ』平16）

道浦母都子

催涙ガス避けんと秘かに持ち来たるレモンが胸で不意に匂えり

（『無援の抒情』昭55）

鑑賞　催涙ガスが自分たちを目がけて噴射されるという非日常を日常とする。そんなひとときを、ある立場の人間は経験した。七〇年安保のころ、全共闘運動に身を挺した作者もその一人である。

催涙ガスが発射されたらレモンを搾る。すると目の痛みは和らぐ、と学生たちは言い合っていた。そのためのレモンが、デモに急ぐときかスクラムを組もうとしたとき突然匂ったというのだろう。レモンの爽やかな香りは青春性を代弁する。しかも「胸で不意に匂」うのだ。乳房に触れる固いレモン。その鮮烈な黄色。鼻孔を擦り抜ける鋭く澄んだ香り。その三つ巴が作者の若さと女性性を際立たせる。「秘かに」も本来の意味を越えて、作者が半ば抑圧していた女という性を発露する。〈君のこと想ひて過ぎし独房のひと日をわれの青春とする〉は、その後の拘置所での哀感を詠んだ一首。

みちうら　もとこ　昭和二十二年、和歌山県生まれ。大学在学中の昭和四十六年、「未来短歌会」入会、近藤芳美に師事。歌集のほか『乳房のうたの系譜』『女うた男うた』など著書多数。

ノート　時代との烈しい遭遇が以後の人生を変えることがある。作者もその一人といえるだろう。七〇年安保闘争のさなか、その意義と思想を信じて突き進んだ道浦は『無援の抒情』によって同時代を生きた若者たちの強い共感を呼んだ。〈こみあげる悲しみあれば屋上に幾度も海を確かめに行く〉は、六〇年安保の最中に自殺した岸上大作の〈海のこと言いてあがりし屋上に風に乱るる髪をみている〉への反歌であり、岸上の〈血と雨にワイシャツ濡れている無援ひとりへの愛うつくしくする〉はタイトル『無援の抒情』におそらく反映している。道浦はこの歌集によって一つの時代を刻印した。その後の歌集は新たな時代テーマの模索とその実践でもある。この歌集により現代歌人協会賞受賞。

たまらなく寂しき夜は仰向きて苦しきまでに人を想いぬ
白鳥の来しこと告げて書く手紙遠き一人に心開きて
涙ぐみ見つめていれば黄昏をロバのパン屋が俯きて行く
人知りてなお深まりし寂しさにわが鋭角の乳房抱きぬ
くちびるをかめばほのかに滲む血を錆びし涙のごとく思いぬ
みたるものみな幻に還れよとコンタクトレンズ水にさらしぬ
どこかさめて生きているようなやましさはわれらの世代の悲しみなりき
こみあげる悲しみあれば屋上に幾度も海を確かめに行く
水より生まれ水に還らん生きもののひとりと思う海恋うる日は
生きていれば意志は後から従きくると思いぬ冬の橋渡りつつ
（『無援の抒情』昭55）
たましいが兵器を越えしベトナムを神話のごとく思い出すなり
如月の牡蠣《かき》打ち割れば定型を持たざるものの肉やわらかき
おみなとは肉やわらかくひたすらの鋼《はがね》のごとき意志と思うも
（『水憂』昭61）
全存在として抱かれいたるあかときのわれを天上の花と思わむ
わたくしの心乱れてありしとき海のようなる犬の目に会う

ひとを焼く煙なびける川向こう愛の終わりの後《のち》の静けさ
秋草の直立《すぐた》つ中にひとり立ち悲しすぎれば笑いたくなる
如何ならむ思いにひとは鐘を打つ鐘打つことは断愛に似て
愛は日常の埒《らち》の外《ほか》なりつかのまを艶めきて消ゆ冬の青虹《せいこう》
ひと恋はばひとを殺《あや》むるこころとは風に乱るる夕菅の花
（『ゆうすげ』昭62）
抱かるることなく過ぎん如月《きさらぎ》のわれは透きゆく黄水仙まで
子守歌うたうことなき昏にしみじみ生《あ》れて春となる風
人のよろこびわがよろこびとするこころ郁子《むべ》の花咲く頃に戻り来《く》
ポシェットは肩から腰へすべり落ちフェミニズムさえわれを救えず
父母《ちちはは》の血をわたくしで閉ざすこといつかわたしが水となること
孝子《きょうし》峠　風吹き峠　紀見《きみ》峠　故郷《ふるさと》紀州へ風抜ける道
（『風の婚』平3）
愛しては人を追いつめたりしこと野火のごとしも夏の終わりの
風花は涙の花ね　こんなときそばにあなたがいてくれたなら
うたは慰謝　うたは解放　うたは願望《ゆめ》　寂しこの世にうたよむことも
望郷を心弱りというなかれ秋を来て踏む紀州街道
（『夕駅』平9）

宮 柊二

つらなめて雁ゆきにけりそのこゑのはろばろしさに心は揺ぐ

（『日本挽歌』昭28）

鑑賞 当時（昭和二十五年秋ごろ）、作者が勤めていた日本橋の富士製鉄本社ビルの七階で聞いた雁の声だという。戦後のまだ荒涼としていた東京の上空である。

「つらなめて」は「列並めて」。列の中のいずれか一羽が鳴き、その声のあまりにはるばるとした感じに心が揺らいだ。伸びのあるリズムをもつ「そのこゑのはろばろしさ」という表現には、孤独な心境の内にも未知なるものへ憧れ出てゆこうとする詩的な情感の豊かさが感じられる。連作「冬の雁」の作品で、〈七階に空ゆく雁《がん》のこゑきこえこころしづまる吾が生あはれ〉の歌に続く一首。

働く日々の折々に動く屈折した心情を、慎ましくしかし格調高く歌った作品群は、多くの読者の共感を得て、歌人宮柊二のイメージをゆるぎないものにした。この歌はその代表作といえる。

みや　しゅうじ　大正元年、新潟県生まれ。北原白秋に師事。のち昭和二十八年「コスモス」を創刊。戦後短歌のリーダーとして活躍。五十二年、日本芸術院賞受賞。昭和六十一年没。

ノート 十六歳ごろから短歌に親しみ、北原白秋に師事して早くから才能を認められるが、故郷越後の厳しい風土に根ざした資質によってしだいに白秋的ロマンチシズムを離れ、重心の低いリアリズムへと転換する。さらに、中国大陸での戦争体験、また生活者として戦った戦後の苦悩と葛藤を経て、人間の存在を深く見つめる独自の作風を確立した。

この世に生きることの本質的な孤独感と、生活の細部や共に生きる者たちへの濃やかな愛情。変転する時代の中で、社会と個人の問題を厳しく見据える一方で、人間的な情感の滲む作風が多くの読者に愛された。職場詠、家族詠、病と老いなど、現在につながるさまざまな領域を開拓した戦後を代表する歌人である。

秀歌選

昼間みし合歓《かうか》のあかき花のいろをあこがれの如くよる憶ひをり

日陰より日の照る方に群鶏《むらどり》の数多き脚歩《あしあゆ》みてゆくも

（『群鶏』昭21）

ねむりをる体の上を夜の獣《けもの》穢《けが》れてとほれり通らしめつつ

省境を幾たび越ゆる棉の実《み》の白さをあはれつくつく法師鳴けり

ひきよせて寄り添ふごとく刺《さ》ししかば声も立てなくくづをれて伏す

耳を切りしヴァン・ゴッホを思ひ孤独を思ひ戦争と個人をおもひて眠らず

こゑあげて哭けば汾河の河音の全《また》く絶えたる霜夜《しもよ》風音《かざおと》

（『山西省』昭24）

たたかひを終りたる身を遊ばせて石《いは》群《むらが》れる谷川を越ゆ

焼跡に溜れる水と帚草《ははきぐさ》を囲《めぐ》りつつただよふ不安

一本の蠟燃《もや》しつつ妻も吾《あ》も暗き泉を聴くごとくゐる

（『小紺珠』昭23）

梅の花ぎつしり咲きし園《その》ゆくと泪ぐましも日本人われ

行春《ゆくはる》の銀座の雨に来て佇てり韃靼人セミヨーンのごときおもひぞ

流れつつ藁《わら》も芥《あくた》も永遠に向ふがごとく水《みづ》の面《も》にあり

（『晩夏』昭26）

つらなめて雁ゆきにけりそのこゑのはろばろしさに心は揺ぐ

竹群に朝の百舌鳴きいのち深し厨にしろく冬の塩

（『日本挽歌』昭28）

湯口《ゆぐち》より溢れ出でつつ秋の灯に太束《ふとたば》の湯のかがやきておつ

怒をばしづめんとして地の果《はて》の白大陸暗緑海《しろたいりくあんりよくかい》をしのびゐたりき

青春を晩年にわが生きゆかん離々《りり》たる中年の泪《なみだ》を蔵《ざう》す

（『多く夜の歌』昭36）

萌えいでし若葉や棗は緑の金《きん》、百日紅《ひやくじつこう》はくれなゐの金《きん》

空ひびき土ひびきして吹雪《ふぶき》する寂しき国ぞわが生《うま》れぐに

（『藤棚の下の小室』昭47）

鳥にあり獣にあり他《ひと》にあり我にあり生命《いのち》といふは何を働《はたら》く

塞《さい》出でてい行く曠野《ひろの》の寒ければ馬上の人は袖を口に当《あ》つ

胸の裡《うち》騒ぎてひとり思ふなり膃肭獣《おつとせい》のごと老いてゆくのか

一涯《ひとつはて》なる感じ、草むらのひとつところに陽は差してゐて

（『獨石馬』昭50）

すたれたる体横たへ枇杷の木の古き落葉のごときかなしみ

そよ、子らが遊びのままにつもる塵白雲かかる山となるまで

大雪山の老いたる狐毛の白く変りてひとり径を行くとふ

（『忘瓦亭の歌』昭53）

むらさきに菫《すみれ》の花はひらくなり人を思へば春はあけぼの

中国に兵なりし日の五ケ年をしみじみと思ふ戦争は悪だ

（『緑金の森』昭61）

わが若く恋ひたる人もはかなけれ二度童子《にどわらし》とぞなりたまひたる

（『純黄』昭61）

宮 英子

ショパンより後に生まれし仕合《しあはせ》に嬰ハ短調作品64番の2

（『幕間――アントラクト』平7）

みや　ひでこ　大正六年、富山県生まれ。「多磨」に入会し、宮柊二を知り結婚。柊二の「コスモス」創刊後、歩みを共にする。柊二の死後、編集発行人。歌集『西域更紗』など。

鑑賞　ショパンの嬰ハ短調作品64の2とは、ナタニエル・ド・ロスチャイルド男爵夫人に捧げられたワルツである。死の三年前の作品とあって、作品には憂愁が満ちている。この世の悲苦をうたう魂が、故郷ポーランドを思わせる、マズルカに近いリズムでたゆたってゆく。ショパンのワルツの中でも、最も美しく陰翳に富んだ曲であろう。作者はそのショパンの苦しみの果実として生まれた作品を、味わうことのできる「仕合」を素直に表出する。「ショパンより後に生まれし仕合に」は、いわれてみてはっと思うが、なかなかこのように言葉を運ぶことはできまい。自由な精神の遊び心から出たものであろう。

そして、ここはショパン以外の作曲家では落ち着きが悪いことも面白い。モーツァルトでもベートーヴェンでも歌にはなるまい。繊細で悲劇性を備えたショパンこそが、作者の自在さとほどよいバランスがとれるのだ。

ノート　宮英子は、かつて瀧口英子として、大歌人宮柊二の妻の立場を守りつつ、つつましくたおやかにうたっていた。夫の死後、宮英子として結社「コスモス」の主宰となりひとりの歌人となってから、突然、作品世界が華麗に花開いた観がある。柊二の看病の日々の歌にもそのような兆しはあった。

しかし、『ゐそらごと』『幕間――アントラクト』『天蒼々』『海嶺』『アラベスク』『西域更紗』とつづくエネルギッシュな歌集刊行と、掲出の一首にも見た自在な遊び心とは、年齢を超越した若さで読者を驚かせる。

そしてどのように遊んでも、品格の高さ、心の豊かさは作者の身についたものであり、決して人を傷つけることがない。

天国の柊二は、宮英子の歌になんと答えるであろうか。

秀歌選

天地《あめつち》のそきへのきはみ征きませど相会はむ日のなしとし思はず

白妙の麻にて髪を結《ゆ》ふこともしづかに産屋《うぶや》に入らむととのひ

切口のそろふ炭火に手を焙《あぶ》り百日《ももか》の冬も過ぎむと思ふ

やはらかく日差し射し入りペンを持つこぶしの影のなかに字を書く

（『婦負野』昭44）

爪切りて撒けばおのれが形見とも沙漠の土にまぎれゆくべし

風わたる氷河湖ありて水面を雁《がん》翔ちゆけり五、六羽なれど

飛び去りし雁の行手の天霧《あまき》らひ万里へだたる夫をこそ思へ

病む夫が夜《よる》もはめゐる手套《てぶくろ》を指揉むごとく湯にひたし洗ふ

（『葱嶺の雁』昭58）

夫痩せて三十九キロのその身体《からだ》文ふれど重し男の骨格

生きたまへ刹那刹那の呼気吸気ひた目守りゐつ生き給ふべし

うつしみのわれは腹へりて飯食ふに夫の仏飯凍てつつ乾反《ひそ》る

（『花まゐらせむ』昭63）

忘れねばこそ、　思ひ出さず候　切なく言ひぬ花魁《おいらん》高尾は

誘惑のごときかなしみ洋梨《ラ・フランス》にふと生殖のにほひのたちて

（『ゐそらごと』平3）

眠られず眠らな眠れ夜と朝の幕間《アントラクト》のながきただよひ

ショパンより後に生まれし仕合《しあはせ》に嬰ハ短調作品64番の2

春ごばうささがきすれば夫の鉛筆削りし過去を手は記憶する

フランネルのパジャマをもう着ようかしら朝明け俄かにうす刃の寒さ

（『幕間——アントラクト』平7）

天蒼々漠地茫々《てんさうさうばくちばうばう》たり張騫が天馬もとめしロシアトルキスタン

ひつそりと喪葬玉蟬《もさうぎよくせん》の並びたる故宮の陳列窓《ウィンドー》死者のより添ふ

（『天蒼々』平9）

くらぐらと雨降る音すあかつきの夢のつづきの海嶺《かいれい》を追ふ

会ふといふ愛しきものを　草に会ふ　書に会ふ、まして人にし会ふは

もう充分にあなたのことを思つたから今日の私は曼珠沙華

眠りは蜜、　蜜の癒《いや》しの惑溺の長く覚めざれ覚めずともよし

星恋《ほしこひ》は夫恋《つまこひ》ならむあらためて真珠光ひとすぢたださす思ひ

（『海嶺』平11）

花市の立つ朝なればこの町に住み古る人のごとく娘は行く

ミモザの黄、　れんげうの黄、　えにしだの純黄あふるるニースの若夏

咲きあふれ垂《しだ》るるミモザ仰ぎゆくわが顔すこし明るみてゐむ

河幅のもつとも広き黄河沖たしかに汾河の流れまじらふ

流れきてうねり渦巻き瀰漫《びまん》せりしづかに刻を拉致しつつ黄河は

見はるかす沖のはてまで河おもてあな惜しや惜しや、　惜しの黄河や

（『アラベスク』平14）

武川忠一

ゆずらざるわが狭量を吹きてゆく氷湖の風は雪巻き上げて

（『氷湖』昭34）

鑑賞　その後多様に広がってゆく歌人の世界にあって、つねに原点のように存在する丈の高い秀歌である。「氷湖」すなわち、作者の故郷の諏訪湖をモチーフとする連作では、今は東京に暮らす作者が、故郷のきびしい風土とそこに育った自己の気質、精神の有りようを、いま一度生の原点として確認している。抄出歌の後には〈ちかちかと氷湖の雪を反射するこの明るさをはばむものなく〉〈轟然と湖《うみ》の氷の亀裂する地鳴りになにをよろえるわれぞ〉などが見え、湖の風景と自己の内面は激しい緊張感をもって釣り合っている。氷湖に象徴される故郷は、しかし、作者にとってただ懐かしいだけのものではない。父との葛藤を含んで重たく屈折した故郷、即ち自己の原点への重たい愛憎の影が、一連の緊張感の背後にはある。そうであればこそ、氷湖の上を容赦なく吹いてゆく風の凄まじさにさえ拮抗する「狭量」の自覚は、世にあってありありと孤独に強く自己を遂げてゆく意志にほかならない。

むかわ　ちゅういち　大正八年、長野県生まれ。昭和二十一年「まひる野」創刊に参加。五十七年「音」創刊。古典から近代短歌の研究が実作や幅広く理解力に富む評論活動に結びついている。

ノート　学徒出陣、戦中派の世代の作者は、「まひる野」の中心的若手として戦後の超結社の短歌活動にも関わるが、そうした時代の動き、新しい表現の波をさまざまに感じ理解しながら、一方で、つねに同世代の死者たちに問い、また自問し内省を深めてきたように思われる。そして、その確かで易きにつかない歩みのなかに、くきやかで孤独な現代の人物像を描きだしてきたといえるだろう。とくに近年においては、〈黄昏の世紀滅べよ日本のわけのわからぬ世紀よ滅べ〉〈らんらんと眼けわしき男など不用になりて鍾馗像　父〉など、時代への悔しみをつよくにじませる。と同時に、自我追求のきびしさにかわって、柔軟で軽みをおびた自己と世界への通路があらわれているのが興味深い。

秀歌選

白らじらと光る氷湖の沖解けて倚るべきものに遠く歩めり
ゆずらざるわが狭量を吹きてゆく氷湖の風は雪巻き上げて
父の外に立ちゐる決意少年に氷湖は固き風景となる
轟然と湖《うみ》の氷の亀裂する地鳴りになにをよろえるわれぞ
夜の明けぬ湖の氷の亀裂音原始の音のごとく伝わる
若者の埴輪の馭者が叫び立ち太古の原の稚《わか》き草原《くさはら》
玉だすきかけし胸のみとどめいる埴輪の乙女乳房ゆたかに
語ることなくなれば友も黙りおり己れに執するは悲しきものぞ
越えんとし海原にむくろ沈めしや燕らのいのちも死の灰の中
廊下這う着物の裾は乱しつつ誰にもこの母をみられたくなし
君折りし小梨の花の白々とみどりは浅き五月の山々
（『氷湖』昭34）

海港と呼ぶには汚れすぎる海重油の流す虹色が寄る
飛天の少女吹く笛は鳴れ陽のなかを白く奔《はし》りて雨は過ぎたり
われに棲み激つ危うきもののためひとりの夜は花鎮祭《はなしずめのまつり》
あるときは襤褸の心縫わんとしき襤褸の心さらされていよ
（『窓冷』昭46）

手のひらに転がしている青梅のみどりのかげはわが手に冷ゆる
忌《いみ》の日を長くまもりて戦後ありひとりの夜のわが魂おくり
垂れさがる弔旗の雫手に肩にいまもしたたる冷たき雫
沖にゆく盆燈篭の長き影くやしき生を人は流るる
かそかなる黴の匂いの立つ古書にひとつ思いを惜しまんとする
（『青釉』昭50）

手にとれば指のぬくみの跡くもり白磁の壺に煙のごとし
たまさかに舞いくる雪の夕日かげ家跡にきて遊べ父母
繭玉のしなえる枝をかざす母ま白き杳き花のまぼろし
ひとつずつ灯《ひ》の消えゆきし地下街の復讐のごとき闇を思うも
（『秋照』昭56）

ひっそりと自壊してゆく石というこの物体の白き月光《かげ》
（『緑稜』平4）

地の重さかさねてにじみいずる水崖の地層といえどもむごし
（『地層』昭64）

曳きてゆく体熱の暈《かさ》軽ければ影のごときがふうわりと翔《た》つ
黄昏の世紀滅べよ日本のわけのわからぬ世紀よ滅べ
らんらんと眼けわしき男など不用になりて鍾馗像　父
「もういいよ」と老木の花の紅《くれない》に呼ばれて確かにもういいよ現身《うつし》
（『翔影』平8）

村木道彦

黄のはなのさきていたるを　せいねんのゆからあがりしあとの夕闇

（『天唇』昭49）

鑑賞　一人の青年が湯から上がって、気だるくほてった身体をしずめるように窓の外を眺めている。外は明るい夕闇。夕闇には黄の花が咲いている。「さきていたるを」と、言いさしたような二句切れの「を」に、アンニュイが色濃く漂う。

この一首、冒頭と終わりにだけ漢字がつかわれ、中間はすべてひら仮名である。それゆえに「黄」と「夕闇」が、いやおうなく読者の目に残る。「黄」の花とは何の花であろうか。菜の花かもしれない。「夕闇」にぼおっと輪郭を溶かして咲いている印象だ。季節は春か初夏、けっして空気の澄んだ季節ではないだろう。一首の倦怠感は、むろんひら仮名が多いことからも来る。「はな」も「せいねん」も「ゆ」も、こうして書かれた瞬間から現実の意味を解かれ、別ものに変容したように虚無とアンニュイとを深くする。作者の村木道彦は昭和十七年生まれ。六〇年代の青年の、憂愁と孤独に充ちた鮮烈な心象風景がここにある。

むらき　みちひこ　昭和十七年、東京都生まれ。昭和四十年誌上に発表した「緋の椅子」十首が注目される。歌集に『天唇』『現代歌人文庫　村木道彦歌集』。

ノート　村木道彦の歌人としてのデヴューには、一種伝説的な印象がある。昭和四十年、深作光貞の「ジュルナール律」第三号に発表した作品「緋の椅子」十首が、塚本邦雄、中井英夫から激賞され、一挙に歌壇に躍り出たからだ。「緋の椅子」には〈水風呂にみずみちたればとっぷりとくれてうたえるただ麦畑〉というような、ひら仮名の中に少しの漢字を絶妙のバランスで混ぜた独特の文体が、六〇年代の新しい青年の感性と身体とを浮き彫りにしていた。歌のもつ軽さ、繊細さと、それがもたらす虚無、憂愁。それは短歌における政治の季節の終焉を感じさせるものでもあった。村木はしかし、昭和四十九年に第一歌集『天唇』刊行後、歌を中断。後に再開するが、村木道彦の存在の鮮烈さは青春期にある。

水風呂にみずみちたればとっぷりとくれてうたえるただ麦畑
するだろう　ぼくをすてたるものがたりマシュマロくちにほおばりながら
黄のはなのさきていたるを　せいねんのゆからあがりしあとの夕闇
めをほそめみるものなべてあやうきか　あやうし緋色の一脚の椅子
疲れたるまなこもてみよガラス戸の水一滴のなかのゆふぐれ
ゆうやみはさながら蒼きレントゲンどうしようもなく病めるたましひ
フランシーヌのようにひとりであるけれどさらにひとりになりたくて　なつ
ついてくるだれひとりないまひるまはまひるまにわれおいつめられて
ろうろうと天にとどろく風に告ぐ「ひとはさむさのなかに生れき」

（『村木道彦歌集』昭54）

罰として天地の間《あひ》に放たれき紺青の飢ゑ　新緑の毒
わかきらがさざめく春の広場なり雌雄ふたつの科《とが》充つるかな
わかものら泥のごとくに睡りをり意志もたぬとき腕《かひな》はやさし
壮年に春は深しも翔けのぼる雲雀を蒼天《てん》の冥《くら》きに置きて
スヱーデンリレー走るを見てゐたり人生はなんぞかくも渇ける
ほしいまま虚空を遊びゐたるもの　ワイシャツひとつとり込まむとす

生くるとは疲労に重ぬる疲労なり「広告求む」といふ広告塔
さすとしもなきうすら陽にいづこよりともなくたれを呼ぶ遠きこゑ
川沿ひをあゆみてひとみあげたればまぶたに積乱雲落ちかかる
抑鬱の精神病理あかあかと透視されしかこの夕照りに
時空間しづかにゆがむゆふぐれにひとのまなこは魅入られやすく
かなしみにのたうつ海を見るために屋上へゆく、階段のぼり
存在のもつ逆説のひとつにて彼もし死なばわれは愛さむ
ひとの生あるいは邪悪なるものか行きかふ額《ぬか》を焦がす炎天
卸金の棘いっせいに立ち上がる　午後のひかりの及べるかぎり
ありやうは　はたけちがひに置かれしかおもひちがひをして生まれしか
扇風機二台が首を振りてをりたがひちがひのこの世の夏に
つねにしてこころのおくにひそむこゑ「はやくかへらう　どこへかへらう」
あふむけのひとのかたちをくづしつつ雲ゆく何のうれひに充ちて
生の数《かず》とりもなほさず死の数の別称にして群雀《ぐんじやく》は飛ぶ
飛び交《か》へるものの生と死抱《いだ》かへてこのめくるめく炎天の闇

（未収録）

森岡貞香

樹の下の泥のつづきのてーぶるに　かなかなのなくひかりちりぼふ

（『黛樹』昭62）

鑑賞　土の上に直《じか》にテーブルがある。公園や庭園でよく見られる風景である。が、そうした場所の特定はない。そのとき土は堅くなく、泥濘《ぬかる》んでいて、テーブルの脚がちょっと埋まっているのだろう。それを「泥のつづきのてーぶる」と言った。泥とテーブルの物質の違いがふっと消えた感じ、それが「てーぶる」というひらがなにも出ている。てーぶるが泥のつづきになっているとき、かなかなの声と、ちりぼふひかり、も混然と差異をなくしている。「かなかなのなき」とすると、かえって、二つにわかれてしまう。一字あきは、ひらがなが続いて読みにくいためでもあるが、直接「てーぶるに」ではない、という置き方でもある。

ある夏の日の樹の下、という空間であるが、上から読みくだしていくと、はるかな時間が経ったような、記憶がよびさまされるような、不思議な感覚に吸い込まれる。言葉によって、何げない日常に独自な奥行きが生まれている。

もりおか　さだか　大正五年、島根県生まれ。昭和九年「ポトナム」入会、二十四年「女人短歌」創刊に参加。四十三年「石畳」を創刊、主宰。歌集『百乳文』など。平成二十一年没。

ノート　昭和二十一年、前年に復員した夫が急逝し、幼い息子との戦後の生活、自らの手術など、せっぱつまった状況の中で第一歌集『白蛾』が出版され、注目された。すでに境涯詠にとどまらない実存的な感覚、独自な文体が見られる。その後、結社に拠らず、ひとり、短歌の方法を模索しつづけ、類のない作風を示すに至った。

身辺のささやかなことを歌いつつ、文体によって不思議な奥行きを見せる。〈ゆふまぐれ二階へ上る文色《あいろ》なきところを若《も》しかして雁《かりがね》わたる〉〈大鉢を引き摺りにつつ薔薇の繁りを連れて敷き瓦のところに来たり〉など、破調による危うい調べも独特な魅力を有する。意識の流れとしての時間感覚の底には戦争体験があり、かなしみとゆらぎは失われない。

拒みがたきわが少年の愛のしぐさ頤《おとがひ》に手触り來その父のごと

生ける蛾をこめて捨てたる紙つぶて花の形に朝ひらきをり

つくづくと小動物なり子のいやがる耳のうしろなど洗ひてやれば

月のひかりにのどを濕してをりしかば人間とはほそながき管のごとかり

流彈のごとくしわれが生きゆくに撃ちあたる人間を考へてゐる
（『白蛾』昭28）

息あへぐわれに來しとき酸素ボンベ外形黒く重重しかりき

きつちりと手袋はめしわがまへに胴黒き電柱立ちてゐたりき

生生《いきいき》となりしわが聲か將棋さして少年のお前に追ひつめられながら
（『未知』昭31）

秋の日に出でてとぶ黒き羽虫は朽木のうつろに戻ると思へ

蒼白き馬を見し者居りしならん濠をうづめし街ゆきながら
（『甃』昭39）

ふりみだれ雪のふるなり幽明に乳房のかなしみ宿るがごとく

晝ふけて人さまざまにある車中われは珊瑚の數珠をたづさふ

ふるき車體の捨ててあるところ天人奏樂の天井畫をおもふなり

ゆふまぐれ二階へ上る文色《あいろ》なきところを若《も》しかして雁《かりがね》わたる
（『珊瑚數珠』昭52）

樹の下の泥のつづきのてーぶるに　かなかなのなくひかりちりぼふ

遺されし圖嚢のなかの色鉛筆　百日紅の花のいろあり

ふるめかしき顔合せの感じ黃楊の木をくぐりこし鵯此方を向くは

戀しき由緣のあらなくに街上の夕光に顔を染めたる人びと
（『黛樹』昭62）

今夜とて神田川渡りて橋の下は流れてをると氣付きて過ぎぬ

尾のごとく足を搖りまはしておろしたり人憂鬱をはらへるならむ

をみな古りて自在の感は夜のそらの藍靑に手ののびて嗟《なげ》くかな

彼はたれかカナカナといふそのこゑを亡き數のなかに入れてかぞへよ

ひきだしを引けど引けざりすぐそばに隱れて見えぬものにくるしむ
（『百乳文』平3）

いろ湛ふる淵に沈むやうよそゆきの着物のなかに入りぬうつしみ

ふくふくとましろき芒の太き尾をかいなでやりしが枯れ伏すらむか

亡き數に入りにし人等の元氣のこゑ必ず短期決戰といふ

あさかげに出でゆく人にいひしかばいつていらつしやいはかなしき言葉
（『夏至』平12）

死にてゆく母の手とわが手をつなぎしはきのふのつづきのをとつひのつづき

よわよわしく時過ぎゆきし卓上に肘をつきゐし跡の照り出づ

凭れるは言葉の向う側にても凭れるらしも人ひとりゐて
（『敷妙』平13）

安永蕗子

落ちてゆく陽《ひ》のしづかなるくれなゐを女《をみな》と思ひ男《をのこ》とも思ふ

（『讃歌』昭60）

やすなが　ふきこ　大正九年、熊本県生まれ。「椎の木」所属。同人誌「極」に参加。『魚愁』から『褐色界』などの歌集のほか、エッセイ集、短歌入門書など。

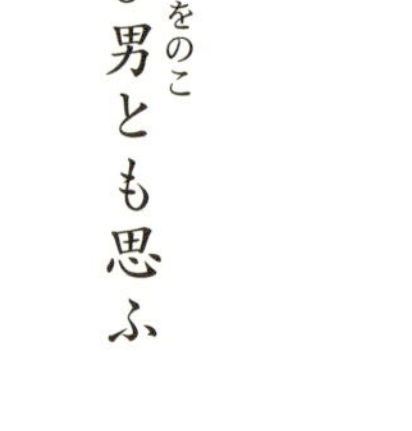

鑑賞　スケールの大きい一首である。

落日の「くれなゐ」の美しさは、古代から現代まで、変わらず人が讃嘆しつづけたものである。そして、どのように見つめようともその美しさの謎は解けない。作者は謎を解こうとしているのではない。のびやかな調べで、「落ちてゆく陽《ひ》のしづかなるくれなゐを」と、情景がありありと浮かぶようにうたい起こし、「女《をみな》と思ひ男《をのこ》とも思ふ」と大らかにうたいおさめる。「女《をみな》と思ひ男《をのこ》とも思ふ」は単に両性具有という意味だけではあるまい。この世のエロスの両極、宇宙の根源の神秘が「しづかなるくれなゐ」の内に在ることを、奥行き深い平明な詠み方で表わしていると見るべきだろう。

そして、大和言葉だけでやわらかにうたわれたこの一首にも、作者の親しむ漢籍による中国思想の影響がほのかに透けて見えるのを感じるのである。現代には失われた教養と詩歌との関わりを考えさせられる。

ノート　安永蕗子の登場は、中世、新古今和歌集の時代に俊成女が現われた時もさこそと思わせた、と馬場あき子がのちに語っている。結核の闘病のため、三十半ばを越えてデビューした安永は、最初から独自の作風を持った、完成された歌人であった。豊かな漢籍と日本古典の教養に裏打ちされた清麗な作品は、塚本邦雄を初め多くの歌人に讃嘆された。安永の歌の根本は、常に自然を見つめることにある。日本の風土、とりわけ生まれ育った熊本の風土の中で、きびしくおのれを律して定型に立ち向かう。志のうたびとである。それは第一歌集『魚愁』から変わらない。もうひとつの表現ジャンルとして書の世界を持ち、歌と書との拮抗するエネルギーが創作の源になっていることも他の歌人にはない特質である。

何ものの声到るとも思はぬに星に向き北に向き耳冴ゆる
蘇りゆきたる痕跡《あと》のごとくして雪に地窖《ちこう》が開かれてゐつ
紫の葡萄を搬ぶ舟にして夜を風説のごとく発ちゆく　（『魚愁』昭37）
されば世に声鳴くものとさらぬものありてぞ草のほととぎす咲く
喪乱ことのほかなる白蛾ゐて白蛾ならざるもの見えてをり　（『朱泥』昭54）
藍《あゐ》はわが想ひの潮《うしほ》さしのぼる月中《げつちゆう》の藍とふべくもなし
雪積みて深く撓《たわ》みしリラの枝ああ祖国とふ遠国ありし
文芸は書きてぞ卑し書かずして思ふ百語に揺れ立つ黄菅《きすげ》　（『藍月』昭57）
落ちてゆく陽《ひ》のしづかなるくれなゐを女《をみな》と思ひ男《をのこ》とも思ふ　（『讃歌』昭60）
盛衰のなかなる衰のうつくしく岸に枯れゆくくれなゐぞ葭《よし》　（『くれなゐぞよし』昭62）
以後のことみな乱世にて侍ればと言ひつつひに愉しき日暮れ
萱草の彼方流るる夏の川見えぬ仏が矢のごとくゆく
かろらかに驢馬が曳きゆく空《むな》ぐるまトルファンの葱ひとすぢのせて
剛毛の筆をしたたる墨滴の心ことばの先歩むかな
朝靄の薄れゆくまま江津と呼ぶ冬麗母のごとくみづうみ　（『冬麗』平2）

しろがねの月を抱《いだ》きて眠りこむ江津の湖面を何もて擲《う》たむ
一羽鳴き二羽が泣きつぐ鴨どりのその身離れてゆく声清し
湖岸の家はたと翳れり秋空を黒大天使ファントムが飛ぶ
旧約を読み新約につなぐ間の夜闇五百をとぶ大鴉
かいつぶりふいと潜れば何もなし何もなしとぞ水の輪が浮く　（『青湖』平4）
全天をひしと埋めていわし雲天事《てんじ》けなげに秋深むかな
訥としてロゴスは在りき秋風に触れて藜の葉がもみぢする
大寒に入りてゆく日の薄ひかり法然淡く親鸞辛し　（『紅天』平6）
先あゆむ白鶺鴒の細脚がわが命運をほほと逸れゆく
鴨万羽天に去りゆく残滴の音しづまれば摘む川芥子《かはがらし》　（『流花伝』平8）
たちまちに類を絶してこれの世の褐色界が波かぶるなり
冬空に熟れたる柚子を数へゆく声淀みなき楽のごとしも
朝霧の中ゆくことも只今の一存にして髪濡るるなり
厨刀に水を垂らしてゐる暇　胸冷えびえと今日をはじめよ
稚ければ葭《よし》、闌けゆけば葦《あし》と呼ぶ声みづみづと江津になびくも　（『褐色界』平15）

山崎方代

こんなにも湯呑茶碗はあたたかくしどろもどろに吾はおるなり

（『右左口』昭48）

やまざき ほうだい　大正三年、山梨県生まれ。戦争で右目を失明。放浪。同人誌「工人」「泥」等に参加。「うた」創刊に参加。歌集『方代』『右左口』など四冊。昭和六十年没。

鑑賞　茶碗と土瓶は方代の歌によく登場する。職なく、家族なく、一畳の小屋に住む方代の持ち物は乏しかった。そんな生活の中で、茶碗と土瓶はただの道具にとどまらない、伴侶といってもいい存在である。〈かたわらの土瓶もすでに眠りおる淋しいことにけじめはないよ〉〈寂しくてひとり笑えば卓袱台《ちゃぶだい》の上の茶碗が笑い出したり〉と、つねにかたわらで、眠ったり笑ったりするのである。

　この歌、湯呑茶碗のあたたかさに、もうわけもわからず、涙ぐむような思いになっている。それを「しどろもどろに」と言った。「淋しい」というような、そのときの思いを越えて「しどろもどろ」は方代の生き方そのものを表す言葉になっている。この世に「しどろもどろ」に在る「吾」。秩序立った社会からはずれて、ここには茶碗と吾だけがあり、茶碗はあたたかく、吾はしどろもどろ。親しみやすい口語調と、俗語によって、深く胸にしみる歌になっている。

ノート　山梨県右左口村に生まれる。「いちばん大事な二十代に長いこと兵隊にとられ、戦争に敗けてやっと南の島からかえってきた。砲弾の細かい破片を浴びて右眼は失明、のこった左眼も視力はきわめて微弱という状態で巷にほうり出されたわけである。短歌は少年の頃から作ってはいたが、生きる手さぐりとしてやみつきになったのはその時からである。」と『現代歌人叢書』の後記にある。岡部桂一郎との同人誌活動や詩の影響を受け、方代調というべき独特の文体を編み出し、しだいに無名から短歌界を越えて広く愛唱されるようになった。世間的生活から排除された「方代」という人間を生き、演じ切る「方代の歌」は、戦後の豊かさ、文明化された世界の中で、なつかしくも痛切に実存を語りかけてくる。

わからなくなれば夜霧に垂れさがる黒きのれんを分けて出でゆく
瞳をつむりわれにだかれている姉よこのしばらくの姉と弟と
せきれいの白き糞より一条の湯気たちのぼるとき祈りなし
黒き葉はゆれやまざりき犬死の覚悟をきめてゆくほかはなし
フランソア・ヴィヨンの詩鈔をふところに一ツ木町を追われゆくなり
茶碗の底に梅干の種二つ並びおるああこれが愛と云うものだ
机の上にひろげられたる指の間をむなしい時が流れているよ
笛吹の土手の枯生に火をつけて三十六計逃げて柿食う
（『方代』昭30）
一生をこせこせ生きてゆくことのすべては鼻の先に出ている
誤って生まれきにけりからす猫の見る夢はみな黒かりにけり
生れは甲州鶯宿《おうしゅく》　峠《とうげ》に立っているなんじゃもんじゃの股からですよ
手のひらに豆腐をのせていそいそといつもの角を曲がりて帰る
死ぬほどの幸せもなくひっそりと障子の穴をつくろっている
こんなところに釘が一本打たれいていじればほとりと落ちてしもうた
うちうちだから　うちうちだからとくり返し碗に盛りたる酒をねぶれる

そこだけが黄昏れていて一本の指が歩いてゆくではないか
（『右左口』昭48）
じぶんの火はじぶんでつけよう何ゆえか年四十を積み重ねたる
寂しくてひとり笑えば卓袱台《ちゃぶだい》の上の茶碗が笑い出したり
大勢のうしろの方で近よらず豆粒のように立って見ている
ふるさとの右左口郷《うばぐちむら》は骨壺の底にゆられてわがかえる村
みすずかる信濃の国の湯の花を空の徳利につめてもらいぬ
一度だけ本当の恋がありまして南天の実が知っております
（『こおろぎ』昭55）
一粒の卵のような一日をわがふところに温めている
「塩壺には塩をみたして置きたいね」父の怒りも遠くなりたり
霜づきしぶどうの葉っぱが音もなく散りあらそっているではないか
机の上に風呂敷包みが置いてある　風呂敷包みに過ぎなかったよ
母の名は山崎けさのと申します日の暮方の今日の思いよ
山鳥の喉の奥から明けやすい夏の夜明けが明けて来にけり
戦争が終った時に馬よりも劣っておると思い知りたり
おもいきり転んでみたいというような遂のねがいが叶えられたり
（『迦葉』昭60）

山田あき

ゆたかなるララの給食煮たてつつ日本の母の思ひはなぎず

(『紺』昭26)

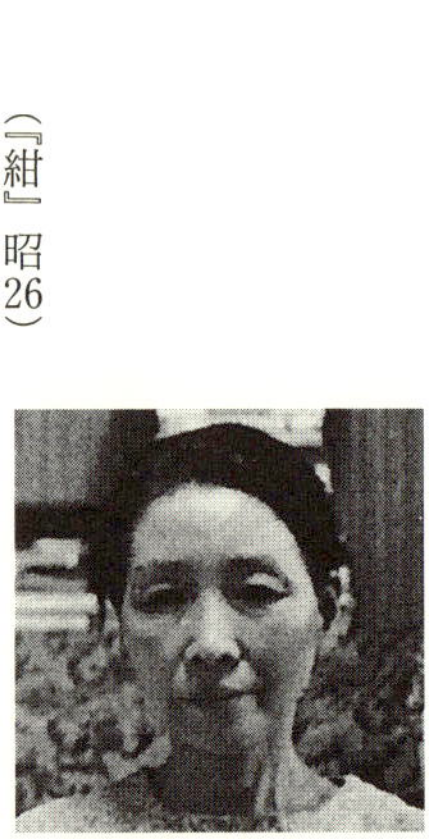

やまだ　あき　明治三十三年、新潟県生まれ。本名、坪野つい。昭和六年、坪野哲久と結婚。戦後も思想的立場を明確にし、紡績女工の歌集『糸の流れ』など編集。平成八年没。

鑑賞　「ララ」とはアジア救済連盟の略称。アメリカの事業団体や労働団体が荒廃した戦後アジアの救済支援のために作った機関で、食料・医療・衣料が日本にも贈られた。ララ物資と呼ばれる。「ララの給食」は、缶詰や脱脂粉乳が調理されたりミルク代わりとして児童に配給されたものを指す。

〈節太き黄なるわが掌をまみれしめララの粉ミルクを分割しをり〉〈腕ぢからたたえられつつララの罐切りて切りさく給食委員われは〉。当時の小学校では母親たちも参加しての学校教育だったか。健康な若さと働く歓びが学校給食の現場を生き生きさせていたことが想像される。「日本の母の思ひはなぎず」の「なぎず」は「和ぎず」だろう。かつての敵国アメリカからの物資の豊かさを目の当たりにしながら、しかしこんな粗末な食料で日本人の誇りを失うような母親であってはいけない、と自らに言い聞かせているのだろう。

ノート　昭和二十一年から二十五年の作品を集めた『紺』には、復興を急ぐ日本の息吹がよく満ちている。昭和初期の大失業時代にプロレタリア短歌同盟の同志として坪野哲久と結婚した山田は、思想弾圧による検挙や肺の疾患からくる喀血に苦しむ夫を助けながら、「和裁、焼鳥屋台、女工あるひはせんべい焼き、家政婦など」(「あとがき」)で生計を助け、育児に励んだ。労働者、生活者として摑み取った真実、そして「同じアジアの民族をしいたげた戦争責任の重大さを思い」「この責任を負う立場に身を置かねば」(『飛泉』あとがき)との決意を歌に込める。平和と人間愛を尊び、社会や歴史への問いかけを失わず、夫を心から敬愛した一生だった。

連翹の花にとどろくむなぞこに浄《きよ》く不断のわが泉あり

わがうなじ屈するなかれと黄菊の前すずしきこゑをひとりたてをり

つぎのうへに今年のつぎをさらに刺す厚らのシャツもきみはゆるされよ

歌よみがせんべい焼くとぞおどろきのひとみに映る秋雲の澄み

ゆたかなるララの給食煮たてつつ日本の母の思いひはなぎず

拡大鏡のほこりをぬぐい明日にせまれる主婦大会のメモを読みかへす

追はれては血を喀くきみにしたがひし十七年よわれのたましひ

（『紺』昭和26）

ちちははのいかなる忌とも言いがたくすさまじき時の流れに忌あり

光もとめて世界は移るという言葉かぎりなき虔みもちて受けとむ

じんじんとわが胸は創《きず》　ゲルニカの母の泣くとき〈血涙の棘〉

死魚の腹ぼうばくと浮く山の沼　世々に苦しみきわが阿Qたち

広島のにえなおざりに過ぎしこと木槿の花が的歴と刺す

黒人霊歌湧きて迫るを今日の夜のかかわりとするその暗きをば

夜濯ぎのわれは切《せつ》にして口ずさむ〈ハノイよハノイ　石にぞ刻め〉

命終の夫いだくべく妻としてきよからなくにわれはへだたる

（『飛泉』昭和43）

輪廻《りんね》生死《しょうじ》さもあれきみが病一軀霜ふれば霜にわがこころ灼く

被爆者の現身《うつしみ》のあぶら石を灼きそを撫でしわれ永遠《とわ》のつみびと

きみ若く永代橋に追われたるとどろき過ぎし時間のごとき

病むきみにつね添うる手のひそかなれ白鳥老いて霜の羽交《はがい》す

（『流花泉』昭和48）

死は一つけんめいの死をぞこいねがうわが地獄山鳩鳴けり

子を負える埴輪のおんなあたたかしかくおろかにていのち生みつぐ

人間は傲慢にして滅びあり春土《しゅんど》のいのち素足をのぼる

「生きながら黄泉に落つ」とやこの遺偈《ゆいげ》巨大なる山としわれはおそれつ

生くること死ぬこと茫たりふるさとを埋め尽してなお雪ぞ降る

（『山河無限』昭和52）

かなしみを怺えて生くる一人をあさよいに見て立ち入りがたし

夏草のいきれすさまじわれ老いて贄の死のこえ地底より享く

落穂拾う一粒ごとに神を見し山の長老も死してあとなし

死の淵をかたみに言わず冬の虹太くうつくしく日本海にあり

こがらしのさびしさ老舎の孤独死よこころに哭きてその湖を見ず

くろがねの山上の沼月皎し一歌自浄のおもいわくかも

（『牀上の月』昭和58）

山田富士郎

アリョーシャとイヴァンを左右《さう》にはべらせてわかきひと世の驕かなしも

（『アビー・ロードを夢みて』平2）

やまだ　ふじろう　昭和二十五年、新潟県生まれ。俳句から短歌への移行期間が長く、昭和六十年に「未来」に入会して岡井隆に師事する。歌集『アビー・ロードを夢みて』『羚羊譚』。

鑑賞　ドストエフスキーの「カラマーゾフの兄弟」に登場する名前が効果的に使われている。三男のアリョーシャは僧院に仕える清純な青年で、イヴァンは神に疑いをもつ屈折した次男である。対極にある「精神」を左右に「はべらせて」いるのは、若い日の作者自身であろう。神を信じる心と背信の思い、精神の大きな振幅を抱いたまま立ち尽くす青年像が浮かぶ。そのことを「わかきひと世の驕」と捉えるところに、「青年」という潔癖で激しい時間が暗示されている。軽い表現を用いながら、内面の激しい葛藤を表そうとするのに、最も典型的で重厚な「カラマーゾフの兄弟」を持ってきた歌が、むしろ新鮮に胸をうつ。同じ歌集に、詞書き「企業こそ現代の教会であり部族である」の付されたシニカルな一首、〈基督教徒山田富士郎しまらくはキリストの肉食はず〉がある。神と人間という、青年時代に抱いた終わりのない問いを、いつまでも問いつづけることの悲しさに満ちた一首である。

ノート　随想集『短歌と自由』（平成九）の後書きに、外界と自分との間に降りている「透明な壁隔」を、言葉で打ち砕きたいという願いが記されている。歌の姿は、柔らかく甘やかな調べと言葉づかいを用いており、都市に広がる現代風俗の自在な摂取など、一九八〇年代後半の短歌の流れを汲むものといえる。だが、短歌表現に、内面の葛藤や精神性の高さを柔かく定着させようとした山田の歌は、軽さを重視する八〇年代の終焉を予告するものだった。知的に処理される精神の振幅の激しさが、短歌に新しい重厚さを甦らせたのである。『羚羊譚』になると、落ちついた渋い風景描写が加わり、そこに「人の世の苦み」が表されるようになった。「蛾」や「鎌」などに託して思想を表す歌も特徴的である。

新宿駅西口コインロッカーの中のひとつは海の音する
甕に醸すをみなの唾液と穀物のねむりをわれにほんのひととき
街路樹の鈴掛に巣をつくりたる雉鳩よおまへは東京が好きか
乳《ち》のごとくかがやく四肢を横たふる夜明けの雷にそをたとふべき
さんさんと夜の海に降る雪見れば雪はわたつみの暗さを知らず
夢に来し木馬やさしくわれを嘗め木馬になれとはつひに言はざり
大いなる緬羊の腹のしたにすむここちこそすれ郷里の冬は
夥しき蜻蛉を吐くけふのかぜシベリアよりの風とつたへて
異星にも下着といふはあるらむかあるらめ文化の精髄なれば
柘榴割る力きたりて国家焼くべき火はいづくにねむるいづくに
沈船の窓よりのぼる泡よりもはかなきことをいまこそ言はめ
おもひみよ伊勢物語十二段月さす踊場のごとく遊びき
（『アビー・ロードを夢みて』平2）

プロキオン雲の端《は》に出であたたかき初冬のあめは東へうつる
窓の外《と》の手すりの鉄におとたてつあけがたちかき霰こまかに
サリエリのゆめをみてゐた降るあめに火山灰土の夜半ふくれゆく

若き日のわが蓬髪に雀やどり卵はあはれくちなはが呑む
婚姻のふたりにそそぐしろき米ライスシャワーは淀にて死にき
寝袋にねむりてあれば鼻先をすぎし野うさぎ換毛期なる
あかつきの空にざわめく幾万のよろこびもなき剃刀の刃
シャリアピンステーキの由来かつて吾に説きたる人は海辺に老ゆ
候鳥の一羽のごとく通過せし母校の膚《はだへ》荒れをりしころ
蛾の胴をつぶせばぱちんと音のしてまたひとつ党を脱ぎ捨てる党
ゲペペペウゲシュタポタポ弱虫の俺は夜中に便所で泣く
卵の中にかくれてゐると、俺達は死ぬぞ、と叫ぶ声がした秋
一マイル走り終へたる馬の肌よりあたたかき晩年を母に
ハンマーの夢はもういい人民の脚を刈る鎌は錆びさせておけ
ぼくはきみをしばし照らして消えるんだ裸電球みたいにパチリ
蟬の羽地にちらばれる九月にはロートレアモン読みさしのまま
たたずみてみつめゐたりし羚羊《かもしか》の眼の流れ星たりわれら
ひかり褪せオリオンひくくかかる夜の谷に辛夷のはな咲かむとす
（『羚羊譚』平12）

山中智恵子

青空の井戸よわが汲む夕あかり行く方を思へただ思へとや

『みずかありなむ』(昭43)

鑑賞　作者の代表的な歌集のひとつ『みずかありなむ』に収められている一首である。

口ずさんでみると、意味よりも先に、韻律の高らかな美しさが感じられるだろう。そして、意味を考えると、輝かしいイメージが立ち上がって来る。

作者にとって、青空は光の井戸である。深い深い、青空の井戸の底から夕あかりを汲む〈われ〉に、「行く方を思へただ思へ」という言葉が降りかかる。この言葉は誰の言葉か。青空か、光か、井戸か、あるいは神か。おそらくそのすべてであろう。青空の井戸から夕あかりを汲む研ぎすまされた魂に向かって、おのれの行く方すなわち未来の時空をただ思うように命ずる者は、そのような魂にとって現世が生きる場所ではないことを告げているのではあるまいか。

詩人がこの世に生きるということの痛切な悲苦が、かぎりなく美しい一首を通して、伝わってくるのである。

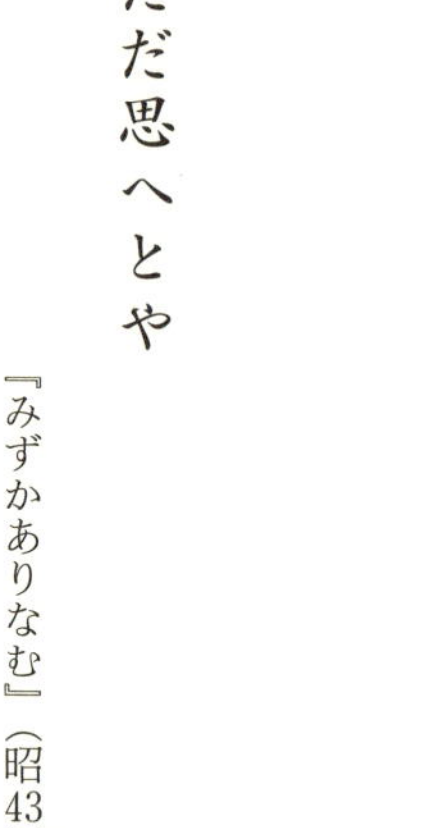

やまなか　ちえこ　大正十四年、愛知県生まれ。前川佐美雄に師事、「日本歌人」所属。歌集『空間格子』『紡錘』『夢之記』など。評論に『三輪山伝承』『斎宮志』など。平成十八年没。

ノート　山中智恵子は「現代の巫女」と呼ばれた。古代と天文の深い造詣からインスピレーションを得、格調高い韻律によって、時代の心臓に矢を放つような作風は、たしかに巫女性を思わせる。日本語がここまで美しくうたわれることができるのか、と驚嘆するほどその調べは美しい。言葉が言葉に向かって飛翔してゆくような文体は、古典和歌ともまた異なる独自のものである。今後の山中智恵子研究が望まれる。

詩的結晶度の高い『紡錘』から、日本の古代を引きよせて巫女性を明らかにした『みずかありなむ』『虚空日月』に初期のピークがあり、後期には、昭和天皇への凄絶な挽歌を収めた『夢之記』のほか、『黒翁』『玉蔞鎮石』そして『玲瓏之記』などがある。斎宮の研究においても名高い。

春ふかく愁ひの王となるなかれあかとき彗星としてなびかむ
青々と月さしのぼりもどろなる地球《テラ》の脳《なづき》の冷え深きかも
この春の蒙塵のなか逃れゆき愁ひの王をともなひゆかむ
ことばのみ美しかりきわが一生《ひとよ》あらかた終る何に托さむ
終るべき暗澹として世紀末あり終らざるひとつの星をいかに担はむ
忘れぐさわれらの草と呼ぶときの青きそよぎをともに忘れむ
虹の死体顕《た》つと思へり蛻《もぬけ》たるくちなは白く秋を招かむ
彗星紀――彗星忌とぞ　秋ふかくこすもすびととよみがへりなむ
われもまた枯野の琴をかなでむかすさのをの髪白くなりたり
いくたびの蔵王の夢のそのはてに夕日観音顕《た》ちたまふなり
吹きしをる魂《たま》のゆくへの鳥の道銀河の髪を隠さふべしや
狂はざる脳《なづき》のありて言葉あり　狂ふとぞわれは朱《あか》き烏瓜
カエサルの雲雀軍団近づくか立春の日の水仙の列
ならざりしままに過ぎしよせめていま人刺す筆の筆塚つくる
ヒヤシンス歌へる人も過ぎゆきてサリンを運ぶ　世紀朽ちたり
師の花の夕合歓《ゆふねむ》は咲き葛城にこの夏ふかく二人いまさむ

相寄りて青葛城《あをかつらぎ》の冰魂《ひようこん》の雲といませば大和しうるはし
玉菨鎮石《たまもしづし》葛城びとの青空や合歓の睫毛を閉ぢて送らむ
夢のなか人を殺さむたのしみの遠くなりつつ老いむとすらむ
乾坤のさかづきのなか青蟬《せいせん》は狂気の晴間《はれま》沁み入るごとし
ふと消えしひとの思ひにたまかぎるとうすみとんぼ移りゆくかも
死の予約すでに終りて書庫ひとつ建つることまた狂惑とせむ
白鳥の骨負ひて翔ぶもののため夢買ひびとわれもならむか
ひとつ松汝兄《あせを》　ひとつ螢のごときもの死の草刈場よぎりゆきなむ
夢の世の眉引きてゆくほのぼのとわがみづかきは隠し歩まむ
プルースト語りたまへよ　坊屋敷とはなるをとめしづかにゐます
ようこそ秋の海のシリウス　かくてまたオオミズアオは星に恋する
蔵王の山鳥海の山月の山　みちのくの山は血潮のごとし
たまかぎる茜の雲に歩むときうつせみのままわが声は杖
天花寺《てんげじ》のあかときの空プレアデスかく語りきと告ぐよしもなき

（『玉菨鎮石』平11）

山本友一

秋分のおはぎを食へば悲しかりけりわが仏なべて満州の土

（『黄衣抄』昭28）

鑑賞　昭和二十四年の歌。まだ食糧事情も悪いなか、秋分の日とて妻の心つくしのおはぎを食べている。しかし、その美味しさを彼岸の死者の誰も知ることがない。作者の心に住む死者、仏たち、ことごとくみな、満州の土なのだから―。「秋分のおはぎ」という親しみ深い食物からうたいだされながら、第三句に強く詠嘆がこめられ、さらに下句であらためて死者が悲しまれる。痛切で骨太の一首である。

満鉄社員を父にもち、幼児を満州で過ごした作者は、一時帰国して中学を終えるも、学業を断念して再度渡満。満鉄に入社して、軍用鉄道の建設に従事。現地応召は三度に及び、以後、戦後二十二年に八人の家族を連れて引き揚げるまで、過酷な現実のなかで多くの死者を見送った。そして、満州の土となったかの人々を置いて帰国し、今生きておはぎを食べている。そのことの悲しみとそれをしのぐ激しい憤りが、この太い声調の背骨になっている。

やまもと　ともいち　明治四十三年、福島県生まれ。戦後満州から帰国、出版業などを営む。「国民文学」入会、松村英一に師事。昭和二十八年、香川進らと「地中海」創刊。平成十六年没。

ノート　作者は、戦前から戦後にいたる満州での経験を厳しくうたい続けたが、中でも第二歌集『布雲』の「記録」は、満州で生き抜く人間の過酷な現実をリアルに描いた連作で、昭和史を語るに欠かせないドキュメントとなっている。そしてこの満州体験は、その後の作者の世界の基盤になるものであり、〈ただの歌よみ吾と思ふな十五年戦争を生きてもの怖ぢをせず〉といった意識の持続の下、変化する時代と日常が見つめられ、小企業を背負う苦さや葛藤も厳しくうたい抜く。芥川龍之介を「ぜいたく」だといいきり、激しく「時代を憎む」心。あくまでも生活者、経営者としての現実に生きながら、まっとうな憤りの力を弱らせなかったところに作者の存在感がある。

秀歌選

はにかみて去《い》にしをとめが髪飾おき忘られてわがこころ燃ゆ

支那びとのなかに住まひておびえやまぬ妻を守りなほ生きつがむとす

敵前にうたふ君が代まぢかくにつたはりくれば泣きて唱和す

（『北窓』昭16）

異民族のなかの二十年疑はず国威を笠に着たるひとりぞ

軍用機しきりに飛ばし逃るるは高官にして夫人帯同す

此の鉄路ひらきたふれてひとひらの木と立つ君よわれは去りゆくに

雨にうたれ泣かむばかりの母を叱る優しく言はば倒れ果つべし

雨除けの風呂敷の下居すくみてしばたたく子は泪を堪ふ

所持金を首より下げて雨に立つ悲しさも早く子らよ忘れよ

父の骨いだける母と妻子らの八人呼びあふ吾のしりへに

をとめごを鮭のはらごを秋霧を語るに愛しき吾を生みし国

（『布雲』昭25）

まぼろしにゐがくひなげしくれなゐにハルハ河べの高き雲の下

二分たたぬ間とも思ほゆ本能にしたがふ蚤ら死体を見棄つ

秋分のおはぎを食へば悲しかりけりわが仏なべて満州の土

プラカードつらねゆくこの階級より暗黒にしてわが小企業

たたかひより一族九人かへり来て何かもいふと言へど悲しき

（『黄衣抄』昭28）

地階の灯黄にしづみつつわが心ひややかにひとの職追はむとす

五色事件の渦のさなかに進学をあきらめしわれは職工たりき

文学のゆきづまりなどと生命断ちきぜいたくなりき芥川龍之介

（『萬春』昭33）

四人子《よたりご》のただひとりだに尊しとせざるまで短歌あはれになりぬ

あらあらしく妻さへ抱く夜夜《よひよひ》に徹りかゆかむ身のかなしみは

奢《おごり》とはかくのごとくに食ひたきを韮とぞ言ひて老《おい》いたらむか

旧軍閥のごときが平和に資すといふかかる驕りを時代はゆるす

暇《いとま》とはいきどほるためにあるのかと思はむばかり時代を憎む

辛うじてわれはなぐさむ背後より陥《おとしい》れたることかつてなし

（『九歌』昭42）

ただの歌よみ吾と思ふな十五年戦争を生きてもの怖ぢをせず

広田弘毅祈らず謝せず死に向かふ場面にて吾の嗚咽とどまらず

追儺の豆を吸ひ込む掃除器の音を悲しむけふのこころは

（『日の充実』昭57）

迢空は好まずと言ひしかば机越えて摑みかからむとせりき宮柊二

秋の日の落つるに早く雲に染《し》むわきてたなびく黄朱《わうしゆ》の寒さ

（『華蔵』昭62）

吉川宏志

窓辺にはくちづけのとき外したる眼鏡がありて透ける夏空

（『青蟬』平7）

よしかわ　ひろし　昭和四十四年、宮崎県生まれ。六十二年京都大学入学と同時に「塔」入会。「京大短歌」でも活躍。「塔」編集委員。

鑑賞　青春期の歌、とりわけ恋愛の歌は、その時代の雰囲気や新しい表現スタイルの影響を受けやすい。だからこそ、この歌に注目する。吉川宏志には、時代の流行とは無関係に、はじめから自分だけのスタイルがあった。しかしそれは、抵抗と呼ぶような激しい意識を感じさせるものではなく、もっとずっと自然な印象を受ける。

この作品の上句は間違いなく性愛の場面を暗示しているが、いつの間にかアングルが変わって、眼鏡に映る夏空が淋しく清潔に広がっている。つまり、「眼鏡がありて」の後に俳句の「切れ」のような呼吸と飛躍がすべり込むのである。

イントネーションにほのかに宮崎訛りを残すこの歌人のたたずまいを思い起こすとき、都会の人間群像とは異なる、自分自身の人生の時間軸を見つめて生きている人の静かなエネルギーを感じる。そこに歌人吉川宏志の新しさがある。

ノート　〈円形の和紙に貼りつく赤きひれ掬われしのち金魚は濡れる〉（『青蟬』）の発見、〈鬼やんまの翅の下なる少年期水平に網かまえていたり〉（『夜光』）の郷愁、また〈戦争を紙で教えていたりけり夜光の雲が山の背をゆく〉（『夜光』）に見える独自の時代認識など、さまざまな内容の作品がある。いずれも声高にものを言うことはなく、自分に引きつけた場面でリアルに堅実に表現するが、生来の抒情質が詩的なやわらかさ、人間的な懐かしさをもたらしている。

結婚後の妊娠や出産また子育ての日常を男性の側から作品化してゆく態度には、新しい時代の夫像父親像が見える。

平成七年には、評論「妊娠・出産をめぐる人間関係の変容」により現代短歌評論賞を受賞している。

秀歌選

あさがおが朝を選んで咲くほどの出会いと思う肩並べつつ
睡りつつまぶたのうごくさびしさを君のかたえに寝ながら知りぬ
窓辺にはくちづけのとき外したる眼鏡がありて透ける夏空
背を向けてサマーセーター着るきみが着痩せしてゆくまでを見ていつ
先を行く恋人たちの影を踏み貝売る店にさしかかりたり
カレンダーの隅24／31　分母の日に逢う約束がある
夕闇にわずか遅れて灯りゆくひとつひとつが窓であること
風を浴びきりきり舞いの曼珠沙華　抱きたさはときに逢いたさを越ゆ
炭酸のごとくさわだち梅が散るこの夕ぐれをきみもひとりか
野沢菜の青みが飯に沁みるころ汽車の廊下はゆらゆらと坂
花水木の道があれより長くても短くても愛を告げられなかった
四十になっても抱くかと問われつつお好み焼きにタレを塗る刷毛
画家が絵を手放すように春は暮れ林のなかの坂をのぼりぬ
身籠もりし妻の自転車一冬《ひとふゆ》の埃をつけて枇杷の木の下
ハンバーガー包むみたいに紙おむつ替えれば庭にこおろぎが鳴く
（『青蟬』平7）

卓上の本を夜更けに読みはじめ妻の挟みし栞を越えつ
夕雲は蛇行しており原子炉技師ワレリー・ホデムチュク遺体無し
死ぬことを考えながら人は死ぬ茄子の花咲くしずかな日照り
人を抱くときも順序はありながら山雨《さんう》のごとく抱き終えにけり
この春のあらすじだけが美しい　海草サラダを灯の下に置く
しらさぎが春の泥から脚を抜くしずかな力に別れゆきたり
肩車した子を影で確かめて馬酔木の咲ける坂を降りゆく
鳳仙花の種で子どもを遊ばせて父はさびしい庭でしかない
戦争を紙で教えていたりけり夜光の雲が山の背をゆく
（『夜光』平12）
会えばまた会わざる日々の続くのみ黒く扁《ひら》たき海、窓に見ゆ
このまま曳いていくしかない舟に紫苑の花を載せてゆくんだ
山ゆりの遠いところに咲くようなやさしさに会い夜半《よわ》に苦しむ
顔のうらがわをなみだのながれると言いし人あり夜が静かだ
てのひらは雨に濡れてもいいところ窓から出せば雷《らい》がかがやく
死ねばすべて遺品となりぬパレスチナより運ばれし鉄の鳥かご
（『夜光』以降）

吉田正俊

考へはこの現実に限定し吹きしなふ百合より花粉をこぼす

（『霜ふる土』 昭45）

鑑賞　昭和四〇年代初めといえば、日本が高度経済成長期へと上りつめていった時代である。自動車産業の経営者の一人であった作者にとって、そういう日々は、まさに現実との戦いそのものであり、こころに甘い情感を潜めながら、溺れることのできない冷静な判断が要求されていた。「考へはこの現実に限定し」をどのように捉えたらいいのだろう。考えることは現実のことのみにして、とでもいったらいいか。どこか近寄りがたい、自分に言い聞かせるための抑制された表現である。背後には、そうはしたくないと思う若々しい情感がのぞいている。ふと見ると、傍らで風に吹きしなっている百合の花が、しきりに花粉をこぼしている。上句から下句への移り方は微妙である。一首にむせかえる甘い情感は、「花粉」を零しているのが、まるで作者であるかのように、微かに文脈が捩じれているところから来るのだろう。その捩れに、高度な技巧が施されていて、単純な歌ではない。

よしだ　まさとし　明治三十五年、福井県生まれ。大正十四年に「アララギ」に入会し、土屋文明に師事。歌集『天沼』『朝の露』ほか。『吉田正俊全歌集』がある。平成五年没。

ノート　自動車産業界という時代の先端に生きた吉田正俊の歌には、つねに冷静で、大局的な眼差しが通っている。若い日に斎藤茂吉、土屋文明の影響を受けた写実の作風が、現実社会と時代の動きへの敏感さを生み、昭和初期の「アララギ」に、茂吉とも文明とも異なる新風を起こした。若い時から堅固な技法を用いて風景を写し、そこに柔らかな抒情を託す歌を作っているが、同時に、社会という関係の中にあっての人間の複雑な心理の動きに、怜悧なメスを入れて踏み込んでいく現代性をもっていた。晩年は、旅や身辺の草木に心を寄せてゆくのだが、〈民主主義は数なりとたはやすく人の言ふさうかも知れぬ単純はよし〉（『朝の露』）など、産業界に生きた人の、実学的で深みのある時代批評の歌を残した。

秀歌選

潮騒《しほさゐ》は夜の空気に近くひびく話を止《や》めてのろき汽車の中
春草のもゆる空地《あきち》をよこぎりて柱時計鳴る家に帰れり
あらそはず二人ありつつ或る時はこのしづけさに堪へざらむとす
流らふる雲見れば思ほゆ老いにつつたわやめに恋ひし左千夫先生のこと
おのづから時に仕事に争へどすでにまとまりし組織の中にゐぬ
胸の上に月の光のいつまでもさし吾れに涙の出づるにやあらむ
草陰に赤き砲身の錆びて見ゆ戦《いくさ》なくして鹿尾菜《ひじき》乾したり
気短くわが捨てたりし鷺草も時草も君の鉢には萌えぬ
くれなゐに含《ふふ》める梅に心ゆらぐ暫しなりともこの世はたぬし
この人を讃ふる詞《ことば》に涙出で来り何かもやもやと纏りなき感情が鬱積す
くれなゐの花粉《はなこ》こぼるる庭の上に差す月光《つきかげ》の長くひきにけり
生温き風吹く中に思ふこと思へるだには人に知らえず
麦の香にまつはる遠き吾が思ひのおぼろになりて中々に消えず
貶《おと》しめて人の栄えし実例をいくつか知りてわれ老いむとす（『天沼』昭16）
川遠白く見下《みおろ》す山に若き僧のこころ鋭くなれば来《き》にけむ（『朱花片』昭21）

毒々しきまで青き野菜を並べ売れり食ひ清まらむ概念に遠く
一山に積みし生姜の影もちてしづけき光北よりぞ射す
遊びゐる王おそひ来し百済軍といくとき争ひけむ新羅軍は
天地《あめつち》に今日の悲しき勅《みことのり》たえだえとして声さへになし
千振《せんぶり》のこの下陰に自生せり又信ず興るべき新しき文化
いろいろに考へ見しがつづまりは国を愛するより一歩も出でず
考へにすでにともなはぬ肉体か暁《あかつき》早きひぐらしのこゑ（『黄茋集』昭27）
文字読みがたき境界石立つところよりやや広くなりてゆく冬の水
噴霧器をもちて向ふにひそみゐる虫ら悉《ことごと》く死ぬるでもなし
繭虫を飼ひたるころの君を思ふいつを思ひても及び難きかな（『くさぐさの歌』昭39）
考へはこの現実に限定し吹きしなふ百合より花粉をこぼす
はかなしといふ語彙などのなくならむ未来のことは思ふだに楽し（『霜ふる土』昭45）
幾年か使ひなれたる耳搔の折れしを一日かなしみにけり（『流るる雲』昭50）
地震《なゐ》ありてゆるる机の上の花青葉ぬきいでしくれなゐの花（『淡き靄』昭56）
民主主義は数なりとたはやすく人の言ふさうかも知れぬ単純はよし（『朝の露』昭62）

吉野昌夫

口に出していふは憚《はばか》るさり乍《なが》らどろりと生きてみたしと思ふ

（『あはくすぎゆく』昭55）

よしの　まさお　大正十一年、東京生まれ。昭和十七年、白秋の「多磨」入会。二十八年、木俣修の「形成」創刊に関わり、木俣没後は編集発行人。平成五年、同短歌会解散。

鑑賞　「どろりと生きてみたし」は妙にずきんと心に訴えてくる言い回しだ。「どろり」というオノマトペには、形を持ちこたえられないまま半ば液状化したものの重量感がある。「どろりと生き」るからは、社会の決まり事や約束事を捨ててドロップアウトし、気まま勝手に生きるといったニュアンスが漂う。表舞台を下りた脱力感が滲む。

「どろりと生き」られたらどんなに楽だろう。長い人生のうちには誰も一度くらいはそう考えるのではないか。そんな本音を口外するのは禁物だが、禁物ゆえに心の深いところで渇望していたりもするのだ。

『あはくすぎゆく』は五十代の歌集。年齢的には充実した世代だが、精神的な部分に幾重もの陰りや屈折を秘める年代でもある。その意味で「口に出していふは憚る」の初二句から「さり乍ら」の三句への展開が絶妙といえる。

ノート　「多磨」入会直後に白秋が逝去し、大学入学後は木俣修の元に出入りする。召集中も厳しい軍隊生活のもとで歌を続けたと『遠き人近き人』の木俣の序文にある。しかし多忙が続き四年間ほど作歌から遠ざかる。同歌集の後半は再出発後の作品を収める。木俣は吉野を「硬質の材木を思わせるような彼の歌の質のなかに、思いがけない細緻な木目が見られる」という。生活者としての哀感を理の骨組みの中に湛えた作風。〈二度三度始動かけゐしが出てゆきぬ自動車は腹をゆさぶりながら〉〈アイスクリームを食べさせるまでは言ふことをきくかなデパートに来て幼は子は〉。日常の些事にひそむ生の深淵を表現する手腕は並々でない。

秀歌選

いのち存《なが》へて還るうつつは想はねど民法総則といふを求めぬ

神宮競技場ここ聖域にして送らるる学徒幾万に雨ふり注ぐ

（歌集以前　昭18）

浪費《むだづかひ》を知らざる母の買ひて来し小鳥の声がするといふ笛

何《いづ》れともなく掌《て》を解けば放たれしわが掌に永きさびしさ残る

空とぶ物をヒコーキと呼び幼子は戦《たたかひ》を知らず憎しみを知らず

（『遠き人近き人』昭31）

にんげんの靴がつけたるホームの傷光さすとき一面に見ゆ

ハンガーに掛け置くゆかたわれよりも肩怒《いか》らしてゐて夜の壁

蠅叩き下げて佇ちたるわが姿誰見てゐねどさびしきものを

空ろなる眼《まなこ》を向けてゐるあたりあらはれよ幻なりとも幻

（『夜半にきこゆる』昭50）

口に出していふは憚《はばか》るさり乍《なが》らどろりと生きてみたしと思ふ

伸び縮みするわが影を足もとに回《めぐ》らしめつつひきずりてゆく

勤務先のわれといまあるこのわれと何のかかはりありや木枯

ガスの火を少し強めて手をかざす眠れば朝がすぐ来てしまふ

（『あはくすぎゆく』昭55）

毀《こは》れもの　なれば互《かたみ》にかばひつつ保たれて来し歳月ならむ

舟をこぐやうに畳の上ゆくは蟻のむくろを蟻の運びゆく

傍らのガラス戸にうつるわれの影こちらを向けり訝《いぶか》しげなり

何ごとか音するところ一暴《ひとあば》れしたる輪ゴムが縒《よ》りをもどせり

（『ひとりふたとせ』昭63）

浴槽に浮ける抜毛がわれの目にひきよせられて移動してくる

言葉遣ひに用心し乍《なが》ら話すうちああ少しづつずれてゆくなり

憂鬱の鬱などそのつど辞書にひき書けば忘れて幾度でもひく

（『昏れゆく時も』平元）

ここゆかば何処《いづこ》ならむと思ひゐし路地に出でたり逆方向より

床《とこ》の中にめざめてなにもしてゐないこの存在もわが生のうち

他《ほか》に木はまだあるものを雀群れて花水木さながら雀の木なり

足の爪はわれに抓《つ》ませる母なりき話題とて無き会話の変型

これがわが鼻か眼窩《がんくわ》か頬骨か夜半《よは》にめざめて手にさぐりつつ

思ひ出を共有せるが一人また一人欠けゆく過去が痩せてゆく

暗闇《くらやみ》にも休みなく時は流れゐて枕もとの時計の追ひすがる音

台風のさなかに咲きてびしよぬれの軍旗のごとく垂れて朝顔

ぢみな花咲きゐるころと思ひたち心あたりの枇杷を見にゆく

二十年花咲かせ実をつけし姫林檎ゆゑなく枯れぬ嘆け鵯《ひよどり》

（『これがわが』平8）

米川千嘉子

お軽、小春、お初、お半と呼んでみる　ちひさいちひさい顔の白梅《しらうめ》

（『滝と流星』平16）

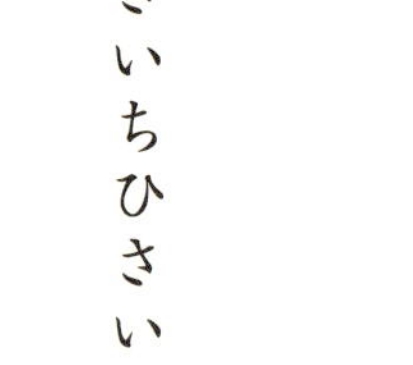

よねかわ　ちかこ　昭和三十四年、千葉県生まれ。「かりん」に入会。歌集『夏空の櫂』『一夏《いちげ》』『一葉の井戸』ほか、共著『和歌の読み方』。

鑑賞　お軽、小春、お初、お半は文楽や歌舞伎に登場する女達。「仮名手本忠臣蔵」で夫のために身を売り遊女となるお軽、「心中天の網島」で紙屋治兵衛と心中する遊女小春、「曾根崎心中」で徳兵衛と心中するの遊女お初、父親ほども年上の長右衛門と心中する「桂川連理柵《かつらがわれんりのしがらみ》」のお半。いずれも一途な恋を貫いた悲運の女達だ。

　そんな生き方からは遠い現代、作者は彼女たちの名を呼びその生き方を思っている。白い梅の花が文楽の人形の白塗りの小さい顔を思わせるのであろう。「ちひさいちひさい」白梅の可憐な花と彼女たちの顔。女達の生は可憐で「ちひさいちひさい」ものだったのか。作者は白梅のような彼女たちの生を肯定も否定もしない。ただいたわりと親しみをもってほつほつと咲き始めた梅の花にその顔を思い浮かべているのである。白梅を詠んだ歌としても味わい深い。

ノート　今日なぜ短歌を詠むのかという問いは歌人に与えられた大きな宿題だが、米川はそうした問いに最も自覚的な一人である。短歌の現代性をむしろ古典からの蓄積にみる米川は、古典と現代を一首のなかで密度濃く融合させる。現代詩のような先鋭な発想と古典に培われた粘りのある文体は何度読んでも飽きない味わい深さをもつ。そのような知的な側面とともに米川を特徴づけるのが狂おしいほどの愛の濃さであろう。

　息子の白いお尻ももうすぐ見なくなる洋服を着た母と子になる

　家族や周囲にとどまらず世界の出来事にまでその愛を敷衍することで今何が起ころうとしているのかを感受する。子供を詠む愛が戦場に生きる人々の真実をも摑み出すのである。

春の鶴の首打ちかはす鈍き音こころ死ねよとひたすらに聴く

〈女は大地〉かかる矜持のつまらなさ昼さくら湯はさやさやと澄み

桃の蜜てのひらの見えぬ傷に沁む若き日はいついかに終らむ

白き兎春風にかたまり売られゆく街ゆきて婚のこともしづけし

氷河期より四国一花《しこくいちげ》は残るといふほのかなり君がふるさとの白

否《いな》といふこころに食めりみづみづと平原のやうな大真桑瓜

（『夏空の櫂』昭63）

みどり子の甘き肉借りて笑む者は夜の淵にわれの来歴を問ふ

苦しむ国のしづかにふかき眉としてアイリッシュアメリカンゲイの列ゆく

白鳥の魂《たま》ありし莢みづからの白のふかさに朴わらふかも

幼な子にはじめての虹見せやればニ ギといふその美《は》しきにふるへ

ああ母でなくともよしと樹は立ちて天に吊らるる濃緑《こみどり》の躰《たい》

ひかりとは飛び交ふ時間秋の星見れば青年の吾子《あこ》も流るる

（『一夏』平5）

ゆふぐれのさびしい儀式子を拭けばうす桃色の足裏《あうら》あらはる

まつ白きさくらよさくら女子《をみなご》も卵もむかし贈り物なり

解体するため一丸となりて出家せるおそろしき量感あり〈家族〉

たましひに着る服なくて醒めぎはに父は怯えぬ梅雨寒のいへ

時間をチコに返してやらうといふやうに父は死にたり時間返りぬ

春の雲　口頭頂《とうちやう》にあらはれて一斗米食みし女房の事

（『たましひに着る服なくて』平10）

ユーラシアより来しもののしづけさに鯉はをりたり大砲《おほづつ》のごと

子にはまだ白い時間があるばかり　あさがほ、ひるがほ、よるがほ、あさがほ

「疲れたらすわっていいです」子の描《か》きし椅子の絵に今夜月光すわる

今朝髪にとまる光がすこし濃く鍵穴あいたやうに梅咲く

井戸の辺《へ》にをみな働き井戸のやうな深き空間と身を嘆かずや

「銃後といふ不思議な町」を産んできたをんなのやうで帽子を被る

「銃後といふ不思議な町を丘で見た」渡邊白泉

（『一葉の井戸』平13）

叱られて心ぱんぱんに腫れし子のとなりへ妖怪有夜宇屋志《うやうやし》来る

神は滝であるといふしづけさははるかな日あまた苦しむ人を救へり

空爆の映像果ててひつそりと〈戦争鑑賞人〉は立ちたり

白鳥は型抜きされたやうにしづか　ああまた母がさびしいといふ

映画「カンダハール」

両足の妻の義足は男のやう妻泣くらむといふ愛がある

お軽、小春、お初、お半と呼んでみる　ちひさいちひさい顔の白梅《しらうめ》

（『滝と流星』平16）

渡辺松男

地に立てる吹き出物なりにんげんはヒメベニテングタケのむくむく

（『寒気氾濫』平9）

わたなべ　まつお　昭和三十年、群馬県生まれ。馬場あき子、岩田正に師事。「かりん」所属。歌集に『寒気氾濫』、『泡宇宙の蛙』『歩く仏像』など。

鑑賞　人間はまるで地球の支配者のように振る舞っているが、悠久の地球の時間あるいは原初の生命体誕生の時間から眺めてみれば、地面の吹き出物にしかすぎないのではないか。上句はそんな斬新な認識をさらりと述べていて、まことに小気味よい。人間を「にんげん」と表記していることも、生物の一つの種《しゅ》にしかすぎない人間のちっぽけさをよく表している。

下句のヒメベニテングタケはマツタケ科に属する大形のきのこ。鮮やかな紅色をしていて、猛毒をもつ。言ってみれば、きのこも地面からの吹き出物なのだが、しかし鮮紅色の傘をむくむくと伸ばすヒメベニテングタケは愚かな人間よりもずっと偉そうに見える。中途半端に悪事を行う人間より、猛毒をもつヒメベニテングタケの方がはるかに地球の覇者にはふさわしい。人間対植物、文明対自然、複雑対単純などという既成の二項対立を軽々と飛び越えて、のびやかに命の根源へ眼差しを注いだ一首である。

ノート　群馬県に生まれて現在も県内に居住する作者は樹木が大好きで、近辺の山へよく出掛けるのだという。第一歌集『寒気氾濫』以来どの歌集にも樹木や昆虫やきのこが深い愛着を込めて繰り返し詠まれている。だが、それらの歌は単に自然界を愛《め》でる、というありきたりなものではない。大学で哲学を学んだ渡辺の歌には、動物や植物や空や雲を題材にしたときにも、事象の表面を突き抜けた視線の深さがある。

存在論的な深さ、とでも言ったらよいのであろうか。さまざまな物体をかたちづくる分子のレベルにまで分け入って、今ここに存在することの重みを測ろうとしている。かなり高邁な思索性を背景にしながら、口語やオノマトペを自在に使って、やわらかな文体によってわかりやすく表している。

秀歌選

八月をふつふつと黴毒《ばいどく》のフリードリヒ・ニーチェひげ濃かりけり
一本の樹が瞑想を開始して倒さるるまで立ちておりたり
約束のことごとく葉を落とし終え樹は重心を地下に還せり
橋として身をなげだしているものへ秋分の日の雲の影過ぐ
つくづくとメタフィジカルな寒卵閻浮提《えんぶだい》容れ卓上に澄む
神は在りてもなくても秋の大けやき宙宇に赤ききのこを張れり
地に立てる吹き出物なりにんげんはヒメベニテングタケのむくむく
月読に途方もなき距離照らされて確かめにいくガスの元栓
抜けし歯のごとく炎天に投げ出されわがうつそみは歩きだしたり
（『寒気氾濫』平9）

概念を重たく被り耐えているコンイロイッポンシメジがんばれ
ああ母はとつぜん消えてゆきたれど一生なんて青虫にもある
ごうまんなにんげんどもは小さくなれ谷川岳をゆくごはんつぶ
木は開き木のなかの蝶見するなりつぎつぎと木がひらく木の胸
吾《われ》亦《も》紅《こう》じくっじくっと空間を焦がしていたり　戦争ははだか
水を出でおおきな黒き水掻きのぺったんぺったん白鳥がくる
白鳥はふっくらと陽にふくらみぬ　ありがとういつも見えないあなた

夢にわれ妊娠をしてパンなればふっくらとしたパンの子を産む
おばあちゃんお寺なんてみな嘘ですねミトコンドリア・イブのおばあちゃん
戦後深く湿りたる地にのめりつつおっすおっすと老桜くる
一のわれ死ぬとき万のわれが死に大むかしからああうろこ雲
オーロラにあこがれながら人体はけむりなりけりうらしまたろう
エルニーニョのりもの酔いの語感あり神のゆめみるはるかなる沖
（『泡宇宙の蛙』平11）

くしゃみをすればまっしぐらに飛びてゆくものあり一休禅師はいま月の裏
おりたたみしき空《そら》を鞄につめこみて軍《いくさ》のときは逃げる覚悟だ
ながくながく妣《はは》をおもえば湿気ありて頭などから木が生えてくる
水ともなりどんぐりともなり人ともなり木から振り落とされては目ざむ
大空ゆ哭きたくなりて降る幹がつぎつぎ着地して杉林
憂鬱なるわれは欅の巨人となり来るクルマ来るクルマひっくりかえす
うつし世は耳鳴りなりとジャンプせり父・われ・阿修羅みなジャンプせり
ひとの死ぬるは明るいことかもしれないと郭公が鳴く樹の天辺で
（『歩く仏像』平14）

◉収録歌人一覧

◉編集委員担当一覧

＊印は秀歌選の選歌も編集委員が担当。なお、玉城徹三十首選は、花山多佳子が担当。

川野里子――阿木津英、石田比呂志、伊藤一彦、＊生方たつゑ、小野興二郎、香川ヒサ、＊葛原妙子、＊小暮政次、小島ゆかり、＊五島美代子、佐伯裕子、＊高瀬一誌、谷岡亜紀、馬場あき子、浜田康敬、松坂弘、松平盟子、米川千嘉子

栗木京子――＊上田三四二、梅内美華子、＊大野誠夫、＊岡野弘彦、荻原裕幸、河野裕子、＊小中英之、今野寿美、島田修三、田井安曇、＊高安国世、時田則雄、＊浜田到、藤原龍一郎、穂村弘、＊真鍋美恵子、水原紫苑、渡辺松男

小島ゆかり――＊安立スハル、沖ななも、大滝和子、奥村晃作、＊小野茂樹、坂井修一、＊佐藤佐太郎、＊島田修二、高野公彦、竹山広、俵万智、＊坪野哲久、杜澤光一郎、橋本喜典、＊初井しづ枝、蒔田さくら子、＊宮柊二、吉川宏志

佐伯裕子――石川不二子、大島史洋、＊岡部文夫、尾崎左永子、春日真木子、小池光、＊河野愛子、＊近藤芳美、＊斎藤史、＊相良宏、佐藤志満、＊田谷鋭、長澤一作、平井弘、山田富士郎、＊吉田正俊

花山多佳子――池田はるみ、大辻隆弘、＊大西民子、岡部桂一郎、＊香川進、加藤克巳、来嶋靖生、北沢郁子、＊北見志保子、清原日出夫、佐佐木幸綱、＊柴生田稔、千代國一、塚本邦雄、長沢美津、永田和宏、＊前川佐美雄、森岡貞香、＊山崎方代

日高堯子――秋葉四郎、雨宮雅子、＊太田青丘、川口美根子、川野里子、＊岸上大作、黒木三千代、小高賢、＊高嶋健一、玉井清弘、筑波杏明、外塚喬、＊富小路禎子、＊前田透、前登志夫、村木道彦

松平盟子――石本隆一、井辻朱美、大塚寅彦、春日井建、三枝浩樹、篠弘、玉城徹、築地正子、＊遠山光栄、＊永井陽子、＊中城ふみ子、福島泰樹、水野昌雄、道浦母都子、＊山田あき、吉野昌夫

水原紫苑――稲葉京子、加藤治郎、紀野恵、辰巳泰子、＊寺山修司、東直子、藤井常世、宮英子、安永蕗子、山中智恵子

米川千嘉子――岩田正、大口玲子、岡井隆、＊木俣修、＊窪田章一郎、栗木京子、三枝昂之、清水房雄、＊滝沢亘、＊津田治子、成瀬有、＊畑和子、花山多佳子、日高堯子、＊三国玲子、＊武川忠一、＊山本友一

●監修——馬場あき子

一九二八（昭和3）年、東京生まれ。昭和22年「まひる野」に入会。53年歌誌「かりん」を創刊。朝日歌壇選者。歌集ほか著述多数。

●編集委員——川野里子

栗木京子

小島ゆかり

佐伯裕子

花山多佳子

日高堯子

松平盟子

水原紫苑

米川千嘉子

現代短歌の鑑賞事典

二〇〇六年八月二五日　初版発行

二〇一〇年六月二五日　四版発行

監　修　馬場あき子（ばば・あきこ）

発行者　松林孝至

発行所　株式会社東京堂出版

〒一〇一-〇〇五一

東京都千代田区神田神保町一-一七

電話〇三-三二三三-三七四一

振替〇〇一三〇-七-二七〇

印刷・製本　図書印刷株式会社

ISBN978-4-490-10687-9 C0592